编 委 会

☆ 当代文学经典研究丛书

丛书总主编
蒋 述 卓
陈 剑 晖
贺 仲 明

战争与和平的人类之梦

王春林 著

广东高等教育出版社
Guangdong Higher Education Press
·广州·

图书在版编目（CIP）数据

战争与和平的人类之梦/王春林著. —广州：广东高等教育出版社，2021.12

（当代文学经典研究丛书/蒋述卓，陈剑晖，贺仲明主编）

ISBN 978－7－5361－7176－3

Ⅰ. ①战…　Ⅱ. ①王…　Ⅲ. ①小说研究－中国－当代　Ⅳ. ①I207.42

中国版本图书馆 CIP 数据核字（2021）第 249778 号

书　　名　战争与和平的人类之梦
ZHANZHENG YU HEPING DE RENLEI ZHI MENG

出版发行　广东高等教育出版社
地址：广州市天河区林和西横路　电话：（020）87554153
http://www.gdgjs.com.cn

印　　刷　佛山市浩文彩色印刷有限公司

开　　本　787 毫米×1 092 毫米　1/16

印　　张　20.75

字　　数　284 千

版　　次　2021 年 12 月第 1 版　2021 年 12 月第 1 次印刷

定　　价　52.00 元

总　　序

中华人民共和国成立已经70多年，也就是说，我们通常所说的“当代文学”已经存在了将近四分之三个世纪的时间。对于当代文学的成就，文学界和学术界都存在着较大的争议。有学者认为中国当代文学的创作水准已经处于世界文学前列，因此有人提出当代文学也应该有自己的“鲁郭茅巴老曹”。当然，也有学者对当代文学持评价不高的看法。

我们以为，仁者见仁智者见智，对当代文学成就存有不同看法很正常，只是这并不妨碍我们对其中的优秀作品展开深入系统的研究工作。我们主编这套书的目的就在于此。这套丛书被命名为“经典研究”，是因为我们不是试图全面系统地展开对当代文学创作的研究，而是重点研究其中的代表性作家作品，在一个较高的高度上展示中国当代文学的价值和方向。因为文学经典是一个时期文学中的最优秀部分，无论从文学史角度还是从文化建设角度，它都有特别重要的价值。它是确定文学史的排列秩序、思想艺术水准和学术品格的重要保证，并会对该时期的文学发展产生深刻影响，而且，对于文学学术研究的深入推进，对于提升整个民族的文化素质，文学经典也有重要的意义。

也许有人不赞同使用“当代文学经典”这个词。这是因为我们很多人习惯在接受了漫长文学史检验的前提下来理解“经典”这个概念。但其实，在现代文化背景下，对“经典”的理解可以持更开放的认识态度。正如马克思在《共产党宣言》中对现代社会的概括：“一切坚固的东西都烟消云散了，一切神圣的东西都被亵渎了。”在现代社会中，很多习见正在改变，很多传统正在遭遇挑战。包括许多文学经典，在各种解构主义思潮的冲击下，其身上原有的神圣光环已经逐渐滑落。与此同时，一些新的作品改变了以往的卑微地位，获得了新的评价，成为新的经典。

这一点，西方文学是如此，中国文学也是如此，对于刚刚度过一个世纪诞辰的中国新文学来说自然更是如此。中国现代文学30年中，曾经高不可攀、令人仰视的经典作家“鲁郭茅巴老曹”，在近年来就遭遇到了学术界的巨大挑战。而沈从文、张爱玲、金庸、钱锺书等曾经被贬斥的作家，在近年来获得的赞誉已经绝不少于那些传统经典作家。当然，我们这里无意于探讨这些作家的经典地位，我们只是想说明“文学经典”并不是一个完全稳定不变的概念，它始终处在发展和流动之中。

所以，尽管当代文学还只有四分之三个世纪的生命，但并不妨碍我们使用“经典”来指代其中的优秀作品。事实上，我们也不是从绝对的、永恒意义上确认当代文学的文学经典，而是在特定的语境中，从动态的进行时中确认相对的，甚至是有局限性的当代文学经典。换句话说，我们对这些作品的研究，本身就是文学经典化过程中的重要一部分，是在以自己的方式甄选、推举真正的经典作品，帮助文学史进行优胜劣汰，让那些经典之作汇入文学史的河流之中。而且，当代文学经典具有当代文学的独特性，它是中国古代的“大传统”和五四以来的现代文学“新传统”双重滋养的产物，具有传统文化与现代精神相融合的独特个性，也与中华人民共和国的独特政治、文化有着非常密切的关系。在今天，凝练、确认与阐释当代文学经典的过程，其实也是传承、转化和创新中华民族优秀传统文化的过程，也是阐释中华人民共和国文化精神的过程。另外，在某种意义上，当代文学经典具有更独特的审美和文化价值。它在当代文化背景下产生，与现实关系更近，更容易拨动当代读者的心弦，引发他们精神上、审美上的共振与心理上的共鸣。

一套有原创性、有自己特色和价值取向的丛书，必须有相对统一的体例和标准。尽管当代文学经典不是绝对的，而是在经典化的过程当中，通过不断的建构过程去挖掘和展示经典的意义，但本丛书还是具有非常明确的文学经典标准。其一，思想价值的高度和普遍性；其二，艺术形式的完美性；其三，社会影响度和长效性。在这一思想前提下，我们所指的“经典”主要是在同时代文学思想艺术水准较为突出，并被广大读者喜爱的作品。具体点说，本丛书中的“经典”主要从两个角度来选择和确立。一类是“时代的经典”，即出版于特定时代的优秀作品，比如，中华人民共和国成立后“十七年文学”中的《红日》《红旗谱》《红岩》《创业史》《青春之歌》等，这一类作品的思想和艺术上都存在着时代的局限，但它们确实在特定的时代中影响、教育了一代人，因此作为一种“时代经典”，应承认其存在的合理性和价值，在写作文学史时应有它们的地位。另一类可称为“永恒经典”，如《诗经》《史记》《红楼梦》《阿Q正传》等，这一类作品不受时代和空间的局限，它们以思想上的原创性与超越性、艺术上的独创性、时间的永久性一代代传承下去，这是对“永恒经典”的高端要求。

总之，本丛书主张以理性高度客观地对待当代文学经典作品，既充分认可它们的成就和价值，又不将它们完美化，甚至不讳言其缺陷。我们希望这套“当代文学经典研究丛书”能够达到两个效果：一是帮助人们更深入地了解当代文学优秀作品产生的时代背景，以及其思想文化特征和艺术个性，从而更好地进行鉴赏和评判；二是给未来人们进行经典化甄选时提供坚实的基础，让我们能够成为未来文学史建设中的一部分。如果这两个目的达到了，我们这套丛书的初衷也就实现了。

蒋述卓、陈剑晖、贺仲明谨识

2020年5月18日

目　　录

上　部

下 部

上部

第一章　聚焦正规战役的“宏大叙事”与“日常叙事”

——《保卫延安》与《红日》比较论

一、文学史上的相关评价

我们注意到，如果从截至目前的中国当代文学史的书写来看，某种意义上，杜鹏程的长篇小说《保卫延安》① 与吴强的长篇小说《红日》② 乃可以被看作“十七年”期间关注表现战争的“双璧”。之所以要这么说，主要原因有二：其一，或许是与中国共产党所主导的现代革命战争更多地还是以所谓的游击战为主体有关。中国当代文学史上那些战争题材的长篇小说中，大约只有《保卫延安》和《红日》这两部作品是以大兵团作战的正规战役为表现对象的。其他的作品，无论规模篇幅大小，所书写表现的都是“小打小闹”的游击战。其二，在既有那些在学界享有盛誉的文学史著作中，这两部长篇小说，尤其是《红日》所获致的文学史评价一直比较高。先让我们来看洪子诚的《中国当代文学史》，首先是《保卫延安》。

① 杜鹏程：《保卫延安》第 2 版，人民文学出版社，1956.

② 吴强：《红日》第 4 版，中国青年出版社，2009。本章关于该作品的引文皆引自该版本，下文不再一一注释。

在革命历史题材的长篇中，杜鹏程的《保卫延安》是“当代”最早被评论家从“史诗”的角度评论的作品。1954年初版本出版后，冯雪峰称它是“够得上称为它所描写的这一次具有伟大历史意义的有名的英雄战争的一部史诗的。或者，从更高的要求说，从这部作品还可以加工的意义上说，也总可以说是这样的英雄史诗的一部初稿”。小说取材于1947年3月到9月的陕北延安战事——胡宗南指挥的国民党军队进袭，毛泽东、彭德怀主动放弃延安到延安的收复。其中，青化砭、蟠龙镇、沙家店等战役，是情节的重点。以对“战争全局”的把握来关照具体的、局部性的战事和人物的活动，是作品的总体构思。小说着力塑造周大勇、李诚、王老虎等无所畏惧的英雄形象，并为英雄们布置了苦战、退却、流血死亡的一系列“检验”意志的逆境，使小说自始至终处于急促高亢的情绪基调之中。单一的意识形态视角和单一的、缺乏变化的叙事方法，使作品无法注意具体战争场面之外的生活情景，也无法让持续紧张的叙事节奏得到适当放松。在虚构性艺术文本中，将有影响的历史人物（在这本书里是高级将领彭德怀）作为艺术形象加以正面刻画，这在此前的中国现代小说中并不多见，因而受到评论界的注意。①

接下来，就是《红日》。

吴强的《红日》也把真实的战争事件（40年代内战初期发生于山东的涟水、莱芜、孟良崮战役）、人物（国民党军将领张灵甫）与艺术虚构加以结合。故事的展开方式和人物活动的具体描写，主旨在于对“正义之师”的力量源泉的揭示，回答胜利取得的根据——这也是大多数“革命历史小说”所要达到的目的。在

① 洪子诚：《中国当代文学史》，北京大学出版社，2010，第119－120页。

表现40年代内战的小说中，当时的评论一般认为，比起《保卫延安》来，它在思想艺术上出现重大进展。一是小说表现的战争生活范围比较开阔；这不仅指写到军队中的军、师、团以至普通士兵的各个方面，而且也指把军队和百姓、前线和后方、指战员的战争行为与日常生活加以联结的“横向拓展”的艺术构思。二是人物创造上，作家意识到了人物性格“丰富性”的重要，在维护（或不损害）性格的“阶级特征”的前提下，加重了思想感情、心理活动的笔墨，并在同一类型的人物间，赋予将他们加以区别的对比性特征，如坚毅、严格与开朗、幽默感等。在坚持“正面人物”与“反面人物”的对立结构的基础上，小说对“反面形象”（张灵甫等）尽可能避免漫画化刻画，在对其反动、虚伪等“本质”的描写中，不回避写其干练、谋略。这一切，据作者说是为了“警顽惩恶”，更突出“反动人物的丑恶面目”所作的设计。①

不难发现，在对两部作品进行总体性肯定的基础上，洪子诚对《红日》的评价很显然要高于《保卫延安》。也正因为如此，所以洪子诚才会明确指出《保卫延安》思想艺术上存在的若干缺憾与不足。

再让我们看陈思和的《中国当代文学史教程》。首先应该明确，陈思和的这部著作，乃是一部“作品为主型”的文学史著作。我们都知道，一般意义上的文学史著作，都会采用文学思潮现象与作家作品各占半壁江山的文学史体例。与这种文学史体例相比较，所谓的“作品为主型”，就是指陈思和他们在建构文学史的过程中，把关注的重心明显地偏移到了作家作品这一方面，旨在通过对作家作品的深度细读分析，建构一部更多地偏重于文学审美的特点非常鲜明的文学史著作。正因为陈思和的文学史著作采用了“作品为主型”的书写体例，所以，能否以专节的形式进入到这部著作

① 洪子诚：《中国当代文学史》，北京大学出版社，2010，第120－121页。

之中，本身就已经说明了作者对该作品思想艺术水平的评价高低。从这个角度来说，杜鹏程的《保卫延安》没有能够享有专节待遇，吴强的《红日》不仅享有专节待遇，而且还获得了“战争小说的巨构性探索”的美誉。这种对比本身就已经透露出了作者对这两部作品所持有的不同评价态度。与此同时，我们也注意到，《保卫延安》虽然没有能够享有专节待遇，但却在第三章“再现战争的艺术画卷”中的总论部分被作者重点提及并加以讨论：

> 1954 年，杜鹏程的《保卫延安》由人民文学出版社隆重推出，被看作是新的战争文化规范下当代战争小说的一个重要收获，它保留了这一时期战争小说的许多特点。首先，这部小说第一次在较大规模上全景式地描写了整个战役的全过程。它通过青化砭伏击战、蟠龙镇攻坚战、长城线上的运动战以及沙家店歼灭战等不同类型的战斗场面，很生动地表现出各种类型的战争的特征。①

小说一个不容忽视的突出特点，就是把延安保卫战放置在全国性战争的大背景中展开描写。

> 其次，作家从英雄主义的审美原则出发，塑造了周大勇、王老虎等英雄形象，这些近于完美的英雄形象并不是靠空洞的赞美词树立起来的，而是通过战争的惨烈、环境的残酷、生死的考验，用力刻画出英雄人物摧枯拉朽、九死一生的传奇色彩。在当时的创作环境中，这部小说比较完整地体现了战争文化规范下的审美特征。②

在陈思和看来，虽然说《保卫延安》也存在着不尽如人意的幼稚和粗糙之处，但导致这些问题形成的主要原因却并不在于作家个人艺术表现能

①② 陈思和主编《中国当代文学史教程》第 2 版，复旦大学出版社，2006，第 58－59 页。

力的欠缺，而是受到了所谓战争文化规范限制的缘故。

相对来说，在这部著作中享有专节待遇的吴强的《红日》，则被陈思和以相当充分的篇幅给予了高度评价：

> 继杜鹏程的《保卫延安》以后，吴强的长篇小说《红日》在用艺术形式表现重大战役方面作了较好的探索。它以1947年山东战场的涟水、莱芜、孟良崮三个连贯的战役作为情节的发展主线，体现出作者对战争小说的“史诗性”的艺术追求，即努力以宏大的结构和全景式的描写展示出战争的独特魅力。……
>
> 作为一部战争题材的长篇小说，《红日》在中国当代文学发展中最重要的贡献还在于：在应和时代共名的同时，小说在战争观念和小说美学上体现出一定的创新性和探索性。
>
> 首先，以宏大的现代战争场面的描绘替代传统战争小说中的传奇性故事。……
>
> 其次，小说对战争环境中人物性格的丰富性有较好的刻画，突破了当时同类创作中存在的局限。这除了指小说刻画了从军队高级将领到普通士兵的多层次的丰富的人物群像、他们的包括爱情生活在内的丰富的内心活动外，还体现在下列两个方面：一是注意对人物的文化背景和历史性的揭示。……二是小说对敌对人物形象的刻画并没有采用当时流行的漫画化方式，而是较为真实地写出了他们作为具有不同政治立场的军人的责任感、作战才能甚至作为人的良心。……
>
> 第三，小说在战争与和平场景的相互对照、转换的描写中，既在叙述上体现了某种适度的节奏感，又在战争观念上隐含了对时代共名的某些偏离。①

---

① 陈思和主编《中国当代文学史教程》第2版，复旦大学出版社，2006，第61－64页。

由此可见，正如同洪子诚一样，在对二者持肯定态度的前提下，陈思和对吴强《红日》的偏爱，也是显而易见的一种事实。

接下来，就是董健、丁帆、王彬彬他们三位联袂主编的《中国当代文学史新稿》。我们注意到，在第一编“1949—1962 年间的文学”中的第四章“长篇小说”中，首先以专节的形式出现的，就是《保卫延安》与《红日》：“在这时期的所谓‘军事文学’中，杜鹏程的《保卫延安》和吴强的《红日》是影响较大的两部长篇小说。”① 首先是《保卫延安》：

> 长篇小说《保卫延安》是较早的一部反映国共内战中延安保卫战全过程的长篇小说，初版于 1954 年。但据作者介绍，从构思到动笔共经历了四年多，原先是一百多万字的报告文学，后来几易其稿，最终才定型为三十多万字的小说。不过，这种从报告文学到小说蜕变的痕迹在作品中依然时常可见，尤其是在作品的后半部更为明显。②

紧接着，编者在肯定《保卫延安》的主要成就在于成功地塑造了周大勇与彭德怀等一些人物形象的同时，也在与《红日》比较的层面上指出了作品艺术上的不足之处：

> 《保卫延安》在出版之初，曾受到极高评价，冯雪峰更是认为“真正称得上英雄史诗的，这还是第一部”，当时评论界将它视作“史诗”的理由，主要是认为它格调高昂，气势恢弘，而且“作品中的人物好像是用巨斧砍削出来的，粗犷而雄壮”，具有一种豪壮之美。不过，与其后不久出版的另一同类题材长篇小说《红日》相比，这部小说有着明显的不足，尤其是在人物塑造上，显然还缺少应有的力度与深度，小说的后半部分也显得松散、拖沓，给

①② 董健、丁帆、王彬彬主编《中国当代文学史新稿》，北京师范大学出版社，2011，第 85 – 86 页。

人以强弩之末的感觉；作家的情感过于外溢，缺乏含蓄、内敛，因而略显浮泛。不能说《红日》就没有这些缺点，但与《保卫延安》比较起来较为成功的地方在于，它对人物的塑造较为立体化，作品的整体结构也比较沉稳、均衡。①

关于《红日》，《中国当代文学史》的编者主要从以下两个方面予以肯定：

《红日》是吴强的代表作，出版于1957年，是继《保卫延安》之后另一部被称作“史诗”的长篇小说。作品描写的背景是抗战胜利后国共内战初期的山东战场，重点描写了涟水、莱芜以及孟良崮战役，较为成功地塑造了一批军人形象。其中沈振新、梁波、刘胜、石东根以及反面人物形象张灵甫是塑造得较有特色的几个人物。……

此外，《红日》较好地处理了叙事节奏，注重一张一弛，一松一紧，将紧张的行军、战斗与悠闲的部队日常生活结合起来，从而使整个作品呈现出较为丰富的色彩和内涵，在这点上显然也有别于《保卫延安》的单调色彩。在整个艺术风格上，作品也较统一，宏大的叙事规模与精细的细节描写的结合基本上能做到和谐，对自然景物与生活场景的描写也能透出一些生机与诗意。②

以上主要介绍了截至目前为止国内最具影响力的三部中国当代文学史著作中关于杜鹏程《保卫延安》与吴强《红日》的基本分析评价情况。虽然说三部文学史著作都一边倒地“褒”《红日》“贬”《保卫延安》，对《红日》的评价总体上要高于《保卫延安》，但另外一个客观存在的事实，却是在1950年代末1960年代初的那一次以“革命历史小说”为主体构成的长

①② 董健、丁帆、王彬彬主编《中国当代文学史新稿》，北京师范大学出版社，2011，第86－87页。

篇小说竞写高潮中，表达相关主题内涵的长篇小说，能够进入文学史家视野的大约有20部左右。“在五六十年代，‘革命历史小说’的主要作品，长篇有《腹地》（王林，1949）、《战斗到明天》（白刃，1950）、《铜墙铁壁》（柳青，1951）、《风云初记》（孙犁，1951—1963）、《保卫延安》（杜鹏程，1954）、《铁道游击队》（知侠，1954）、《小城春秋》（高云览，1956）、《红日》（吴强，1957）、《林海雪原》（曲波，1957）、《红旗谱》（梁斌，1957）、《青春之歌》（杨沫，1958）、《战斗的青春》（雪克，1958）、《野火春风斗古城》（李英儒，1958）、《烈火金刚》（刘流，1958）、《敌后武工队》（冯志，1958）、《苦菜花》（冯德英，1958）、《三家巷》（欧阳山，1959）、《红岩》（罗广斌、杨益言，1961）《刘志丹（上卷）》（李建彤，1962—1979）等。”① 以上这些作品中，能够被作者更进一步地加以专门分析的，在洪子诚的著作中，共计有杜鹏程的《保卫延安》、吴强的《红日》、梁斌的《红旗谱》、罗广斌与杨益言的《红岩》、孙犁的《风云初记》（论述篇幅相对较短）、杨沫的《青春之歌》等6部②。陈思和的著作中，有3部，除了吴强的《红日》外，还有曲波的《林海雪原》、欧阳山的《三家巷》，另外一部是茹志鹃的短篇小说《百合花》。董健、丁帆、王彬彬的著作中，以专节形式加以分析的，主要有《保卫延安》《红日》《红旗谱》《风云初记》《林海雪原》《青春之歌》等7部。另外，在“其他长篇小说”中，曾经专门分析过的有《三家巷》《红岩》《苦菜花》《野火春风斗古城》《小城春秋》等5部。③ 总括以上情况，可以得出的一个结论就是，在进入文学史家视野的大约20部“革命历史小说”中，能够更进一步地被作者做深入分析的那些作品中，重合率最高的，是吴强的《红日》。三部文学史著作都拿出了专门的篇幅加以分析，受重视程度仅次于《红日》的，就应该

①② 洪子诚：《中国当代文学史》，北京大学出版社，2010，第116－117、119－134页。

③ 参见董健、丁帆、王彬彬主编《中国当代文学史新稿》，北京师范大学出版社，2011，第84－108页。

是杜鹏程的《保卫延安》了。原因在于，除了洪子诚与董健、丁帆、王彬彬他们在各自的著作中以差不多相当于《红日》的篇幅容量加以专门分析之外，在陈思和的著作中，虽然没有给予《保卫延安》专节的地位，但在第三章“再现战争的艺术画卷”中的总论部分被作者重点提出并加以讨论的作品之一，却是这部长篇小说。因此，相比较而言，文学史地位仅次于吴强《红日》的，肯定就是杜鹏程的这部《保卫延安》了。由此可见，虽然说三部文学史著作都对杜鹏程的《保卫延安》有不同程度的批评性意见，但从文学史的定位来说，两部作品却可以说一部是“状元”，一部是“榜眼”，都享有着非常重要的文学史地位。

事实上，从这三部文学史著作对两部战争题材的长篇小说所做出的分析和评价中，敏感的读者早就应该意识到二者之间的一个主要差别，就是两位作家作为所书写对象也即残酷战争的亲历者，杜鹏程虽然偶尔也会写到如同李振德与李玉山父子这样的陕北农民，但从总体来看，他完全可以被认定为一位只是局限于战争而描写展示战争的作家。相比较来说，吴强却最起码拿出一半的篇幅，用来书写表现战争之外的日常生活情形。以至于，一直到撰写于1959年的修订本序言中，吴强都还专门提到了小说中的爱情描写问题：

> “爱情是永恒的主题”，有人这样说。我写了爱情，但我不是把爱情作为主题的。在客观生活里，爱情有份，战争的时候也不例外。生活里有爱情，就可以写爱情，当然是对的。生活里有爱情，忽略它，不写它，那也未为不可。写，不写，听作者自由选择，这在我动笔以前，就理解到的。我在这两者中间徘徊过。大概由于听到有些人说过写军队、写战争就不能写爱情，有些人说过紧张、艰苦的斗争里，哪有人谈爱情之类的话，想证明一下事实不是那样，把战争时期的生活比较全面地反映出来，表示写战争生活的同时，也不妨写点爱情生活，我便描写了沈振新与黎青、

梁波与华静、杨军与钱阿菊他们之间的一些生活中的微波细浪。既然写了，也就只得写了。“经一事，长一智”，事后检视一下，在这个方面的破绽，也许比别的方面要明显一些。我觉得，我确是没有写得恰到好处。有多写了几笔之处，有写得不大合乎人物当时所处的情况之处，也有，可以这样写，而我那样写了。就全书全文来说，涉及爱情生活的分量，虽不算多，但还可以再少一些。为了回答好些同志的关注，便补救了一下，在前次和这次的版本里，对这一部分，都作了一些改动。①

在一部战争或者其他题材的小说中，到底能不能出现爱情的描写，其实是一个无需思考的常识性问题。大凡有人群、有男女的地方，就少不了爱情的存在，这大概可以被看作是生活的铁律之一。令人难以理解的一点是，到了阶级思维方式统领一切的“十七年”时期，在一部小说或者说一部文学作品中涉及爱情描写，竟然成了一个特别严重的问题，以至于很多作家竟然谈爱情而色变。吴强在这篇序言中之所以要以这么一种战战兢兢甚至带有一定自我检讨性质的方式来谈论《红日》中的爱情描写，其根本原因正在于此。但事实上，吴强的态度很显然是游移或者说自相矛盾的。“就全书全文来说，涉及爱情生活的分量，虽不算多，但还可以再少一些。”“不算多”的意思，就是说与作家在客观生活中所观察到的真实情形相比较，他所描写的爱情所占的分量，只少不多。然而，与当时社会上一种对爱情简直就是嫉恶如仇的“清教徒”式的总体氛围相比较，他所描写的爱情占有的分量却还是太多了，应该再少一些，或者干脆就应该远离爱情，索性不涉及爱情。置身于“十七年”这样一个谈爱情而色变的高度敏感时期，吴强在已经明确意识到涉足爱情描写就是涉足禁区的前提下，仍然拿

① 吴强：《红日·修订本序言》，载《红日》第4版，中国青年出版社，2009，修订本序言第4-5页。

出不小的篇幅来展开他所谓的“爱情描写”，其实是非常不容易的一种艺术选择，需要作家有足够的写作勇气才可。从根本上说，吴强所谓的“爱情描写”，其实可以被看作是日常生活一个非常重要的组成部分。不知道吴强自己是否能够意识到当他口口声声地谈论着所谓“爱情描写”的时候，实际上就是在谈论着日常生活的文学表现问题。而这，就很显然已经涉及在“十七年”期间曾经产生过不小影响的所谓“题材决定论”的一种艺术思维方式。所谓“题材决定论”，就是在承认题材存在着等级差异的前提下，特别强调题材的重要与否将会直接影响并决定文学作品本身的价值高低。这种观念认为，只有那些与社会政治紧密相关的重大现实与历史事件方才具有突出的书写价值。依照这样的一种逻辑，那些包括爱情婚姻在内的家长里短或者柴米油盐酱醋茶的日常生活，其书写价值则几近于无。就此而言，如吴强口口声声所强调的“爱情描写”在当时被排斥，原因其实来自于两个方面。其一，乃是因为所谓的爱情更多地与人性论联系在一起。而人性论，在当时是被明确地归类于资产阶级的范畴。一种通行的说法就是，资产阶级人性论。其二，则是因为与日常生活发生了明显的关联，因而冒犯违背了题材价值决定一切的“题材决定论”。在很大程度上，我们之所以要把杜鹏程的《保卫延安》看作是战争书写中的“宏大叙事”，正是因为它的叙事视野相对狭窄，只是局限于战争而描写表现战争。之所以要把吴强的《红日》称之为战争书写中的“日常叙事”，主要是因为它的关注视野已经非常明显地溢出了战争的范围，以相当大的篇幅旁涉到了包括爱情描写在内的日常生活。

二、“史诗”与“史诗性”分析

应该注意到，不论是“宏大叙事”的《保卫延安》，还是“日常叙事”的《红日》，三部文学史著作在评价它们的过程中，都不止一次地使用过

“史诗”这样的说法。但到底什么是“史诗”，恐怕也有着理解上的差异。一种理解是冯雪峰层面上的理解。1954 年，就在《保卫延安》初始问世的时候，先睹为快的冯雪峰就满怀激情地撰写《论〈保卫延安〉》[①] 一文，主要从“史诗”的角度出发对《保卫延安》做出了高度的评价：

> 这部作品，大家将都会承认，是够得上称为它所描写的这一次具有伟大历史意义的有名的英雄战争的一部史诗的。或者，从更高的要求说，从这部作品还可以加工的意义上说，也总可以说是这样的英雄史诗的一部初稿。它的英雄史诗的基础是已经确定了的。我们读者的亲切的感受，也就是可靠的证明：在它强烈而统一的气氛里，在它对于战争的全面而有中心的描写里，这么集中地、鲜明地、生动有力地激动着我们的是这样的革命战争的面貌、气氛，尤其是它的伟大的精神。
>
> …………
>
> 在这样的史诗主题的面前，作家的创造性当然不是表现在被动地服从事件的外表的真实上面，然而一定表现在如何去真正掌握到事件的本质及其根本的、重要的精神上面。作家的无限的创造性仍然要在掌握现实和表现现实上面发挥出来；就是说，这样的史诗的作者的创造性将在对于事件的深入的彻底的认识和正确的全面的掌握上面，在概括的能力和集中的、突出而生动的描写（英雄人物的创造）上面，在热烈而强有力的、启发人的歌颂上面，高度地发挥出来。……
>
> 我们如果要史诗地描写保卫延安战争，也就只有真正掌握了它所以胜利的关键和全部力量，才能有根据地真正体现出这一次战争及其全面的精神，才能描写出这样的战争，描写出人们的力

① 发表时的原题为《〈保卫延安〉的地位和重要性》。

量怎样发挥出来，描写出这种辉煌的、模范的人民革命战争的精神。同时，只有这样地描写，才能反映出战争发生和进行时的时代脉搏，使作品能够以强烈的真实的历史感觉去启发读者进入历史现实里去，使他（读者）的感受能够更深刻。①

从以上所摘引的内容来判断，冯雪峰所理解的所谓“史诗”，说来说去，最根本的一点，就是特别强调对革命战争中所体现出来的伟大精神的感受、捕捉与表现。依照冯雪峰的逻辑，在一部长篇小说中，只要能够把如此一种伟大的精神表达出来，就可以被看作是一部史诗性的作品。另一种理解，是陈思和层面上的理解。陈思和在他主编的《中国当代文学史教程》中分析吴强的《红日》时，特别强调：“它以1947年山东战场的涟水、莱芜、孟良崮三个连贯的战役作为情节的发展主线，体现出作者对战争小说的‘史诗性’的艺术追求，即努力以宏大的结构和全景式的描写展示出战争的独特魅力。”② 与冯雪峰只是从思想内涵的层面上把“史诗”理解为对一种伟大的精神的捕捉与表现相比较，陈思和的关注点，很显然更多地落在了艺术形式的层面上，他所着重强调的，乃是“宏大的结构”和“全景式的描写”这两个特点的具备。再一种理解，则来自于洪子诚：

“史诗性”，是“当代”不少长篇小说作家（其实不仅长篇，一些叙事诗和戏剧作品也表现了相似的趋向）的追求，也是批评家用来评价作品达到的思想艺术高度的重要标尺。这种创作追求，根源于作家充当“社会历史家”，再现社会事变的整体过程，把握“时代精神”的欲望。这种艺术追求及具体的艺术经验，主要来自19世纪俄、法等国的现实主义小说，和20世纪苏联表现革命运动

---

① 冯雪峰：《论〈保卫延安〉》，载杜鹏程：《保卫延安》第2版，人民文学出版社，1956，第2－5页。

② 参见陈思和主编《中国当代文学史教程》第2版，复旦大学出版社，2006，第61页。

> 和战争的长篇。中国现代小说的这种“宏大叙事”的艺术趋向，在30年代就已存在。茅盾就是具有“大规模地描写中国社会现象”、“反映出这个时期中国革命的整个面貌”的自觉意识的作家。这种艺术目标后来得到继续。到了50年代，作家的“时代”意识更加强烈，反映“伟大的时代”，写出“史诗”性质的作品，成为最有抱负的作家的崇高责任。这在表现“现实生活”的创作中也得到体现，如柳青的《创业史》，但最主要的“实现”，是在“革命历史题材”的创作中。“史诗性”在当代的长篇小说中，主要表现为揭示“历史本质”的目标，在结构上的宏阔时空跨度与规模，重大历史事实对艺术虚构的加入，以及英雄“典型”的创造和英雄主义的基调。①

毫无疑问，与冯雪峰、陈思和显得有点简单化的理解相比较，洪子诚关于“史诗”与“史诗性”的论述，不仅更加充分，而且有着更加鞭辟入里的说服力。也因此，我们更倾向于在洪子诚的界定层面上来理解并运用“史诗”与“史诗性”的概念。尽管洪子诚在进行了相关的论述界定后，进一步指认包括《保卫延安》与《红日》在内的若干部“革命历史”题材的长篇小说，体现出了他所谓的“史诗化”追求的特点，但在我个人的理解中，即使仅以我们这里重点讨论的两部战争题材作品来说，恐怕也还显得不那么尽如人意。

首先，是“结构上的宏阔时空跨度与规模”。要想讨论结构的宏阔与否，一个关键的前提是，必须先把艺术结构以合乎情理的方式建立起来。从这个角度来说，令我们感到不那么满意的，应该就是《保卫延安》。这部篇幅将近四十万字的长篇小说，共由八章内容组成。八章的小标题分别是“延安”“蟠龙镇”“陇东高原”“大沙漠”“长城线上”“沙家店”“九里

① 洪子诚：《中国当代文学史》，北京大学出版社，2010，第118－119页。

山”以及“天罗地网”。其中，除了第八章“天罗地网”之外，全部都是地名。只要你对1947年由彭德怀统一指挥的西北人民解放军围绕延安的去留、对抗胡宗南所部的史实有所了解，就会知道，这个小标题的顺序，恰好也正是各个战役实际发生的前后顺序。如此一种合乎史实顺序的排列方式，很难被看作是一种充分体现了作家主体艺术意志的艺术结构。更进一步说，小说中唯一一条看似连贯始终，但实际上却又时断时续的结构线索，就是周大勇和他的那个连队（也即一连）参加延安保卫战的整个过程。如果一定要寻找《保卫延安》的艺术结构的话，恐怕也只有周大勇和他的连队这一条了。但毫无疑问的一点是，仅仅只有这一条，肯定不能被看作是艺术结构上具有了“宏阔的时空跨度与规模”。相比较而言，吴强的《红日》艺术结构方面的情况就要好很多。一方面，如同《保卫延安》一样，《红日》中其实也存在着按1947年山东战场上涟水、莱芜以及孟良崮三大战役的时序排列，但在另一方面，难能可贵的一点却是，除此之外，自身艺术意志相对强大的吴强，却也还是在小说中建立起了数条线索时有交叉的艺术结构。尽管说整部《红日》看似严格地按照军队的建制，对军、师、团、营、连、排、班一直到普通的士兵都有所涉猎和描写，但相对来说，以军长沈振新、副军长梁波、团长刘胜、连长石东根、班长（后被提升为排长）杨军他们为核心人物，一共形成了四条不同的结构线索。如果再加上张灵甫、张小甫、李仙洲敌对阵营的一方，就是五条不同却又时有交叉的结构线索，合在一起交织而成一种立体化程度比较突出的艺术结构。如果把这种精心设计的艺术结构称之为“结构上宏阔的时空跨度与规模”，恐怕也还是可以成立的一种观点。

其次，是“重大历史事实对艺术虚构的加入”。我想，不论是《保卫延安》，还是《红日》，因为作家都是以亲历者的身份，在历史纪实的基础上展开带有明显虚构性特点的小说创作的，所以这一点是毫无疑义的。先让我们来看杜鹏程的相关说法：

一九四七年夏初，敌人大举进攻延安之后不久，我到了西北野战军第二纵队——即后来的人民解放军第二军，跟随部队参加了许多次战斗，走遍了西北的大部分地方，穿过沙漠、草原、戈壁，越过数不清的高山峻岭和大小河川，直到一九四九年末进军至帕米尔高原。这一场艰苦卓绝的斗争以及无数英雄人物所表现的自我牺牲精神，给予我的教育是永世难忘的。因而，部队抵达祖国边陲，还在硝烟弥漫中继续追剿残敌时，我便着手来写这部作品了。

…………

……九个多月的时间，居然写起了近百万字。全是真人真事，按时间顺序把战争中所见、所闻、所感记录下来。稿子都是使用缴获的国民党的粗劣报纸和宣传品的背面来抄写的。因此初稿抄起来，足有十几斤。

…………

……这样，在工作之余，一年又一年，把百万字的报告文学，改成六十多万字的长篇小说，又把六十多万字变成十七万字，又把十七万字变成四十万字，再把四十万字变成三十多万字……在四年多的漫长岁月里，九易其稿，反复增添删削何止数百次。直到一九五三年终，最后完成了这部作品，并在一九五四年夏出版了。①

先是报告文学，然后在报告文学的基础上被进一步加工为带有一定虚构性色彩的小说，这是《保卫延安》的具体来历。然后是吴强的说法。作为战争的亲历者，他最早在孟良崮战役刚刚结束的时候，就萌生了小说创作的念头：

---

① 杜鹏程：《保卫延安·重印后记》，载《保卫延安》第 2 版，人民文学出版社，1956，第 479－483 页。

我曾经多次反复地考虑过，并且具体地设想过：不管战争史实，完全按照创造典型人物的艺术要求，从生活的大海里自取所需，自编一个有头有尾的故事，免得受到史实的限制。也许是我的艺术魄力太小，我没有这样做。

我珍爱它们（指涟水、莱芜与孟良崮战役），我觉得文学有义务表现它们。我又认为，透过这些血火斗争的史迹，描写、雕塑人物，既可以有所依托，又能够同时得到两个效果：写了光彩的战斗历程，又写了人物。看来，我不是写战史，却又写了战史，写了战史，却又不是写战史。战史仿佛是作品的基地似的，作品的许多具体内容、情节、人物活动，是在这个基地上建树、生长起来的。

这种写法，历次战役的基本情势和过程，不能不是有根有据的真情实事，而故事中的种种细节，则可以由作者自由设计、虚构。

史实不但没有限制和束缚我，反而支持和方便了我，使我能够沿着一条轨道，比较顺利地走完了这一段写作路程。”①

吴强的这段话语，除了可以证明他的《红日》建立在真切史实的基础上之外，饶有趣味处在于绕口令式的“我不是写战史，却又写了战史，写了战史，却又不是写战史”这样一种貌似自相矛盾的表达。说一千道一万，作家意欲强调的重点，就是自己既尊重了史实，但又在很大程度上超越了史实。所谓的艺术创造性，也正突出地体现在这一点上。

再次，是“英雄形象的创造和英雄主义的基调”。战争题材的小说创作，一般容易形成两种不同的创作基调。一种基调，是充满悲伤的“一将功成万骨枯”。大凡战争，无论是胜利还是失败，对阵双方都会有很多参战者，尤其是普通士兵付出巨大的伤亡代价。既如此，站在人道主义的立场

① 吴强：《红日·修订本序言》，载《红日》第4版，中国青年出版社，2009，修订本序言第2-3页。

上传达一种低沉的悲伤情绪，也就是无可厚非的一种艺术选择。另一种基调，就是所谓昂扬向上的英雄主义精神。所谓英雄主义，在一般的理解中，指的就是一种主动为完成具有重大意义的某种使命或任务而表现出来的英勇、顽强以及自我牺牲的气概和行为。更进一步说，正所谓“沧海横流，方显英雄本色”。如此一种英雄主义精神，很多时候也只有在战争那种特定的环境中才能充分地体现出来。“十七年”期间，由于置身于一种更加强调奉献和牺牲的特别崇尚英雄的社会文化语境之中的缘故，杜鹏程和吴强也概莫能外地顺从于时代主流意识形态的规约，在他们的长篇小说中形成了一种鲜明的英雄主义创作倾向。一方面受制于推崇英雄主义的创作逻辑，另一方面也与他们所表现的战争题材紧密相关，一种无法被忽视的创作现实，就是对英雄形象的着意刻画与塑造。也因此，尽管说英雄形象的塑造的确存在着成功与否的问题，但作家在创作过程中把英雄形象的塑造作为自己的一种根本艺术追求，却是无法否认的客观事实。

最后，就是“揭示‘历史本质’的目标”。之所以把洪子诚在谈到“史诗性”时所特别强调的这一点放到最后来加以讨论，主要是因为我个人对杜鹏程和吴强的两部长篇小说是否揭示了所谓的“历史本质”这一问题有着未必与洪子诚相同的理解。实际上，所有的长篇历史小说创作，都不同程度地存在着揭示表现“历史本质”的问题。换一种更容易被理解的说法，所谓“历史本质”，也就相当于“历史规律”。尽管具体的内涵肯定会存在明显的差异，但毫无疑问的一点是，所有从事长篇历史小说写作的作家，一个根本的创作目标，就是企图深度揭示某种“历史本质”或者说“历史规律”。如果连这样一个目标都没有，那么这个作家到底是不是在写一部长篇历史小说就值得怀疑了。也因此，无论最终的实现程度如何，杜鹏程和吴强在创作过程中都有着一种深度揭示“历史本质”的创作意图，乃是毋庸置疑的一种客观事实。既然所有的长篇历史小说作家都要试图去揭示某种历史本质，那衡量他们思想艺术水平高低的重要标准，也就自然被转换成揭示出了何种历史本质，或者说他们的这种揭示企图在文本中究竟实现到了何种程度的问题。我们注意到，在《重印后记》中，杜鹏程曾经有过这样的一种表达："要写老一辈无产阶级革命家，还没有经验。然而，我当时认定，除了千方百计从各个方面表现党中央、毛主席的统帅全局、亲自指挥西北战场军民对敌斗争的决定性地位外，要写出彭德怀将军这个形象，对体现党的军事路线，对表现战争的规模，特别是对作品的思想和艺术方面，有着非常重大的作用。"① 正如同杜鹏程所明确表达的，包括他和吴强在内的"十七年"期间的中国作家，其实鲜少有人能够越出单一政治意识形态的规限。在单一政治意识形态的规限内，无论是《保卫延安》，还是《红日》，写来写去都脱离不了表现在共产党的正确领导下人民战争必将取得最后的胜利这样一个基本主题。关于这一点，洪子诚在他的文学史中也已经有明确的分析和说明："不过，在50至70年代，说到现代中国的'历史'，指的大致是'革命历史'；而'革命'，在大多数情况下是指中共领导的革命斗争。鉴于这种情形，80年代以后有研究者使用了'革命历史小说'概念，指出这一文学史命名所指称的'历史'具有'既定'的性质，是'在既定的意识形态的规限内，讲述既定的历史题材，以达成既定的意识形态目的'；也就是说，讲述的是中共发动、领导的'革命'的起源，和这一'革命'经历曲折过程之后最终走向胜利的故事。"② 也因此，杜鹏程和吴强他们对于所谓"历史本质"的揭示，说到底，不过是如同黄子平所明确指出的那样，终不过是在"既定的意识形态的规限内，讲述既定的历史题材，以达成既定的意识形态目的"。在相对狭小的历史空间里看，他们的如此一种揭示似乎的确是合乎历史发展实际的，但如果从一个更大的时空范围内来考察，这种"历史本质"实际上又是非常肤浅的。不用说别的，单

---

① 杜鹏程：《保卫延安·重印后记》，载《保卫延安》第2版，人民文学出版社，1956，第484页。

② 洪子诚：《中国当代文学史》，北京大学出版社，2010，第94页。

只是如同中国古代很多历史长篇小说比如《三国演义》中那样一种对历史的循环与虚无本质的揭示，杜鹏程和吴强他们恐怕也都是差之甚远的。

三、“人性”与人物形象塑造

以上，我们主要从“史诗性”的角度出发，对杜鹏程的《保卫延安》和吴强的《红日》进行了一番不失粗疏的考察。相比较来说，吴强的《红日》在上述四个方面的表现恐怕还是要稍好一些。但相对于所谓“史诗性”的具备与否，衡量评价一部文学作品更为根本的一个标准，却应该是“人性”的角度。一般来说，因为小说是一种与人性世界紧密相关的艺术形式，所以，一位小说家对于人性的理解，不论是宽度也罢，还是深度也罢，到最后恐怕都会凝结到人物形象的刻画与塑造上。从这个角度来说，能否相对成功地发现并在发现的基础上刻画塑造若干有血有肉的鲜活人物形象，乃是衡量一部长篇小说创作是否具有思想艺术含金量的不二法门之一。如果从这个角度来重新阅读评价包括《保卫延安》与《红日》在内的那一批“革命历史小说”，我们所得出的结论就很可能与现在那些有代表性的文学史著作的评价不尽相同。这里，先让我们从人性勘探与人物形象塑造的角度对《保卫延安》和《红日》进行一番相应的考察。

首先，是杜鹏程的《保卫延安》。这部长篇小说中那些较为成功的人物形象塑造，与其说是建立在人性基础之上，莫如说是建立在当时文坛盛行的“阶级论”基础之上的。一般认为，团政治委员李诚，是小说中塑造得比较成功的一位思想政治工作者的形象。但其实，除了抓住一切机会进行所谓“对症下药”式的思想政治说教之外，你很难从他身上感觉到有喜怒哀乐这样一些人类共同情感素质的存在。“他调查研究，到处看到处听，并思量分析这一切，已经成了习惯。他跟战士们一块生活、呼吸，好像也一分钟不能间断。”“他调查研究，便能从日常的生活现象中，领悟到一些重大问题。他到处看到处听，便能从战士们的面容、眼色、笑声、不关紧要的说话当中，锐敏地感觉思想的动静。”也因此，只要有机会，他就会一个人跑到基层，跑到连队里去和战士们吃住在一起。正因为他总是能够不管不顾地和战士们打成一片，所以才能够及时地理解把握战士们的各种想法，并可以有针对性地展开相应的思想政治工作。或许正与李诚的不仅忠于职守，而且心细如发有关，他所敏锐意识到的问题，往往会让如同周大勇这样的基层干部都自叹不如：“什么鬼把心窍迷啦？自己成天跟战士们一块滚，有些问题硬是看不见。李政委一来，那些自己看不见的问题又偏偏跳出来露丑！周大勇那颗年青而要强的心，让一种强烈的责任感攫住在审问。”唯其因为李诚随时随地都全身心地投入到了思想政治工作之中，所以叙述者才会给予他这样的一种评价：“的确，在团政治委员李诚眼里，每一个人的心都是一个小小的世界。他像一个科学家一样，时常在这个小世界的各个角落里，仔细地考察各种闪动着的思想和心理活动。”在“陇东高原”一章所描写的运动战的过程中，由于走路过多、过于急迫的缘故，很多战士的脚上都打了泡，行军起来叫苦不迭。当此之际，李诚一方面用幽默的话语（比如把大泡比作榴弹炮，把小泡比作六〇炮）化解战士们的痛苦和疲劳，另一方面不仅把战士们脚上的泡与民族解放担子的沉重巧妙地联系在一起，而且还让战士张有年当场讲述了自己一家人在地主的压迫下“死的死，散的散”的悲惨遭际，以此激发战士的斗志。也因此，当李诚最后追问战士们，“最后问同志们，像你们这些人民英雄，还怕什么疲劳、还怕什么脚痛”的时候，战士们才会“齐声高喊：‘我们什么也不怕。’”无论如何，我们都得承认，李诚做思想政治工作的确很有一套，而且也很有效。但除了进行类似的思想政治工作之外，我们也的确看不到李诚人性情感层面上的其他表现。以我愚见，如此一架“阶级性”突出的“思想政治工作机器”，其实与人性没有什么关系。

与李诚相比较，反倒是那位多少带有一点成长色彩的主人公周大勇的形象，可能会与人性有一点内在的关联。刚出场时的周大勇，就已经是一位身经百战的老战士，或者用旅长陈兴允不无爱惜亲昵的话来说，已经是一个“年轻的老革命”。虽然从红军时代起已经参加革命多年，但周大勇多少还是显得思想上有点不够成熟，“有勇少谋”。比如，明明从山西渡过黄河的目的就是要保卫延安，所以他无论如何都接受不了毛主席和党中央从延安主动撤离的现实：“周大勇这个小伙子是性情爽快的人，着实说，他不晓得犯愁是什么味道。他平时开言动语嗓门总是洪亮的，可是目下讲话开头说了声：‘同志们……’喉咙里就憋了一团东西。他看不见战士们，听不见风吼声，也不知道自己要讲什么。停了一两分钟，直到教导员提醒他，他才从牙缝里挤出了这几个字：‘我军退出延安……’”正如所料，骤闻这一消息，战士们顿时一片哗然。其实，不只是战士们无法接受这一消息，即使是周大勇自己也无法理解并接受这一残酷现实：“周大勇也像木头人一样站在那里，脑子里乱成一片。他觉得，好像有谁用铁锤敲着他热腾腾的心。滚热的眼泪，忽撒撒地落下来！”人们都说，男儿有泪不轻弹，能够让周大勇这样的钢铁汉子洒下泪的，正是他实在无法理解和接受的我军从延安战略转移这一事实。然而，也正是在转战南北的过程中，他的心智愈加成熟了：“往常，周大勇打仗的时候，一遇到攻击受挫或是部队伤亡大了，他就冒火，压不住自己的感情，因此，有时候他就不顾死活地跟敌人硬拼。目下，他浑身的血向头上冲，可是他按住了心头的三丈火，使尽力气保持冷静。这么，情况越来越危急，他反倒越来越精明、清醒。”事实上，正是在经过了风风雨雨，包括自己的连队被迫无奈地脱离了大部队之后单独作战的各种历练之后，周大勇的思想越来越成熟了。等到整个延安保卫战进入大反攻阶段的时候，已经被提拔任命为营长的周大勇，已经俨然是一位思想成熟、智勇双全的基层指挥员了：“现在周大勇眼里，常有严峻的神色。这神色和他二十四岁的年纪很不相称。好像他在战争的道路上提前成熟了。如今，他仿佛能在转眼的工夫，准确地预测出某些重大事情的艰难、复杂和变化，并且可以掌握它。他的一举一动已开始随经验的确信，显露出冷静的特点，身体里饱蓄着生命力。这生命力使他获得了很难估量的胆识和魄力。”能够把周大勇的成长过程展示出来，当然是《保卫延安》在人物塑造上一个值得肯定的地方，但遗憾之处在于，周大勇的成长更多的是通过叙述者理性的叙述话语直接讲出来，而不是通过丰富精彩的细节让它自己呈现出来。

说到人性的表现，在《保卫延安》中反倒是彭德怀与宁金山他们两位值得特别注意。在彭德怀第一次出场的时候，出现过这样一个场面：三个小娃娃跑到了彭德怀的窑洞门口，最大的六七岁，最小的只有四五岁。尽管警卫员一直瞪眼吓唬，但他们却根本不予理睬，只是“连蹦带跳”地闯进了彭德怀的窑洞里。面对如此一种“突发”情形，且来看彭德怀的反应。他一是摸着娃娃们的头，以幽默的口气开玩笑发问：“噢，你们有什么军国大事要来讨论？”二是，“彭总给一个小娃娃绑好鞋带，给另外一个小娃娃擦了擦鼻涕，然后又跟他们有趣地谈了一阵，最后说：‘这里不需要你们发言！’娃娃们跳着往出走，彭总用手护着他们，一面走一面说：‘好，到外面玩去。对你们是不能讲原则的，小心，不要跌跤！’”三是，“彭总望着：走远了的娃娃们，故意踏着泥水，倒退着、跳着向他招小手，他坦然地笑了。”一位叱咤风云大半生的西北野战军最高首长，竟然能够以这样一种意想不到的和蔼而“平等”的方式对待三个小娃娃，仅此一个细节，就充分地凸显出了彭德怀身上的那种人情味。

而在宁金山身上，杜鹏程难能可贵（只是难以断定他的这个“难能可贵”是不是处于自觉的状态）的一点，是写出了他的某种厌战感。“宁金山扛着枪，有气无力，像没睡够的样子。他朝四下里看，山头一个挤着一个，一直挤到天边。”“不错，他宁金山就是在青化砭、羊马河战斗打罢，才相信人民解放军打仗的能巧。可他也是在这几次战斗打罢，心里越发的着慌，烦躁、害怕。‘对啦，这多时，敌人是消灭了不少，可是哪一次战斗不是刚打扫罢战场，又奉命转移呢？天老爷！运动战，运动战，差点把我的腿把子运动断!’”也因此，虽然说宁金山内心深处也想如同王老实和李江国他们那样以饱满的热情投入到战斗之中，但却总有一种相反的力量在他身上发生着作用：“宁金山愿意走李江国他们走的那条路，但是像有什么东西托住他的腿，他不能向前再进一步。尽管，这一步看来并不算远。”事实上，也正是在这种厌战情绪的强烈主导下，宁金山最终一个人开小差，逃离了队伍：“‘向西、向北、向南跑上几天就不成了，那里都是蒋管区。向东，过黄河到解放区……要不……’宁金山想着，跑着，向东，向东，见山就爬，见水就蹚。被树枝绊着，跌着……帽子丢了，裤子撕破了，手掌流血，衣服冷冰冰地贴在身上。他，眼睛模糊，看不清路，上气不接下气，脑门顶里猛烈地跳动。向东，向东，背着西边天空挂的月亮向东跑。他不停地反悔着，可是，他一想到自己要到那安宁的、没有危险的地方时，心里又产生了一线喜悦的希望。”需要特别强调的一点是，宁金山在脱离开部队后，并没有转而去投向敌对的阵营，他所实际向往的，其实是“那安宁的、没有危险的地方”。战争期间，所谓安宁的、没有危险的地方，说透了，也就是能够远离战争的地方。说到底，被厌战情绪所一度主导的宁金山的人生愿望，也不过是过一种远离战火的安宁、和平生活而已。尽管在杜鹏程的笔下，最后安排宁金山归队后思想转变，成为一名合格的人民战士。但说实在话，能够写出宁金山内心深处的一种厌战情绪来，也可以被看作是《保卫延安》中少有的突破了“阶级性”局限的人性笔触。

说到对人性的勘探与表现，或许与不仅仅关注战争本身，而且也关注与战争紧密相连的日常生活有关，吴强的《红日》与杜鹏程的《保卫延安》相比较，在这方面的情况明显更胜一筹，可圈可点的细节与情节不少。首先进入我们分析视野的，是类似于“猛张飞”式的团长刘胜这一人物形象。既然被称为“猛张飞”，那他的性格就一定是勇猛刚烈有余，运筹帷幄的谋略方面稍显不足。甫一出场，在如何对待新来的政委陈坚的问题上，就已经凸显出了他工农干部出身的个性。一旦了解到陈坚竟然是一个知识分子出身的干部，原本非常热情的刘胜，内心马上就犯起了嘀咕。原因在于他对知识分子干部一直存有“言行不一致”的偏见：“知识分子，嘴上说得好听，做的又是一样。”直到军长沈振新和他进行了一番专门的谈话，他对陈坚的偏见方才有所缓解。事实上，涟水战役的那次失败的阴影，作为一种情结，很长时间内都一直潜伏在他的内心深处，时不时就会蹿出来作祟。唯其如此，他才会因为在攻击吐丝口的战斗中担任预备队的任务而闷闷不乐。副军长梁波，不顾情面地给了他猛一顿剋：“你是团长，不是营长、连长。就是营长、连长，甚至是一个兵，也要教育他们，捞一把主义，要反对！一定要反对！”“会打仗的，阻击战，防御战，也能大量消灭敌人，也能有缴获，不赔本。不会打仗的，出击战，也可能消耗了自己，赔本，消灭不了敌人，甚至被敌人消灭，历史上这样的例子不是没有的。”面对着梁波的这一通“炮火”，“刘胜的脸火辣辣的，像一个病人坐在富有经验的医生面前，听候着病情分析和开药方似的”。经历了如此一个过程之后，刘胜果然有所变化了：“涟水战役之后的刘胜，的确渐渐地发生了变化，这次战斗要他的团当预备队，开始的时候，他发急，怀有不满情绪。梁波和他谈了话以后，发急、不满便转化为内心的焦虑。”关键的问题是，一贯有勇少谋的他，竟然把内心的焦虑转化成了对战局的冷静思考：“这使沈振新、梁波和大家不免有些惊异起来：刘胜这个不善于思考的人，今天，竟然用起脑子来认真地思考问题，对战斗采取了几乎是他过去没有过的慎重态度。”但即使如此，当吐丝口战斗进行到关键时刻的时候，围绕进攻方式的问题，他还是和陈坚发生了尖锐的冲突。面对着再次打红了眼、执意要不顾牺牲地火攻碉堡的刘胜，陈坚表示了坚决的反对意见。有鉴于此，刘胜再次萌生出了对陈坚的强烈不满：“刘胜觉得这位新来的政治委员，毕竟是个战斗经验不足的人，犹豫、软弱，甚至觉得这是懦怯，是在严重关头的束手无策。”但在经过了一番争执后，刘胜最终接受并认同了陈坚的建议，而且果然取得了战斗的胜利。这里，尤其不容忽视的，是陈坚反对刘胜火攻方案的基本理由，是为了更多地保全战士的宝贵生命。这一点，诚如陈坚对刘胜的那番肺腑之言：“是你跟我谈过的，这一仗，我们要打好。你也同我谈过，我们的干部、战士是勇敢多于机智。这个部队打过许许多多胜仗，但是，在许多胜仗里，我们的伤亡、消耗总是过大，消灭了敌人，同时又损伤了自己的元气。”在“十七年”期间的很多“革命历史小说”中，所盛行的是一种“砍头只当风吹帽”式的牺牲观念，似乎只要是为了所谓的革命事业，个人生命的牺牲根本就不在话下。如此一种情形之下，吴强能够借助于陈坚之口委婉曲折地表达生命珍贵的观念，其实是非常不容易的一件事情。我们虽然无意于把这种观念人为地拔高到现代反战理念的高度，但也必须承认这种观念中某种超前性的具备。一直到后来，陈坚给刘胜提出了“三直”（所谓“三直”，一是“嘴直”，“有话就说，不打埋伏”。二是“心直”，“对人直爽，不虚伪，不做作”。三是“脑子直”，“不会转弯子”）的“意见”之后，在孟良崮战役正式打响后，“猛张飞”刘胜方才算得上真正走向了成熟。令人遗憾处在于，这个时候的刘胜，已经离他在战斗中英勇牺牲的时间没有多远了。

其次，是国民党整编七十四师的营长张小甫。张小甫的本名并不叫张小甫，他只不过是出于对七十四师的师长张灵甫如同父亲一般的崇拜，方才把自己的名字专门改成了“张小甫”。张小甫是在涟水战役中成为我军战俘的。虽然成了战俘，但内心里一贯骄横的张小甫，却表现出了一种顽抗到底的态度，一直到军长沈振新亲自出面审问，方才彻底击垮了他的精神防线：“俘虏说出了他是少校军阶的营长，本来姓章，叫章亚之，因为崇拜七十四师师长张灵甫，改名叫张小甫。并且由他自己把他所知道的七十四师的兵种、兵力，战斗部署等情况写了一些出来。”到最后，张小甫之所以不惜冒死也要回到早已被沈振新部围了个水泄不通的孟良崮，一方面，固然是因为肩负着华东解放军给予的劝降任务，另一方面，更主要的恐怕也还是他与张灵甫多年来的情分发生作用的缘故。唯其如此，他才以极大的勇气向自己一贯尊敬有加的张灵甫讲述了这样一番肺腑之言："我是自己要求得到他们同意才回来的，我不隐瞒师长。我认为内战不应该再打下去。八年抗日战争刚刚结束，现在又打内战！为内战牺牲人命，百姓受苦。我没有死，为打内战而死，不值得。……我担心师长，担心七十四师两万多人！莱芜战役，五六万人被俘的被俘，死的死，伤的伤，泰安二战，七十二师全部给人家消灭掉。……眼前这一仗，不知又是什么结果！路上，山沟里，麦田里，尽是死尸，有的受了伤没人问，倒在山沟里。战争，我害怕！厌恶！这样的战争有什么意义！对民族有什么好处！我没有别的话说，师长的前途，七十四师的前途，请师长想想，考虑考虑！"面对如此一番慷慨陈词的张小甫，张灵甫的感觉是复杂的："在他的感觉中，张小甫确是忠实于他的，在这一点上，张小甫的心确是没有变。但在另一方面，张小甫的心变了，变得使他感到可怕。张小甫跟几个月前完全不同，变成了悲观的厌战反战的人，变成了对他和七十四师的这支王牌军队完全失去信心的人。"由以上这一细节来观察张小甫这一人物形象，即不难发现，其人性内涵主要表现在两个方面。其一，是他和张灵甫之间的真切感情。在长期的相处过程中，或许与强烈的个人崇拜紧密相关，张小甫对张灵甫的确有着堪称深厚的感情。他之所以不惜冒着生命危险也要返回到孟良崮来劝降张灵甫，正是这种深厚感情发生作用的结果。其二，是张小甫在经历了被俘的一段人生历程之后，竟然由一位热衷于战争的狂热分子蜕变成了厌恶战争的反战者，这是一种特别值得注意的精神立场转换。在"十七年"那样一种推崇英雄人物、称颂人民战争的时代氛围中，吴强能够巧妙地借助于张小甫这样一位国民党军官的口吻，传达某种隐然的反战思想，的确应该得到充分的肯定。

最后，则是与班长（后来成为排长）杨军有关的一种感情越轨描写。在杨军受伤后入驻野战医院疗伤的过程中，他无意间结识了一位名叫俞茜的护士："他从梦中惊醒过来，在他眼前的，不是苏国英，也不是他的姊姊阿金和他的未婚妻阿菊，而是沈振新军长的妻子医生黎青和护士俞茜。"虽然杨军已经有了未婚妻，但俞茜还是对他产生了一种别样的情愫："俞茜站在杨军面前，黑黑的小眼珠的斜光，射到杨军的脸上，杨军觉得俞茜的眼光，柔和但是又很严厉。"俞茜如此一种柔和但却严厉的眼神中，潜藏着的正是她内心里对杨军的特别感情。唯其如此，她才不仅不无霸道地把杨军身上取出来的那块弹片"装到纸烟盒子里"收藏起来，而且，当杨军向她索要弹片的时候，她才会说出这样一种近乎无理的言辞："我不要它！你出院的时候，一定还给你！好好休息!"就这样，"俞茜用沉重的、但是很低的声音命令般地说，她的脸上显现着焦急而关切的神情"。正所谓"纸里包不住火"，俞茜对杨军这种超出了正常范围的情感，很快引发了周围一些人的议论："还有人说她对杨军有同志之外的感情。"实际的情形也正是如此，一见到杨军，俞茜就会陷入手足无措的状态之中："到了杨军面前，她就失去了抗拒的能力，仿佛杨军有一种魔力迷惑了她，或者有一种法宝降服了她，她竟然承认下自己的缺点……"在很大程度上，正是受制于如此一种情感力量的缘故，她才会甚至当着黎青和阿菊的面都情不自禁地泪流满面："俞茜的眼角上流下了泪水，流到红红的腮上，流到白白的颈项上，泪痕像滴下来的蜡烛油似的，发着光亮。"既如此，到了给重返前线的杨军送行的时候，"俞茜的小眼睛盯了阿菊一下，火速地跑走开去"，也就是顺理成章的一种情感表达。说实在话，能够在"十七年"期间的《红日》中，看到这种越轨情感的描写，最起码在我，感到特别震惊。尽管说吴强的笔触已经克制到了无法再克制的地步，但这种描写中人性内涵的具备，却是无可置疑的一种客观事实。

由以上分析可见，战争中"日常叙事"的《红日》，不论是从"史诗性"的角度来说，还是从人性勘探表现的角度来说，都很明显要胜于战争中"宏大叙事"的《保卫延安》。但如果仅仅从人性的深度勘探表现的角度来说，《保卫延安》与《红日》这两部在中国当代文学史上享有盛誉的长篇小说，恐怕难以望同类题材的王林《腹地》与冯德英《苦菜花》的项背。关于这一点，只要参看一下本书上部第三、四章的内容之后，大家也就一目了然了。

第二章　以人性剖析为底色的乡村与革命叙事

——重读梁斌的长篇小说《红旗谱》

一、《红旗谱》评价的三个阶段

在进入具体的文本分析之前，我们首先有必要对《红旗谱》① 的评价史有一个大概的了解。粗略地说来，此前对于《红旗谱》的评价，基本上可以被划分为这样三个阶段。第一个阶段就是“十七年”期间。由于明显地顺应了当时的政治意识形态需求，所以《红旗谱》出版之后，很快就获得了理论批评界的高度评价与大力肯定。一个标志性的事件，就是《文艺报》在大量刊发肯定赞颂《红旗谱》评论文章的基础上，专门编辑出版了《革命英雄的谱系——〈红旗谱〉评论集》。第二个阶段是“文化大革命”结束之后的新时期文学之初。此时的理论批评界，为了尽早确立新时期文学的

① 需要加以特别说明的是，我此处所谈论的《红旗谱》具体指的是作为梁斌长篇小说三部曲中第一部的《红旗谱》。梁斌长篇小说三部曲的总称是《红旗谱》，三部曲的第一部也叫《红旗谱》，正因为可能产生理解上的误会，所以就必须强调说明这一点。一般文学史家所普遍认可的也是作为三部曲第一部的《红旗谱》。所以，在不做特别说明的情况下，本章所提及的《红旗谱》，指的自然也正是这个意义上的《红旗谱》。

地位和价值，同时进行着两个方面的工作。一方面，指认新时期文学的远祖是五四新文学，强调新时期文学在时隔几十年之后又重新接续上了曾经一度被迫中断了的五四文学传统。另一方面，则是对“文革文学”与更早一些的“十七年文学”采取了一种过于贬抑的“妖魔化”姿态，以指认“文革文学”与“十七年文学”所具“他者”异质性的方式，对1949年以来的文学极尽否定排斥之能事。在这一方面，一个具有鲜明标志性的事件，就是1980年代中后期上海的两位批评家王晓明与陈思和，依托于《上海文论》杂志所联袂主持的“重写文学史”专栏的出现。时过境迁之后的现在，我们已经看得很明白，“重写文学史”专栏的根本意图之一，正是对于“文革文学”乃至于“十七年文学”的全盘颠覆与否定。甚至于连现代文学史上诸如郭沫若、茅盾等一些名家也都在劫难逃，成为一批新锐批评家不无残酷清洗的对象。由此可见，他们的根本意图其实就是要从根本上清算并否定一部中国现当代文学史上的左翼文学传统。既然连整个左翼文学都在被否定与颠覆之列，那么，作为“十七年文学”代表作品之一的《红旗谱》遭到贬抑，也就自是题中应有之义。第三个阶段则是晚近一个时期以来，对于诸如《红旗谱》这样一些作品的评价，较之于前一个时期又有着明显的提高。这样一种情形的出现，与1990年代中后期以来中国知识分子阶层的日渐分化，与“十七年文学”整体价值的被抬升，存在着十分密切的关系。从知识分子阶层的分化来看，就是出现了被简单地称之为“自由主义”与“新左派”的两大群体。“自由主义”且不说，单就所谓的“新左派”来说，既然被看作是左派，那么，其思想价值立场之立足于社会底层、之与中国现当代思想文化史上的左翼文化传统之间的承继关系，也就是天然的。从根本上说，也正是在“新左派”思想观念强有力的影响之下，才有了所谓底层叙事文学潮流在当下时代的出现与盛行。实际上，底层叙事潮流的形成，与左翼文化传统的复兴，二者之间是一种合二而一的表里共生关系。很显然，正是在对抗带有突出文化帝国主义色彩的“全球化”的过程之中，最终形成了当下时代中国思想文化界一种非常浓厚的文化保守主义氛围。在某种程度上，正是这种文化保守主义的时代氛围，与所谓“新左派”相结合所构成的一种时代背景，从根本上促成了“十七年文学”的整体价值得以被抬升的思想文化空间。说到底，诸如《红旗谱》一类作品评价的再度提高，与这样一种思想文化空间的形成，有着不容置疑的重要关系。

很显然，对于《红旗谱》的评价，自小说出版问世以来，确实经历了一个跌宕起伏的变化过程。而且，这样的一种跌宕起伏，与不同的时代背景，与不同时代的总体思想文化形态之间的关系，也是特别紧密的。这样的一种评价方式，就必然使得本来应该在文学的意义层面上得到评价定位的小说作品，却往往会被时代的政治意识形态或者总体思想文化氛围裹挟而去。因此，虽然《红旗谱》问世至今已经有长达五十多年的历史，但这部长篇小说的真面目却一直被遮蔽在那些政治意识形态或者时代总体思想文化氛围所造成的种种迷雾之中。这样，一个十分关键的问题就是，如果把所有的这些遮蔽物统统剥离掉之后，出现在我们面前的纯粹文学意义层面上的《红旗谱》，又会是怎样的一种情况呢？因此，在充分尊重自己原初阅读体验的前提下，尽可能地摆脱既往种种观念与看法的影响，对《红旗谱》这一小说文本进行一种真正文学意义上的还原研究，正是本章所欲达到的基本目标。

二、乡村生活景观的真切书写

在中国当代文学史上，一般是把《红旗谱》当作表现中国共产党领导的革命斗争的所谓“革命历史小说”来看待的。对于包括《红旗谱》在内的“革命历史小说”，学者黄子平曾经有过非常精到的概括与分析。按照洪子诚的转述，所谓的“革命历史小说”就是“‘在既定的意识形态的规限内，讲述既定的历史题材，以达成既定的意识形态目的’；也就是说，讲述的是中共发动领导的‘革命’的起源，和这一‘革命’经历曲折过程之后最终走向胜利的故事。”① 应该说，黄子平的确从小说文本的基本思想内涵出发，特别犀利地揭穿了当时包括《红旗谱》在内的那批“革命历史小说”与政治意识形态之间的隐秘联系。然而，关键的问题在于，黄子平固然不无尖锐地洞穿了当时那批“革命历史小说”的生产机制，但这样的一种生产机制却并不就意味着小说文本审美艺术层面上的成功。这也就是说，作家为自己的小说所确定的主题内涵是一回事，而小说作品最终实现的文本表达效果则是另一回事。关于文学作品的评价问题，刘纳曾经非常鲜明地提出过一个应该从“写什么”“怎么写”以及“写得怎样”这样三个层面分别切入进行具体分析把握的观点。刘纳注意到了“20 世纪 80 年代后期以来评论界对‘写什么’持不屑态度”，但她却坚持认为“对‘写什么’的评论，从来是，始终是文学研究重要而合理的内容”。在刘纳看来，“什么”在文本中主要体现为“从表层的人物事件与背景，到中层的意义与意向，再到深层的隐含意义与潜在意向”。然而，“写什么”固然重要，但“怎么写”却也并非无所谓的事，“它标志着一种感知方式的选择和一种经验过程的体认。‘怎么写’关系着作家艺术主动性的发挥，体现着作家的艺术表现力”。同样值得注意的是“写得怎样”。在刘纳的理解中，所谓“写得怎样”是指“艺术表现力以及所造就的表达效果，即作品在怎样的程度上体现了难以用其它形式传达的语言艺术的力量”②。对应于梁斌的长篇小说《红旗谱》，所谓“写什么”的问题，当然就是黄子平已经鲜明指出过的小说特定的思想内涵；所谓“怎么写”，指的就是梁斌在小说的写作过程中主要运用了什么样的艺术表现方式；所谓“写得怎样”，强调的自然也就是小说文本最终的艺术表达效果究竟如何的问题。而这也就意味着，如果说黄子平的

① 洪子诚：《中国当代文学史（修订版）》，北京大学出版社，2007，第 94 页。

② 刘纳：《写得怎样：关于作品的文学评价》，《文学评论》2005 年第 4 期。

研究已经很好地解决了《红旗谱》“写什么”的问题的话，那么，我们这一章的主要意图，也就是要在黄子平研究的基础上，更进一步地探讨研究一下小说的实际艺术表达效果到底怎么样的问题。

从小说的基本叙事内容来说，主要表现反割头税运动与保定二师学潮这两个历史事件的《红旗谱》，可以被切割为乡村叙事与革命叙事两大部分。如果说，主要表现发生在乡村世界中的反割头税运动可以被看作是乡村叙事的话，那么，表现保定二师学潮的这一部分就可以被看作是革命叙事。我们之所以把反割头税运动看作是乡村叙事，根本原因在于作家在这一部分对于乡村的日常生活状态进行了深入透彻的描写。之所以把保定二师学潮看作是革命叙事，是因为作家在这一部分虽然并没有展开对于学生日常生活的描写，但却对于革命的发生发展在人性剖析的基础上进行了入情入理的艺术表现。也正因为如此，所以我们在重读梁斌的《红旗谱》之后，才认定这是一部以人性的深入剖析为基本底色的优秀的乡村与革命叙事作品。

《红旗谱》乡村叙事的成功，首先体现在对于乡村日常生活场景的生动描摹与展示上。这一方面一个非常突出的例证，就是所谓的脯红鸟事件。一个偶然的机会，运涛和大贵他们捕到了一只相当稀罕的脯红鸟。没想到这只脯红鸟却被冯老兰给看上了，为了避免冯老兰的巧夺豪取，运涛、大贵他们便把这只颇为珍贵的脯红鸟带到集上去卖。然后，就有了这样的一个场景描写。当一个白胖老头试图出价十五吊钱买这只脯红鸟的时候，“没等到胖老头子答话，冯老兰猛的一下子从人群里闪出来，呼噜喊叫说：‘十五吊吗？这鸟儿算我的啦，我出二十吊大钱！’”然后，就是几个人的争相抬价。当价钱抬高到三十吊钱的时候，“冯老兰见大贵要拿着笼子走，着急败打，用手指头突着大贵说：‘你一个庄稼人，养个白家雀什么的！养这么好鸟儿干吗？’他还是不肯撒手，连连说‘三十吊！三十吊！’”对于这个场景，我们可以做如下的分析。一是这位冯老兰真的是爱鸟成癖，他是真心喜欢这只相当稀罕的脯红鸟。否则，我们也就无法解释他为什么会屁颠屁颠地跟着运涛、大贵他们跑到集上去。二是这个事件的最后结果虽然是以脯鸟被猫吃掉而告终结的。但从某种意义上说，这一事件的发生却可以被看作是朱老忠、严志和这些农民与地主冯老兰之间尖锐矛盾冲突的一种预演。虽然冯老兰自己并没有出面，但从他的代理人李德才到朱、严两家盛气凌人地讨要脯红鸟的过程中，一种凭借着自身的财势与权势而巧夺豪取的态势还是表现得十分明显的。如此看来，假若这只脯红鸟没有被猫吃掉的话，谁也无法保证不会生出更加严重的事端来。这样看来，所谓的脯红鸟事件，就既是梁斌小说中展示出的饶有情趣的乡村生活景观之一，同时却也可以被看作是此后朱老忠、严志和他们与冯老兰之间更为激烈的阶级矛盾的一种形象预演。在其中，我们不仅感受到了运涛、大贵们身上的少年稚气与敏锐的斗争触觉，而且也感受到了冯老兰性格的相对复杂性。出现在脯红鸟事件中的冯老兰，一方面，固然已经充分地表现暴露出了其霸气十足、仗势欺人的性格本质，但在另一方面，我们所看到的冯老兰确也同时是一位爱鸟成癖的超级“鸟痴”。对冯老兰爱鸟成癖一面的描写表现，不仅使得这一人物形象变得更加真实可信，而且也使他具有了一定的复杂性和立体感。这样的一种描写，充分地显示出了作家梁斌把握塑造人物形象的突出艺术功力。

小说中另一个生活气息特别浓郁的乡村生活景观，就是作家对于老驴头杀猪场景所进行的生动展示。老驴头杀猪，是梁斌笔下描写最为鲜活生动的一个乡村生活景观。一方面老驴头实在不愿意交割头税，不愿意为了杀一头猪再多赔上二三小斗粮食。但在另一方面，他又不愿意把猪拉到大贵那儿去杀，因为这时候已经有人在给大贵和春兰提亲了。“要是成了亲的话，大贵将来还是自家门里的女婿。把猪抬了去，大贵就得和春兰见面。为了杀猪，或许他俩还要在一块儿耽半天。他又想到春兰和运涛的事，心里想：‘不好！不好！’”两个杀猪的地方都不能去，但这猪却还不能不杀，于是，自然也就有了老驴头与老套子联合杀猪这样一个特别场景的出现。

> 老驴头把切菜刀在猪脖子上比试了比试。他没亲眼看过杀猪，只见过杀羊、杀牛。杀羊杀牛都是用刀子把脖项一抹，血就流出来。他憋足了劲，把刀放在猪脖子上向下一切。那猪一感觉到剧烈的疼痛，四只蹄子一蹬跶，浑身一曲连，冷不丁一家伙挣脱了老驴头和老套子的手。向上一窜，一下子碰在老驴头的脸上，把他鼻子碰破，流出血来。向后一个仰巴跤，咕咚的摔在地上。老套子伸开两只手向前一扑，那猪见有人扑它，两条后腿向上一蹦，把老套子碰了个侧不楞，窜到房顶上。向下一落，一下子落在汤锅里，溅起满屋子汤水，溅了春兰一身。锅里水热，烫得猪吱喽的跳出来，带着满身血水，在屋里跑来跑去，把家伙桌子碰翻了，把盆、罐、碗、碟，打了个一干二净。又纵身一跳，窜上炕去，吓得春兰娘哇的一声倒在炕席上。那猪直向窗格棂碰过去，咔嚓一声，把窗棂碰断，跳下窗台去。跐跐溜溜，满院子乱窜。

必须承认，梁斌的这一段描写，简直是太传神太精彩了，以至于如果不把这样一段文字全部照抄实录在这里，我们就无法表现出对于梁斌足够的敬意。如同这样一段可谓是形神兼备的场景描写，即使把它放置于中国小说的长河里，恐怕也都算得上是一种经典的描写了。说是在写杀猪，其实猪在某种意义上反倒成了这一段落的主角。作家通过“蹬跶”“一曲连”“窜”“蹦”“落”“吱喽”“碰”等一系列动词准确巧妙的连缀运用，把一头猪在受到惊吓之后的狂乱状态惟妙惟肖地展示在了广大读者的面前。关键的问题是，梁斌在极紧张的动作场景描写过程中，还全面地兼顾到了所有在场的四个人物，不仅写到了杀猪的老驴头与老套子，而且也顾及到了站在一边旁观的春兰与春兰娘。当然，作为小说中的一个有机组成部分，杀猪这个不无喜剧性色彩的场景描写，同时也在服务于老驴头这样一个老农民形象的塑造。正是通过杀猪这样一个特定生活场景的形象描写，老驴头那样一种既患得患失、胆小怕事，但又不失农民式的狡黠的复杂性格特征，就在梁斌的笔端得到了相当成功的艺术表现。除了以上两个生活场景之外，小说中其他一些乡村生活场景。比如，二十五年之后朱老忠与严志和故友重逢时的喜悦场景描写；比如，关于严志和失去“宝地”时的痛苦场景描写；再比如，运涛离开家乡前夕与春兰的深夜交谈，也都给读者留下了相当深刻的印象。

三、乡土根性农民形象的刻画塑造

与乡村生活场景的生动描写相比较，《红旗谱》中乡村叙事的成功，其实更体现在关于若干具有突出乡土根性的农民形象的刻画塑造上。这一方面最值得注意的一个人物，首先就是严志和。说到严志和，就应该注意到，小说中曾经几次提到过严志和的所谓“庄稼性子”。在我的理解中，这“庄稼性子”指的正是严志和身上的农民品性。具体来说，严志和首要的性格特征是朴实厚道、惜地如金。这一点，在他与朱老忠以及“宝地”的关系中表现得异常突出。过去的研究者总是强调朱老忠怎样地帮助支撑了严志和。比如，朱老忠曾经在严志和不再让江涛上学的问题上力挺过江涛；比如，朱老忠曾经和江涛一起前往济南探望身陷狱中的运涛。但与此同时，我们却又总是在忽略严志和对于朱老忠提供过的重大帮助。在这一方面，一个不容忽视的重要情节，就是严志和帮着从东北返乡的朱老忠在故乡最终站住了脚。对于离开故乡已经长达二十五年之久的朱老忠而言，通过怎样的方式才能在故乡立足，的确是一个十分迫切的重要问题。我们很难设想，如果没有严志和主动提供临时住所，没有严志和的积极帮衬，朱老忠一家千里迢迢回到故乡后的遭遇会是什么样子的。在这样的意义上，说严志和对于朱老忠的帮助乃是一种雪中送炭式的行为就是毫不为过的。因此，与其说总是朱老忠在帮助支撑着严志和，反倒不如说他们在人生的历程中一直在互相帮助更为准确些。实际上，也正是在对于朱老忠不计得失的援助过程中，严志和性格中朴实厚道的一面得到了充分的表现。然后，就是严志和与土地之间的深厚感情。正因为严志和深知土地的存在对于农民的生存具有十分重要的意义，所以他才千方百计地试图保住祖辈遗留给他的那块“宝地”。一直到运涛入狱与老奶奶猝死这样的双重灾祸同时降临到他身上的时候，被迫无奈的他才把这块珍贵的“宝地”出卖给了冯老兰。在“宝地”被出让之后，小说中有这样的描写：

> 严志和一登上肥厚的土地，脚下像是有弹性的，柔软得像踩在发面团上走路，发散出一种青苍的香味。走着，走着，眼里又流下泪来，一个趔趄，跪在地下。张开大嘴，啃着泥土，咬嚼着，伸长了脖子咽下去。
>
> 严志和嘴里嚼着泥土，唔哝地说：“孩子！吃点吧！吃点吧！明天就不是咱们的啦！从今以后，再也闻不到它的气味！”

很显然，正是通过吞咽泥土这个生动鲜活的小说细节，严志和那种惜地如金的性格特点得到了可谓是淋漓尽致的艺术表现。

严志和性格特征另外一个重要的方面是一种貌似软弱的生命坚韧。人物这一方面的性格特征，在过去曾经被指认为是一种生性的懦弱。现在看起来，这样一种多少带有一些否定意味的人物评价方式，其实是很难成立的。实际上，过去的研究者是误把人性中自然的一面当作了懦弱的体现。阅读《红旗谱》，我们不难发现，小说中以个人的微弱力量而承受生活苦难最多者，实际上正是严志和。当自己的父亲严老祥因故出走关东之后，一家三代五口人的生活重担事实上就落在了严志和一个人的肩头。在那个兵荒马乱、民不聊生的时代，上有老下有小的严志和，要想维持一家人的生计，需要付出怎样巨大的代价是可想而知的。然而，生活却并没有因此就停止对严志和的打击。在小说故事情节集中展开的前后不到几年的时间里，严志和所遭受的人生打击可谓是接连不断。先是运涛的入狱，然后是老奶奶的猝死，紧接着是“宝地”的被迫出卖，最后又是另一个儿子江涛的被捕入狱。很显然，无论是任何一个人，在接二连三地承受这一系列打击之后，也都会产生极为痛苦的精神感受，严志和的情况就是如此。且看得知运涛入狱的消息之后，作家关于严志和的一段描写：

> 严志和，本来是条结实汉子，高个子，挺腰膀。多年的劳苦和辛酸，在他的长脑门上添上了几道皱纹。平时最硬气不过的。做了一辈子庄稼汉，成天价搬犁倒耙。当了多少年的泥瓦匠，老是登梯上高。一辈子灾病不着身，药物不进口。一听得亲生的儿子为“共案”砸进监狱，就失去了定心骨。他迎着朱老忠紧走了几步，身不由主，头重脚轻，一个斤斗倒在梨树下。一阵眼黑，跳出火花来。

过去的研究者之所以指认严志和生性懦弱，很大程度上正是因为小说中不断地会出现如同以上段落一样的关于严志和遭受人生打击之后痛苦万状的描写。现在我们当然已经看得很明白，把严志和遭受惨痛人生打击之后本能的痛苦反应理解为他生性懦弱，本身就是极端错误的。实际上，作家对于严志和这样一种痛苦情状的生动描写，其实正应该被看作是作家对于人物一种真实人性的挖掘与表现。从某种意义上说，小说就应该是一种关乎于人性的语言艺术。严志和形象在《红旗谱》中的出现，正说明了作家梁斌其实具备着一种透视表现乡村世界中真实人性的艺术能力。严格地说起来，正是因为严志和在连续地遭受了一系列人生打击之后，最后仍然能够以坚定的人生意志战胜这些人生灾难，仍然加入了共产党，仍然与这个不公平的社会与世界进行着可谓是殊死的抗争，所以，严志和才的确称得上是一条具有真实人性的乡村世界中相当少见的硬汉子。

梁斌在《红旗谱》的创作中有着强烈的“史诗性”追求：“在作家看来，‘史诗性’地概括中国农民在‘民主主义革命时期’的生活和命运，需要安排相当宏阔的生活画面和长卷式的结构。”① 正因为作家有着自觉的“史诗性”追求，所以文学史家们也才更多地从这一点出发，把《红旗谱》理解成了一部关于中国农民革命的壮丽史诗。既往的文学史家们之所以在严志和与朱老忠这两个形象之间更多地肯定朱老忠，其根本的原因也正在于此。实际上，严志和与朱老忠均是小说中刻画成功的农民形象，只不过相比较而言，严志和身上有着更多的乡土根性，朱老忠的性格中更多地拥有反抗性的因素而已。从小说结构转换的意义上来看，朱老忠具有着严志和所无法比拟的重要性，他事实上是小说由乡村叙事向革命叙事转换的一个关键性人物。一方面，朱老忠是北中国燕赵大地上成长起来的具有中国传统侠义精神的农民形象，另一方面，他也是较早地接受了革命启蒙教育的革命者形象。之所以是朱老忠而不是严志和率先成为一位坚定的革命者，是因为这一形象身上更多地具备了革命的人性基础。说到梁斌小说中的革命叙事，首先必须辨析清楚的一个问题，就是在当下的这个时代，究竟应该怎样看待评价革命的问题。虽然当下的时代已然是一个“告别革命”的时代，虽然从社会历史的发展趋势来说，革命似乎的确已经成了一个被世人多有诟病的过去了的事物，以至于在全球范围内居然出现了一种否定革命的总体趋向。但是，从客观理性的角度来说，革命既然是一个在一定的历史阶段曾经普遍发生存在过的事物，那么，也就肯定有其历史的必然性与合理性。简单的肯定或者否定，都不是自诩为拥有理性的知识者应该持有的评价态度。对待梁斌这部以革命叙事为主要表现内容的《红旗谱》，我们所持有的同样应该是这样一种评价态度。也就是说，既然革命的确是二十世纪中国历史上真实发生过的最为重要的客观事物之一，那么，坚持现

① 洪子诚：《中国当代文学史（修订版）》，北京大学出版社，2007，第98页。

实主义创作立场的梁斌在其表现二十世纪中国历史的“革命历史小说”中，对革命进行浓墨重彩的艺术表现也就是十分自然的事情。我们所要做的工作，关键就是要详细地考察小说对于革命这一事物的描摹表达，究竟是一种概念化的表达，还是一种建立于人性剖析基础之上的入情入理的表达。通过这次对于《红旗谱》认真重读，我觉得，不仅小说中表现乡村日常生活的乡村叙事存在着扎实的人性基础，而且作品中的革命叙事也是建立于牢固的真实人性剖析的基础之上的。这一点，最为集中地体现在朱老忠、运涛、江涛这几位人物形象身上。

先来看朱老忠。“为朋友两肋插刀”，“出水才看两腿泥”，可以说是梁斌为朱老忠设定的标志性性格特征。小说中的朱老忠不仅这样说，而且也在行动中这样做。作为作家倾力塑造的一个农民英雄形象，朱老忠的最终走向革命，是建立在一种坚实的人性基础之上的。这种人性基础主要表现在以下几个方面。第一，朱老忠的父亲朱老巩当年就是因为保护柳树林中的大铜钟而与恶霸地主冯老兰发生了尖锐激烈的矛盾冲突，口吐鲜血而含恨离开了这个不公平的世界。不仅如此，朱老忠唯一的姐姐也于此后不久遭受侮辱投河自尽。正因为父亲与姐姐之死均与冯老兰有关，所以朱老忠自然形成了一种强烈的复仇心理：“一想到锁井镇上有个冯老兰在等着他，二十多年的仇恨，在心中翻腾起来。”第二，朱老忠少年时即孤身一人闯荡江湖，最终落脚于关东大地，前后长达二十五年之久。虽然小说没有做明确的交代，但我们却完全可以想象得到，朱老忠在这个过程中会经历怎样的艰难困苦与磨难挫折。这一人物坚定的反抗立场与不屈的生命韧力，很显然正是由此而得来的。他的那种“为朋友两肋插刀”与“出水才看两腿泥”的突出性格特征，实际上也正是在这个过程中才逐渐形成的。“他想，‘我要回去，擦亮眼睛看着他，等着他。他发了家，我也看着，他败了家，我也看着。我等不上他，我儿子等得上他。我儿子等不上他，我孙子等得上他。总有看到他败家的那一天，出水才看两腿泥！’”第三，即使是回到锁井镇之后，冯老兰也仍然没有放过朱老忠他们，大贵被抓壮丁就是一个突出的标志。对于朱老忠来说，冯老兰此举无疑进一步强化了他本来就根深蒂固的复仇意识：“朱老忠觉得这些人未免欺人太甚，一时气愤，心上急痒难耐，仇恨敲击着他的胸膛，走出走进，说什么也站不住脚。”此外，朱老忠还先后目睹了许多如同自己一样的贫苦农民兄弟由于社会的不公平而遭受的种种人生苦难。这些苦难的目睹，很显然也在很大程度上激发着他强烈的反抗意志。正因为朱老忠已经具备了这样的一些人性基础，所以，当他通过运涛间接地接受了革命思想的启蒙教育之后，也就顺理成章、毅然决然地走上了革命的道路，成为一名意志立场特别坚定的革命者。因此，从革命叙事的角度来看，梁斌塑造朱老忠这一农民英雄形象最值得肯定之处，就是把握住了其内在的人性特征，入情入理地写出了他最终成为一个坚定革命者的必然性与合理性。这样看来，严志和与朱老忠这两位农民形象实际上并不存在一个谁主谁次的问题，我们完全可以说这是两个相映生辉的具有相当人性深度的农民形象。

然后就是运涛与江涛。与严志和、朱老忠不同，运涛、江涛兄弟可以说是在乡村中成长起来的知识分子形象。因为他们之间在身份方面存在着明显的差异，所以作家梁斌在塑造刻画运涛、江涛兄弟时，就非常明确地突出了他们作为知识分子革命者的形象特征。运涛、江涛先后走上革命道路的行为，同样具有十分坚实的人性基础。第一，运涛、江涛从小就从自己的父辈那里接受着阶级仇恨的朴素教育，虽然无论是传授者还是接受者，他们根本就不知道所谓的阶级是什么。说到这一点，我们就应该注意到他们与奶奶之间的这样一次对话。

老奶奶说：“他是不跳啊，要跳，还会想到念叨他的人儿。咳！死王八羔子们，把俺人们都欺侮跑了！”

运涛说：“奶奶！甭说了，一辈子的仇啊！”

江涛紧接着说：“一辈子，十辈子也忘不了。”老奶奶拄上拐杖，走过来说：“好孩子，有这点心气儿就好。”

很显然，年龄尚且很幼小的运涛、江涛之所以能够说出诸如一辈子或十辈子的仇这样的话语来，肯定是从前辈那里不断地接受类似教育的缘故。道理非常简单，自己的爷爷严老祥被迫远走关东，自己的父亲严志和也差点被迫重蹈爷爷的覆辙，前辈这些饱受压迫的事实在他们心底埋下了最早的仇恨种子。第二，运涛、江涛自己亲身感受或者说目睹了阶级压迫的许多事实。脯红鸟事件，就可以说是他们对于阶级欺压事实的最初感受。当李德才试图以冯老兰的村长威势压服朱大贵时，“大贵红着脸，喷着唾沫说：‘我看他是个土豪恶霸！他霸道，他霸产、霸财、霸人，都行得了。’他又跺哒着脚，向前走了两步，气呼呼说：‘还要霸到我的鸟儿身上呀？他霸道，他敢把我一嘴吃了？’”做出激烈反应的虽然是大贵，但大贵的话语所传达出的实际上正是大贵、二贵哥俩与运涛、江涛哥俩的共同感受。正因为如此，所以朱老忠才会语重心长地叮嘱他们说：“你们都看见了吧！一个个要拿心记，懂得吗？”朱老忠要他们牢记心中的正是活生生的阶级压迫事实。同样的，大贵被抓壮丁，也给运涛、江涛他们留下了难以磨灭的仇恨记忆。当朱老忠他们与朱大贵痛苦告别的时候，“运涛在一边看着，见母子俩难离难舍，眼圈儿一阵发酸，也流出泪来，心里说：‘谁知道！这是什么命运哩？’江涛眨巴着又黑又长的眼睫毛，默默的不说什么”。很显然，大贵被抓壮丁这一具有强烈刺激性的事件，再一次强化着运涛、江涛内心世界中的阶级记忆。第三，作为乡村世界中为数不多的青年知识分子，他们具有着朱老忠、严志和等老一代农民所不具备的更容易接受新生事物的突出特征。之所以是他们而不是朱老忠、严志和最早接受了来自共产党员贾湘农的阶级与革命启蒙教育，其根本原因正在于此。而运涛、江涛他们之所以能够没有多少障碍地领悟并接受来自于贾湘农的革命教育，最根本的人性基础，正在于此前的他们已经形成了朴素的阶级反抗意识。一旦得到来自于贾湘农的点化，他们很快就由一种不自觉的本能反抗状态转化成了自觉的革命状态，成为斗争意志格外坚定的革命者。关于这一点，小说中表现得很明白，虽然运涛与江涛哥俩先后都因为积极从事革命活动而被捕入狱，但所有的这一切现实磨难却都没有能够改变他们坚定的革命意志。

从以上的分析不难看出，梁斌的《红旗谱》中，无论是乡村叙事，还是革命叙事，实际上都是建立在一种格外坚实的人性基础之上的。不仅如此，梁斌此作在结构方面也有值得称道之处。众所周知，是否具备一种合理的艺术结构，是衡量一部长篇小说成功与否的重要标志。梁斌《红旗谱》艺术结构上的令人称妙之处即在于，虽然小说是由主要表现反割头税斗争的乡村叙事与主要表现保定二师学潮的革命叙事两大部分组合而成的，但我们在阅读《红旗谱》的过程中却并没有能够清晰地感觉到这两大部分之间的分水岭究竟在什么地方。究其原因，正是因为梁斌通过对朱老忠、严志和、运涛、江涛这些贯穿于两大部分之间的人物形象的整体描写与刻画，而将这两大部分水乳交融地编织在了一起。近些年来，出于阅读与研究兴趣的缘故，我曾经阅读了当下时代不少的长篇小说作品，其中当然也有很多如同《红旗谱》一样同时表现着若干重要的现实或历史事件。然而，从我的阅读感觉来看，这些现实或历史事件之间却总是呈现为一种泾渭分明的隔离状态，我们很容易就可以辨析出其中的界限来。这样一种对比非常鲜明的情形就充分地说明，最起码在小说的结构布局能力上，我们当下的这些作家还没有能够抵达梁斌这样的文学前辈们曾经达到过的那样一种高妙艺术境界。这样看来，要想在真正的小说艺术层面上实现对于如同梁斌这样的文学前辈的超越，恐怕也并不是什么轻而易举的事情。

总而言之，我重读梁斌的《红旗谱》之后得出的简短结论，就是即使是从现在的普遍人性论这样一种文学观来看，这部“十七年”中的小说经典，依然应该被看作是一部格外优秀的文学作品。以人性剖析为底色的乡村与历史叙事，正是《红旗谱》这部长篇小说在当下时代也依然应该得到的一种高度评价。《红旗谱》值得肯定之处，正在于它充分地说明了革命并不是什么政治意识形态强加于朱老忠、严志和、运涛、江涛这些朴实农民身上的一种事物，革命其实具备着相当深厚真实的人性基础。

第三章　“比我的生命还重要”

——《风云初记》与《腹地》之比较兼及《腹地》的批判事件

一、两部长篇小说文学史评价之差异

从一种学科比较的角度来说，或许与还没有能够接受来自于时间和历史的充分淘洗与检验有关，中国大学的文学教育体制中，稳定性最弱的，莫过于具有突出“与时俱进”性质的中国当代文学这一学科。学科稳定性最弱的具体表现，就是一些看似早有“定评”的文学思潮与现象或者作家作品，往往会伴随着时序的自然迁移，尤其是伴随着文学观念的更易，而变得特别可疑。这一方面，有一个不容忽视的例证，就是孙犁的《风云初记》与王林的《腹地》这两部长篇小说差异极其明显的文学史评价。正所谓空口无凭，这里，我们且以截至目前坊间口碑最好的三部文学史著作为例，做一番细致的考察。具体来说，这三部文学史著作分别是洪子诚的《中国当代文学史（修订版）》（北京大学出版社，2007）、陈思和主编的《中国当代文学史教程（第二版）》（复旦大学出版社，2013）以及董健、丁帆、王彬彬联袂主编的《中国当代文学史新稿》（人民文学出版社，2005）。

首先，是陈思和主编的《中国当代文学史教程》。关于王林的《腹地》，这本著作根本没有提及。关于孙犁的《风云初记》，第三章“再现战争的艺术画卷”中稍有提及：“于是，歌颂革命战争，并通过描写战争来普及现代革命历史和中共党史，成为50年代公开发表的当代文学创作中最富有生气的部分。刚刚结束不久的抗日战争和解放战争成了众多作家竞相反映的热门题材。袁静、孔厥的《新儿女英雄传》、孙犁的《风云初记》等一系列表现华北抗日根据地战斗生活的作品率先拉开了战争小说的序幕。”①

其次，是董健、丁帆与王彬彬三位联袂主编的《中国当代文学史新稿》。尽管关于王林及其《腹地》，这一著作同样没有提及，但关于孙犁的《风云初记》，却曾经用不小的篇幅进行了相对深入的探讨。

> 孙犁的《风云初记》共三集，1951年至1963年陆续出版，故事以初期抗日战争为背景，塑造了一系列在这场战争中成长起来的农民军人形象。其中有富于顽强抗争精神的老年农民高四海，也有雇工出身的连队指导员芒种等等。自然也少不了孙犁特别擅长刻画的青年女性形象，如单纯、美丽、善良，对生活充满幻想与热情，最后成为革命新人的吴春儿，不断同自我、旧家庭、旧势力做斗争的李佩钟等等。小说在许多地方有着非常明显的孙犁创作风格的标记，比如，诗化的自然景物描写，行云流水般的优美的语言，清秀纯美的年轻女性形象。但是，从总体上来看，这部小说无疑是一次失败的创作。这并不是说孙犁的诗化风格只适合中短篇的创作，而无法表现长篇的容量；失败的主要原因在于：孙犁小说所体现出来的独特审美气质与美学风格，其内在的要求是一个超然美学主体的角色存在，是一种对审美对象的文化心理

① 陈思和主编《中国当代文学史教程（第二版）》，复旦大学出版社，2013，第55-56页。

距离。“风格即人”在孙犁这里有着独特的体现。对孙犁而言，诗化的创作风格并不仅仅是某种外在的艺术叙事手段，相反，它还是某种人生方式，某种生活立场。《荷花淀》、《山地回忆》等作品之所以受人称誉，都无不与孙犁对创作对象、对生活所持的那种恬淡、闲静而纯美的注视目光有关。这样一种审美的目光虽然戴上了政治的过滤镜，但其内在的对人性美、生活美的深情与探索，依然能够穿透政治的雾幛，打动读者的心。然而，当孙犁在文学政治化倾向的影响下，试图通过《风云初记》以“史诗”风格为一个时代立传时，便在事实上与他的美学追求发生了矛盾。尽管在《风云初记》中随处可以看到优美的景物片断描写，也偶尔可以从吴春儿等女性形象上发现孙犁对女性美的深情关注，但这些碎片再也无法聚集成为一个统一的美学整体了，过多的政治化情感将它们稀释成为一些“点缀品”，使作品缺乏内在的艺术穿透力；与艺术对象没有什么审美距离的急功近利的政治创作意图，与孙犁创作风格中内在的审美视角有着无法弥合的裂缝，这种裂缝导致小说在整体风格上的不协调。此外，就孙犁的创作气质而言，可以认为，设置扣人心弦的情节、冲突激烈的矛盾，并非其所长。孙犁擅长的无疑是类似《荷花淀》那样的抒情小说，在营造整体的诗化意境中缓缓展开人物的内心世界。而在《风云初记》中，孙犁安排了几条故事线索，似乎想以故事来带动作品，抓住读者的阅读兴趣，但到了小说后半部，这种安排便非常明显地后续无力，几条线索都变得零散不堪，甚至只好草草收场。①

这里的引文虽然篇幅比较长，但为了全面反映该书作者对孙犁《风云

① 董健、丁帆、王彬彬主编《中国当代文学史新稿》，人民文学出版社，2005，第125－127页。

初记》的真实看法，只好照录于此。

再次，是洪子诚的《中国当代文学史》。与前面的两部著作相比较，洪子诚的难能可贵处在于，他毕竟注意到了王林《腹地》的存在。在该书第八章“对历史的叙述”中，洪子诚写道：“在五六十年代，‘革命历史小说’的主要作品，长篇有《腹地》（王林，1949）、《战斗到明天》（白刃，1950）……”① 虽然只有这一处，但不管怎么说，王林的《腹地》总算是进入了文学史家的视野之中。相对来说，《中国当代文学史》关于孙犁《风云初记》的论述，篇幅还是要超过王林的《腹地》：“比较而言，孙犁、茹志鹃、刘真等在‘当代’对‘革命历史’的讲述，是有所不同的方式。他们的带有抒情性的作品，传达了更多的个人经验，显现了某种‘另类’的色彩……《风云初记》是孙犁唯一的长篇小说。小说写‘七七事变’后，冀中滹沱河沿岸子午镇和五龙堂村庄的生活变迁，以及中国共产党在这里组织武装、建立抗日政权的故事。虽有不少出色的段落，但也表现了在驾驭长篇体制上功力的缺欠。”②

综合以上三部文学史著作对孙犁《风云初记》与王林《腹地》的论述情况，可以得出的一个结论就是对于王林的《腹地》，我们的文学史基本上处于完全忽略的状态之中。对于孙犁的《风云初记》，尽管肯定性与否定性的看法参半，但却毕竟占有了一定的篇幅。尤其耐人寻味的，是《中国当代文学史新稿》。一方面，该书对孙犁的《风云初记》不仅泰半持一种否定的态度，指认其为“一次失败的创作”，而且还以不小的篇幅进行了深入的分析。但在另一方面，一部应该是“惜字如金”的当代文学史著作，竟然为一部长篇小说留出相当的篇幅，即使泰半为否定性的看法，也从另一个角度说明作者对孙犁《风云初记》的重视。不管怎么说，如此一种情形，较之于王林《腹地》的籍籍无名、干脆就不被提及，其实还是好了许多。换言之，我们也不妨可

①② 洪子诚：《中国当代文学史（修订版）》，北京大学出版社，2007，第94、102－103页。

以说，孙犁的《风云初记》是以别一种“另类”的方式进入了文学史。

此外，与以上三部文学史著作相比较，带有明显参照意义的，还有潘旭澜主编的那部在学界影响颇大的、带有突出文学史性质的《新中国文学词典》，对孙犁《风云初记》与王林《腹地》的不同处理方式。一方面，孙犁与王林都以作家的身份进入了这部词典，但另一方面，其代表性作品被作为词条进一步加以专门介绍的，却只有孙犁而没有王林。具体来说，孙犁共有两部作品成为了词条，其中之一就是长篇小说《风云初记》。不仅如此，关键的问题是，该词典对《风云初记》还做出了相当高的评价。

> 长篇小说。孙犁著。共三集。一、二集于 1955 年由人民文学出版社出版，全三集于 1963 年由作家出版社出版，以诗情洋溢的艺术笔致，描绘了滹沱河畔抗战初期的时代风云及其在人们心灵深处引起的深刻反响，着力刻画了春儿、李佩钟、俗儿几个神形各异的妇女形象，对李佩钟、俗儿的刻画，尤见功力，将其性格的多面性、独特性充分展示出来。相形之下，芒种的形象则稍有逊色。作品体现了孙犁惯有的浑朴清丽、诗意浓郁的艺术风格，写景写人，善用抒情笔调，富于诗意。结构如行云流水，顺其自然。情节紧扣人物性格发展，家常谈话、生活琐事映现出时代风云变幻，却能举重若轻。语言清新、明净而蕴藉。将抗日战争初期中共领导下的根据地写得如此真切，迄今未有。以散文化写法创作长篇小说则有明显局限。①

潘旭澜词典中的这一词条，与《中国当代文学史新稿》中的相关文字比较，其对孙犁的《风云初记》这部长篇小说评价的差异之大，很难让我们相信他们所谈论的竟然是同一部作品。

① 潘旭澜主编《新中国文学词典》，江苏文艺出版社，1993，第 231 页。

二、《腹地·后记》分析

之所以要在这里零零落落地罗列这么多，乃是因为最近我竟然有机会在重新阅读孙犁《风云初记》的同时，也想方设法先后两次阅读了王林的《腹地》。或许与作家截至目前为止的文学史地位紧密相关，孙犁的《风云初记》并不难觅，需要费心加以搜寻一番的是王林的《腹地》。由于《腹地》在很长一段时间内没有能够再版，我所搜寻到的是解放军文艺出版社1985年8月的那个版本。在这一版本的后记中，王林交代了这部小说的创作过程。

> 这本小说的初稿，写于一九四二年冬到翌年夏。当时正值日寇对于冀中平原敌后抗日民主根据地疯狂进行所谓“五月大扫荡”。我相信中华民族抗战必胜，但不敢幻想自己能够幸存到最后胜利。为了给这场伟大的神圣的民族自卫战争留下一点儿当事人的见证，我就守着洞口动起笔来，随时写随时藏在墙窟窿里，对于全书的结构和人物的考虑，是谈不到的。全国解放以后进入大都市，又忙于参加接收工作，没有经过认真的加工就匆忙由新华书店出版了。三十多年来一直使我惴惴不安，觉得有愧于英勇战死者和同时代的人民群众。这次加工修改，几乎等于重写，希望对于冀中平原根据地军民粉碎日酋冈村宁次亲自指挥的所谓“五月大扫荡”斗争的英雄史迹能表现其万一。能否如愿，尚待读者评定。①

① 王林：《腹地·后记》，载《腹地》，解放军文艺出版社，1985。

这篇后记，虽然看似简短，但其中所透露出的，最起码包括以下三方面的信息。

其一，小说最早的创作时间是1942年到1943年间。这个时候，正是抗日战争如火如荼地进行的过程之中。当时的王林，作为一名共产党军队中的抗日战士，其实并不能未卜先知地预测到抗战数年后的胜利（但请注意，在1985年的版本中，我们却屡屡可以看到艰苦卓绝的抗战将会在不久后胜利的相关叙述。比如：“日寇发动太平洋战争以后，战线越拉越长，兵力越来越分散。南下的日军要求调动华北方面的日军开赴太平洋参战。于是分散驻扎在华北各个据点的日本军队，有的秘密向铁路线集结，准备南下太平洋。”再比如：“全面了解和研究研究再说，县城据点里流言很多，有的说日寇快完蛋了；有的说美国装备的中央军机械化部队就要过黄河，打前站的已经来到华北各地，思想十分动荡，十分混乱。”所有这些带有突出“事后诸葛亮”特点的叙事话语，很显然都与作家1985年的修改紧密相关）。也因此，他当时的书写，尽管是一种允许艺术虚构的长篇小说，却也肯定带有当事人历史“原生态”现场证词的突出性质。

其二，尽管《腹地》的初版本早在1949年就已经出版，但此后却一直处于绝版的状态之中。此书的长期绝版，令王林耿耿于怀。唯其因为如此，所以一直到很多年之后，他也仍然坚持要对《腹地》进行近乎“重写”的大修改。道理说来非常简单，如果不做“大手术”，此书就绝无再次问世的可能。由于各种条件的限制，我虽然百般搜求，但仍然难以搜寻到1949年《腹地》的那个版本。这样，自然也就无法比较两个版本之间的差异，更无法切身体会王林所谓的“几乎等于重写”到底是这样的一种情况。好在有研究者留下了明确的说法。“王端阳说：‘由于《腹地》仍存在着“重大缺点”，不能再版，王林不得不进行修改。改的过程也是反反复复，而且一改就是三十年。在他去世前终于完成，并在他去世后的1985年由解放军文艺出版社出版。这个修改过程是极其痛苦的。说实话，这个版本我读了几次都没有读完，总觉得里面有"高大上"和"三突出"的东西。'我读了1985年版的《腹地》，也是同样的感觉，原生态的东西没有了，党组织的形态完整了，同时属于王林在炮火中锤炼的艺术个性也没有了。小说完全变成了和其他作品似曾相识的模样。"① 既然王林的儿子王端阳与邢小群都持差不多的说法，那么，《腹地》的1949年初版本，与1985年再版本之间的"面目全非"，恐怕就是确凿无疑的一种事实。

其三，在这篇很显然煞费了一番苦心的《后记》中，王林应该是刻意地回避了《腹地》在1949年出版时曾经遭受严厉政治批判的重大史实。事实上，根据研究者的考察，早在这部小说正式出版之前，包括批评家陈企霞在内的一些读者，就发表过相当尖锐的批评意见。"王林在自己的日记里记载了他们的批评意见：'这村里前后两支书皆坏蛋，其余人旧思想相当严重或和平共居；没有革命空气，令人不知道光明何在？将黑暗不适当的夸大，看不到光明。'""共产党的力量在哪里？……根据地村中任何工作都应在支部上。应写最好的典型。要告诉全国人民，共产党是干什么；不应告诉说共产党里有坏蛋。"② 时任华北联大文学系主任的陈企霞，则"一方面肯定了小说的长处：如：'人民的坚持抗战与重组军队，别的小说很少见到。''编《解放日报》五年，尚未见到。''后半部分，可以说接近伟大的作品的。'一方面批评《腹地》的主要缺点：'没有爱护党如爱护自己的眼睛。'1948年在一次座谈会上，他更武断地提出：'在共产党领导下的地区，不能出版这本小说。'"③ 既然早在出版前就已经明确表示了自己的否定性批评立场，那么，陈企霞在《腹地》正式出版后在《文艺报》发表字数多达二万三千字的批评文章，也就是合乎逻辑的一种结果。按照研究者的转述，陈企霞这个时候的否定性态度，较之于此前更为激烈。"陈企霞的文章比

---

①②③ 邢小群：《"〈腹地〉事件"引起的思考：从新中国成立后被批判的第一部长篇小说谈起》，《南方文坛》2009年第6期。

1947 年、1948 年的口头意见更强硬，当年一些肯定的话也不提了。只说：就 50 年代初的文学水平和读者广度看，《腹地》‘已是一部不应漠视的读物’。他带着‘十二分的惋惜’，认为这部作品从主题、人物、题材、结构甚至语言上，都存在着‘本质的重大缺点’。很多描写是片面的、杂乱无章的、人物性格前后矛盾。他提出：对英雄的典型概括不够，主人公的人格是分裂的；思想与艺术手法上混乱；看不到群众一步步觉醒的面貌，看不到真实的民族仇恨，看不到群众与干部血肉相关的联系；对群众有丑化、庸俗化倾向，随时随地暴露的是‘群众向来落后’。核心问题是看不见党的领导作用。”① 有了陈企霞的这一长篇批评文字，王林的《腹地》自然也就变成了中华人民共和国成立后被批判的第一部长篇小说。然而，多少令人感到不解的是，对于这一批判事件，无论是洪子诚的，或者陈思和主编的，抑或是董健他们三位主编的当代文学史著作中，均未有一丝一毫的提及。无独有偶，同样不能不令人生疑的一点是，过了很多年之后，到了“文化大革命”后的 1980 年代，当其他一些在“十七年”间遭受错误批判的作品获得重新评价的时候，唯一受到忽略的，却依然是王林的这部“在劫难逃”的《腹地》：“我至今不明白，朱定的《关连长》、萧也牧的《我们夫妇之间》、路翎的《洼地上的战役》、碧野的《我们的力量是无穷的》、白刃的《战斗到明天》、方纪的《让生活更美好吧》等等作品在 50 年代受到不公正的批判，都在 80 年代得到了昭雪，为什么王林的《腹地》受到批判的事件仍被忽视？”② 倘若论作品的分量，我以为，王林的《腹地》一点儿也不次于以上所罗列的各部作品。这样一来，问题也就变得有些棘手了。尽管说关于这个问题的相关思考要等到本章将要结束时方才能够给出，但在这里却也有先提出来以引起注意的必要。言归正传，这里的关键问题在于，既

①② 邢小群：《“〈腹地〉事件”引起的思考：从新中国成立后被批判的第一部长篇小说谈起》，《南方文坛》2009 年第 6 期。

然早在1949年就已经围绕《腹地》的出版发生过如此激烈的文学批判事件，那么，耐人寻味的就是，当事人王林，到了1985年《腹地》再版的《后记》中，对于这一真正可谓“生死攸关”之事，为何竟然一字不提呢？这其中，除了因为若干当事人依然在世，恐怕会引起一些不必要的人事纠葛之外，其他方面的原因，由于作家王林已经去世多年，空口无凭的我们，也只能根据自己的理解去进行单方面的推测了。

三、两部作品的文体特征比较

话题再回到我对孙犁《风云初记》与王林《腹地》的阅读上。一个极大的遗憾就是，《腹地》1949年的初版本，我无论如何都找不到，所能读到的只有千方百计搜寻来的1985年的这个据研究者说早已“面目全非”的版本。但在具体讨论孙犁和王林的这两部长篇小说之前，却有必要了解一下那些曾经有缘阅读《腹地》1949年初版本的专业读者的评价。比如，作家康濯给王林写信道：“花了两天时间，看完了大作《腹地》，我激动得不行！我拼命找黑暗，但找不着！我拼命找：‘看不出人民的力量’的东西，但人民力量都向我涌来！难怪王林要发疯了？”“周扬看了一半，发表意见：‘别人说这本小说把解放区写得太黑暗，我看写得还太光明了呢，冀中区那个时候的工作就那样深入吗？’周扬给王林写信表示，虽然没有看完，但就看过的部分，感觉可以出版。接下来，小说在周扬领导下的天津新华书店出版了。一版、再版，前后印发二万册。”至于王林一生的挚友孙犁，则更是在序言中给出了高度的评价：《腹地》“是对冀中人民的一首庄严的颂歌”，“是一幅伟大的民族苦难图”。孙犁还说：“在读过这本书以后，又嘲笑我们：你们不是也有落后黑暗？你们不是也张皇失措过？你们不是也东逃西散过？你们不是也悲观失望过吗？是的，我们有过这种情绪，是在那样一种残酷的战争现实里，然而在我们心里有坚强的血的激流。……这是群众的战争现实，不能拿千金之子、坐不垂堂，正襟危坐、步履不乱的风度来衡量的。”① 一方面，由于我无缘一睹《腹地》1949 年初版本的风采，所以不敢对这些正面的高度评价置一词。但在另一方面，康濯、周扬与孙犁，他们这几位都是中国当代文坛鼎鼎有名的大家。不管怎么说，我都相信，出自于他们的评判不可能离谱到哪里去。这里，有一个不容忽视的强有力参照就是，我虽然没有能够读到《腹地》1949 年的初版本，但却先后两次极认真地阅读过 1985 年的修改版。如果说我对《腹地》的修改版已经有着相当高评价的话，那么，没有被迫修改前的当年那个初版本就理应得到更高的评价。关键还在于，这里的“如果”，在我先后两次读过 1985 年版的《腹地》之后，已经不再是“如果”，而是变成了无可否认的阅读现实。

就这样，一方面是对孙犁《风云初记》的重新阅读，另一方面是对王林《腹地》先后两次的反复阅读。从我个人的一种阅读直感来说，同样是以冀中抗战为书写对象的长篇小说，《腹地》的思想艺术成就要远远地超过《风云初记》。如此一种阅读感受，与洪子诚、陈思和以及董健他们的三本文学史著作中采取的处理方式、给出的相关评价之间，毫无疑问构成了极明显的差异。那么，问题到底出在什么地方？究竟是我的个人阅读出现了问题，抑或是这些文学史著作的相关处理方式存在着明显的不妥之处？所有的这一切，都需要在认真地细读文本并加以深入比较的基础上得出可靠的结论。当然，这种比较之所以具有切实的可行性，其实也还同时具备了其他一些条件。其一，孙犁和王林，不仅都是当年在冀中根据地成长起来的作家，而且他们之间还有着颇深的交谊。否则，我们无论如何都无法理解《王林日记辑录之一　我与孙犁四十年》② 这部著作的出版。由王林之子

① 邢小群：《“〈腹地〉事件”引起的思考：从新中国成立后被批判的第一部长篇小说谈起》，《南方文坛》2009 年第 6 期。

② 王端阳、冉淮舟编《王林日记辑录之一　我与孙犁四十年》，北岳文艺出版社，2019。

王端阳联合冉淮舟一起整理完成的这部作品，在为历史留存一份真实史料的同时，所充分显示的正是孙犁和王林之间长达四十年之久的深厚交谊。若非如此，在当时已经是文名日盛的孙犁，也大可不必专门为王林的《腹地》作序了。其二，《风云初记》与《腹地》两部作品不仅都是战争小说，而且他们所关注表现的尽管具体的战争时段有所不同，一个是战争初始阶段，另一个是战争的纵深也即所谓相持阶段，但竟然也都是发生在滹沱河畔的冀中根据地的抗战生活。其三，孙犁与王林，除了拥有超过四十年的深厚交谊之外，他们的另外一种共同的社会身份也需引起我们的高度注意，那就是战士作家或者左翼作家。所谓战士作家，意味着他们都曾经经历过战场上的血雨纷飞，正所谓一手拿枪一手拿笔的作家是也。所谓左翼作家，意味着他们有着干脆一致或者说大致相近的文学观念，那就是在反对为艺术而艺术的同时，坚决认同文学创作与革命事业之间存在着紧密的内在关联。很大程度上，他们都会把自己的文学创作当作革命事业的一个有机组成部分。有了以上这些方面的存在，《风云初记》与《腹地》的比较，当然也就有了切实的可能。但在进行这种具体的比较之前，却有必要专门交代一下本章标题的由来。“比我的生命还重要”这句话出自王林的日记：“他知道这本书不可取代的独特性，他甚至说，这‘比我的生命还重要，我死了也要写遗嘱，要求解决这个问题’。”① 我们借用王林的这句话来做标题，很显然意在充分凸显他这部被历史淹没已久的长篇小说《腹地》的思想艺术价值。

既然《风云初记》和《腹地》都属于长篇小说，那么我们对它们的比较分析，首先就需要从长篇小说最基本的文体特征来切入进行。尽管说关于长篇小说迄今未有举世公认的概念定义，但我们在这里却更愿意引用苏

---

① 邢小群：《“〈腹地〉事件”引起的思考：从新中国成立后被批判的第一部长篇小说谈起》，《南方文坛》2009 年第 6 期。

联文学理论家波斯彼洛夫的精辟见解。需要特别强调的一点是，波斯彼洛夫是在与短篇故事进行比较的过程中来凸显长篇小说特征的：“短篇故事是关于作品人物生活中的某个意外地得到解决的事件的叙述，而长篇小说从发展的趋向说乃是一部某个人（或一些个人）的个性与一定的社会环境相冲突的完整的发展史。”“总之，长篇小说乃是这样一种叙事作品，（无论它们的叙事形式具有什么样的特点），它的主要主人公（或主要主人公们）通过自己相当长的一段生活经历，显示出自己的社会性格的发展，这种性格发展是由于主人公的利益与他的社会处境和社会生活的某些常规发生矛盾所造成的。这就是长篇小说性体裁的作品的内容方面。”① 按照波斯彼洛夫的进一步考察，欧洲的长篇小说最起码先后经历了两个不同的发展阶段。早期的一种形式是冒险长篇小说，后期的则是有中心情节的长篇小说。“在这类小说（指后一类）的情节中，贯穿着一个统一的冲突，它有时是简单的，有时是复杂而多线索的，但总是集中在某种一定的，常常是很狭小的时空范围之内。”“有中心情节的长篇小说的作者们对人的性格的认识要深刻和复杂得多。他们力求在自己的主人公的精神世界中，多少明确地揭示出人物的思想信念，他们在行动和态度上所依据的原则。因此有中心情节的长篇小说，无论过去或现在，通常总是建筑在主要主人公之间的思想和道德的对比的基础上，建筑在由此而产生的冲突的基础上。”② 两相比较，一个可信的结论就是，后者也即具有中心情节的长篇小说，很明显要比前者也即那些冒险长篇小说，在思想艺术方面有着更高的成熟度。大约也正因为如此，所以愈是随着时间的推移，就愈是会有更多的作家趋向于后一类型长篇小说的创作：“后来，在十九世纪至二十世纪的文学中，各国、主要是欧洲各国的最著名的大作家都写‘有中心情节’的长篇小说。他们主

①② 波斯彼洛夫：《文学原理》，王忠琪、徐京安、张秉真译，生活·读书·新知三联书店，1985，第 335 - 336、337 页。

要采用小说（广义的意思）的体裁形式，有时也用长诗体形式。这些长篇小说的题材开掘得更深了，情节线索，主要的和从属的，铺展得更复杂了，它们常常成了某些时期的民族生活的艺术‘百科全书’，在这方面完全可以与‘风俗描写’体裁最著名的巨作相媲美。”① 在进行了以上论述后，波斯彼洛夫的一种结论性观点是：“长篇小说就是在与它同一组的所有体裁中，最大的和最重要的一种体裁，因此这种体裁可以称之谓长篇小说性体裁。”② 按照波斯彼洛夫的看法，长篇小说这一文体的根本特征之一，就是“中心情节”的具备。更进一步地，波斯彼洛夫还给出了自己对于“中心情节”的基本理解：“在这类小说的情节中，贯穿着一个统一的冲突，它有时是简单的，有时是复杂而多线索的，但总是集中在某种一定的，常常是很狭小的时空范围之内。”用这样的一个标准来衡量，王林的《腹地》毫无疑问可以被看作是有“中心情节”的长篇小说，而孙犁《风云初记》的根本弊端，则首先就在于“中心情节”的匮乏与缺位。

《腹地》的“中心情节”，乃是共产党领导的冀中根据地人民在 1942 年如何团结一致、同仇敌忾地粉碎日酋冈村宁次发动的“五月大扫荡”的故事。面对如此一个重要的历史事件，作家所选取的切入点却非常之小，自始至终都把聚焦点集中在了由于光荣负伤而被迫成为“荣军”的前八路军战士辛大刚身上。从小说一开头辛大刚乘渡船渡过滹沱河，踏上家乡辛庄的那块土地起始，就有一条格外清晰的情节链，一环紧扣一环地渐次通向了作为后半段核心故事的反扫荡斗争。一进家门，除了母亲去世后家境的冷清外，最令辛大刚感到震惊的一点，乃是原先身为辛庄村党支书的叔叔辛广德出乎意料的被迫“下架”（也即去职）。如此一种情节设计，实际上已经不动声色地触及到了《腹地》中的根本艺术冲突，也即以辛大刚为代

①② 波斯彼洛夫：《文学原理》，王忠琪、徐京安、张秉真译，生活·读书·新知三联书店，1985，第 337 – 338 页。

表的坚定抗日战士与以继任村支书范世荣为代表的党内投机分子之间的尖锐对立与矛盾。紧接着，就是辛大刚在街头随意溜达时突然发现村剧团正在范氏宗祠里锣鼓铿锵地拍戏，从小就爱敲锣打鼓的他，在凑上前去看热闹的时候，竟然意外地邂逅了小说的女主人公白玉萼。由于他们的一见钟情，作为小说另外一条重要情节线索的爱情故事，也从此而拉开了帷幕。就这样，以辛大刚为根本纽结点，一条占据主要地位的结构线索，是他与范世荣之间围绕是否以武装斗争的方式坚决反扫荡发生的激烈冲突；另一条相对处于次要地位的结构线索，是他与白玉萼之间虽然一见钟情但却一波三折的爱情故事，两条结构线索相互交叉，彼此穿插，共同以统一情节链的方式构成了小说的“中心情节”。接下来的一个重要情节，就是被范世荣他们暗中刻意操纵的村政权选举事件。因为这一事件的描写事关重大，后面我们会提出来做专门的讨论，所以这里暂且按下不表。尽管一直到这个时候，辛大刚都还在隐忍不动，但他对范世荣所一手控制的村政权的强烈不满情绪，却早已呈“箭在弦上”的状态了。然而，等到范世荣们借白玉萼自发的“拥军优抗”行动而对辛大刚进行充满恶意的中伤与诬陷时，血气方刚、早已怒火中烧的他终于按捺不住地跳出来，既为自己，也为无辜的白玉萼做强有力的辩护。这样一来，辛大刚与范世荣之间的尖锐矛盾冲突，也就正式剑拔弩张地浮出了水面。对范世荣来说，是借助于区委书记张昭的盲目信任，意欲通过开除辛大刚的党籍把对手彻底清除出场外。而辛大刚，则一直坚持通过合理的渠道向上级部门反映问题，但等到他终于见到坚持斗争的县委书记董文山，并把自己受冤屈的真实情况反映给董文山的时候，已经是反“五月大扫荡”斗争轰轰烈烈地开展之后了。就这样，通过辛大刚与董文山不期然间的见面这一细节，《腹地》悄然不觉地由前半部关于根据地日常生活的全面展示转向了后半部酷烈无比、艰苦异常的反扫荡斗争书写。到了小说的后半部，从表面上看，作家已经把很多笔墨用来描写展示辛大刚所领导的区小队与占领根据地的日军之间的军事对抗。这里最具典型性的两个大动作，一个是巧妙设计全歼盘踞在辛庄据点的日军，另一个则是面对着日军的疯狂反扑，借助于对“夜游队”的设伏袭击而彻底打掉了敌人的嚣张气焰。但实际上，辛大刚与范世荣之间的暗中斗法却始终未曾有丝毫停歇。一方面，《腹地》作为一部战争小说，王林在后半部中把不少精力投入到了游击战的描写上，诚然无可厚非。但另一方面，尽管我没有机会能够一窥《腹地》1949 年初版本的原貌，但依据我遵从自我艺术直觉的一种推测与猜想，那个版本的后半部应该会把不小的篇幅用来进一步强化关于辛、范暗中斗法的描写。就此而言，修改后的 1985 年版本，恐怕多多少少会显得对小说的主要矛盾有所游离。然而，尽管后半部似乎稍显颓势，但就总体的故事情节设定而言，王林的《腹地》，不管怎么说都称得上是一部拥有统一艺术冲突的具有“中心情节”的优秀长篇小说。

然而，一旦我们把关注视野从王林的《腹地》转向孙犁唯一的长篇小说《风云初记》的时候，就不难发现，这部作品所实际呈现出的，乃是缺失了“中心情节”的一盘散沙状态。正如同标题已经明确标示出的，小说所集中描写表现的是 1937 年“七七事变”后，滹沱河畔抗日风云初起时的境况。故事的发生地，乃是滹沱河畔一个叫子午镇的乡镇和一个叫五龙堂的村庄。大约出于长篇小说规模体量较大的考虑，孙犁在其创作历程中，近乎破天荒地为《风云初记》设定了几条以不同人物为中心的结构线索。第一条是春儿与芒种，他们明显属于在初起的抗日风云中逐渐成长起来的根据地青年儿女。第二条是高庆山与高翔，这一条线索所描写的正是高庆山与高翔这两位十年前的地下暴动领袖，在抗战爆发后，接受中共党组织的委托，返回家乡一带组织抗日力量的故事。第三条是以田大瞎子、高疤、蒋俗儿等为核心的反动阵营，他们虽然表面上顺应时势抗战，但却暗中与国民党方面保持密切关系，实际上行的是破坏抗战之事。此外，还有一条，就是李佩钟单独一人构成的结构线索。要而言之，李佩钟是一位积极投身到抗日工作之中的革命知识分子形象。她的特别，具体体现在身世的复杂上。一方面，她为传统的家规礼数所迫，嫁到了田家，成为田大瞎子的儿媳。另一方面，由于在就读师范时接受了新思想的影响，她一心向往革命，在抗战爆发后积极投身到了地方的抗日工作之中。从这几条结构线索的设定上，我们便不难看出孙犁的某种艺术雄心来。然而，关键的问题在于，作家虽然煞费苦心地设置了这样几条时有交叉的结构线索，但因为缺少了一位如同枢纽一般的视点人物，当然，更重要的一点是缺少了必要的中心事件，所以这些结构线索并没有能够结合成为一个有机的艺术整体。如果说《腹地》的艺术成功很大程度上依赖于辛大刚这一视点人物的存在，以及这一意志坚定的抗日战士与投机分子范世荣之间艺术冲突的构建，那么，《风云初记》的令人遗憾之处则在于以上两方面始终付之阙如。谓予不信，且让我们对文本做一番细致的考察。小说一开头，首先把视野落到了春儿和秋分姐妹俩身上，趁机提到高庆山与高翔他们十年前的地下暴动以及匆忙出逃后的不知所踪。但很快地，笔触一下子就跳到了田大瞎子及其儿子田耀武的叙述上。关键的问题是，这一叙述与前文看起来没有丝毫的内在逻辑联系。紧接着，关于田大瞎子和田耀武的事情还没有说出个头绪来，作家的笔触却又再次跳跃，开始描写芒种和春儿之间青年男女爱情的萌生。然而，芒种和春儿之间的爱情故事眼看着才初始萌生，孙犁就又把笔触毫无征兆地转向了高庆山与高翔他们悄然回归家乡的书写。高庆山和高翔的回归还没有讲出个模样来，作家的关注点又迅速地转向了田耀武和蒋俗儿之间苟且暧昧关系的叙述。够了，我想，我们的确没有必要再如此这般一直罗列下去了。正如同成功的摄影作品绝对离不开核心的聚焦点一样，一部艺术上成熟的长篇小说其实也少不了一个聚焦性人物的存在。《风云初记》之所以会是一盘散沙，就与缺少一个如同辛大刚一样的聚焦性人物紧密相关。更进一步说，由于缺少了聚焦性人物，就会不可避免地出现东一榔头西一棒槌的现象，整部长篇小说的故事情节也就难以被构建成形了。

这里，其实已经涉及到了何谓情节的理解问题。我们注意到，关于情节，西方学者艾布拉姆斯曾经发表过很好的看法：“在戏剧或叙事文里，情节是作品中行动的结构。这些被作者安排得有条不紊的行动被用来获得情感上和艺术上的特别效果。这一定义简单得令人觉得有诈，因为行动（既包括物理行动，也包括言辞行动）是由作品中的人物表现出来的，也是表现人物的道德观和性格的方式。所以，我们说情节和‘人物’是相互依赖的两个文学批评的概念。亨利·詹姆斯指出：‘人物不就是事件的确定，而事件不就是人物的说明吗?’然而，情节和‘故事’也不尽相同。故事只是纳入一部文学作品里的，按时序发生的事件的概要。我们在扼要地叙述一部作品时通常说：首先这件事发生了，接着那件事发生了，然后另一件事发生了……只有当我们在阐明这事件如何与那事件相互关联，以及用什么方式描写和组织所有的事件，以便获得特殊效果时，概要才等于实际的情节。”① 毫无疑问，在关于情节如何构成的问题上，艾布拉姆斯所特别强调的就是“被作者安排得有条不紊”，就是必须充分“阐明这事件如何与那事件相互关联，以及用什么方式描写和组织所有的事件”。在很大程度上，我以为，艾布拉姆斯的这段话，就是专门针对孙犁的长篇小说《风云初记》来说的。只要我们以艾布拉姆斯提出的标准来衡量一下，就可以发现《风云初记》所严重缺失与匮乏的，正是建立在一条合理情节链之上的“中心情节”。其实，并不只是王林的《腹地》，即使是如同《红楼梦》这样一部看似故事情节特别繁复、头绪繁多的长篇小说，其情节构成也是“有条不紊”“相互关联”的。倘若一定要找出其中的“中心情节”来，那么贾氏家族的兴衰与宝黛钗之间的情感纠葛，就可以被看作是《红楼梦》的“中心情节”。由此可见，由于视点人物与“中心情节”双重缺失，因此孙犁的《风云初记》无

① 艾布拉姆斯：《欧美文学术语词典》，朱金鹏、朱荔译，北京大学出版社，1990，第250页。

论如何都不能够被理解为一部思想艺术成熟的长篇小说。虽然很多人会以所谓的“散文化”写法来为孙犁辩护，但在我的理解中，一部长篇小说，哪怕再散文化，恐怕也都不能成为“中心情节”缺失的借口与理由。

四、人物形象刻画塑造之差异

《腹地》与《风云初记》的差异，还很明显地表现在对人性理解的宽度、深度，以及人物形象的刻画塑造上。关于人物形象塑造与人性的理解以及小说创作三者之间的紧密关系，我曾经有过这样的论述：“作家对于人性深度的挖掘表现在其小说创作中往往凝结体现为具有鲜明艺术个性的人物形象的刻画塑造。熟悉文学史的读者都清楚，在已经成为过去时的新时期文学中先锋文学大行其道的时候，曾经一度流行过一种人物消亡的小说理论。在当时，一批具有突出探索实验精神的先锋作家，由于受到西方现代主义思想的影响，一味地刻意求新，以至于矫枉过正地试图在自己的小说创作中放逐人物形象。现在看起来，这样的一种探索勇气诚然可贵，但如此一种小说观念却实在是不可取的。关于这一点，只要我们回想一下自己的真切阅读经验，就不难得出正确的结论来。那些大凡能够在我们的脑海中留下深刻印象的小说作品，根本就离不开具有人性深度的人物形象的成功刻画与塑造。不仅如此，更进一步地说：‘人物形象的塑造完全可以被看作是作家总体创造能力综合体现的一种结果。一个人物形象的成功塑造，既深刻地映现着一个作家对于客观世界的认识与把握能力，也有力地表现着一个作家对于深邃人性世界的体验与勘探能力，同时更考验着一个作家是否具有足够的可以把自己对于世界的认识与对于人性的把捉凝聚体现到某一人物形象身上的艺术构型能力。一句话，人物形象的成功塑造与否，乃是衡量某一作家尤其是长篇小说作家总体艺术创造能力的最合适的艺术试金石之一。'"① 既然人物形象的塑造如此重要，那接下来，我们也就有必要从这个角度切入，对《腹地》与《风云初记》做一番深入的比较。

先让我们来看王林的《腹地》。先后两次认真阅读《腹地》的结果是，我认为，这部长篇小说在深度体察人性的基础上，最起码相对成功地刻画塑造了包括辛大刚、范世荣、白玉萼、张昭、肖凤英等在内的若干人物形象。作为一位不仅已经在八路军的正规部队里历练了数年，而且还曾经担任过连长、指导员这一级基层干部的抗日战士，辛大刚一出场，就表现得非常成熟。这一点，再突出不过地表现在他骤闻叔叔辛广德被迫下架（去职）的时候："大刚知道父亲的倔脾气，再强问也问不出来，于是决定找广德叔问问去。他拄着拐杖走出屋门，不由百感交集。原想回家来看看日思夜想的爹娘，没想到娘已经被日寇折磨死了，爹变得更加颓丧，二叔也下了架。变化可真不小啊……" 面对着如此一种物是人非的残酷现实，辛大刚的反应，虽然看似沉稳大气、不动声色，但其实内心深处一种失落感的存在，却是显而易见的事实。正因为如此，作家王林才会在这里插入了相应的风景描写："仰望满天的星斗，像无数的眼睛含着泪光。"实际上，真正含泪的并不是天上的星斗，而是兴冲冲归来的辛大刚自己。从艺术设置的角度来说，辛广德的被迫下架，客观上也已经成为导引读者继续阅读下去的一个艺术悬念。果不其然，就在接下来不久的篇章里，作家先后借助于辛广德的儿子辛国梁和区委书记张昭之口，给出了辛广德被迫下架的过程和原因。先是辛国梁："俺爹出什么事啦？那还不就是因为东头财主胡殿绅破坏抗日合理负担，还要逃亡敌占区？俺爹怕他跑了，叫大伯带人把他抓了起来。区委张昭来了，硬说俺爹不该抓。俺爹不服气，吵了起来。张昭召集起全村的党员下俺爹的架，大伙低着脑袋不言语。张昭就说咱们村的党员是个封建小集团，宣布解散，派范世荣来重新登记、重新成立党支

---

① 王春林：《新世纪小说发展论》，《中国现代文学论丛》2017 年第 1 期，第 65 页。

部。”然后是张昭：“辛广德是个老党员，以前闹斗争嘛还是很坚决的。可惜总是打土豪分田地那老一套……去年不经过区委批准，擅自作主扣押你们村的统战对象胡殿绅。我们去纠正，他还不服从领导。党支部也结成小集团跟着他闹独立性。”一直到这个时候，辛大刚虽然内心很是有点不舒服，但却依然能够以平静的姿态面对叔叔被迫下架这一事实：“大刚听了，感到广德叔和辛庄原来的党员们既然犯了这样的原则性错误，区委对这件事作了处理也是完全必要的、正确的，广德叔和父亲不应该再有对立情绪。”具体来说，辛大刚对范世荣不满的最早生成，乃是在发现他刻意操纵村政权普选的时候：“大刚在八路军里养成了组织纪律性，他警告自己要按照党支部的部署进行村选举。可是，今天会议使他心里结了个疙瘩。”“大刚知道辛鸣皋不是党员，便忍耐着心里的情绪没言语。”毫无疑问，抗日战士辛大刚的成熟，就突出表现在尽管内心里已经是十万分的不满意，但八路军正规部队组织纪律性长期规训的结果，却仍然使他尽可能理性冷静地处于克制的状态。

辛大刚与范世荣之间剑拔弩张的第一次公开对峙，发生在他和白玉萼被平白无故地诬陷的时候。自打辛大刚第一次去村剧团为白玉萼伴奏起始，白玉萼姑娘的内心世界便如一池被吹皱了的塘水一样不复平静：“自从大刚去村剧团为她伴奏，也不知道为什么，第一次见面，就赶不走他的影子。听大刚讲革命故事时，她曾经在暗处偷偷端详他，那一股军人所特有的英武气，给她留下了深刻的印象；庆祝村选演出的那一幕，更叫她终生难忘。”这令白玉萼终生难忘的一幕，就是当范世荣和姜保年他们仗势欺人、肆意猥亵她的时候，正是这位“荣军”返乡的前八路军战士辛大刚，挺身而出，敢于主张正义。只因为内心里早已偷偷喜欢上了辛大刚，所以，白玉萼才想方设法地以“拥军优抗”的名义集合了几个姐妹来到了辛大刚的家里。由于太过于专注的缘故，“白玉萼没有发觉同来的小姊妹们溜走，只顾一边给大刚缝补衣裳，一边没话找话地问东问西，一对含情脉脉的大眼睛总是不时地瞟瞟大刚。每当四目相对，她又急忙躲开了，留给大刚一个羞涩的意味深长的笑。她是在试探大刚对自己的态度”。然而，无论是辛大刚，还是白玉葶，都不可能料想到，正是他们俩的这一次相会，竟然给范世荣他们诬陷自己留下了可乘之机。然后，就是辛大刚与范世荣在所谓“斗争大会”上的正式对垒了。在那个简直就是莫须有的“斗争大会”上，当白玉葶陷入孤立无援境地的时候，毅然站出来为她进行辩护的，就是辛大刚：“我认为，男女之间的正常交往和接触，不能算是淫乱作风。而那种不顾影响，不讲道德，偷偷摸摸地串门子、钻狗洞……”这里，辛大刚在为白玉葶辩护的同时，更是反戈一击，把斗争的矛头倒过来指向了一贯偷鸡摸狗的村干部范志中他们。以我所见，作家王林这里采取的处理方式，在辛大刚这一人物形象的刻画塑造上，真正可谓有着一箭双雕的艺术效果。一方面，充分彰显出了敢于维护自己恋爱对象的绝大勇气。另一方面，则表现出了在原则问题上与投机分子范世荣他们的势不两立。就这样，在辛大刚挺身而出与范世荣他们公开对峙后，范世荣他们也开始进一步想方设法地加快了迫害辛大刚的步伐。一个突出的表现就是，范世荣偷偷摸摸地找到区委书记张昭告黑状，企图以一种迅雷不及掩耳的方式同时开除辛广德与辛大刚叔侄的党籍，把这两个眼中钉肉中刺彻底清除出革命队伍的行列：“范世荣认为广德反对他个人，就是反对党支部，也就是反对区委。于是在向区委书记张昭汇报时，说辛庄党支部绝大多数党员都主张对辛大刚进行组织处理，唯独辛广德坚决反对。支部经过进一步了解，发觉辛广德和辛大刚是个‘反党小集团’。”面对着来自范世荣的诬陷与打击，辛大刚的反应再一次充分证实了他作为一名抗日战士的成熟。一方面，他坚持在与范世荣的斗争过程中澄清自我的清白。另一方面，却也并不因为自己的被冤枉就放弃自己本应承担的职责，放弃对武装斗争的坚持。很大程度上，正是这一点，再加上他对于恋爱对象白玉葶的强力维护（这方面，一个不可忽视的细节就是，后来，当白玉葶面临被玷污的可能，随同母亲一起来到辛大刚家的时候，辛大刚竟然在没有征得组织同意的情况下，就擅自和白玉葶结成了夫妻），联袂构成了辛大刚这一人物形象的人性深度。

相比较来说，白玉葶的人性深度乃是突出地体现在她的敢爱敢恨与不畏强权上。首先，白玉葶有着较为复杂的身世。她的母亲肖凤英，本是大户人家的小姐，因为包办婚姻的缘故，被迫嫁给了一个“病秧子”丈夫。心有不甘的肖凤英，遂偷偷地和家里扛长活的一个叫作“小罗成”的相好。后来，这“小罗成”走黑道成为响马，因犯案叫班房拿住，最后死在了监牢里。肖凤英侥幸漏网，被迫无奈流落在白老存的小店里，生下了白玉葶，随后带着她嫁给了白老存。然而，虽然属于“带犊”的，但生性高傲的白玉葶，却不仅从来不因这种身世而自卑，而且还总是积极地参与到根据地的各种抗日活动中。若非如此，也就不会有她和辛大刚的交集。具体来说，白玉葶的敢爱敢恨，分别表现在她对辛大刚与范世荣们不同的态度上。因为深爱辛大刚，所以她可以组织姐妹们主动上门去“拥军优抗”。因为痛恨范世荣与姜保年他们，所以面对着他们的猥亵她才不甘心低头。尽管说由于受到复杂身世影响的缘故，这个时候她的实际表现是“敢怒不敢言”。当然，王林关于白玉葶这一人物形象最具神采的一笔，还是在那个莫须有的“斗争大会”上。姜保年他们原本期望利用继承权操纵她在大会上当众诬陷辛大刚“强奸”，没想到，事到临头，白玉葶的现实表现竟然是：“我不要继承权！我也不会昧着良心陷害好人！”紧接着，就是对辛大刚真正可谓言辞有力的辩护：“大刚怎么啦？人家枪林弹雨，杀敌立功，受伤成了残废才复员回到村里来，我们村剧团几个姑娘，自觉自愿地组织拥军优抗的活动，有啥不对？又碍着谁啦?!”遥想当年，俄罗斯批评家杜勃罗留波夫曾经以“黑暗王国中的一线光明”来评价剧作家奥斯特洛夫斯基的剧作《大雷雨》中的女主人公卡捷琳娜。我想，某种意义上，我们也可以借用杜勃罗留波夫的说法来评价《腹地》中的白玉葶这一形象。不管怎么说，在那个莫须有的“斗争大会”上的出色表现，乃是她人性中最闪光的一个时刻。

接下来，进入我们分析视野的，乃是那位革命的投机分子范世荣。事实上，早在范世荣正式登场之前，我们就已经借助于辛大刚他们的目光而对这位外号叫作“领导一切”的继任村支书有所了解：“大刚记得，范世荣在抗战以前还曾站在庙台上挖苦‘穷人会’和贫苦盐民对国民党盐警的斗争是‘穷极生风’。大刚在辛庄拉游击队的时候，有人动员范世荣参军，他怕当兵打仗，说啥都不肯。今天他怎么也入了党，并且当上党支部书记呢？大刚心里不免有些奇怪。”既然在辛大刚的印象中是如此糟糕，那范世荣又是怎么样“脱胎换骨”登上村支书高位的呢？如此一个艺术悬念的生成，也成为引导读者进一步深入阅读的一个重要因素。实际的情况是范世荣家早年曾经富裕过，后来，只不过因为输了与胡殿绅的官司才败了家。心机颇多的范世荣，一方面贪生怕死，不愿意参加游击队，但在另一方面，却也不甘居于人下，尽可能地利用一切机会贪权抓权。正是从这样的一种根本意图出发，范世荣才巧妙地利用在区里当通讯员的机会巴结耳根子软的区委书记张昭，并最终通过胡殿绅逃亡一事，达到了一箭双雕的目的：“这一来，范世荣既报了世仇，夺回祖传的风水地，又出乎意料地使辛广德犯错误，自己抓到了辛庄党支部的领导权，真是一箭双雕。”很大程度上，正因为他手中的权力来路不正，所以才会把突然成为“荣军”返乡的辛大刚视作必须根除的眼中钉肉中刺。因为“范世荣心里明白，大刚是老党员又是荣军，在群众中很有号召力，要是他带头为辛广德翻案，后果将是不堪设想的……”就这样，在范世荣先入为主地把辛大刚设定为假想敌之后，两个人之间的龙争虎斗也就成为《腹地》最核心的一种艺术冲突。只有在反扫荡斗争大规模地展开之后，我们方才能够真切感受到，如同范世荣这样一个利欲熏心的投机分子，到底会给抗日事业带来多大的危害。一方面，他自己贪生怕死，一直龟缩在自以为安全的地方逃避武装斗争。另一方面，特别热衷于权力的他，从一种对辛大刚严密防备的心理出发，却又把拥有武器的游击组牢牢地控制在手里。尤其是到后来，当贪生怕死的他在暗中成为国民党的地下特务之后，更是以各种不同的手段侵害着本来就极为艰难的抗日事业。事实上，也正是由于有他的献策，才会有对抗日工作危害极大的“夜游队”的成立，有他的事先暗中送出情报，才会有县委召开秘密会议时的被包围。但尽管如此，范世荣的一番心理活动，还是应该引起我们的高度注意。“范世荣一听八路军主动离开冀中地区，脑袋嗡嗡地大了起来，出气都不均匀了。他在心里暗暗埋怨：怎么，八路军要逃到山里去？想当初打不了人家，别打呀！这不是光给老百姓招祸吗？你们有枪还打不了人家，我们老百姓空空两只手，还能干得了什么？机关团体的人员都分散混在老百姓家里，这叫鬼子和汉奸知道了，岂不是要连老百姓带工作人员一勺儿烩吗？没有能耐打日本，可有能耐给老百姓找麻烦惹祸！”一方面，作为根据地的中共村支书，无论如何都不能有如此这般消极的思想，但在另一个方面，倘若抛开所谓的政治身份，我们却又不管怎么说都得承认范世荣这番言论中有合理性成分的存在。生存乃是生命的第一要义，从这个角度来说，这一番言论其实有着不容轻易忽视的人性基础。

其他且不说，仅只是通过对辛大刚、白玉萼以及范世荣他们三位的分析，即不难断定，王林的《腹地》在人物形象的刻画塑造方面的确取得了可圈可点的成绩。相对来说，孙犁的《风云初记》对人物形象的刻画塑造，的确称得上惨淡经营，几乎谈不上什么成绩。细细想来，《风云初记》中在性格的刻画塑造上勉强可以成型的，大约只有李佩钟一人。首先，作家在李佩钟的塑造上采用了未见其人先出其声的烘托法。李佩钟尚未出场，就已经借助于其他人的谈论而给读者留下了最初的印象。先是田耀武的母亲：“不要摘套，明儿还得去接人家佩钟哩！没见过当媳妇的这么尊贵，不请不接就不回来！”如此一种埋怨所说明的，一方面是李佩钟与婆家关系的紧张，另一方面却也是她孤傲的个性。然后是长工老温：“虽说上的是大学，言谈行事，还不如他媳妇。一家子苦筋拔力，供给着这么个废物！”在贬低田耀武的同时，是对李佩钟的一种高度评价。那么，李佩钟究竟是怎么样的一位女性呢？我们且看她是如何登场亮相的：“这时进来了一个女的，穿着海蓝旗袍，披着一件灰色棉军衣，望着高翔，娇声嫩语地说：‘高部长，你还不去？人都到齐了，就等你讲话哩！’说完就笑着转身走了，秋分看准了是大班的媳妇李佩钟。”毫无疑问，作家在这里是借秋分的眼睛来看李佩钟的。也因此，才会有接下来评价性话语的出现：“为什么田大瞎子的儿媳妇也在这里？看样子高翔和她很亲近，难道他们在外边守着这些年轻女人，就会忘了家里吗？”借助于如此一种多少含着一点醋意与不平的话语，孙犁写出的其实是如同李佩钟这样的知识分子女性与如同秋分这样的乡村女性之间的明显差别。紧接着，关于李佩钟的婚姻以及参加革命的过程，作家又借助于她和高庆山的一番谈话，进行了一种直截了当的揭示与表达：“‘我也不是李家的正枝正脉。’李佩钟的脸更红了，‘我父亲从前弄着一台戏，我母亲在班里唱青衣，叫他霸占了，生了我。因为和田家是朋友，就给我定了亲。不管怎样吧，我现在总算从这两个家庭里跳出来了。’”这段话里，其实包含有两方面的意思。其一，孙犁写作《风云初记》的时候，中国社会特别看重一个人的家庭出身。作家之所以让李佩钟刻意强调自己乃是身为演员的生母被霸占的结果，正是为了最大限度地暗合于当时流行的血统论观念。其二，被迫嫁给田耀武，乃是家庭包办婚姻的一种结果。而关于她参加革命，按照李佩钟自己的说法，则与她在师范读书时热爱文学紧密相关。因为热爱文学，所以对革命有了初步的认识，等到民族危亡之际抗日事发，她自然也就积极地参与进来了。更进一步的，能够从中看出李佩钟柔中见刚个性的，乃是她成为县长后的一次断案过程。一方是自己的公公田大瞎子，另一方是春儿和长工老常。李佩钟的断案结果，丝毫都没有偏向于公公，而是明显地倾向于受害的春儿与老常一方。就这样，虽然还显得有些单薄，尤其是参加革命的动机与过程令人信服度不高，但李佩钟这一形象被刻画塑造成型，也是无可置疑的一种文本事实。

在李佩钟形象的相对成型之外，其他诸如蒋俗儿、春儿、芒种等几位，由于缺少了必要的性格逻辑建构，因此很难被看作是刻画塑造成功的人物形象。比如，那位曾经一度很是被人称道的蒋俗儿。蒋俗儿性格上的一大特点，就是性方面的开放姿态。用叙述者的话来说，就是："唯独这个老三，从小就显出是全村的一个人尖儿。十五六上就风流开了，在集上庙上，吃饭不用还账，买布不用花钱。今年才十九岁，把屋里拾掇得干干净净，糊上雪白的窗纸，铺上大红的被褥。"蒋俗儿的年少风流，其实需要同时具备几个条件。一个是她的天生丽质，再一个是她的讲究卫生，还有一点，恐怕就是她的生性热情。虽然说她生性风流，但小说中写来写去，也只不过写了她和田耀武与高疤之间的情事而已。如果说生性风流的蒋俗儿在高疤和田耀武之间的摇摆尚可理解的话，那么，她在政治方面没有立场支撑的摇摆，就显得有些莫名其妙了。一会儿，她是抗日活动的积极分子，竟然可以被推举为子午镇的妇救会主任。一会儿，她又摇身一变成为破坏抗日的坏分子，竟然利用一个私生子陷害春儿。这里倒也不是说蒋俗儿就不能在政治方面摇来摆去，而是说她的摇摆必须合乎作家为她设定的某种性格逻辑。古人曾有言曰："知其然知其所以然。"优秀的小说作品，在描写刻画人物方面，一定要在写出其"知其然"一面的同时，也写出其内在的"所以然"的一面来。孙犁在刻画塑造蒋俗儿这一人物形象时的要害问题，恐怕就出在并没有能够充分地写出她的内在性格逻辑，没有写出其"所以然"的一面上。蒋俗儿尚且如此，春儿与芒种他们就更加等而下之了。比如，春儿。小说一开始，她只是一位普通的乡村少女，情窦初开后，对芒种有了一点小心思。紧接着，她就开始想方设法地鼓动芒种走抗日的道路。之所以会是如此一种情形，原因大约只在于她姐姐秋分的丈夫高庆山十年前曾经在此地搞过地下武装暴动。一方面，作家固然可以一厢情愿地这么写，但另一方面，从读者的普遍接受心理来说，如此一种艺术处理方式是否能够真正令人信服，也还的确是一个不能轻易绕过去的问题。这里的关键问题，恐怕还是由于人物缺少了必要的性格逻辑支撑。同样的道理，芒种参加革命队伍，也仅仅只是被处理成了受到春儿鼓动的结果："芒种从春儿家出来，追赶队伍去了。这年轻人，本来是什么牵挂都没有的，现在感觉到有一种热烈的东西鼓荡着他的血液，对一个这样可亲爱的人，负起了一种必要报答的恩情。"如此一种处理方式的过于简单化，也是无可置疑的事实。更令人颇感失望的，是紧接着的一大段谈论描述芒种在革命队伍中成长的文字。"这以后，在战争和革命的锻炼里，芒种渐渐知道了什么是精神的世界……他坚持了连续十几年的、不分昼夜的艰苦战斗……在他的眼前只有一面旗帜和一个声音在飘展和召唤。祖国的光荣独立、个人的革命功绩和来自农村的少女的爱情，周转充实着这个青年人的心。"一个高明的作家，理应通过饱满丰富的细节来刻画塑造人物。这一方面，如同鲁迅的《祝福》《孔乙己》那样的作品，可以说是一种示范性的存在。无论是祥林嫂，还是孔乙己，鲁迅在刻画塑造这些不朽的人物形象时，没有采用任何外在的理性话语，他们的性格特征都是通过相应的细节以及他们各自的行动方式形象生动地呈现出来。与鲁迅那样一种示范性的存在相比较，孙犁的小说中关于春儿与芒种的刻画塑造方式，就显得有一些拙劣了。很大程度上，正是因为孙犁刻画塑造人物形象的能力明显匮乏，所以，《风云初记》中除李佩钟之外，包括蒋俗儿在内的其他一些人物形象，方才没有能够获得相应的艺术生命力，才最终成了任由作家主观理念支配的艺术傀儡。

五、叙事话语比较及其他

《腹地》与《风云初记》的艺术差异，也还极为明显地体现在叙事话语的恰切与否上。具体说来，《腹地》的叙事话语有这样几个方面的特征。其一，是总体风格的不惊不乍与朴实及物。尤其是冀中地区方言的适度穿插，更是明显增加了这些叙事话语的艺术表现力。比如，辛大刚在村剧团的演练现场初始见到白玉萼时的一段肖像描写。"这'少妇'本来站在'老妇'

的身后影着，不引人注意。等她那清脆的嗓音一嚷，撒娇般地扭动身子的时候，大刚才蓦地一怔。她长得不高不矮，体态轻盈，语声清脆。黑黑的长发，粉嘟嘟的瓜子脸蛋，瘦削的肩膀使她那白净的脖颈显得比别人长些。眼珠水灵灵的，眉毛弯弯的，瞟人的眼波像荷塘的春水反射出来的月光。大刚心里纳闷：‘这般有出息的闺女是谁家的？怎么好象不曾见过?!’”如此一种高妙的肖像描写，借助于人物的外貌描摹，所真切揭示出的，其实是人物内在的精气神。尤其是其中“水灵灵的”眼睛以及“瞟人的眼波像荷塘的春水反射出来的月光”，更是真切地道出了白玉萼气质的非同寻常。更何况，最后的“怎么好象不曾见过”一句，竟然可以让我们不由自主地联想到曹雪芹的《红楼梦》。曹雪芹在写到贾宝玉和林黛玉最初相见时，林黛玉的一种突出感觉是：“好生奇怪，倒像在那里见过一般，何等眼熟到如此！”而贾宝玉的第一反应也是与此相类似的：“这个妹妹我曾见过的。”如果说曹雪芹的描写是似曾相识的一见如故，那么，王林的“怎么好象不曾见过”就属于典型的反其道而行之了。这里的“不曾见过”，一方面写出的是男女主人公从未有过谋面的一种实情，但在另一方面，借助于辛大刚的惊讶，写出的其实是他对白玉萼的一见钟情。其二，是人物语言相对的个性化。比如，当辛大刚掏出残废证给村长杜占元看时，杜占元说：“这东西是血换来的，很重要，最好自己保存着，交给村里一遇上扫荡丢了烧了，那可就麻烦啦。荣军粮好说，我叫粮秣（委员）每月给你送家来。”如此一段可谓滴水不漏的话语，充分透露出的正是村长杜占元的思虑周全与谨小慎微。再比如，当辛大刚主动向范世荣要求安排自己在村里的具体工作时，“范世荣放下介绍信笑笑说：‘正是求之不得呢！你看参加什么活动合适就参加什么活动吧！’”范世荣的反应，看似没有什么问题，但结合此后故事情节的发展，我们就可以明显看出，他的如此一种反应表现出的，其实是他对辛大刚充满戒备心理的排斥与拒绝。其三，更重要的一点，恐怕是若干写景文字的恰如其分的穿插。比如，小说开头不久，写辛大刚兴冲冲踏上故土时的黄昏景色："天空出现一片彩霞，村头上也升起一道轻纱似的白雾。雾气在村边树行子的半腰萦回缠绕，像画家挥笔抹上的一层淡淡的白粉子。""河边幽静极了，就连河道里特有的超润的空气也那么柔和，仿佛开春一样。辛大刚拄着单拐走上木桩草桥，举首望望白雾后边的村庄，不由心潮起伏。脚下，秫秸缝里漏下去的泥土打在河水中，发出叮咚的声响，水里映出晚霞和草桥的倒影，更使他有说不出的高兴。"正所谓，月是故乡明，近乡情更怯。王林在这里，借助于精准到位且极富神采的一种景物描写所充分传达出的，实际上是"荣军"辛大刚阔别故乡很多年之后重新踏上故土时一种遏制不住的激动心情。人们仿佛都说孙犁的语言一向以清新如洗的诗意见长，没想到，这样的一种语言，反倒出人意料地出现在了王林的《腹地》中。

很大程度上，或许也正因为我们内心里对所谓"荷花淀派"主将孙犁的语言充满了期待，所以，在实际读完《风云初记》后，才会感到一种令人颓丧的失望。其他方面姑且不论，单只是为了屈从于某种意识形态而常常莫名其妙出现的那些抽象性政治话语，就已经使人特别倒胃口了。比如："'日本！日本！'在各个村落，从每一个小窗口里，都能听到人们在睡梦里，用牙齿咬嚼着这两个字。"作家的意图，当然是要表达中华民族对日寇那样一种同仇敌忾的心理，但如此一种非常突兀的抽象性政治话语穿插，对读者的审美阅读心理，其实是一种不应该的破坏。比如："是谁在指挥，是谁在训练？农民们为什么这样快就变成了支持祖国北方的坚强长城？从今天起，老温也就不是给当家的收割几亩庄稼、看养几匹骡马，他的职责扩大了，他是保卫这一片广大的乡土、关心祖国的前途的人民战士了。"写长工老温在摆脱了旧东家田大瞎子后参军成为革命战士并没有什么问题。真正的问题，很显然出在那些破坏了叙事语境的抽象性政治话语的穿插上。再比如："部队啊，你的任务，不只是开山辟路，作战冲锋，万里跋涉。你是革命的耕犁，每逢你前进一步，每逢你走到一个新的地方，你就把革命的种子，播种在那一带人们的心灵之中了。”说实在话，在一部特别强调细节与叙事重要性的长篇小说中，如此一种莫名其妙的抽象性政治话语的穿插，的确非常令人不适。我们都知道，作为当代的一位重要作家，孙犁的语言一向为人称道不已。如果不是这次重读《风云初记》，我的确不知道，这部曾经在很长时间内广受赞誉的长篇小说的叙事话语，竟然会糟糕到如此一种不堪的地步。

通过以上三方面深入细致的比较，我想，王林的《腹地》与孙犁的《风云初记》孰优孰劣，其实已经一目了然了。但在结束我们的全部论述之前，还有一个问题必须提出来，并加以解决。那就是我们其实在前边已经涉及到的，在“文化大革命”结束后的1980年代，绝大多数在当年曾经受到错误批判的作品都已经被平反昭雪，为什么唯有王林的这部《腹地》会成为极其少见的意外呢？认真地想一想，问题很可能出在以下两个方面。其一，就是我们在前面的论述过程中故意忽略了的村级普选作弊这一相关情节。“今年普选要试行竞选方式，各群众团体向全村公民提候选人，每个选民也可以为别人竞选，也可以为自己竞选。”“群众更欢迎这种民主新方式，人人都在考虑应当为谁竞选，家家户户都在议论现任干部的优缺点，全村像开了锅。”在如此一种广泛的议论过程中，一种主导性的意见是：“如果选大刚当村长、杜占元当村副，就能把村里的抗日工作推动得更活跃一些。这意见虽然只是在街头巷尾随便说了说，却立刻传遍全村，听到的人几乎都点头赞成。”但事到临头，范世荣却突然组织召开了一次党员小组会，强行借助于区委这一上级党组织的名义，要求党员们一定要保证现任村干部全都连选连任，“投票前，党员不要带头闹竞选那种形式主义！”结果，到了正式选举的时候，一方面，是原村长杜占元在台上口口声声强调一定要自由竞选，但在另一方面，却是范世荣们的强力操纵竞选，进而使得这一次村政权的普选活动，变成了典型的“伪民主”。尤其是范世荣突然间使出的一记“妙招”：“有不同意的，就在人名上打×，在下边的空格子里写上自己要选的人的姓名。对选票上的候选人如果同意，不画圈也生效。因为代笔人有限，一个个都画圈太费时间。”在目睹了大多数选民都是在对选票看也不看一眼的情况下就投了票之后，“大刚这才明白简化投票手续的奥妙”。尤其令人难以接受的一点是，选举还没有结束，报道选举结果的新闻报道就已经被印出来了：“辛庄村普选经过深入宣传，充分酝酿，投票前又认真试行竞选方式，不记名投票选举出了本届村长杜占元……等，连选连任……”按照王林的描写，在选举的当时，身在现场的辛大刚就已经“哭笑不得”了。这里，一个无论如何都不允许我们绕过去的情况是，一直到将近八十个年头之后的中国，我们依然能够格外清晰地听到辛大刚当年的那种“哭笑不得”的嘲讽表情。

其二，作为长篇小说《腹地》的核心情节，贯穿作品始终的，乃可以说是立场坚定的抗日战士辛大刚以个人的方式，与长期以组织代表自居的抗日投机分子范世荣之间的一种对抗过程。尽管从小说文本自身的逻辑来说，因为真理一直把握在辛大刚这里，所以，作家王林的叙事立场自然也就无可置疑地站在了辛大刚一边。但作家的如此一种处理方式，早已在不知不觉间僭越了共产党所一贯坚持的个人必须无条件服从组织的基本原则。由此可见，当个人与组织不可避免地发生矛盾冲突的时候，到底是个人重要，还是组织重要，事实上也就成了一个特别棘手的问题。

第四章　阶级话语视阈中的人性化战争书写

——重读冯德英的长篇小说《苦菜花》

一、文学史评价与时代印痕

到现在都依稀记得，我最早阅读冯德英这部书写抗战的长篇小说《苦菜花》（人民文学出版社1959年8月版）时，应该是在农村上小学的时候，即“文化大革命”的后期。那个时候，一不懂得什么叫作者，二不懂得什么叫长篇小说，只觉得故事情节曲折流宕，很是有一些吸引力。尤其需要特别强调的一点是，到现在都相对清晰地留在脑海中的，竟然是与汉奸王柬芝、他的原配杏莉母亲，以及杏莉母亲的情夫王长锁有关的一些情节。事实上，这也从一个侧面充分证明，只有那些与人性紧密相关的人物和情节，才能够拥有相对恒久的艺术生命力。因为这些已然铭记在我脑海里的人物和情节，正是《苦菜花》中人性化书写相对突出的部分之一。这一回，在时隔差不多半年的时间里先后两次重新阅读《苦菜花》之后，我的基本判断是，这是一部在中国当代文学史上思想艺术价值明显被低估了的长篇战争小说。比如，洪子诚那部曾经产生了广泛影响的《中国当代文学史》的第八章“对历史的叙述”，只是在概述的部分提及了冯德英的《苦菜花》：

“在五六十年代，‘革命历史小说’的主要作品中，长篇有《腹地》（王林，1949）、《战斗到明天》（白刃，1950）、《铜墙铁壁》（柳青，1951）、《风云初记》（孙犁，1951—1963）、《保卫延安》（杜鹏程，1954）、《铁道游击队》（知侠，1954）、《小城春秋》（高云览，1956）、《红日》（吴强，1957）、《林海雪原》（曲波，1957）、《红旗谱》（梁斌，1957）、《青春之歌》（杨沫，1958）、《战斗的青春》（雪克，1958）、《野火春风斗古城》（李英儒，1958）、《烈火金刚》（刘流，1958）、《敌后武工队》（冯志，1958）、《苦菜花》（冯德英，1958）、《三家巷》（欧阳山，1959）、《红岩》（罗广斌、杨益言，1961）、《刘志丹（上卷）》（李建彤，1962—1979）等。”① 在罗列出来的19部长篇小说中，作者稍后重点分析的共计有杜鹏程的《保卫延安》、吴强的《红日》、梁斌的《红旗谱》、罗广斌与杨益言的《红岩》、孙犁的《风云初记》（论述篇幅相对较短）、杨沫的《青春之歌》等6部。② 冯德英的《苦菜花》显然不在其列。比如，陈思和那部“作品为主型”的《中国当代文学史教程》，也没有专门分析《苦菜花》。相对来说，对《苦菜花》评价比较高的，是董健、丁帆、王彬彬三位联袂主编的《中国当代文学史新稿》。在第一编第四章“长篇小说”部分的第八节“其他长篇小说”中，编写者以三小段的篇幅专门提及并简单分析了《苦菜花》：

> ……《苦菜花》的故事就是以作者的亲身经历为原型，主要叙述以“母亲”为核心的一个革命家庭的成长和斗争事迹。小说出版后，在当时产生了较大的影响，后被改编为同名电影。
>
> 由于小说建立在作者丰富生活经验的基础上，所描述的生活细节、地方风物和人物性格都质朴真实，主人公“母亲”写得比较真实感人。同时，作者在对革命战争的描写中特别注重突出感情的意义，在夫妻情、母女情和婆媳情等方面，都作了较充分的

①② 洪子诚：《中国当代文学史（修订版）》，北京大学出版社，2007，第94－108页。

表现。作品对人物心理的细致表现，也有助于人物性格的挖掘。如反面人物王柬芝，其阴险毒辣、色厉内荏的性格得到了比较充分的表现。

但是，作品还没有摆脱当时流行的传奇式故事叙述方式，许多情节显得过于简单化。在处理人物关系时，仍不能摆脱以阶级本位为核心的叙述视角。①

一方面，与前述两种文学史著作相比，《中国当代文学史新稿》对《苦菜花》不仅评价更高，而且也还拿出一定的篇幅进行专门论述。但在另一方面，与占有更大篇幅的《保卫延安》《红日》《红旗谱》《风云初记》《青春之歌》《林海雪原》等作品的评价相比较，《苦菜花》的评价还是明显不足。因为以上三部均为业内有影响的中国当代文学史著作，所以，冯德英的《苦菜花》被漠视，也就自是一种无法被否认的客观事实。但根据我自己的实际阅读体验，与一向评价甚高的《保卫延安》《红日》《红旗谱》《红岩》《风云初记》《青春之歌》相比较，《苦菜花》的实际创作成就或许还是要高出一筹的。

据作家的自述，长篇小说《苦菜花》有着突出的纪实性色彩：

小说“基本上是以真实确切的素材写成的，有不少情节完全是真实情况的写照，大部分人物都确有其人，一部分是根据现实生活做了集中概括。”这部以作者的家庭为“蓝本”的小说叙事写景，笔端常带感情。②

事实上，在“十七年”那样一个文学生产力相对低下的时代，很多作家的长篇小说都只有一部或两三部，并不像当下时代一样，很多作家的长

① 董健、丁帆、王彬彬主编《中国当代文学史新稿》，北京师范大学出版社，2011，第107页。

② 潘旭澜主编《新中国文学词典》，江苏文艺出版社，1993，第748页。

篇小说数量都已经超过了两位数。很大程度上，正是因为盛行所谓的“一本书即代表作”现象，所以在创作过程中，很多作家都会如同冯德英一样，把自己的很多真实生活经验都以素材的方式刻录进了小说文本之中。然而，必要的想象虚构，其实也不容忽视。当作家强调“不少情节”和“大部分人物”都有原型的时候，事实上也就同时承认了想象虚构的必然存在。只不过，作家那个时候的表达方式叫作“根据现实生活做了集中概括”。

事实上，《苦菜花》是一部很多地方都明显地留下了时代印痕的战争题材长篇小说。其中，特别引人注目的一个方面，就是议论性段落的不时穿插出现。首先，在一部体量相对庞大的长篇小说文本中，是否允许议论性段落或话语的适度穿插，在我们这个时代应该是一个已经得到解决的创作论命题。然而，是否允许有议论介入，与到底什么样的议论才应该介入，恐怕还是不能合二为一的两回事。在《苦菜花》中，我们便不时地会遭遇这样的一些议论性段落。比如：“生命的火花，只有迸发在为正义而战的战场上，才是最灿烂最宝贵的!”“这个小寨村和它周围的坟墓与树林，成了血海，成了尸山。在革命的道路上，它受过血的洗礼，作为祖国解放的见证人，永远写在历史上。”再比如：“人们都很激动，怒视着这群东洋的奴才。淳朴的人们，往往仇恨汉奸更甚于日本鬼子。他们的想法是：日本鬼子生来就是坏的，就和狼一定要吃人的道理一样；可是这些同国土同民族的败类，却出卖自己的祖国和同胞，做敌人的帮凶；他们就像是失去人性变成豺狼的人，比野兽更加可恶!”以上这样一些带有一定抒情色彩的议论性段落，明眼人一下子便能看出其中所蕴含着的时代政治意识形态内涵。遗憾之处在于，这些议论性段落的内容，并没有能够完成一种很好的个人化转换，没有能够与冯德英自己的生命体验交融为一体，更多地还是停留在公共性的层面上。因此，在我看来，虽然说议论性段落或话语在长篇小说中的适度插入并不成为问题，但具体到冯德英的《苦菜花》，类似有突出时代政治意识形态印痕的议论性段落，恐怕还是应该被看作是小说的一个败笔。

另外，在个别细节的处理上，也还有不周全处存在。比如："人们抬着肥猪肥羊、白菜萝卜、葱花韭菜芽、花生、烟叶子……种种好吃的东西，打着锣鼓唱着歌，高喊着口号，去慰劳子弟兵。"一方面，正如作家在小说中多次描写过的，在故事的主要发生地，也即山东昆嵛山区，由于连年战乱的缘故，包括王官庄村民在内的普通老百姓的日常生计都非常糟糕。但这一积极慰劳子弟兵的细节，带给人的却又是此地似乎物产丰富、特别富庶的一种感觉。因此，尽管我非常理解作家如此描写是为了充分凸显子弟兵也即八路军在昆嵛山区普通民众中的受欢迎程度，但因为它与当地的老百姓特别艰难的日常生存状况相违背的缘故，所以也难称合理。再比如，紧接着下一页的一段叙述话语："正在这时，从人群里挤出个孩子，黑黝黝的脸蛋儿冻得通红，在棉帽檐下，那对黑大的眼睛更神气地闪闪发光。"联系下文即可知道，这个脸蛋黑黝黝的男孩，就是小说主人公母亲的小儿子德刚。我们知道，整部《苦菜花》采用的是一种全知全能的第三人称叙述方式。在这种叙述方式的小说中，一般只有在相关人物第一次登场的时候，才会采用类似的一种人物介绍方式。关键问题在于，这时候的德刚却并非第一次登场。既然如此，既然叙述者（其实也包括读者）非常清楚这个登场的男孩就是德刚，那么冯德英的如此一种处理方式，事实上也就不自觉地冒犯了某种约定俗成的叙述规律。

与此同时，我们也完全可以通过《苦菜花》中女性人物的肖像描写（我们之所以会在此处特别注意对人物的肖像描写展开分析，乃是因为在"十七年"期间，或许与当时某种文学理论的引导有关系，作家们在创作小说时普遍重视肖像描写），清楚地观察到"十七年"期间的文学审美与当下时代的明显差异。这一方面的两个鲜明例证，就是娟子和婵子这两位女性形象。先让我们来看娟子：

> 娟子，这十六岁的山村姑娘，生得粗腿大胳膊的，不是有一根大辫子搭在背后，乍一看起来，就同男孩子一样。她听着母亲的吩咐，瞪着一双由于泪水的潮湿更加水灵灵的黑而大的眼睛，撅着丰腴好看的厚嘴唇，缓缓地走向父亲。

这是娟子第一次登场时作家给出的一种肖像描写。假若说相比较而言，《苦菜花》是一部更倾向于女性书写（虽然很可能是囿于时代整体文化氛围局限的缘故，倘若用西方标准的女性主义的文学标准来衡量，《苦菜花》肯定不能被看作是所谓女性主义的作品，但从男女性别在文本中具体位置的重要性来说，则无论是作者的写作初衷，抑或还是客观上达到的艺术效果，很显然都是女性压倒男性的。在某种意义上，我们也不妨把《苦菜花》看作是“十七年”期间带有一定女性主义色彩的长篇战争小说）的长篇小说，那么，娟子就毫无疑问是其中仅次于母亲的第二号女性形象。“粗腿大胳膊”以及“就同男孩子一样”，不仅强调女性一种与劳作或战斗紧密相关的健壮之美，而且也强调着女性的某种男性化倾向。“黑而大的眼睛”，可以说是带有通吃性质的一种女性美标准，不管是“十七年”，抑或还是当下时代，均属如此。“丰腴好看的厚嘴唇”，很明显也更多地与所谓的健壮之美联系在一起。

然后，再让我们来看婵子：

> 婵子很瘦，但依旧很艳丽。两只桃形的眼睛闪着水波，雪白的脸面搽着均匀的胭脂。腰很细，胸脯突出。粉红色缎子花旗袍紧绷在身上，整个身子的轮廓都显得非常清晰，走起路来腰软得和青柳枝一般，头上的卷发也跟着摇动起来。只是由于过多的吸烟，雪白的牙齿变成黄色，纤细的小手上的指甲也熏黄了……

小说中的婵子，是娟子的姨表姐。婵子的母亲，是娟子母亲的亲姐姐。由于丈夫不幸早死的缘故，婵子被迫做了杨胖子翻译官的情妇。由此可见，婵子虽然不能说是一位反面人物形象，但其负面的色彩也非常明显。冯德英对婵子的肖像描写，其实特别切合于“十七年”期间对类似性质女性形象的文学想象。“很瘦”“艳丽”以及“桃形的眼睛”里的“水波”，凸显出的是一种女性的苗条柔媚之美。“胸脯突出”，强调的是她乳房高挺的一种性感之美。“身子的轮廓”清晰与走路如同“青柳枝”一般柔软，则与她的妖娆多姿紧密相关。

关键问题在于，到了当下时代，差不多所有的小说作品，在重要女性形象的肖像描写方面，除了后面婵子因为抽烟而导致的牙齿和指甲变黄的特点之外，其他方面恐怕都会不约而同、亦步亦趋地按照婵子的那种相貌体态来展开描写。如同《苦菜花》中娟子那样一种劳动女性健壮之美的展示，在我们这个时代的小说作品中，似乎已经不复存在。需要注意的是，“十七年”期间的中国，由于被笼罩在一种所谓“阶级论”的特别推崇工农劳动者的思维框架之下，即使是作家们的审美观也被不自觉地裹挟而去。类似于《苦菜花》中娟子这样的一种肖像描写，就是一个突出的例证。相比较来说，如同婵子这样的一种肖像描写，则更多地体现着带有普世性的人类共同审美取向。其他且不说，单只是这一点，就说明那个时代自我封闭的中国，其实长期处于某种“与世隔绝”的状态。

二、艺术结构与其他人物形象分析

既然是一部长篇战争小说，那其中肯定就少不了战争场面的描写。事实上，冯德英的整部《苦菜花》可以说是由两大部分组合而成的，或者也可以说其中存在着两条时有交叉的艺术结构线索。一条是战争，另一条则是战争期间以山东昆嵛山区为代表的北中国乡村的日常生活过程。先让我们来看其中的战争书写这一部分。具体来说，小说中的战争场面，乃是集中围绕于德海率领的那支八路军部队展开的。于德海，是昆嵛山区老百姓心目中的传奇式人物：

> 都知道他领着一帮“造反”的穷人，活跃在昆嵛山里，同地主恶霸和地方官僚斗争，替受苦人做主。财主叫他们是土匪，穷人称他们是“红胡子”，是“逼上梁山”的绿林好汉。

至于于德海本人，则更是被传得神乎其神，说他对昆嵛山区的各方面情况都了如指掌，说他能双手打枪，百发百中，说他能飞檐走壁，刀枪不入。总之，一方面是怎么样神奇便怎么样想象传说，另一方面，这种想象归根到底也只能建立在类似于梁山好汉那样一种民间文化心理基础上。事实上，于德海也只不过是八路军里一位受命在昆嵛山区坚持抗日的团长而已。与于德海所部紧密相关的精彩战斗部分，主要有陈政委设法劝降惯匪柳八爷，柳八爷怒斩违反纪律强奸民女的马排长，陈政委由于老号长贪酒后的无意间“出卖”而血洒疆场，以及由于汉奸的告密于德海被困后的率众突围等。虽然不能说这样一些描写就不够精彩，但从总体上说，恐怕还是更多地带有程式化的特点，并未能看出一些新意来。就这样，一方面因为战争属于小说中的一条次要线索，所占篇幅较小，另一方面也因为相关的描写未见精彩，尤其是没有能够更加深入地涉及人性的层面，所以我们在这里就不对战争这一部分展开具体分析了。

与战争部分相对的黯淡无光相比较，整部《苦菜花》中，最与人性相关、最具文学价值的一个部分，就是战争期间以山东昆嵛山区为代表的北中国乡村的日常生活书写。更进一步说，假若我们承认建立在人性体察基础上的人物形象塑造，对于小说创作尤其是一部长篇小说的思想艺术成功有着不容忽视的重要意义和价值（这一方面，白先勇曾经有过特别精辟的见解：“写小说，人物当然占最重要的部分，拿传统小说三国、水浒、西游、金瓶梅来说，这些小说都是大本大本的，很复杂。三国里面打来打去，这一仗那一仗我们都搞混了，可是我们都记得曹操横槊赋诗的气派，都记得诸葛孔明羽扇纶巾的风度。故事不一定记得了，人物却鲜明地留在脑子里，那个小说就成功了，变成一种典型。曹操是一种典型，诸葛亮是一种典型，关云长是一种典型，所以小说的成败，要看你能不能塑造出让人家永远不会忘记的人物。外国小说如此，中国小说像三国、水浒更是如此。"①)，那么，冯德英也正是在这一部分极其充分地显示出了自己身为一名小说家塑造人物形象的艺术功力。

首先进入我们分析视野的人物形象，就是那位甘心情愿做了汉奸的知识分子王柬芝。一般来说，无论是否遭遇战争，知识分子都出生于相对富裕的家庭。因为家境的富裕才能够从根本上保障其子女接受足够的文化教育，并最终成为一名知识分子。《苦菜花》中王柬芝的情况同样如此："这胜水乡乡长王唯一家，是几辈的老财主了。不过，从来没有像王唯一承家以来这样兴旺过。王唯一还有一个叔伯弟弟叫王柬芝，但从父辈起就分了家。"问题在于，关于王柬芝这一形象，作家只是在其生成上遵循了必然的生活逻辑，强调了家境的富裕对一名现代知识分子出现的必要性，但却没有能够同样在心理的层面上，也遵循相应的心理逻辑。所谓相应的心理逻辑，就是指作为一位曾经在北平接受过大学教育的现代知识分子，即使他的政治立场可以天然地倾向于国民党，但面对着是否屈膝事日公然成为汉奸这样一个重要问题时，却不可能无动于衷，不可能不经历一番自我的内在心理冲突。实际的情况很可能是，一方面，冯德英固然知道王柬芝不可能轻而易举地就蜕变为一个可耻的汉奸，但在另一方面，迫于时代政治意识形态尤其是阶级理论的强大压力，他却又不能够合乎逻辑地去书写表达王柬芝真实的心理活动过程，只能违反真实地把出身于财主家庭的王柬芝写成一个天然的汉奸、天然的卖国求荣者。因为他回到王官庄的使命就是要从事窃取情报的地下工作，所以，王柬芝一出场就是一副虚伪的模样：

① 白先勇：《白先勇细说红楼梦》（上），广西师范大学出版社，2017，第192－193页。

> 他对自己回到这个已经变成另一个天地的山村，并不感到有什么可怕的。他知道自己虽是地主，可是没面对面地剥削压迫过农民，没得罪过人，回家的那几次他也非常注意到博得老百姓的好感，同时也收到了效果；而且，谁会知道他的实际职业呢！

很大程度上，正是因为地下潜伏这一职业的缘故，所以虚伪也就成为王柬芝非常突出的一个性格特征。王柬芝刚回来时，只要一提到王唯一被民主政府判处了死刑这件事，就首先会表现出一种惺惺作态的难受：“‘他毕竟和我是叔伯兄弟啊！’王柬芝有点伤心地说。”但很快地，他就改变了态度，开始由伤心转为愤怒：“他痛骂王唯一卖国当汉奸，在乡里犯了那么多的罪恶，他的死是罪有应得的，然后表示他王柬芝拥护共产党的做法，他素来就同王唯一不和，这些乡亲们也都是知道的，他王柬芝是和王唯一走的两条路。”与此同时，他也还故作姿态地编造自己在外面工作时是怎样利用教师的身份领着学生投身反日活动的：“他说这些话时，那种痛苦万状，捧腹揪心的神态，很使人们动心。”关键的一点是，王柬芝不仅这么说，而且他的行动也具有极大的迷惑性：“光说空话不行，王柬芝还用实际行动来证明自己的抗日爱国心。他把山峦、土地献出一部分来，又把大批陈粮交了公粮，并自愿帮助政府办小学，以尽他知识分子的一点力量。”就这样，由于王柬芝处心积虑的一番伪装积极，他很快就骗取了民主政府和周边百姓的信任，不仅被委任为王官庄小学的校长，而且更是“在县上开文教会议时受到表扬，不久就当上了县参议员”。“他不但在群众中的威信高，就是干部对他也慢慢失去戒心了。像娟子那样反感他的人，虽说在学校里对她的特别关照和客气感到有些虚伪，但事实毕竟是事实，渐渐也怀疑起过去对他是有成见的，思想上减少了疑虑和警惕，不大再有意识地去注意他。”应该说，到这个时候为止，王柬芝已经差不多骗取了民主政府和抗日民众的全部信任。而这，事实上也就为他的地下情报活动打下了很好的基础。

为了更好地执行卧底潜伏的任务，受命回到王官庄后的王柬芝，一方面很快地把宫少尼和吕锡铅这两位男教员发展为供自己任意驱使的党羽，另一方面则是想方设法把自己名义上的老婆，即杏莉的母亲，和她的相好，即自己家的长工王长锁，牢牢地掌控在自己手里。却原来，这里还潜藏着一个类似于鲁迅式的婚恋悲剧。身为花花公子的王柬芝，原本不仅早就被城里的女性所深深吸引，而且还正在频繁写信向县长家的小姐求爱。但就在这个时候，固执的父亲却硬是不管不顾地命他返乡，和一个没落地主家的闺女成了亲。问题在于，他们俩虽然成了亲，但实际上却根本谈不上什么感情："他是那样轻蔑她，讨厌她，没住几天就走了。王柬芝根本不承认自己有老婆，也没把这件事放在心上。"既然王柬芝对父亲硬塞给自己的这个女人毫无感情，那么，一个现代乡村版的"阁楼上的疯女人"的生成，也就是难以回避的一种必然结果："这个可怜的千金小姐，就这样完结了她在闺秀中的美妙梦境。她守着这座阴森高大的住宅，是多么空虚和孤寂，多么阴冷和痛苦!"正是在如此一种心境灰暗绝望的状况下，一个名叫王长锁的长工走入了杏莉母亲的视野之中："王长锁是个没爹没娘的孤儿，整天连句话都不肯多说，他忠厚淳朴得有些迟钝。他做梦也没想到一个有钱有势人家的年轻女主人会注意到他，他根本没想到这辈子还能有老婆。"就这样，正所谓"妾有情，郎有意"，尤其是在女主人采取主动攻势的情况下，王长锁的最终"束手就擒"，也就自在预料之中。说到这里，笔者便不由得联想到了陈忠实那部极有影响力的长篇小说《白鹿原》。《白鹿原》中一个重要的故事情节，就是身为长工的黑娃，与地主家的小妾田小娥之间的情感纠葛。虽然已经无法从陈忠实那里得到确切的证实或证伪，但黑娃和田小娥的情感故事设定，与冯德英的《苦菜花》中杏莉母亲和王长锁的情感纠葛，二者之间相似性的存在，却又是一种客观的文本事实。鉴于陈忠实这一代中国作家乃是读着如同《苦菜花》这样的一类"革命历史小说"成长起来的，由此而断定陈忠实的《白鹿原》曾经在某种程度上接受过《苦菜花》的影响，应该也是合乎逻辑的一种推理结论。对自家妻子与王长锁的偷情早就有所洞察的王柬芝，回到王官庄后，巧妙设计圈套，以抓到他们的偷情现场为实证，要挟他们俩不管怎么说都要服从自己，为自己服务。由于有把柄被握在了王柬芝手里，杏莉母亲和王长锁只好无奈地被迫屈从于他的淫威之下："他俩刚上来还不信这是真的，后来听到要用着王长锁了，才半信半疑地答应下来，向这个'大恩人'叩头。"事实上，也正是因为一方面骗取了民主政府和周边群众的充分信任，另一方面也强有力地操控了以上几位，尤其是杏莉母亲和王长锁，王柬芝的地下情报工作方才取得了"积极有效"的进展。无论是副村长七子夫妇的不幸牺牲，还是陈政委的壮烈殉职，抑或还是娟子他们返程时的意外受袭，连同母亲与区妇救会长星梅的被出卖，都毫无疑问是王柬芝的地下情报工作发生作用的直接结果。到最后，在自己的罪恶不小心被杏莉察觉后，丧心病狂的王柬芝竟然不惜杀害了这个美丽善良的姑娘。色厉内荏的王柬芝骨子里的那种阴冷狠毒，在这一细节中被表现得真正可谓淋漓尽致。

接下来，我们要关注的，就是那位懦弱、善良而又多情的杏莉母亲。先让我们来看人物初始出场时的相关肖像描写：

> 她是三十几岁的人，白皙鸭蛋形的脸儿，还红晕晕的很有光彩，细眯眯的眼睛在说明她是个好看而多情的女人。她走在门槛处，黑暗中略停一刹，那淡淡的细长眉毛猛耸了几下，小嘴两边皱起纹褶，可是当她迈进门里站在灯光下时，随着这一步，她的眉毛展开了，嘴角上的细皱纹变成了微笑，但，像有苦味的东西衔在口里似的，这笑显得不自然。

阅读冯德英这一段很显然煞费了一番苦心的肖像描写，我们可以得出这样的几点意思。其一，这是一个很是有一点风韵的漂亮女人。其二，在进门时细长眉毛“猛耸了几下”，说明其内心深处一时间的慌里慌张。其三，尽管她进门后力求以舒展眉毛的方式做一种不自觉的自我掩饰，但“像有苦味的东西衔在口里似的”这一句，却又明显地泄露出了她内心深处潜藏的秘密。质言之，杏莉母亲之所以会在丈夫面前表现得如此这般失常，乃是因为她与王长锁有着难以示人的情感秘密的缘故。虽然看似只是一小段寻常不过的肖像描写，但却能够从中透露出这么丰富的信息，作家冯德英的艺术功力于此即可见一斑。

正如同我们前面已经谈及过的，因为王柬芝对她没有任何感情可言，所以杏莉母亲只能万般无奈地成为一位现代乡村版的“阁楼上的疯女人”。好在她的生命中也还出现了那个叫王长锁的长工，倘若王柬芝不突然回家，那包括杏莉在内的事实上的他们一家三口，其实仍然可以相对平静地生活下去：“他们表面上还是主仆关系，实际上却起了变化。她觉得他就是她的丈夫，她就是他的妻子，他就是她的命根子，她的一切。”然而，杏莉母亲却根本料想不到，到头来，这一切平静都会因为王柬芝的意外归来而被彻底打破。自从被王柬芝彻底控制之后，杏莉母亲便常常处于某种羞愧而惊恐的状态之中难以自拔。“自从她和王长锁的事被王柬芝抓住后，她连惊带怕，又羞愧又无办法，真是痛苦极了。整天越发连大门都不敢出，躲避着人们的目光。王长锁走后这几天，她越想越怕，日夜为他担心。她怕他在路上出什么凶险，担心有人会知道他是进鬼子据点去的……”正因为把柄被王柬芝所掌握，所以他们尽管满心的不情愿，但也只得无条件地执行他的意志。因是之故，他们俩便总是处于某种战战兢兢的状态之中。“王柬芝这不是明明白白在撒谎，叫他去干坏事吗？啊，要是被人家发现了，会当汉奸治罪的，多么危险啊！不去吧，刀柄攥在王柬芝手里，惹恼了王柬芝，他们马上就要完了啊！为着他们的私情不被外人知道，为了他们的孩子杏莉，他们顾不得这件事有多大危险，违背良心去干了。”与此同时，雪上加霜的一点，也还有宫少尼对她的肆意凌辱和蹂躏。早就对杏莉母亲垂涎三尺的宫少尼，长期觊觎而不得，这一次，在他以汉奸罪相威胁的情况下，生性懦弱的杏莉母亲权衡再三后，只好无奈屈从了。“啊，天哪！生死就在这一关，再晚一点，生命线就要断了。那么王长锁和她，还有孩子，不都完了吗?！可怕呀，和王唯一一样！不，不能啊！为他，为孩子！她，她顾不得自己了。”我们不妨设身处地地设想一下，在抗战那样一个特定的历史阶段，一个尚且处在婚姻状态中的乡村女性，不仅被迫无奈地周旋于三位男性之间，而且还要时时想着要去保护唯一的爱女，杏莉母亲的精神难堪与百般纠结的确可以推想而知。说实在话，在“十七年”期间，能够把一个乡村女性处于极端矛盾与分裂状态的真实人性世界挖掘表现到如此一种深入骨髓的地步，在拥有精湛艺术功力的同时，更需要作家有足够的写作勇气。这么多年来，《苦菜花》一直在文学史上没有能够得到应有的评价，不知道这个算不算潜在的原因之一。我们都知道，一提及“十七年”小说中的人物形象尤其是女性形象的塑造，为研究者所津津乐道的，往往会是出现在孙犁的中篇小说《铁木前传》中的小满儿或者长篇小说《风云初记》中的蒋俗儿。但其实，在我看来，从人性深度与审美价值来判断，杏莉母亲这一女性形象恐怕丝毫也不输于孙犁笔下的这两位女性形象。

我们注意到，在被宫少尼以胁迫的方式占有后，杏莉母亲顿时显得有些迟钝和呆滞，因为“她应付着两个男人。一个是她心甘情愿，当成自己的真正丈夫；另一个却是迫使她为保存自己和心爱的人，而不得不忍受他那像野兽一样的蹂躏。和第一个在一起，她是活人，有灵魂，有理智，全身流动着血液。可是她时常不得不痛心地支开他，而去接受另一个的强迫。在这时，她是死的，没有了灵魂，也没有了感觉。直到这个野兽满足地起身走了，她才慢慢苏醒、复活过来，痛哭一场”。明明不喜欢一个人，但却要被迫接受他的各种蹂躏和戕害。明明太过于喜欢一个人，但却总是不能全心全意地对待这个人。杏莉母亲的如此一种严重的自我撕裂状态，细细想来，真的是情何以堪。尤其是当她洞察到王柬芝为什么会不管不顾地枪杀宫少尼的隐秘动机后，内心原本善良无比的她，更是陷入到了一种纠结不已的精神状态之中。

> 她想去把一切告诉娟子，把这窝狼都除掉，就是她死了也甘心；可是不行，王长锁呢？杏莉呢？也都得死去啊！不能啊！她的心像有刀在绞，像在油锅里煎熬。她整夜失眠，暗暗哭泣，就连自己的女儿也对不起啊！

自己的生命可以不在乎，王长锁和杏莉的生命却无论如何不能不在乎。一种投鼠忌器的心理一时间主导了这个苦命女人的心理走向。无可奈何的情况下，她只能把希望寄托在王柬芝的早日自我暴露上。

> 她诅咒王柬芝他们快被八路军抓住，杀死！这样，他们就可以悄悄地活着，多多为抗日出力，赎回自己的罪愆。可是老天爷就像有意为难，王柬芝不但不死，反而越来越成为红人。她不知道八路军为什么这样做，为什么看不透他。王柬芝似乎是个不可推倒，不可战胜的巨人。

眼睁睁地看着坏人作恶，不仅无法阻止，反而在很多时候还要被迫为虎作伥，这样的一种感觉的确很不好受。但作为一个没有足够的勇气面对不堪现实的弱者，除了内心里的诅咒外，杏莉母亲其实别无他法。就这样，既然深陷于无奈的深渊中无法自拔，那杏莉母亲也就只能更加绝望了：

> 这一切使她愈陷愈深，愈矛盾，愈恐怖，愈惶惶不安——渐渐集成一种巨大的惨然的阴暗力量，像一把钳子卡住她那细瘦的咽喉，她时刻有被窒息的可能。

事实上，对于那个时代一个柔弱的乡村女性来说，能够有勇气打破传统婚恋观念的束缚，在已然处于婚姻状态的情况下，仍然和身处另一个阶层的王长锁走到一起，已经是非常不容易的一件事情。从这个意义上，我们也不妨把杏莉母亲视为带有相当局限性的北中国乡村的一个娜拉。细细地品味以上两段描写展示杏莉母亲心理活动的叙述话语，将会更好地帮助我们理解把握这一具有相当人性深度的女性形象。

同样值得我们高度关注的，是《苦菜花》中关于花子婚恋故事的真切书写。花子内心里的苦楚，是心细如发的母亲在观看演出时不经意间发现的。“母亲的眼睛也润湿了。但她总感到别人的、特别是花子的眼泪比她流得多，非常值得同情。母亲知道这个已出嫁而长期住在娘家的姑娘，为什么格外伤心些。但母亲不知道早变得活泼愉快的花子，为什么还有忧郁苦楚的阴影，时常出现在她脸上；而那双单纯质朴的眼睛里，为什么又有了惶惑不安的神色；更明显的是，她那本来黑红的脸庞，为什么渐渐变得憔悴蜡黄了呢?”却原来，花子之所以会这样忧郁苦楚，与她那不幸的婚姻紧密相关。早在八年前，因为闹春荒家里揭不开锅，花子的父亲四大爷只好到王唯一家去借粮。就是在那一次，四大爷被迫答应“把十七岁的闺女送给王唯一的亲戚当媳妇，换回二百斤苞米”。一桩万般无奈的买卖婚姻倒也还罢了，关键的问题是，花子的这个丈夫却是个傻子，不仅成天什么都不懂，而且还总是会疯疯癫癫地胡闹折腾。这一天中午，由于受到别人的唆使，傻子一回家就把正在忙着做午饭的花子不管不顾地扑倒在地。结果，盆打了，面撒了，花子的衣服也被扒了。“正在这时，母老虎（花子的婆婆因其一贯刁钻古怪而获致的一个绰号）闯进来。她非但不管教儿子，倒骂花子是小淫妇，把她儿子教坏了。结果把花子关到厢房里，几顿不给她饭吃。”也就是这个时候，一个名叫老起的长工出现了。请注意，又是一名长工。“那时，在这里当长工的老起，是个很粗壮的小伙子。他自己也不知家在哪里，从小要饭吃，长大一点儿就当长工，真是和野草石块一起长大的。他看不过去，很同情花子，就偷偷地从后窗送几个粑粑、地瓜给她吃。谁知被母老虎知道了，马上把他辞掉。”被辞工后的老起，很快就被王唯一雇佣。等到王唯一被民主政府处死后，分得了一些土地的老起，就在王官庄落了户。与此同时，在婆家备受各种折磨的花子，也因为八路军的到来而挺直了腰杆，回到娘家后住在王官庄不肯再回到婆家去。这样一来，既然两个人都生活在王官庄，也就少不了要见面打交道，一来二去的，两个人便都生出了别样的情愫。有了情感却又不敢大张旗鼓地表现出来，一方面顾忌着那位生性刻板古怪的四大爷，另一方面却也是因为他们知道自己的行为其实已经明显地触碰到了传统道德观念的底线。也因此，尽管内心里爱情的火焰早已熊熊燃烧，但他们却始终没有足够的勇气把这一切实情都公之于众："可是离婚重嫁这个事在这里还非常新鲜，没有人做过，他们心里也没个底。人家不笑话吗？闹出去不丢人吗？政府能答应吗？……加之他们本能的弱点，使他们犹豫不决，不敢声张。"母亲之所以能够在观看演出时敏感地发现花子的忧郁苦楚，乃是因为这个时候的花子已经有了身孕，眼看着就纸里包不住火了。

正是因为花子总是纠结在党员干部的身份与个人的婚姻幸福之间，所以她才感到万般痛苦，难以解脱。"不，这不单是自己的耻辱，她更记住自己是共产党员，她的行为是对党有害的。她要被开除，像逐出叛徒那样。她是干部，这对工作起多大的坏影响啊！她痛苦极了，深恨自己对不起党，对不起革命。但她心里又感到抱屈，感到不平，她不知道为什么不该和自己心爱的人结婚，为什么要受别人的横暴干涉。这一点是她至死也不会屈服的。"此后的事实充分证明花子的预感并非杞人忧天，她和老起所遭受的困扰，不仅来自于老顽固的父亲，更是来自于王官庄那些思想同样僵化保守的村干部。具体来说，反对的声音首先来自于普通民众："花子的事轰动了全村。大多数人都表示愤慨，同情的人是少数。在这种情况下，干部们召开会议，要对这事做出处理。"没想到，到了村干部会议上，却仍然还是一片反对的声音："但出乎母亲的意料，干部们大多数并不同情花子、老起，却抱着异常愤怒的态度，强调事实本身造成的坏影响，和它坏的一方面。这使母亲非常痛心，以致气愤地离开会场。其实她并不是干部，也从来没做过干预干部们的事，这次是她为这事真焦急了。”这样的一种事实充分证明，在如同王官庄这样的“解放区”，包括这些村干部们在内的所有民众，外在形式上看似已经“解放”了，但其内在的精神世界却并没有真正得到解放。通过花子这一事件的书写，冯德英其实已经自觉不自觉地连通了“五四”文学的传统。在目睹老起被反绑着在街头游行的可怕场景后，花子的母亲与村长庆林当面发生了争执。母亲义正词严地一力为花子和老起他们辩护：“这是什么人？是个老好人！花子，她是好干部，谁不夸她工作好?！起子，他救过娟子的爹，是我一家的大恩人！你就没看看，花子婆家是些人是些鬼？你说，这样对付受苦人，良心过得去吗？”对此，庆林给出的回答是：“这你可不能那么说。你说，他们私通是对的？影响村里工作是对的？都这样下去还成什么体统？”尽管说由于母亲的积极努力，由于区干部他们的相对开明，花子最后在解除了包办婚姻后，不仅如愿以偿地和老起结了婚，而且在婚后不久还生了个叫作“解放”的女孩，但如果着眼于王官庄的一种客观现实来看，如同庆林和四大爷这样一种僵化保守观念的存在，以及生成这种观念的文化土壤的深厚广大，恐怕却是更需要我们加以关注的严重事实。实际上，只要我们把花子和老起，以及小二黑和小芹他们在婚恋问题上的类似遭遇联系在一起，就不难发现，即使是在所谓的“解放区”，男女之间的婚恋自由也都是不可能的。若非有外力（多少带有巧合意味的一点是，《苦菜花》和《小二黑结婚》两部小说中，出面干预并最终解决问题的都是区干部）的强势干预，那一种悲剧结局的最终生成，就肯定是无法避免的。与此同时，另外一个无法否认的客观事实是，现实生活中的那些区干部，恐怕也同样更多地持有着如同庆林那样僵化保守的观念。从这个角度来说，赵树理和冯德英书写过程中理想主义色彩的具备，也就是一种无法被否认的创作事实。

三、母亲形象深度分析

最后进入我们分析视野的，就是那位身为小说主人公的母亲这一女性形象。在我的理解中，冯德英之所以要创作这样一部长篇小说，就是为了塑造母亲这样一个女性形象。因此，如果不是高尔基已经有一部名为《母亲》的长篇小说，那么，冯德英的这部作品甚至也可以干脆被命名为《母亲》。为了充分凸显母亲形象的核心地位，冯德英煞费苦心地通过相应的情节设计把父亲冯仁义尽可能地排除在了家庭之外。先是在冯仁义的哥哥冯仁善一家人被心狠手辣的王唯一迫害致死后，面临着被斩草除根危险的冯仁义，被迫无奈地远走他乡。（但请注意，这里情节设计不够合理的一个地方是，王唯一既然要斩草除根，目标为什么仅仅盯在冯仁义身上。要知道，冯仁义也还生育有好几个子女。难道说冯家的这些后代就不是令王唯一咬牙切齿的“根”吗?）在父亲冯仁义这一走就是长达六年的时间里，支撑着整个家庭生存重担的，也就只能是母亲这个妇道人家了。

> 母亲，她是一家人唯一的支撑者。大孩子少衣服叫妈妈，小孩子饿了哭妈妈，她是他们的一切。母亲没叫德强停学，她整天怀里抱着手里扯着孩子，在山上、地里滚来滚去。吃的什么饭，穿的什么衣，那是可以想象到的呀！

等到冯仁义六年后重新回到王官庄的时候，他最小的女儿嫚子都已经不幸去世了。即使在冯仁义已然返乡之后，作家也很快就安排他积极投身革命，成为区小队队员，总是外出执行任务。这样一来，母亲在小说文本中的核心地位，自然就没有受到丝毫威胁。就这样，在丈夫冯仁义的形象被合理有效地“排除”之后，母亲的形象也就合乎逻辑地被凸显出来了。

先让我们来看冯德英在母亲初出场时的一种肖像描写。

> 母亲，她今年三十九岁，看上去，倒像是四十开外的人了。她的个子，在女人里面算是高的，背稍有点驼，稠密的头发，已有些灰蓬蓬的，在那双浓厚的眉毛下，一对大而黑眸的眼睛，陪衬在方圆的大脸盘上，看得出，在年轻时，她是个美丽而和善的姑娘。现在，眼角已镶上密密的皱纹，本来水灵灵的眼睛失去了光泽，只剩下善良微弱的接近迟钝的柔光，里面像藏有许多苦涩的东西一样。在她那微厚的嘴唇两旁，像是由于在忍受着巨大的疼痛，而紧闭着嘴咬着牙不呻吟似的，有两道明显的弯曲的深细皱纹，平时，她的嘴总是这样习惯地闭着。在她的下颚右方，长着一颗豆大的黑痣，像是留给幼儿好找妈妈的标记，也在发着显眼的善良光彩。

只有三十九岁却看上去已经“四十开外”，“背有点驼”，“灰蓬蓬的头发”，以及眼角“密密的皱纹”，说明这位乡村女性长期承受着超负荷的生活负担。眼睛里藏有“苦涩的东西”，“像是由于在忍受巨大的疼痛”，说明母亲的生活中总是有着必须面对的生活苦难。但她的总体神情，尤其是那颗“豆大的黑痣”，却又无法遮掩地传递着母亲内心深处潜藏着的本性善良。也因此，倘若请罗中立来为母亲画一幅肖像画的话，那么，出现在我们面前的，就很可能是如同那幅名画《父亲》中的父亲一样满脸写满苦难与善良的母亲形象。

关于母亲这一核心人物形象，冯德英主要是在一种性格发展演变的过程中凸显出了她那简直如同地母一般宽阔宏厚的母性情怀。由于小说创作于阶级话语占据绝对上风的“十七年”期间的缘故，母亲的母性情怀，主要是通过她从原来的不怎么理解，到最后彻底理解并坚决支持子女们从事革命活动而充分体现出来的。在她最早知道年仅十六岁的大女儿娟子，已经在暗中从事革命活动的时候，母亲内心里更多的是不解与担心。

昨晚她一宿没有睡，眼睛有些发红。她怎么能合上眼皮呢？女儿正在参加那可怕的殊死的战斗，时时有死亡在威胁着孩子，做妈的能不为她担心害怕吗？

这种情感，在更进一步细化之后，就是：

当母亲听到枪声时，浑身都颤抖起来，那枪好像打在她自己身上。她真后悔不该叫女儿去了，自己为什么不拉住她呢？唉！可又怎么能拦住那个被什么迷住了的女儿呢！当娟子领着人来的时候，母亲的心灵深处产生一种连自己也不能理解的感情，她没有阻止女儿的行动，相反，倒不知不觉有意无意地在帮助女儿的行动……她多半不信女儿说的真能把仇人杀死。她纯粹是为对自己女儿的担心和疼爱来做这一切的。

却原来，只有为女儿的担心是真，至于所谓有意无意地支持帮助女儿的行动云云，其实不过是母亲出于对女儿的疼爱而做出的某种纵容行为。说到底，在这个时候，娟子参加革命活动带给母亲更多的，还是某种莫名的恐慌：

当人们消失在雨夜里时，母亲感到巨大的空虚和恐怖，心随着雨点跳起来：她怎么这样傻，眼睁睁看着亲骨肉去做有被人杀死的危险的事情呢？她想叫，嘴张不开；她想跑上去阻拦，腿挪不动。只剩下那可怜的、替孩子命运担心的、做母亲本能的权利了。

能够把母亲这个时候真实的恐慌心态不做任何人为拔高地表达出来，正说明冯德英对人物心理有着堪称精准到位的理解和把握。正是因为这个时候的母亲尚且不知道所谓的革命意味着什么，所以当她眼睁睁地看着王唯一被处死时才会生成一种自相矛盾的心态：

> 她多么希望看到这个大仇人的死去。她极力踮起脚，睁大眼睛望，可又蓦地惊怔住了。她看到王唯一跪在沙坑旁边，娟子端起枪……一种恐怖的寒流又压倒了她。她是多么不希望枪响啊！

一方面，因为对王唯一有着深仇大恨，所以她才会希望看到他死去。另一方面，不管怎么说，王唯一都是一条活生生的生命。从一种人道的本能出发，她又实在不想看到包括王唯一在内任何一条生命的死亡。

但到了后来，伴随着母亲对革命活动理解和认识程度的逐渐提高，她已经开始慢慢体会到为革命牺牲的必要性。

> 她彷佛看到：一个强悍的青年端着明晃晃的刺刀，向鬼子群里杀去；而在另一个不知什么地方，有一个白发苍苍的老母亲，在绝望地痛哭着……
>
> 在这一霎，母亲似乎预料到自己的儿子也会牺牲掉，那老母亲的命运也会落到自己头上。她一时觉得她过多地惦念、爱惜自己的孩子是自私的，不对的，比起别人来自己还好得多，为孩子担心的不只她一个做母亲的啊！可是随之又涌来一阵更紧张的感情，使做母亲的她更加痛感到失去孩子的可怕，战争的可怕！同时她并不希望孩子回到自己身边来，她更清楚地体味到：没有这些孩子在前线战斗，敌人就会打过来残害更多的人、更多的母亲。

到这个时候，虽然说母亲对孩子的那种牵挂和惦念一如既往地强烈，但她却已经开始从一己的悲欢中挣脱出来，开始认识到了革命与必要的牺牲之间的内在关联。当她明确意识到除了自己之外，也还会有更多的人和母亲存在的时候，她的人生境界也就有了明显的提升。尤其是其中“痛感到失去孩子的可怕，战争的可怕”一句，更是还多少带有了一点难能可贵的反战意味。应该注意到，在母亲思想观念的转变过程中，星梅的出现发生了不容忽视的重要作用。正是在了解到星梅和她的未婚夫两个人都义无反顾地投身革命的情况后，母亲才开始意识到了自己“家”的观念的狭隘。“共产党里的人就是好，两口子都在外面革命，不在一块，又丢下家，真不容易呀！而我呢？倒老担心着自己的孩子。咳，谁的爹妈不想自己的孩子？谁不知道自家的炕头热呢？可要都守在家里谁出来打鬼子……唉！这些人都是好样的！”事实上，在那个特定的历史时期，家庭与革命本就是一对尖锐的矛盾冲突。要革命，就不能顾及家庭，过于顾及家庭，革命也就无从进行。受制于时代政治意识形态的局限，在《苦菜花》中，冯德英无论如何也都只能让母亲舍“家庭”而趋向于“革命”。

这样一来，到了敌人在“扫荡”时不仅包围王官庄，而且还特别残忍地一连杀死兰子姑娘、老德顺以及星梅他们三个人的时候，母亲虽然内心里也还残存有一丝的不忍和犹豫，但从本质上说，她却已经成为一位拥有博大母性情怀的坚定革命者了。

> 母亲昏昏沉沉，被雨点冲击洋铁屋顶的铿锵声惊醒。啊！她的头不是被铡下来了吗?！怎么还活着呢?！这在什么地方？家里炕上？不是，身下面冰凉冰凉的；家里地下？不是，这地是洋灰的，自家的是土的；她用力睁开眼睛，怎么没有灯光？孩子们都睡了？不是……啊！这是王唯一家的房子，她怎么来的呢？想了想，她明白了：不是自己的头掉下来，而是星梅的！从此，活着的人中再没有这个好姑娘了！

现在看起来，这毫无疑问是“十七年”文学中难得一见的具有非理性意识流色彩的小说文字。借助于如此一种恍恍惚惚的幻觉方式，作家真切地再现了母亲被残忍折磨以至于昏死过去复又醒来时的真实心理状态。值此特定时刻，真正可谓千头万绪都涌上了母亲的心头。

> 可是现在，不但巨大的痛苦在撕裂她，而且感到莫大的伤心。母亲哭泣起来，流出来的不是眼泪，而是血水啊！母亲在想：秀

子、德刚两个孩子，跟着德松的父亲跑出去，现在在哪里呢？当时她坚决不走，抱着嫚子留下守着星梅。想不到冤家路窄，碰上王竹、王流子。在沙河时，她见嫚子是被玉子的奶奶王老太太带着的，孩子一定哭着找妈啦！她又想到娟子和德强，想到姜永泉，他们还不知她怎么样的呀！落在仇人手里，死不死活不活的，罪真难受啊！死了连孩子的面也见不到！啊，妈死了孩子怎么办呢?！……她愈想愈伤心，全身痛得如同刀割，她抖瑟成一团！渴，她渴得用舌头接掉下的泪水喝。这滋味又咸又苦又涩又酸啊！

在母亲的自我意识中，既然已经落入了敌人之手，那就不可能再活着出去了。一方面，她已然抱定了必死的决心，另一方面，却又处于被敌人残酷折磨后头脑昏昏沉沉的状态之中，把自己的孩子过电影一般在脑海里过了一遍，也就是理所当然的一种结果。在其中，一种发自本能的母性的存在，是无法被否认的客观事实。事实上，也正是从这种本能的母性出发，她竟然一时间对革命也产生了怀疑。“啊！共产党八路军，抗战革命！对她这个多子女的母亲有什么好处呢？她得到了什么呢？她得到的是儿女离开她，使她做母亲的替他们担惊受怕，使她山上爬地里滚，吃不尽的苦，受不尽的痛，以至落到这个地步。这，这都怨谁呢?”不仅自身遭受着无端的残酷折磨，而且自己的儿女们也都因为参加革命活动而存在着生命危险，母亲在此种境况下对革命生出一点怨恨和不满，自然也就显得特别真实了。能够把母亲这个时候的真实心理状况毫无讳饰地展示出来，其实需要冯德英具有相当的写作勇气。

然而，这不满和犹豫毕竟是一时的，被关押起来的母亲很快就坚定了起来。这一点，再突出不过地表现在她面对敌人残酷地折磨小女儿嫚子的时候。其实，早在敌人动手折磨嫚子之前，母亲就已经生出了强烈的预感。“母亲还没来得及向孩子说几句爱抚的话，她的心就立刻冷起来！敌人把孩子抓来做什么？……她越想越不对头，越用力抱紧孩子。似乎用她那做母亲的受过千苦万痛的躯体，就能护住自己身上掉下的肉。嫚子像也懂得了母亲的心事，更紧地抱着妈的脖子，头趴在母亲的肩膀上。”果不其然，敌人很快就以孩子相要挟了。单只是这种威胁，就足以要了母亲的命。“母亲虽早已料到这一层，但当听到后，还是抑制不住那巨大的内心恐怖，她开始哆嗦起来，身子无力地靠在椅背上。她知道，她虽有一颗做母亲的为孩子可以掏出来的心，可是她已经被折磨得稀烂的衰弱不堪的身体，怎么能保卫住孩子呢？啊！不能丢弃孩子啊！孩子是她的命根子，她的一切！哪个做母亲的能眼睁睁地见孩子被杀死而不救呢?！不，决不能!”正所谓可怜天下父母心，任何一个母亲，面对着孩子即将受到残酷折磨的威胁时，恐怕都会产生如同母亲这样一种简直就是战栗哆嗦不已的真实感觉。也因此，当嫚子真的开始被敌人残酷折磨的时候，冯德英关于母亲感受的描写就是非常真切的：

毒辣无比的凶手，在绞杀一棵幼嫩的花芽！

哭声像最锋利的钢针，扎在母亲心上！她已经没有力量去冲扑，她一次次昏厥。

她要救孩子，她要保工厂。

她要屈服——赶快饶了孩子吧！不，不能！

她要发疯！她紧咬着牙关发颤；她攥得手指发痛！

到后来，

听不见孩子的哭叫声了，母亲似乎平静了些，坐在地上痴呆呆地发怔，从眼里射出凶狠的光芒！她脸色是那样惨白，阵阵的痉挛使全身抽搐着。赶她再看清她已认不出的那摊血肉是她两手捧大的孩子时，她“噢”的一声又昏厥过去……

真的，我们无论如何都不能不把这些相关的描写文字全部录引在这里。

不如此，我们就无法设身处地地理解，当母亲目睹自己的亲生女儿在遭受敌人折磨的时候，内心里到底是这样一种痛苦到极致的状况。也因此，我甚至会有这样的一种设想，假若母亲在这个时候，从保护女儿的动机出发，把工厂的相关机密泄露给敌人，难道她就不足以被看作是一个伟大的母亲吗？尽管我深知，在“十七年”期间的冯德英肯定不会这么去处理，但不管怎么说，通过嫚子的被折磨这一情节的设计，强有力地凸显出了母亲那宽阔宏厚的母性情怀，却是毋庸置疑的一种客观事实。到这个时候，母亲的形象塑造，其实就已经宣告完成了。与此同时，我们也不能不注意到母亲这一形象对后来者小说创作具有某种启示性意义的存在。这一方面，最值得注意的恐怕就是莫言的长篇小说《丰乳肥臀》中那位母亲形象的刻画与塑造。尽管说莫言笔下的母亲形象较之于《苦菜花》中的母亲形象，无论是内涵还是外延，均已有很大的拓展，但莫言在其艺术构思过程中，最起码在潜意识的层面上受到过前辈作家冯德英《苦菜花》的滋养与影响，恐怕却是难以被否认的一种客观事实。

毫无疑问，以母亲为核心的以上若干人物形象的深度塑造，乃是冯德英《苦菜花》最突出的思想艺术成就所在。但与此同时，我们也应该注意到作家对象征手法的巧妙使用。这一点，集中体现在“苦菜花”这一意象的刻画营造上。小说中苦菜的出现，总是和母亲相伴随在一起的。一次是母亲在无端地受到思想僵化保守的四大爷的言语攻击的时候。

> 这话音像股阴冷的风，飞速地钻进母亲的心里。她痛苦地歪着头，苦楚的痉挛掠过她的嘴旁，那两道皱纹颤动着，像两丝苦涩的微笑。她颦着眉梢，两眼无神地凝视着夹在杂草中的一棵还未开花的鲜嫩的苦菜。
>
> …………
>
> 母亲眼前还是夹在杂草中的那棵还未开花的鲜嫩的苦菜。苦

> 菜虽苦，可是好吃，它是采野菜的姑娘到处寻觅的一种菜。苦菜的根虽苦，开出的花儿，却是香的。母亲不自觉地用手把苦菜周围的杂草薅了几把。她自己也不明白她这样做，究竟是为了让采野菜的女孩子能发现这棵鲜嫩的苦菜，还是想让苦菜见着阳光，快些长成熟，开放出金黄色的花朵来?!

再一次，是在嫂子即将遭受非人折磨的时候，作家曾经专门提及过母亲在她头发里发现的一朵苦菜花。接下来，就是嫂子临死前，母亲又一次注意到了她头上那朵快要枯萎了的苦菜花。最后一次，就是到了小说的结尾处，秀子把一大束花送给了刚刚从死亡线上挣扎回来的母亲。

> 母亲注视着女儿手中的花。鲜花被雨水沐浴得更加娇媚鲜艳，在朝霞中放着异彩。在母亲眼中，最吸引她的不是粉红色的月季花，暗红色的芍药花，而是夹在这些大花中的金黄色的苦菜花，看着看着，母亲觉得眼前一片金光，到处都开放着苦菜花。
>
> 母亲像尝到了苦菜根的清凉可口的苦味，嗅到了苦菜花的馨香，她嘴唇两旁那两道明显的深细皱纹，微微抽动，流露出虽然苦楚，却是幸福的微笑。

综合以上这些关于苦菜花的描写，再结合小说的标题，我们完全可以断定，苦菜花正是母亲这一女性形象的一种艺术象征。

我们都知道，在“十七年”期间，人性曾经是文学创作的一个禁区。按照洪子诚的考察，这期间出现的批判运动中，一次主要内容就是：“在这之后的50年代后期到60年代初，还开展了对资产阶级人性论、人道主义的批判。主要对象有：钱谷融的《论‘文学是人学’》、巴人的《论人情》、王淑明的《论人情和人性》《关于人性问题的笔记》、李何林的《十年来文学理论批评上的一个小问题》等。”① 这些为文学中的人性论和人道主义张目的文章，在当时之所以会受到批判，正是因为他们触碰到了人性禁区的缘故。因此，能够在“十七年”那个强烈排斥人性论和人道主义，阶级话语空前膨胀的社会文化语境中写出如同《苦菜花》这样具有突出人性内涵的长篇小说来，其实是非常不容易的一件事情。即使仅仅从这个意义上说，我们也应该向冯德英表示充分的敬意。

① 洪子诚：《中国当代文学史（修订版）》，北京大学出版社，2007，第40页。

下 部

第五章　贾平凹《山本》：历史漩涡中的苦难与悲悯

一、创作初衷与“秦岭志”

最早知道贾平凹要创作一部历史长篇小说，是在2016年的3月初。那一次，我到武汉参加“全国中文类核心期刊（文学类）主编论坛暨《芳草》改版十周年座谈会”，遇到了批评家韩春燕，从她那里我知道了这个消息。但根据贾平凹自己在后记中的说法，他最早萌生创作念头的时间，乃是更早一些时候的2015年：“《山本》是在2015年开始了构思，那是极其纠结的一年，面对着庞杂混乱的素材，我不知怎样处理。首先是它的内容，和我在课本里学的，在影视上见的，是那样不同，这里就有了太多的疑惑和忌讳。再就是，这些素材如何进入小说，历史又怎样成为文学？我想我那时就像一头狮子在追捕兔子，兔子钻进偌大的荆棘藤蔓里，狮子没了办法，又不忍离开，就趴在那里，气喘吁吁，鼻脸上尽落些苍蝇。”这里，在交代小说的最初构想源起于2015年这个时间端点的同时，贾平凹实际上更主要地是在以一种特别形象生动的语言强调着这一题材的书写难度。然而，在具体讨论这一题材的书写难度之前，我们首先关注的，乃是这部作品在酝酿构思过程中所发生的方向迁转。据贾平凹自己说，他最早的创作构想其实是试图要完成一部以故乡秦岭为书写对象的散文著作：

> 曾经企图能把秦岭走一遍，即便写不了类似的《山海经》，也可以整理出一本秦岭的草木记、一本秦岭的动物记吧。在数年里，陆续去过起脉的昆仑山，相传那里是诸神在地上的都府，我得首先要祭拜的；去过秦岭始崛的鸟鼠同穴山，这山名特别有意思；去过太白山；去过华山；去过从太白山到华山之间的七十二道峪；自然也多次去过商洛境内的天竺山和商山。已经是不少的地方了，却只为秦岭的九牛一毛，我深深体会到一只鸟飞进树林子是什么状态，一棵草长在沟壑里是什么状况。关于整理秦岭的草木记、动物记，终因能力和体力未能完成，没料到在这期间收集到秦岭二三十年代的许许多多传奇。去种麦子，麦子没结穗，割回来了一大堆麦草，这使我改变了初衷，从此倒感兴趣了那个年代的传说，于是对那方面的资料，涉及到的人和事，以及发生地，像筷子一样啥都要尝，像尘一样到处乱钻，太有些饥饿感了，做梦都是一条吃桑叶的蚕。

在创作过程中由于这样或者那样的原因而改变写作初衷，进而使得创作发生根本的方向性迁移，并不只是发生在贾平凹一个人身上。但这样的一种情形发生在贾平凹身上，恐怕就多少有点令人感到遗憾。因为贾平凹是一位再典型不过的兼擅小说与散文这两种文体的两栖作家。甚至于，在一些不无文体或审美偏执的读者那里，至今都认为贾平凹写得最为得心应手的文体，并非小说，而是散文。到了我们这里，却也不得不承认，贾平凹未能如其所愿地以散文的体式写作完成秦岭的草木记与动物记，无论如何都是一件憾事。试想，以贾平凹的那样一种生花妙笔，以他那样一种悠然自如的心态，再加上不无细致深入的实地田野调查功夫，完成之后的秦岭草木记与动物记，又该是怎样炫目的锦绣文章呢。

但是，且慢。一方面，贾平凹确实在酝酿构思的过程中发生了方向性的迁移。但在另一方面，他其实并没有彻底放弃为故乡秦岭撰写一部草木记与动物记的写作志向。只不过，这种写作努力是以变相的方式潜隐体现在了这部后来被作家自己更名为《山本》的历史长篇小说之中。是的，正如你已经意识到的，我这里的具体所指，就是那位在《山本》中占有相当重要性的平川县麻县长。麻县长是一位很有一些抱负的文人县长，他在民国年间来到地处秦岭深处的平川县任职，原本很有一些想要造福一方的雄心壮志。然而，一方面因为自己没有强劲后台，另一方面更因为身处20世纪二三十年代那样的乱世，偏又先后遭逢了如同史三海、阮天保以及本书男主人公井宗秀这样一些手握兵权的强势人物侧旁掣肘的缘故，麻县长空有一腔抱负却根本就无从实现。

> 麻县长是个文人出身，老家在平原，初到双水县任上原本一心要造福一方，但几年下来，政局混乱，社会弊病丛生，再加上自己不能长袖善舞，时时处处举步维艰，便心灰意冷，兴趣着秦岭上的植物、动物；甚至有了一个野心，在秦岭里为官数载，虽建不了赫然政绩，那就写一部秦岭的植物志、动物志，留给后世。

也因此，满腹不平之气的麻县长，才会与井宗秀发生这样一番暗藏机锋的对话。

> 麻县长说，我记录记录。井宗秀说：记录草木？麻县长说：既然来秦岭任职一场，总得给秦岭做些事么。井宗秀说：县长满腹诗书，来秦岭实在也是委屈了你。麻县长说：倒不是委屈，是我无能为天地立心，为生民立命，为往圣继绝学，为万世开太平么，但我爱秦岭。

> 麻县长说：秦岭可是北阻风沙而成高荒，酿三水而积两原，调势气而立三都。无秦岭则无黄土高原、关中平原、江汉平原、汉江、泾渭二河及长安、成都、汉口不存。秦岭其功齐天，改变半个中国的生态格局哩。我不能为秦岭添一土一石，就所到一地记录些草木，或许将来了可以写一本书。

明明是因为包括自己在内的一众强梁的掣肘而使得麻县长的一腔抱负最终付诸东流，但井宗秀却偏偏不无反讽地要恭维满腹诗书的麻县长来秦岭任职是受了极大的委屈。而麻县长，则不仅借机一吐怨气，而且还进一步表明了自己既然难以在政治上有所作为，就只能够退而求其次地以手中之笔对秦岭具有地域特色的草木有所记述的志向。也正是巧妙地借助于麻县长之口，叙述者不无精当地对秦岭在中国地理意义上的重要性，进行了恰切到位的评价。只有理解了这一点，我们也才能够进一步理解作家为什么要在小说“题记”中给予秦岭如此之高的一种评价：“一道龙脉，横亘在那里，提携了黄河长江，统领着北方南方。这就是秦岭，中国最伟大的山。”“山本的故事，正是我的一本秦岭之志。”在我的记忆中，为一部长篇小说写“题记”，在贾平凹还是第一次。他对这部长篇小说的重视程度，由此即可见一斑。借助于这个“题记”，以及麻县长在对话中对秦岭重要性的强调，贾平凹给出的，事实上就是自己为什么要创作这样一部发生在秦岭深处历史故事的长篇小说的根本理由。

尽管作家在酝酿构思的过程中已然发生了创作方向的迁移与转换，但他曾经预先设定的试图为秦岭撰写草木记和动物记的初衷，实际上也还是得到了相当程度的实现。这一点，就集中体现在麻县长这一人物形象身上。正如同前边已经提及的，既然造福一方的抱负无法实现，那满腹诗书的麻县长，也就只好把自己的志向转换为对秦岭各种草木与禽兽的考察与记述。等到小说结尾处，面对着战火遍地满目疮痍的涡镇，极度失望的麻县长跳涡潭自杀之前，留给蚯蚓的竟然是两部珍贵的手稿。“蚯蚓不明白麻县长怎么就到河里去……他原本要喊叫王喜儒，告诉麻县长死在涡潭里了，脚底下却觉得有东西，软软的，看时却是用线纳起来的两个纸本。上面密密麻麻全写了字。蚯蚓认不得字，但他想着这应该是麻县长的……”蚯蚓不认识字，账房却认得字。账房“拿过来看，一个纸本封皮上写着《秦岭志草木部》，一个纸本封皮上写着《秦岭志禽兽部》”，然后，“账房说：叫你拾了，这活该要留世的。”“蚯蚓说：那这有用吗？账房说：说有用就有用，说没用就没用，你家有地窑没，有地窑了赶快跑回去，你藏在窑里，把它也藏在窑里。”到最后，为了万无一失，机巧精明的蚯蚓是用身上的褂子把纸本包了，把它们高高地藏在了老鸹窝里。就这样，现实生活中贾平凹自己没有完成的秦岭的草木记和动物记，到了小说《山本》里，却颇有几分巧妙地假借麻县长之手而得以完成了。

也正因为如此，我们才会在《山本》中注意到，在不时地描写麻县长四处搜寻秦岭各种奇花异草的标本并了解各种飞禽走兽的生存样态与习性的同时，也往往会出现这样的一些笔涉秦岭的草木和禽兽的描写文字。比如：

> 释放时，麻县长是站在窗前，窗前下有十几盆他栽种的花草，有地黄，有荜茇，有白前，白芷，泽兰，乌头，青葙子，苍术，还有一盆莱菔子。他喜欢莱菔子，春来抽高苔，夏初结籽角，更有那根像似萝卜，无论生吃或炖炒，都能消食除胀，化痰开郁。

再比如，

> 麻县长说：那我这个平原上来的人告诉你，这叫牵牛，一年生的蔓草，叶有三尖，互生。浸晨开花，受日光面萎，结实为球形，有蒂裹之，黑色的为黑丑，白色的为白丑，二丑都有毒，可以入药。

这是关于植物的。比如：

地上险恶还罢了，还有许多怪兽奇鸟，有一种熊，长着狗的身子、人的脚，还有一种野猪牙特别长，伸在口外如象一样。但熊和野猪从来没有伤过人，野猪吃蛇啖虺的时候，人就在旁边看着，而熊冬季里在山洞里蜇着，人知道熊胆值钱，甚至知道熊的胆力春天在首，夏天在腰，秋天在左足，冬天在右足，也不去猎杀。

再比如，

醒来了常常是在后半夜，便听到银杏树上有鸟的动静，因为总有鸟在那里，他差不多可以分辨出是乌鸦还是练鹊，还是百香、伏翼、鸲鹈、鹭鸶，就再也睡不着，听它们碎着嘴“叽喳”或“呢喃”。这一夜醒来的更迟些，知道树上是两只山鹧，一只在发出“滴溜”声，尾音上扬，一只在发出“哈扑”声，尾音下坠，听着听着，好像是在说着井宗秀和阮天保的名字。

这是关于动物的。毫无疑问，这些文字，既是属于麻县长的，更是属于贾平凹的。所有的这些文字，和不时地穿插在文本之中的那些与秦岭的地理、文化习俗沿革相关的文字结合在一起，再加上作为小说主体故事存在的那些发生在秦岭山区 20 世纪二三十年代的人与事，《山本》首先给读者留下的印象，恐怕就是一部“秦岭的百科全书”。在小说的创作过程中，贾平凹之所以曾经一度将作品命名为“秦岭”或者“秦岭志”，其中一个不容忽视的主要原因，恐怕正在于此。

二、革命历史的深度反思

然而，必须注意到，创作方向发生迁移后，贾平凹《山本》的根本题旨却很显然并不在此。或者说，贾平凹事关秦岭的那样一种“百科全书”式的书写，仅只是在为作家更大规模也更为深入的一种历史书写做必要的动植物、地理以及文化等方面的铺垫而已。这样一来，我们的话题自然也就又返回到了那个曾经一度令贾平凹纠结不已的如何才能够将一堆看似“庞杂混乱”的历史素材转换为有机的小说作品的难题。正如贾平凹自己已经明确意识到的，问题的关键在于“它的内容，和我在课本里学的、在影视上见的，是那样不同，这里就有了太多的疑惑和忌讳”。实际上，只要我们把《山本》所主要书写的内容纳入到贾平凹的小说创作谱系里，就不难发现，这部作品其实与作家此前那部时间跨度极大的长篇小说《老生》之间存在着某种内在关联。《老生》一共讲述了发生在四个不同的历史关节点的故事。其中第一个历史关节点，就是20世纪二三十年代老黑、雷布、匡三司令以及李德胜等人如何组织成立秦岭游击队的故事。换言之，也即是革命的起源故事。到了这部《山本》中，同样也在讲述着当年秦岭游击队的故事。只不过，第一，秦岭游击队代表性人物的命名方式被转换，由当年的老黑、雷布、匡三司令、李德胜而变成了《山本》里的蔡一风、李得旺、井宗丞他们。当然，也还有后来加入其中的阮天保。第二，更重要的一点是，如果说在《老生》中，秦岭游击队的故事只是发生在第一个历史关节点。那么，到了这部《山本》中，秦岭游击队就变成了活跃于20世纪二三十年代历史舞台上的众多武装力量之中的一种。这里，一个特别重要的问题，恐怕就是所谓叙事聚焦点根本上的一种转换与迁移。事实上，贾平凹在后记中一再感叹着的“它的内容，和我在课本里学的、在影视上见的，是那样不同”，只要联系一下中国当代文学史，我们就可以知道作家所具体指称的，乃是在“十七年”期间曾经一度蔚为大观的以《红旗谱》《红岩》《青春之歌》等一批作品为代表的“革命历史小说”。“革命历史小说”“是‘在既定的意识形态的规限内，讲述既定的历史题材，以达成既定的意识形态目的’；也就是说，讲述的是中共发动、领导的‘革命’的起源，和这一‘革命’经历曲折过程之后最终走向胜利的故事”①。更进一步说，“关于‘革命历史’题材写作的文学史上的和现实政治上的意义，当时的批评家曾指出：这些斗争，‘在反动统治时期的国民党统治区域，几乎是不可能被反映到文学作品中间来的。现在我们却需要去补足文学史上的这段空白，使我们人民能够历史地去认识革命过程和当前现实的联系，从那些可歌可泣的斗争的感召中获得对社会主义建设的更大信心和热情’。以对历史‘本质’的规范化叙述，为新的社会新的政权的真理性作出证明，以具象的方式，推动对历史的既定叙述的合法化，也为处于社会转折期中的民众，提供生活、思想的意识形态规范——是这些小说的主要目的”②。这里的一个关键问题，就是因为这批“革命历史小说”的写作者，在创作过程中自觉地接受了来自于主流政治意识形态的规训。而贾平凹在创作《山本》这部历史长篇小说时所竭力追求的一点，乃是对于某种先验的政治意识形态立场的挣脱，所以他才会感到某种空前的困惑与迷茫。

但贾平凹毕竟是贾平凹，只有在意识到写作难题存在的前提下想方设法破局的人，方才称得上真正的大勇者。唯其如此，贾平凹才会在后记中接着写道：“我还是试着先写吧，意识形态有意识形态的规范和要求，写作有写作的责任和智慧，至于写得好写得不好，是建了一座庙，还是盖个农家院，那是下一步的事，鸡有了蛋就要下，不下那也憋得慌么。初草完成到 2016 年底，修改已是 2017 年。”具体来说，贾平凹的艺术智慧，就突出地表现在叙事聚焦点的选择上。如果说那些“革命历史小说”的聚焦点都落脚到了类似于秦岭游击队的革命力量的一边，那么，贾平凹《山本》的聚焦点却落脚到了以井宗秀为代表的似乎更带有民国正统性的地方利益守

---

①② 洪子诚：《中国当代文学史（修订版）》，北京大学出版社，2007，第 94－95 页。

护者的一边。这样一来，整部长篇小说的思想艺术格局也就自然而然地发生了根本性的变化。故事发生的那个时代，是一个“有枪便是草头王”的战乱频仍的动荡年代。从大的角度来说，“先是蒋介石和阎锡山是结拜兄弟，蒋又和冯玉祥是结拜兄弟，他们都联合打张作霖、打吴佩孚。蒋介石势力大了，这天下就是蒋的，可冯玉祥、阎锡山又合起来打蒋介石”。正所谓一时枭雄并起，乱哄哄你方唱罢我登场者也。具体到《山本》所集中表现着的秦岭地区，既有秦岭游击队，也有一会儿属蒋介石、一会儿又属冯玉祥的国军69旅（后改编整合为六军），还有井宗秀隶属于69旅（后为六军）的涡镇预备团（后为预备旅），以及保安队，身为土匪的逛山与刀客，如同五雷那样可以说还不成其为气候的小股乱匪，端的是“城头变幻大王旗”者也。实际上，大就是小，小也是大。真正的明眼人，既可以在大中看出小来，也可以从小中看出大来。从某种意义上说，小说是细节的艺术，作为优秀的小说家，贾平凹只能以小见大，见微知著地在“小”上做大文章，通过井宗秀、阮天保、井宗丞这样一些在那个时候活跃于秦岭地区的历史人物的故事，把当时那样一种大的历史境况，以小说艺术的方式细致深入地表现出来。这其中，贾平凹一个了不得的创举，就是没有如同既往的“革命历史小说”那样把聚焦点落在革命者身上，而是以一种类似于庄子式的“齐物”姿态把它与其他各种社会武装力量平等地并置在一起。正是凭借着如此一种艺术处置方式，贾平凹方才比较有效地摆脱了来自于政治意识形态的困扰与影响。这样一来，“革命历史小说”中革命者一贯的主体性地位在《山本》中就荡然无存了。

然而，必须注意到的一点是，《山本》中虽然革命者的主体地位已然不存，但这却并不就意味着这一种力量在历史过程中的缺失。事实上，从艺术结构上说，整部《山本》共由两条时有交叉的故事线索编织而成。其中，不仅作为通篇的聚焦点，而且也作为小说主线存在的，乃是井宗秀与陆菊人他们这一条涡镇的故事线索。与这一条主线相比较，相对次要但却不可或缺的另外一条线索，就是有出身于涡镇的井宗丞介入其中的秦岭游击队亦即革命者的故事。如果说贾平凹在《老生》中的第一个历史关节点上已然对中国现代革命进行着相当深入的批判性反思，那么，到了这部《山本》之中，贾平凹很显然继续推进着他对于所谓“革命”的理解与思考。具体来说，作家这种进一步的深入反思，集中体现在井宗秀的兄长井宗丞这一人物形象身上。首先，井宗丞最早参加革命的行为本身，就带有某种反人性的特点。小说开头不久，就浓墨重彩地写到了井宗秀父亲井掌柜不幸死亡的情形。身处乱世，为了应付有可能发生的特殊情况，秉持着一方有难、八方支援的基本原则，井掌柜他们共计联络了百多户人家集资，搞了一个带有互助性质的互济会。互济会第一批共集资一千多块大洋，全部由身为会长的井掌柜保管。但不知道为什么却不慎走漏了风声，结果井掌柜在去收购烟叶时被绑架，惨遭勒索。虽然从表面上看井掌柜是不慎坠入粪窑溺亡，但实际上他的死亡却与惨遭无端勒索之后的精神恍惚紧密相关。事后，人们才从消息灵通的阮天保那里了解到，却原来井掌柜的被绑架，与自己在县城读书的儿子井宗丞存在着脱不开的干系。“阮天保就说共产党早都渗透进来了，县城西关的杜鹏举便是共产党派来平川县秘密发展势力的，第一个发展的就是井宗丞。为了筹措活动经费，井宗丞出主意让人绑票他爹，保安队围捕时，他们正商量用绑票来的钱要去省城买枪呀，当场打死了五人，逃走了七人，后来搜山，又打死了三人，活捉了三人，其中就有杜鹏举，但漏网了井宗丞。”人都说虎毒不食子，父子感情，乃是人伦亲情中最重要的一个部分。所谓革命，一旦不惜对父子伦理亲情的破坏，那么，如此一种革命的合理性，恐怕就显得可疑了。

然而，以大义灭亲的方式而积极投身于革命之中的井宗丞，却无论如何都不可能预料到，这革命竟然会有一天不无吊诡地反过来革到自己的头上。这个时候的井宗丞，由于在历次战斗中的勇敢表现，已然升职为红十五军团的一个团长。这一天，井宗丞率领他的部下，来到秦岭东南处的山阴县马王镇，准备与驻扎在这里的红十五军团会合。没想到，尚未抵达马王镇，就有人迎上来，要求井宗丞单人独骑先去崇村报到参加会议。就在井宗丞刚刚抵达崇村的时候，叙述者以不小的篇幅描写了一种叫作水晶兰的花。

> 这簇水晶兰可能是下午才长出来，茎秆是白的，叶子更是半透明的白色鳞片，如一层薄若蝉翼的纱包裹着，蕾包低垂。他刚一走近，就有二三只蜂落在蕾包上，蕾包竟然昂起了头，花便开了，是玫瑰一样的红。蜂在上面爬动，柔软细滑的花瓣开始往下掉，不是纷纷脱落，而是掉下来一瓣了，再掉下来一瓣，显得从容优雅。井宗丞伸手去赶那蜂，庙前有三个小兵喊了声：井团长来了！跑下来，说：你不要掐！井宗丞当然知道这花是不能掐的，一掐，沾在手上的露珠一样的水很快变黑。但蜂仍在花上蠕动，花瓣就全脱落了，眼看着水晶兰的整个茎秆变成了一根灰黑的柴棍。井宗丞说：这儿还有娇气的水晶兰？小兵说：我们叫它是冥花。

这里看似斜逸横出的一段文字，细细想来，最起码有三种作用。其一，毫无疑问属于麻县长一直在努力的秦岭植物志的一个有机组成部分。其二，正所谓“文武之道，一张一弛”，眼看着被蒙在鼓里的井宗丞步步惊心地走向自己的悲剧终端，叙述者忽然跳身而出，不无细致地描述介绍生来品性娇贵的水晶兰，很明显是在调节过于紧张的叙事节奏。其三，所谓“冥花”者，自然就是地狱之花的意思。就此而言，叙述者对水晶兰的这一番精描细绘，其实有着无可否认的象征与暗示意味。果然，井宗丞一踏入山神庙，就被早已潜伏在这里的阮天保他们擒获了。阮天保给出的是军团长宋斌下达的秘密命令：“阮天保团长，鉴于井宗丞犯有严重的右倾主义罪行，命令你在他一到崇村，立即逮捕。”虽然井宗丞拼命挣扎，但怎奈他已然是一只被缚之虎，纵有百般能耐却也回天无力了。同样被关起来的，还有比井宗丞级别更高的红十五军团政委蔡一风：“宗丞，有些话我不愿意给你说，你逼着我说，蔡一风在马王镇也被关起来了。”对此，井宗丞自然大惑不解：“啊蔡政委也被关了?！这是要干啥，这是要干啥？蔡政委和我闹了这么多年革命，没有秦岭游击队哪里会有红十五军团，倒把我抓了连蔡政委也抓了！”对此，阮天保给出的更进一步接近事实真相的解释是：“这是军团长说的，我再给你说吧，在留仙坪整顿的时候，是继续留在秦岭西北还是往东南建立新的根据地，两种意见不统一，宋斌和蔡一风的矛盾公开，蔡一风认为去东南太冒险，弄得不好会葬送红十五军团，宋斌指责蔡一风表面上是胆小谨慎，实质是西北一带是他的老窝，他可以继续为所欲为。宋斌他是军团长，他还代表着省委和秦岭专委的意见啊！”到这里，井宗丞意外被捕事件背后的真相就已经被全部揭露出来了。却原来，井宗丞在某种意义上成了蔡一风的牺牲品或者说替罪羊。枭雄一世的井宗丞根本预想不到，到最后自己竟然会莫名其妙地冤死在阮天保的警卫邢瞎子之手：“邢瞎子说：崇字是一座山压你宗啊！你先下，手抓牢，脚登实了再慢慢松手。井宗丞便先下去，说：山压宗？头正好就在了邢瞎子的身下，邢瞎子把枪头顶着井宗丞的头扣了扳机，井宗丞一声没吭就掉下去了。”不能不强调的一点是，军团长宋斌只是要抓捕并关押井宗丞，真正一心一意公报私仇，要借机置他于死地的，是阮天保。细细推想中国的现代革命，除了革命本身的合理性一面之外，在革命的过程中，也同样存在着很多问题。其中，无论如何都必须注意的一点，就是在其背后很明显隐藏着个人私欲与权欲的所谓宗派斗争。宋斌与蔡一风之争，表面上看是部队下一步的行动方向问题，但实际上，却简直就是一种你死我活的权力与山头之争。井宗丞真正的悲剧之点在于不幸卷入其中并成为宗派斗争的牺牲品。能够将这一点不无犀利地揭示出来，正说明贾平凹的《山本》对革命的反思较之于《老生》又深刻地向前推进了一步。

三、井宗秀与苍生的生命苦难

然而，正如同秦岭游击队这一条线索仅仅是《山本》中的一条次要结构线索一样，对于现代革命的批判性反思，也仅仅只是贾平凹《山本》丰富思想意涵的一个侧面。这部规模篇幅相对巨大的长篇小说的根本意旨，乃是要在更为阔大的历史视野里观察表现苍生的生命苦难并寄托作家真切的悲悯情怀。作家之所以没有将叙事的聚焦点集中在秦岭游击队身上，而是集中在了涡镇，集中在了井宗秀和陆菊人他们两位身上，其根本意图显然在此。

《山本》所主要关注的20世纪二三十年代的秦岭地区，用小说里的话来说，就是："那年月，连续干旱着即是凶岁，地里的五谷都不好好长，却出了许多豪杰强人。这些人凡一坐大，有了几万十几万的武装，便割据一方，他们今日联合，明日分裂，旗号不断变换，整年都在厮杀。成了气候的就是军阀，没成气候的还仍做土匪，土匪也朝思暮想着能风起云涌，便有了出没在秦岭东一带的逛山和出没在秦岭西一带的刀客。"在那样一个混乱的时代，各种势力纷纷在涡镇这个为作家贾平凹所虚构出的历史舞台上登场亮相。其中，尤以井宗秀的预备团（后升格为预备旅）、井宗丞置身于其中的秦岭游击队，以及阮天保曾经在其中待了很长一段时间的保安队这三支武装力量最为引人注目。或许与这部长篇小说主要描写战争有关，作品的很多艺术设计，都与罗贯中的那部古典名著《三国演义》存在着不同程度的契合之处。三支武装力量的对峙与碰撞能够让我们联想到魏蜀吴三国鼎立且不说，预备团（预备旅）领导层中的井宗秀、周一山与杜鲁成他们三位，很自然便可以让我们联想到刘关张“桃园三结义”，虽然说其中的周一山其实更带有诸葛亮足智多谋的特点。除此之外，井宗秀他们把麻县长硬生生地从平川县城挟持到涡镇，显然也就是曹操的“挟天子以令诸侯”，而杨钟带着井宗秀专门前往煤窑那里宴请周一山的故事情节，其中“三请诸葛亮”的意味也是特别显豁的。当然，我们之所以要把《山本》与《三国演义》进行各方面的比较，最重要的恐怕还是借助于如此一种比较来发现贾平凹所持的基本历史观。

我们注意到，在后记中，贾平凹曾经写过这样一段颇有几分禅意的话语。

> 过去了的历史，有的如纸被浆糊死死贴在墙上，无法扒下，扒下就连墙皮一块全碎了，有的如古墓前的石碑，上边爬满了虫子和苔藓，搞不清哪是碑子上的文字还是虫子和苔藓。这一切还留给了我们什么，是中国人的强悍还是懦弱，是善良还是凶残，是智慧还是奸诈？无论那时曾是多么认真和肃然，虔诚和庄严，却都是佛经上所说的，有了罣碍，有了恐怖，有了颠倒梦想。秦岭的山川河壑大起大落，以我的能力来写那个年代只着眼于林中一花，河中一沙，何况大的战争从来只有记载没有故事，小的争斗却往往细节丰富，人物生动，趣味横生。读到了李尔纳的话：一个认识上帝的人，看上帝在那木头里，而非十字架上。《山本》里虽然到处是枪声和死人，但它并不是写战争的书，只是我关注一个木头一块石头，我就进入这木头和石头中去了。

明明是一部书写战争的长篇小说，但贾平凹却为什么要刻意强调这并不是一部“写战争的书”呢？说“上帝不在十字架上”，而是“在那木头里”，那么，到了《山本》里，这个“木头”又究竟在哪里呢？又或者说，为作家自己所一再强调的那山之“本”，究竟在什么地方呢？

事实上，正如同《三国演义》展现在广大读者面前的，乃是若干政治集团彼此之间打打杀杀的历史图景一样，贾平凹的《山本》所呈现给广大读者的，也是20世纪二三十年代一部打打杀杀的历史景观。关键的问题在于，如此一番你死我活的彼此争斗的结果，却必然是所谓的赤地千里、生灵涂炭，是把广大普通民众置于万劫不复的苦难境地。

说到这里，也就必须对贾平凹笔下的涡镇这一主要的故事发生地作一番解说了。

> 涡镇之所以叫涡镇，是黑河从西北下来，白河从东北下来，两河在镇子南头外交汇了，那段褐色的岩岸下就有了一个涡潭。涡潭平常看上去平平静静，水波不兴，一半的黑河水浊着，一半的白河水清着，但如果丢个东西下去，涡潭就动起来，先还是像太极图中的双鱼状，接着如磨盘在推动，旋转得越来越急，呼呼地响，能把什么都吸进去翻腾搅拌似的。

正是因为黑河与白河这两条河水交汇并形成了一个旋转性极强的涡潭，所以这个坐落在秦岭深处的镇子，就被叫作了涡镇。但千万请注意，贾平凹的《山本》中对于涡镇这一主要故事发生地的设定，其实带有突出的象征隐喻意味。从某种意义上说，作品所集中描写着的诸如预备团（预备旅）、秦岭游击队以及保安队这些武装力量，也都如同那一条条黑河或者白河一样，从四面八方汇聚到涡镇这个特定的历史舞台上，上演着某种程度上其实亘古未变的一出出历史与人性大戏。在这一过程中，一方面充分地暴露出了那些枭雄人物人性的善恶，另一方面却也格外真切地表现出了底层民众所必然遭逢的苦难命运。唯其如此，我们方才要在本章的标题中特别强调历史漩涡中的苦难。这里的历史漩涡云云，正是从涡镇这一地名演绎而出的直接结果。具体来说，作家关于历史漩涡中的苦难这一思想命题的思考与表达，乃是主要通过主人公井宗秀这一人物形象而表现出来。

小说开头处，井宗秀的父亲井掌柜因为被儿子井宗丞策划绑票身亡的时候，井宗秀尚且还是一个初通人事的青年。家中突遭如此之大的一场变故，井宗秀虽然内心不无慌乱，但却依然在有板有眼地处置着父亲突然弃世后的一应家事，既包括想方设法安顿早已六神无主的母亲，也包括如何在地藏菩萨庙也即130庙里依照习俗暂且浮丘了父亲的棺木。井宗秀的最初起家，应该说与邻居开寿材铺的杨掌柜家的童养媳陆菊人存在着很大的关系。原来，这位陆菊人出嫁时从娘家陪来的三分胭脂地，竟然是一块格外难能可贵的风水宝地。按照那两个赶龙脉人的说法，如果以这块地方做穴，将来是能够出官人的。没想到的是，陆菊人专门跟老父亲索要的这块风水宝地却被不知内情的公公杨掌柜慷慨地送给了井宗秀，好让井宗秀把一直浮丘着的父亲早日埋葬。也许一切都是命中注定，等到陆菊人因为坐月子而到半个月后才知道真相的时候，一切早已成为定局，井掌柜早已被井宗秀安埋在了那块风水宝地里。或许与明显带有神秘色彩的所谓风水宝地一说有关，更或许与贾平凹其实乃是要借助这样一种带有神秘色彩的情节设置为井宗秀提供一位强有力的助手有关，反正井宗秀后来之所以能够起事发迹并且最终成为盘踞在涡镇的一方霸主，与女主人公陆菊人之间存在着无法剥离的紧密关联。

这里，需要稍加展开一说的，就是井宗秀与陆菊人之间的很难简单厘清的复杂关系。之所以要特别强调这一点，乃是因为在我所看到的作家出版社关于单行本《山本》的宣传材料中，曾经把他们俩之间的感情定位为发生在战争时期的“绝美爱情故事”。在我看来，虽然不能说井宗秀和陆菊人之间就不存在丝毫的爱情因素，但就总体而言，与其说他们俩之间的感情是一种“绝美的爱情”，莫如说他们俩是惺惺相惜、彼此相知的精神知己更准确些。唯有因为他们是精神知己，所以你才会发现，在井宗秀异军崛起并最终发展成为涡镇一方霸主的过程中，陆菊人作为最主要的辅助者，曾经发挥过至关重要的促进作用。比如，就在井宗秀因为意外地拥有了岳掌柜家的资财而一度洋洋自得，准备给父亲迁坟的时候，是陆菊人及时出面阻止了他：“她悄声把她当年见到跑龙脉人的事说了，再说了她是如何向娘家要了这三分胭脂粉地，又说了当得知杨家把地让给了井家做坟地时她又是怎么哀哭过……陆菊人说：那穴地是不是就灵验，这我不敢把话说满，可谁又能说它就不灵验呢……既然你有这个命，我才一直盯着你这几年的变化，倒担心你只和那五雷混在一起图个发财，那就把天地都辜负了。”应该说，此前的井宗秀已经差不多被一种小富即安的心态所主导，正是因为有了陆菊人这一番不计个人与家庭私利的肺腑之言的激励，井宗秀方才彻底坚定了自己一定要在涡镇成就一番大事业的决心。具体来说，已经成为涡镇乡绅的井宗秀，之所以会拿定主意串通麻县长，最终与保安队以里应外合的方式端掉盘踞在涡镇的土匪五雷，并在此基础上成立预备团，与陆菊人的这一番激励，很显然存在着直接的内在关联。事实上，也正因为他们是难能可贵的精神知己，所以陆菊人才不仅会千方百计地要把自己相中的刘老庚家女儿花生说给丧妻的井宗秀做媳妇，而且还总是要在各方面照顾好井宗秀。至于井宗秀，也正是因为对陆菊人有着毫无保留的信任，所以他才会把预备团（预备旅）的茶行委托给陆菊人这样一位丧夫的寡妇去主管经营。

吊诡之处在于，虽然井宗秀成立预备团（预备旅）的良好初衷的确是要试图保涡镇的一方平安，但即使是井宗秀自己，恐怕也都无法预料到，随着时间的推移，预备团（预备旅）到最后竟然会彻底蜕变为严重的扰民者。这一点，集中通过井宗秀一意孤行地非得要在涡镇建造戏楼这一细节而表现出来。明摆着刚刚经过百般努力才好不容易建起了钟楼，但井宗秀却忽然又心血来潮地要建戏楼。要建戏楼，首先面临的困难就是资金的严重短缺：“钱不够却一定要建，商议来商议去，最后达成了一个可行的方案，那就是，既然要改造街巷，何不全镇各家各户都得出钱呢。出钱的数额以拆迁重建的房屋间数为计，每一间五个大洋，这就是一笔很大的收入，再加上预备旅的积蓄，茶行的挤兑，还有扩大征纳，基本上就没有了问题。那么，建戏楼的事不宜宣传，宣传出去可能有人不理解，必须以改造街巷的名义，在改造街巷的过程中建戏楼。”设身处地地想一想，在那个兵荒马乱的战争年代，涡镇的普通民众本就在刀尖上讨日子，本就熬煎着朝不保夕的苦难岁月，家里根本就不会有多少积蓄。在这种情况下，井宗秀刚刚修完钟楼，马上又以改造街巷的名义要求镇上的每家每户都必须参与集资修建戏楼。如此一种横征暴敛，自然是严重的扰民行为，遭到普通民众的坚决抵制与反对。西背街的赵屠户，宁愿被关禁闭也坚决不交。对此，陆菊人给出的评价是：“赵屠户要知道交钱还要修戏楼，那他就不是闹事，还真敢拿刀子杀人呀！”她专门找出当年的那个老铜镜，让花生带给已经处于刚愎自用状态的井宗秀。“陆菊人说：人和人交往，相互都是镜子，你回去就原原本本把我的话全转给他，他和他的预备旅说的是保护镇人的，其实是镇人在养活着他和他的预备旅哩。”很多时候，人走着走着就会走到自己的反面。井宗秀和他的预备团（预备旅）在涡镇所走过的，实际上也是这么一个过程。一旦井宗秀走到了自己初衷的反面，他人生的悲剧性也就必然是注定的了。一个不容忽视的问题是，井宗秀并不只是单个的个体，而是曾经称霸一方的乱世枭雄，他的所作所为必然会影响到治下的人群。在井宗秀雄起之前，包括他本人在内的涡镇普通民众因为各种武装力量的不断骚扰而难以安居乐业。正因为如此，包括他自己在内的普通民众，都对由他主导的预备团（预备旅）的出现满怀希望，希望他的称霸一方能够给涡镇带来相对安稳的生活。没想到的是好景不长，预备团（预备旅）的成立，虽然也曾经一度给涡镇带来过相对安稳的生活，小说中段涡镇繁荣市景的形成，就可以被看作是这一方面的明证所在。但很快的，伴随着井宗秀逐渐坐大后权欲的极度膨胀，普通民众生活的安稳与否，已经不再能够进入他的思考与关注视野。依循此种逻辑，如同修建戏楼这样一种扰民行为的出现，也就自是顺理成章的结果。张养浩曾有言云：“兴，百姓苦；亡，百姓苦。”贾平凹在《山本》中所描写的在井宗秀雄起前后涡镇普通民众的生存状况，完全可以看作是张养浩此言的一种形象注脚。本章标题中所谓“历史漩涡中的苦难”，其具体所指称的实际上也正是这种情况。

同时，贾平凹对于井宗秀这一具有相当人性深度的乱世枭雄形象的刻画与塑造，也特别引人注目。一方面或许与1980年代一度出现过的小说创作“去人物化”极端美学观念的潜在影响有关，当下时代的一些作家或多或少存在着轻视人物形象塑造的问题。另一方面很可能与作家艺术表现能力的有所欠缺有关，即使是那些看重人物形象塑造的小说作品，其中的很多人物形象也都带有性格凝固化的特点，从头至尾我们很难感觉到其性格的发展变化。相比较而言，《山本》的一个难能可贵处，就在于作家以格外鲜活灵动的笔触，写出了井宗秀这样一位性格处于发展变化状态中的乱世枭雄形象。首先要特别说明的一点是，这位井宗秀，其实是贾平凹所特别钟爱的一个人物形象。之所以这么说，主要因为作家曾经借助于叙述者之口，数次交代说井宗秀“从来不说一句硬话，可从来没做过一件软事”。据我所知，这是贾平凹特别喜欢的一句话。他能够把这句话用在井宗秀身上，便可以看出他对于这一人物形象潜意识中的某种钟爱。依照作家的描述，初始登场时的井宗秀，“长得白净，言语不多，却心思细密，小学读完后就跟着王画师学画，手艺出色了，好多活计都是王画师歇着让这个徒弟干的”。那个时候的井宗秀，就已经表现出了精明能干、心思缜密、特别有眼色的性格特点。王画师一共带了三个徒弟，但其中却只有井宗秀最后取得了他的不传之秘，就是因为井宗秀的机灵与善于观察。明明知道师傅在关键处刻意回避徒弟，但井宗秀却不仅以“偷窥”的方式窃得王画师的不传之秘，而且还硬是迫使师傅将全部技艺都传授给了自己。其实，他的基本性格特征，早在麻县长要求他说出三种动物，同时再给三种动物下三个形容词的时候，就已经被作家巧妙地揭示出来了。当时，井宗秀给出的三种动物分别是“龙、狐、鳖”。过了很久之后，麻县长给出的解释是：“第一个动物的形容词是表示你自己对自己的评价，第二个动物的形容词是表示外人如何看待你，自我评价和外人的看法常常是不准的，第三个动物的形容词才表示了你的根本。你那天说的第一个动物是龙，形容龙是神秘的升腾的能大能小的，第二个动物是狐，形容狐媚，聪明，皮毛好看，第三个动物是鳖（龟），形容能忍耐，静寂，大智若愚。大致是这样吧？我那时就觉得你不是平地卧的，怎么能屈伏在县政府里跑差？果然你就有了今天!”

具体来说，龙不仅指井宗秀“能屈能伸”，而且还寓指他最终登上高位，飞黄腾达。狐，指的主要是他过人的精明能干。鳖（龟），指的是他的大智若愚与善于隐忍。事实上，井宗秀之所以能够最终成为称霸一方的乱世枭雄，与他这三个方面的性格特征存在着难以剥离的内在关联。

然而，井宗秀尽管初出场时只是一位心地相对单纯、拥有小富即安心态的涡镇青年，如果不是有精神知己陆菊人给他讲述那三分胭脂地的奥秘并时时加以鞭策鼓励，他根本就不会生成最终成为一方霸主的远大抱负，但要想在那个空前动荡的年代成为真正的乱世枭雄，内心中没有几分狠毒也绝对成不了事。这一点，其实早在井宗秀暗中察觉到妻子和匪首五雷的奸情，并不动声色地巧妙设计，最后制造出妻子坠井而亡的假象的时候，或者更早一些，在他巧妙设计挑拨五雷杀死岳掌柜，进而把岳掌柜的家产据为己有的时候，就已经初露端倪了。但请注意，或许与他尚且在雄起的过程中有关，我们发现，最起码，一直到井宗秀主动出兵攻击阮天保之前，他对于陆菊人的规劝和意见都还是能够接受的。具体来说，他们俩之间最早的分歧，出现在陆菊人因为井宗秀起意要杀阮氏十七位族人发出谏言的时候。“井宗秀说：事情已到这一步了，杀了他们，就一了百了。陆菊人说：这怎么能了？杀一个人，这人的父母儿女、兄弟相好、亲戚朋友一大群就都结了死仇呀！井宗秀说：好了，这事咱不说了，到坟上替我也给杨伯磕几个头。骑上了马，往街上去了。”对于陆菊人来说，自打和井宗秀成为精神知己后，这还是井宗秀第一次没有听完她讲话就拂袖而去。这一细节的出现，乃是表明伴随着地位的提高以及权欲的极度膨胀，越来越自我中心的井宗秀，已经刚愎自用到连陆菊人的话都不愿意听的地步了。此后，无论是以挂鞭子的方式随意征召镇人尤其是青年女性去为自己服务，还是执意要剥掉叛徒三猫的人皮去蒙鼓，抑或还是暗中神不知鬼不觉地处死前去与红十五军团联络的孙举来，当然肯定也包括最后为了修建戏楼那不管不顾的横征暴敛，所有的这一切，都充分说明这个时候的井宗秀，已经不再仅仅是刚愎自用，而是干脆就蜕变成了一个丧心病狂的独断专行者。就这样，虽然内心里特别钟爱井宗秀这一人物形象，但贾平凹却最终还是把他塑造成了一位为满足私欲不惜残害苍生的乱世枭雄。能够做到这一点，作家其实还是需要相当勇气的。更进一步说，在井宗秀这一乱世枭雄身上，实际上凝结着贾平凹很多年来对于在一种极权文化的深厚土壤中，一位原本是要造福一方的理想主义者，是如何一步一步地走向了自己的反面，怎样一步一步地渐次堕落为无端生事扰民的独夫民贼的全部过程的深入观察与思考。究其根本，井宗秀这一乱世枭雄形象的突出警世作用，恐怕主要就表现在这个地方。

四、超越苦难的悲悯情怀

“兴，百姓苦；亡，百姓苦。”既然无论兴亡百姓皆苦，既然苦难在某种意义上可以被视为与生俱来的生命本质之一种，既然涡镇的普通民众无论如何都难以摆脱苦难命运，那么，他们又该以怎样一种方式来应对必然的生命苦难呢？陆菊人、陈先生、宽展师傅他们这几位人物形象，以及作家曾经浓墨重彩地描述过很多次的地藏王菩萨庙也即130庙，还有安仁堂这两个具体处所，也就在这个时候才能够派上用场。

首先，是陈先生和他的那座安仁堂。陈先生一出场，就天然地携带着哲理，给读者以非常特别的感觉。他明明是个什么都看不见的瞎子，却要求杨掌柜一定要按时点灯：“杨掌柜说：你眼睛看不见，还要点灯？陈先生说：天暗了就得点灯，与看得见看不见无关。”在《山本》中，作为医生的陈先生，一方面固然是在为涡镇的人们疗治着身体上的各种疾患，另一方面却更是在以其特别的智慧启发着芸芸众生该如何去应对各种人生迷茫，开悟各种人生哲理。

> 陈先生给人看病，嘴总是不停地说，这会在说：这镇上谁不是可怜人？到这世上一辈子挖抓着吃喝外，就是结婚生子，造几间房子，给父母送终，然后自己就死了，除此之外活着有啥意思，有几个人追究过和理会过？算起来，拐弯抹角的都是亲戚套了亲戚的，谁的小名叫啥，谁的爷的小名又叫啥，全知道。逢年过节也走动，红白事了也去帮忙，可谁在人堆里舒坦过？不是你给我栽一丛刺，就是我给你挖一坑。每个人好像都觉得自己重要，其实谁把你放在了称上，你走过来就是风吹过一片树叶，你死了如萝卜地里拔了一颗萝卜，别的萝卜又很快挤实了。一堆沙子掬在一起还是个沙堆，能见得风吗，能见得水吗？

毫无疑问，陈先生所谈论着的这些，马上就能够让我们联想到《红楼梦》里那两位时隐时现的“一僧一道”。其世外高人的感觉，是显而易见的一种事实。唯其如此，当陈先生劝阻她不要总往安仁堂跑的时候，陆菊人才会特别强调：“那不行呀，这些年我都依赖惯了，就是不看病，听听你的话也好，不来这心里总不踏实么。”其他人且不说，最起码在陆菊人，只要遇上人生难题，就会跑到安仁堂的陈先生这里来请教。“陆菊人从此真的连门都少出了，只是陪着公公去陈先生那儿看病抓药，或者和花生去130庙里烧香礼佛。她是越来越觉得离不开了陈先生和宽展师傅。陈先生老是严肃着，不苟言笑，那么高的医术给人解除病痛，她更爱听着他的说话……她就觉得陈先生是专门说给她的。”说到陈先生，一个饶有趣味的现象就是，贾平凹竟然把他设定为一位目不视物的瞎子。正所谓“目迷五色”，或者“五色令人目盲”，在把陈先生设定为目盲者形象的过程中，贾平凹很明显受到过老庄道家思想的深刻影响。我们不妨设想一下，一众的明眼人在那里你死我活地胡乱折腾来折腾去，唯有陈先生这位目不视物的医者以局外人的姿态不仅冷“眼”旁观着，而且时不时地以其别具智慧的话语化解着人生种种难解的苦厄。其他的不说，单只是贾平凹的如此一种设定本身，所透露出的就是作家那非同寻常的艺术智慧。

其次，是宽展师傅和她的地藏王菩萨庙也即130庙。或许是为了与陈先生的目盲相对应，宽展师傅在《山本》中居然被贾平凹设定为不会说话的哑巴。请看宽展师傅的初始出场：“宽展师傅是个尼姑，又是哑巴，总是微笑着，在手里揉搓一串野桃核，当杨钟和陆菊人在娘的牌位前上香祭酒，三磕六拜时，却从怀里掏出个竹管来吹奏，顷刻间像是风过密林，空灵恬静，一种恍如隔世的忧郁笼罩在心上，弥漫在屋院。”在《山本》中，与宽展师傅这一人物形象紧密相关的，有两种事象，一是地藏王菩萨庙，二是尺八。“地藏王菩萨庙也就一个大殿几间厢房，因庙里有一棵古柏和三块巨石，镇上人习惯叫130庙。”在佛教的谱系中，地藏王菩萨本就是一位“我不入地狱，谁入地狱”的具有自我牺牲精神的“地狱不空，誓不成佛”的菩萨，他种种言行的主旨，皆在于普度众生，度尽人间的一切苦厄。正所谓“众生度尽，方证菩提。地狱未空，成佛无期”者也。贾平凹之所以要在涡镇安放这么一座地藏王菩萨庙，其用意显然是要借此而超度涡镇的苦难。所谓尺八，是一种竹制的传统乐器，以管长一尺八寸而得名。在《山本》中，哑巴宽展师傅以尺八那简直就是苍凉如水一般的吹奏而给读者留下了深刻的印象。叙述者从陆菊人的角度这样写道。“而去了130庙，当宽展师傅坐在那里诵经，样子是那样专注和庄重，她和花生也就坐在旁边，稳稳实实，安安静静，宽展师傅的嘴唇在动着，却没有声音，但她似乎也听懂了许多，诵经完了，宽展师傅就一直微笑着，给她们磨搓着那桃胡做成的手串，给她们沏茶，然后吹起尺八。”如果说陈先生和他的安仁堂给苦难中的涡镇也提供了一种更多带有佛道色彩的哲学维度的话，那么，宽展师傅和她的地藏王菩萨庙以及尺八，为深陷苦难境地中的涡镇普通民众所提供的，就是一种特别重要的带有突出救赎意味的宗教维度。大约也正因为在这个多情而苦难的世界上，迫切需要有如同陈先生和宽展师傅这样的人物安妥人们受难的心灵，贾平凹才会在后记中做如此一种特别的强调。

> 作为历史的后人，我承认我的身上有着历史的荣光也有着历史的龌龊，这如同我的孩子的毛病都是我做父亲的毛病，我对于他人他事的认可或失望，也都是对自己的认可和失望。在《山本》里没有包装，也没有面具，一只手表的背面故意暴露着那些转动的齿轮，我写的不管是非功过，只是我知道，我骨子里的胆怯、慌张、恐惧、无奈和一颗脆弱的心。我需要书中那个铜镜，需要那个瞎了眼的郎中陈先生，需要那个庙里的地藏菩萨。

好了，到现在，我们终于有机会可以来专门谈论一下《山本》中最重要的一位女性形象陆菊人了。无论如何我们都必须承认，在这部长篇小说中，陆菊人这一女性形象其实承担着很多项功能。小说一开头，就是从陆菊人写起的：“陆菊人怎么能想到啊，十三年前，就是她带来的那三分胭脂地，竟然使涡镇的世事全变了。”毫无疑问，这是一个带有明显预叙功能的开头。很大程度上，正是因为井宗秀后来在一个偶然的机缘，把自己的父亲井掌柜安葬在了三分胭脂地这块风水宝地里，才有了他后来作为乱世枭雄的一生，也才有了《山本》全部故事情节的最终生成。到小说的结尾处，眼看着登场的大多数人物差不多都以非正常死亡的方式离开了这个多灾多难的世界，陆菊人却依然是极少数的幸存者之一。“陆菊人说：这是有多少炮弹啊，全都要打到涡镇，涡镇成一堆尘土了？陈先生说：一堆尘土也就是秦岭上的一堆尘土么。陆菊人看着陈先生，陈先生的身后，屋院之后，城墙之后，远处的山峰峦叠嶂，以尽着黛青。”依照女娲抟土造人的传说，人乃是从土中来。依照贾平凹在《山本》结尾处的描写，在涡镇被炸毁成一堆尘土的同时，那些曾经日日夜夜生存于此地的涡镇人也绝大部分都化成了尘土。从这个角度，又可以说，人最终都要变为尘土。从土中来，到土中去，人生其实也不过是完成了一个不无悲凉且不无荒诞色彩的循环而已。这样看来，由陆菊人偕同陈先生为《山本》作结，一种悲剧性苍凉意味的生成，就是无可置疑的一种文本事实。一部长篇小说，从陆菊人始，以陆菊人终，这一人物形象对于文本完整性所具的重要结构性功能，就是显而易见的事情。

与此同时，《山本》中的陆菊人，还是一位毁誉交半的女性形象。从涡镇一般人的世俗眼光来看，她是一位多少带有一点妨“主”色彩的命硬的女性。先是到了该圆房的时候，婆婆竟然害病死了。待到正式举行过仪式，成家生下唯一的儿子剩剩没几年的时间里，丈夫杨钟和公公杨掌柜又先后不幸死于非命。与她相依为命的儿子剩剩，也由于骑马玩耍时不慎从马背摔下来，没有得到正确的医治而永久地成为一个跛子。正因为如此，在很多涡镇人眼里，陆菊人就是一位克夫克子，甚至还克死了公公婆婆的命相特别硬的女性。但如果转换一个角度来看，陆菊人却又是一位生活能力超群，很是成就了一番事业的“女强人”。首先，是她在杨家的那样一种顶梁柱地位。杨钟成天浪荡在外不着家，杨掌柜年老力衰，如果没有陆菊人的存在，很难想象杨家的寿材铺能够勉力支撑下来。其次，是她在接受井宗秀的委托成为茶行主管者之后，大刀阔斧地改造旧的经营方式，井井有条地建立了一整套行之有效的管理机制，最终使得茶行获得了前所未有的经济效益。最后，更重要的一点，恐怕还是她以类似于地母那样一种特别宽厚的胸怀，最终辅助井宗秀在涡镇成就了一番霸业。这一方面，无论是她最初利用所谓胭脂地对井宗秀的激励与鞭策，抑或还是在井宗秀雄起过程中适时给出的关怀与谏言，都给读者留下了深刻的印象。正是因为她对井宗秀有着太多的了解与关切，所以，在她骤然得到井宗秀死讯的时候，才会是这样的一种心境与表现。“陆菊人站在井宗秀尸体前看了很久，眼泪流下来，但没有哭出声，然后用手在抹井宗秀的眼皮，喃喃道：事情就这样了宗秀，你合上眼吧，你们男人我不懂，或许是我也害了你。现在都结束了，你合上眼安安然然去吧，那边有宗丞，有来祥，有杨钟，你们当年是一块耍大的，你们又在一块了。但井宗秀的眼睛还是睁得滚圆。”这里，关于陆菊人与井宗秀之间的情感关系，值得展开特别一说。一方面，作为日常交往相对密切的街坊邻居，作为井宗秀发小杨钟的妻子，陆菊人和井宗秀他们俩的交往一直停留在“发乎情，止乎礼”的层面上。别说更进一步的暧昧关系了，在他们之间，甚至干脆连手都没有拉过一次。另一方面，他们之间的情感却又明显地超过了一般的街坊邻居关系，彼此之间有着很深的牵扯与关心。首先，是井宗秀对陆菊人。当陆菊人要给井宗秀介绍媳妇的时候，他们之间有过一段对话。“陆菊人说：人不少。你告诉我，想要个什么样的？井宗秀说：就像你这样。陆菊人说：我给你说正经事！井宗秀说：我也是正经话，我找你这样的那不可能了。陆菊人倒一时没了话……”由此可见，井宗秀的内心深处，其实一直有着对陆菊人的某种迷恋与牵挂。然后，是陆菊人对井宗秀。这一方面，最典型不过的一个例证，就是井宗秀到陆菊人家里吃饺子。先是非得等井宗秀到来后才煮饺子，然后是陆菊人从井宗秀手中夺过碗："陆菊人却把他手中的碗夺了，说：你咋吃这一碗。给了他另一碗，把井宗秀端的一碗放在案板上……"最后是在井宗秀吃完一碗后，陆菊人不由分说地硬塞给他一碗。就这样，仅只是这一处场景，陆菊人对于井宗秀发自内心的那种牵挂就已经溢于言表了。既不是夫妻，也不是情人，但两者之间却又有着极深的情感关联。说实在话，类似于陆菊人和井宗秀如此一种有着复杂丰富内涵的情感关系有着很大的写作难度，绝对需要作家在描写时拿捏好尺度与分寸。贾平凹的一个难能可贵处，就在于他很好地做到了这一点。由陆菊人与井宗秀的情感关系进一步延伸开去，就是陆菊人这一女性形象在贾平凹小说创作中的独特性存在。一方面，陆菊人当然有着极强的持家与经营能力，但在另一方面，她却实实在在是一个恪守传统伦理道德规范的女性形象。正所谓"采菊东篱下，悠然见南山"，《山本》中的陆菊人，所客观呈示出的，正是中国传统女性某种本然的生命形态。她在日常生活中所表现出的善良、忍耐、乐于助人、乐观向上等特征，包括她对于井宗秀的那一腔情愫，皆出于她的一种本能。但就是这么一位传统女性形象却不幸被迫置身于那样的一个乱世。因此，她的悲剧性遭遇就是不可避免的。从这个意义上说，小说临近结尾处关于陆菊人坐在井宗秀专门为她搭建的高台上似真似幻的那一处梦境描写，所真切展示出的正是一种悲凉如水的人生况味，读来直要催人泪下。那个时候端坐在高台上的陆菊人，眼前闪过的其实都是一幕幕经历过的人生。其中，不仅有自己进入涡镇之后所经历过的那些风风雨雨，更有井宗秀自打在涡镇起家，一直到最后又彻底败落的整个过程。正所谓"眼看他起朱楼，眼看他宴宾客，眼看他楼塌了"。实际上，也正是借助于井宗秀的人生过程以及涡镇芸芸众生生命历程的描摹与展示，贾平凹在《山本》中真切呈现出一幅"乱哄哄你方唱罢我登场"，到头来却是"白茫茫一片大地真干净”的带有强烈虚无色彩的生命状况，但作家关于陆菊人和井宗秀之间复杂丰富情感关联的描写，却又可以让我们联想到李泽厚关于“情本体”① 的相关论述。更进一步说，也正是依凭着这种强烈执着的感情，贾平凹的《山本》方才得以实现了对于历史苦难的超越，实现了一种本体意义上的生命救赎。

事实上，也正是由陆菊人对于井宗秀最后的安妥，才进一步牵扯出了她在《山本》中最重要的一种身份功能，那就是如同陈先生和宽展师傅一样，陆菊人是一种人道主义悲悯情怀的承担与体现者。这一方面，除了叙述者已经明确交代过的陆菊人有事没事总爱去安仁堂和130庙这样的细节外，还有一个暗示性特别明显的细节不容忽视，那还是在井宗秀尚未成为预备团团长的时候。“井宗秀和陆菊人对视了一下就全愣住了。陆菊人赶紧拉了剩剩，说：你咋是见啥都要哩！井宗秀系好围巾，看着陆菊人，说：刚才我看着你身上有一圈光晕，像庙里地藏菩萨的背光。”毫无疑问，在人物的对话中刻意把陆菊人与地藏菩萨联系在一起，所强烈暗示的，就是陆菊人与地藏菩萨之间在具备普度众生的悲悯情怀方面的一种共同性特征。在这个意义上，陆菊人其实可以被看作是现世生活在涡镇的一位活菩萨。我们注意到，在作品中，作家曾经专门写到这样一个对话场景。“陆菊人又说：我还有个想法，不知对不对？这几年镇上死的人多，死了的就都给立个牌位，钱还是我掏。宽展师傅微笑点着头，让陆菊人提供名字。陆菊人就掰指头：唐景，唐建，李中水，王布，韩先增，冉双全，刘保子，龚裕轩，王魁，巩凤翔……一共二十五人。”当陆菊人进一步提出还要给另外的那些无名死者超度的时候，“宽展师傅想了想，就在一个牌位上写了：近三年来在涡镇死去的众亡灵。写完了，牌位整齐地安放在了往生条案上，宽

① 关于李泽厚的“情本体”哲学，请参阅他的《该中国哲学登场了?》（上海译文出版社，2011）与《中国哲学何时登场?》（上海译文出版社，2012）等相关著作。

展师傅就在地藏菩萨象前磕头焚香”。很显然，之所以是陆菊人，而不是其他的人物形象出面在130庙与宽展师傅一起安妥涡镇的这些亡魂，正是为了充分地凸显她那样一种难能可贵的人道主义悲悯情怀。

五、“虚”与“实”及其他

论述至此，我们不妨转换一个角度，从虚实结合的方面来考察一下《山本》。我们都知道，贾平凹是一位在小说创作过程中特别注重虚实结合或者说虚实有机转换的作家，这一点在《山本》中的艺术处理可以说非常得当。一方面，涡镇普通民众柴米油盐酱醋茶的日常生活情景，以及井宗秀的预备团（预备旅）、井宗丞和他所隶属的秦岭游击队以及阮天保曾经长期居于其中的保安队三种武装力量之间的合纵连横彼此争斗，所有的这些，构成了小说中异常扎实的形而下层面，此之所谓“实”的层面。另一方面，陆菊人和她的三分胭脂地、陈先生和他的安仁堂、宽展师傅和她的地藏王菩萨庙以及尺八、古墓里挖出的那枚铜镜、那只随同陆菊人陪嫁过来的猫，再加上类似于涡镇这一地名突出的象征意义，所有的这些，所构成的也就是小说中的形而上哲思与宗教层面，也即所谓“虚”的层面。虚与实，两者之间，融合到了差不多称得上是水乳交融的地步。很大程度上，贾平凹的如此一种艺术处置，可以让我们联想到曹雪芹的《红楼梦》，《红楼梦》中的荣宁二府的日常生活，显然是形而下的写实层面，而包括“太虚幻境”、顽石不得补天、神瑛侍者与绛珠仙草等在内的部分，则毫无疑问属于形而上的哲思与宗教层面。说实在话，当下时代的长篇小说中，能够如同贾平凹这样把虚实关系处理到水乳交融、相得益彰程度的，还是非常罕见。

《山本》首先是一部事关秦岭的“百科全书”，其次却也有着对于现代革命的深度反思，最后，它在对涡镇20世纪二三十年代充满烟火气的世俗日常生活进行鲜活表现的维度上，却也分别依托于陈先生和宽展师傅而有着哲学与宗教两种维度的建立。更进一步地对《山本》做总体的归结，它既是一部遍布死亡场景的死亡之书，也是一部与打打杀杀的历史紧密相关的苦难之书，但同时却更是一部充满超度意味、别具一种人道主义精神的悲悯之书，不仅有着堪称精妙的双线艺术结构的编织，而且还有着众多人物形象成功的刻画与塑造，以及虚实关系极其巧妙的艺术处理。

在这里，我们不妨进一步思考一下，贾平凹为什么要把自己的这部长篇小说命名为“山本”。在后记中，贾平凹曾经专门谈论过小说的命名问题。

> 这本书是写秦岭的，原定名就是《秦岭》，后因嫌与曾经的《秦腔》混淆，变成《秦岭志》，再后来又改了，一是觉得还是两个字的名字适合于我，二是起名以张口音最好，而志字一念出来牙齿就咬紧了，于是就有了《山本》。山本，山的本来，写山的一本书，哈，本字出口，上下嘴唇一碰就打开了，如同婴儿才会说话就叫爸爸妈妈一样（即便爷爷奶奶，舅呀姨呀的，血缘关系稍远些，都是撮口音），这是生命的初声啊。

结合整部小说文本，细细揣摩贾平凹的这段话，我们就基本上可以断定，所谓“山本”也就是试图最大可能地写出历史和人性的复杂真相来。《山本》之成为一部别有艺术含蕴的厚重异常的历史长篇小说文本，自然也就是毫无疑义的一种客观事实。

对了，还有一点不能不提及的是贾平凹在《山本》中那样一种非常出色的绘景能力。作家虽然只是不经意间很简单的三言两语，却以一种形象无比的笔触把种种大自然的景象传神地表达了出来。比如：

> 天上正上方，黑云正从虎山后像是往外扔黑布片子，把天都扔满了。

这是在写天上的黑云漫布。比如：

近处的白河黑河先还是一片子玻璃，一片子星光，后来就成了丝的被子在抖，绸的被子在抖，连远处的山峦也高高低低一起跳跃。

这是在写景色随着骑在马上的井宗秀的视觉而发生的跳跃变化。再比如：

没想到第二天一早，刚上到塬，忽然起了大风，从来没见过有那么大的风，人必须伏地，不抱住个大石头或抓住树，就像落叶一样飘空，而有的村民在放羊，羊全在地上滚，滚着滚着便没了踪影。

这是在写风之大。举凡《山本》，类似于这样绝妙的写景文字，其实还有很多。对于这一点，明眼人不可不察。

第六章　张翎《劳燕》：战争中人性与命运的裂变

一、叙事文体的多向度探索

面对《劳燕》（载《收获》杂志2017年第2期），首先让我们倍感惊讶的，是毫无任何感性战争经验的张翎对于战争题材的首度开掘与涉足。我的意思倒也并非说没有任何感性战争经验者，就不应该涉足战争题材。事实上，这一方面成功的例证，近年来可谓比比皆是。稍远一些的莫言的《红高粱家族》自不必说，同样聚焦抗战的何顿的《黄埔四期》、袁劲梅的《疯狂的榛子》、范稳的《吾血吾土》，这些长篇小说的写作实际上也都明显缺乏感性战争经验的支撑。因此，一个必须面对的冷酷现实就是，由于战争硝烟伴随着时间的推移而渐行渐远，亲历性的战争题材写作日益成为不可能。我们所面对的，事实上只可能是非亲历性的战争题材写作。既然都已经远离了感性战争经验的支撑，那么，我们研究考察的重心，自然也就落脚到了作家的艺术想象力上。换言之，也就是在强调，一位毫无战争经验的作家，究竟会以一种什么样的方式去想象一场遥远的战争。

阅读《劳燕》，我们注意到，小说结束之后，张翎曾经以附录的方式记载了“一封丢失在世纪尘埃里的信”。按照张翎的交代，上海市静安区的一位业主在装修房子的时候，意外发现了一封七十年前的信件。虽然由于年代久远，信件已经多处受到侵蚀，以致模糊不清，“但依旧大致可辨，看似一位叫伊恩的援华美军写给一位叫温德的中国女人的。信纸是那个年代常见的米纸，字为毛笔所书，字体老辣遒劲，不像是外国人的手迹，极有可能是寄信人口授请人代笔的。这封信很短，更像是一封略嫌臃肿的电报”。具体来说，这封模糊不清的信件内容是：“亲爱的温德：假如你愿意，在收到这封信时，请立即按照信××址来找我。我打算向××事务处申×××许可证。近日××××××剧增，等候期××××个月。具体面叙，请速××。你的伊恩。”附录中的这封未能寄达的尘封七十年之久的信件，存在着真与假的两种可能。其一，它仍然有可能是被张翎虚构出的一封信，作家意欲借此补充交代伊恩并非一位简单的言而无信者，抗战胜利，他在先期抵达上海之后，的确给远在月湖的温德写过这样一封信。只可惜，由于战争刚刚结束，社会秩序尚未彻底恢复正常的缘故，他的这封信并未能如期寄达收件人手中。而且，很显然，这样被遗失的一封信，极有可能从根本上彻底改变了伊恩与温德这两个人的命运走向。其二，这封信并非张翎虚构的产物，而是的确是在上海发现的一封七十年前的通信。假如这封信是一件真实的历史遗物，那么，它就毫无疑问地成为张翎战争想象的全部出发点。温德是谁？伊恩又是谁？他们之间究竟构成了怎样的一种情缘关系？这样一封重要信件的遗失，又会在多大程度上影响到他们各自的未来命运？由伊恩与温德二人，又可以进一步延伸编织出怎样的一种人物关系网络来？更重要的问题还在于以上所有这些问题，与那场可被诅咒的战争之间所构成的又是怎样的一种内在关联？所有这些，恐怕都是张翎战争想象中不可或缺的艺术元素之所在。尽管张翎对于这封信的真假并未做明确的说明，但我个人却更愿意在后一种意义上来加以理解。设若果真如此，那么，经由一封意外发现的尘封已久的往日信件，如何合理地完成一种战争的叙事想象，如何营构编织人物之间的曲折关系，《劳燕》在小说写作发生学上的示范性意义价值，无论如何不容低估。

在小说的发生学意义之外，张翎这些年来在长篇小说这一文体叙事艺术上的多方面探索努力，也格外引人注目。从《金山》到《睡吧，芙洛，睡吧》，从《阵痛》到《流年物语》，张翎的长篇小说文本，真正可谓一部一个模样。中国新文学草创时期，沈雁冰（茅盾）曾经在《读〈呐喊〉》一文中，盛赞鲁迅“常常是创造‘新形式’的先锋，《呐喊》里的十多篇小说几乎一篇有一篇的新形式”。[①] 相比较而言，张翎在长篇小说文体方面那样一种特别专注的探索精神，恐怕也能够当得起如此一种高度评价。这一点，在她这部以战争为表现对象的长篇小说《劳燕》中，表现得同样非常明显。

具体来说，作家叙事艺术上的努力，主要表现在两个方面。其一，是对多种文体形式的适度穿插式征用。举凡书信、日记、新闻报道、地方志、戏文，乃至于两只狗之间的对话等，全都被张翎有效地纳入到了自己的叙事进程之中。作为叙事源头的那封丢失在尘埃中的信件，自不必说，文本中穿插的由美国海军历史档案馆所珍藏的伊恩写给家人的三封家书，其叙事上的重要作用也不容忽视。借助于这三封家书，一方面巧妙交代了如同伊恩这样的美国青年为何会主动请缨，远渡重洋，到远东也即中国战场参战的根本动机，另一方面简洁地叙述了美军战士在中国日常生活的艰难状况，同时，也还草蛇灰线般含蓄地讲述了自己和温德之间的情感纠葛：“我的心情一直很低沉，所以我做了一些蠢事——我是指感情上的蠢事。我尚

① 雁冰：《读〈呐喊〉》，原载 1923 年 10 月 8 日《时事新报》副刊《学灯》。

不知道我的愚蠢会把我带进天堂还是地狱。”联系后面的写信时间来判断，伊恩在这里很显然是在以一种美国人的自嘲方式和妹妹丽雅谈论着自己与温德之间的情感故事。新闻报道的形式，则出现在《美东华文先驱报》关于抗战胜利七十周年的特别纪念专辑报道中。张翎的叙事智慧，突出地表现在人物特写的主角是当年远赴中国战场作战的美国海军中国事务团的一名成员伊恩·弗格森（简称伊恩）。这位伊恩，与前面曾经两度提及的信件被不慎丢失的伊恩，以及那三封家书的书写者伊恩都是同一个人。而报道的书写者、这家报纸的资深记者凯瑟琳·姚，与伊恩之间却又是充满着恩怨纠葛的亲生父女关系。由凯瑟琳·姚撰写的这则以伊恩为主人公的人物特写，以格外详尽的笔触，真切记载了伊恩曾经深度介入过其中的一次夜间炸毁日军军需库的战斗过程。多少具有一种巧合意味的是，日记形式的作者，居然也是这位伊恩。而且，伊恩的日记，也恰好被作家穿插到了这次炸毁日军军需库的特别行动过程之中。借助于伊恩的日记这种形式，张翎对战争状态下人物一种特有的微妙心理状态进行了特别真切的揭示与记述。

> 在第三个和第四个小时时进入了严重的疲劳期，脑子已经无法连贯性地思维，胃里开始产生饥饿的感觉。饥饿的感觉一旦产生之后，很快步步加深，脑子几乎无法从这张厚厚的蜘蛛网中挣脱，开始联想起在美国家中的各样食品；开始质疑自己当初擅自报名参军是否是一时的冲动；开始害怕如果在这次行动中受伤致残将如何应对停战之后漫长的未来？甚至开始质疑来到一个遥远的和美国并无接壤之地的外国参战是否真有意义？这一阶段身体的极度疲劳导致了心理的厌倦感，平时从未思考过的问题开始莫名其妙地浮现……

请一定不能轻易忽略伊恩这段日记对于美军战士在战争中潜意识的真切揭示。如果说由于长时段行军所导致的严重疲劳与饥饿感而诱发对于食物的联想，尚且不难理解，那么，由此而更进一步地联想到对于参战意义的怀疑，乃至于战争所不可避免造成的伤残现象，并由此而引发出对作为暴力机器的战争的整体否定情绪，很显然就是现代意义上反战思想的一种集中表达了。

地方志的穿插，则是在小说开始不久，阿燕她们家所在的偏僻山乡四十一步村惨遭日军炸弹袭击之后。关于那场袭击，多年之后的县志中是这样记载的："一九四三年三月三十一日早晨七时二十分左右，六架日军轰炸机突袭我县四十一步村，投下十一枚炸弹。除一枚落入水中，一枚落在山坳之外，其余九枚皆在居民区和茶林爆炸，炸毁民房九间，造成八人死亡，二十九人受伤。牲畜伤亡不计其数。"小说是一种虚构的文体，尤其是在第一人称的叙事模式中，叙述的主观性色彩非常突出。在虚构的小说中引入地方志这种形式，意在凸显事件本身的客观与真实性。更进一步，张翎之所以要刻意地引入地方志的形式，也是为了强调这一突发事件对于若干主要人物未来命运的决定性影响。非常明显，正是这一突发事件，从根本上改变了阿燕与刘兆虎这两位人物的命运走向。"假若没有那场战争，这个叫姚归燕的女孩子，会慢慢地长大，长成一个美丽的女子——我已经从她的眉眼里看出了端倪。她会找一个敦实可靠，最好识点文墨的男人嫁了，生下几个在茶园里跑来跑去的娃子。"至于戏文，则很显然是指在鼻涕虫壮烈牺牲后筱艳秋的那一场越剧演出。那一场越剧演出，一共演出了两个剧目，其一为《梁山伯与祝英台》，其二为《穆桂英挂帅》。倘若联系张翎的《劳燕》文本，你就不难发现，其实这两个剧目都是精心选择的一种结果。在国家全民抗战的时代背景下，选择《穆桂英挂帅》这样的剧目，其意义不言自明。关键还在于《梁山伯与祝英台》这一剧目选择的潜在内涵。作为中国戏曲舞台上长盛不衰的一个经典剧目，《梁山伯与祝英台》所讲述的，其实是一个真诚相爱者最终被迫劳燕分飞的爱情悲剧。所谓“劳燕分飞”，按照《现代汉语词典》的权威解释，典出“古乐府《东飞伯劳歌》：‘东飞伯劳西飞燕。’后世用‘劳燕分飞’比喻人别离（多用于夫妻）”。而百度百科的解释，则特别强调相聚的偶然与分离的必然。以此来对应于张翎的小说标题，则张翎的标题显然包含两方面的寓意。其一，是指情侣之间的一种被迫分手。从这一角度来看，小说中来自于美国的牧师比利与海军中国事务团军官伊恩这两个人物，都不同程度地爱上了他们各自心目中的斯塔拉或者温德。然而，由于乖谬的命运作祟的缘故，他们的这种情感追求，到最后却都没有获致圆满的结果，男女被迫劳燕分飞。其二，则是指一种事实上已经超越了男女情感的真切凝结着战争期间的血与泪情义的战友情感。对于“战友”这一语词，作家曾经借助于伊恩之口做出过精辟的谈论：“我知道我让你们久等了，但我毕竟还是来了，而且是在第一时间。请别用那样的眼神欢迎我，我的同伴，我的战友。”“我们把生活轨迹和情绪起伏交托给彼此，但不是生命。所以他们只能是朋友，而不是战友。”“我把‘战友’这个称谓像东方少女的贞洁一样保存着，不轻易送人。”“虽然我们的生命交集是如此短暂，可是我却会把你们称为‘战友’。”非常明显，按照伊恩的理解，只有那些彼此之间存在着生命交集的朋友，方才能够称得上是“战友”。在战争年代，可以被称为战友，到了和平时期，伊恩所谓的生命交集现象，其实完全可以被看作是刎颈之交。毫无疑问，张翎在《劳燕》中所集中描写展示的牧师比利、伊恩、刘兆虎这三位男性与那位原名姚归燕的女性在月湖这一地区的相聚与交集，他们之间在战争环境中所结下的深厚情谊，的确当得起“刎颈之交”这样的高度评价。从这个意义上说，这四位主要人物在战争结束后不得不分开，并且因为国情的不同而走上迥然相异的人生道路，也就的确称得上是“劳燕分飞”了。而且，他们四位的交集，充满了偶然的意味，但他们的最终分开，却又是必然的。就此而推断张翎小说标题的灵感来自于“劳燕分飞”这一成语，实际上也是很有一些道理的。假若说我们对于“劳燕”这一小说标题来历的理解能够成立，那么，作家之所以选择《梁山伯与祝英台》这样的一个剧目来穿插到文本中的根本用意，自然也就异常显豁了。归根到底，即使是一个演出剧目的穿插运用，也一样是作家在艺术上深思熟虑的一种结果。

二者之间形成对话关系的那两只狗，分别是隶属于伊恩的幽灵与隶属于温德的蜜莉。身为军犬的幽灵，其父亲是一只柯利犬，母亲是一只英国灰狗，二者杂交的结果，就是幽灵这样一只“集智慧和速度于一身”的公狗。拥有如此一种天性优势的幽灵，似乎从一开始就注定了它成为军犬的命运。具体来说，作为一只经过特殊培训的侦察犬，幽灵“可以在行军时成为队伍的先导，能搜捕到人耳所无法察觉的异常动静，看见人眼所不能发觉的陷阱和地雷导线，或者埋伏于树枝之下的武器装置。一旦发现异常，它不会发出任何声响，而只是用竖起耳朵或项背上的毛的方式，来提醒主人可能到来的危险”。而蜜莉，则是一只白色的梗犬。按照百度的说法，这种犬，一般来说，精力充沛、个性活跃，是一种对主人忠诚、亲善的犬种。梗犬一般个子较小，灵敏，活泼，富于表现，兴奋性强，大多属于宠物犬。蜜莉的主人，原来是一个瑞典传教士。这位传教士在回国前，把蜜莉留给了牧师比利，比利又把它转送给了斯塔拉。请注意，当幽灵与蜜莉这两只狗之间开始对话的时候，幽灵已经在一次战斗中因为救人而壮烈牺牲，变成了真正的“幽灵”。它们之间的这种对话关系，一直延续了长达五十天之久，一直延续到蜜莉因怀孕难产身亡也变身为“幽灵”的时候。借助于幽灵与蜜莉这两只狗之间的对话，一方面可以叙述交代一些人物的情感隐私，比如伊恩在失去原来的美国女友艾米莉·威尔逊之后的暗地悲伤。在收到前女友的美国来信之后：“我的主人看完那封信，没有告诉任何人，独自一人跑上了山顶。‘独自’在这里不完全准确，因为他还带上了我。当他确信周围只有我的时候，他才靠在一棵树身上嚎啕大哭。”既然只有幽灵一只狗在现场，那么，伊恩的悲伤便只有通过幽灵的叙述才能够为读者所了解。当然了，作家之所以要特别采用两只狗对话的方式，其根本意图乃是借此而巧妙地叙述传达它们各自的主人伊恩和温德之间的一段跨国爱情。比如，来自于幽灵的叙述：“跑不动了，他会歇下来，搂住我，趴在我的耳边说：‘温德，真是个小可人儿，你说是不是？是不是？’”这其中，伊恩对于温德的温情和爱意流露得非常明显。再比如，来自于蜜莉的叙述：“在这点上，你的主人伊恩远比牧师比利聪明。伊恩懂得青春和忧虑是一对天敌，他知道怎样把严酷的现在零敲碎打成一小片一小片的快活。伊恩不是故意投温德的巧，伊恩只是还没想到将来——他不可能把自己没有的东西送给温德。”更为关键的是，在比较了伊恩与牧师比利之间的差异之后，利用一次伊恩不慎受伤的机会，聪明的蜜莉通过温德见不得牧师比利的缝合过程这一细节，便清晰地洞察了自己的主人温德对伊恩之间的微妙感情生成。“也就在那一刻，我突然明白过来她爱上了伊恩——天底下只有爱才可能让人一下子丢失了所有的勇气，叫人从无所不能的勇士变成一筹莫展的废物。我知道在这一刻我的舌头我的鼻息都派不了用场，没有任何东西能安慰得了一个被爱废挫了的人。我只能躲到一个清静点的角落，省得挡着他们的路。”实际上，幽灵也罢，蜜莉也罢，张翎却又哪里是在写狗？写来写去，她所写出的，也还是人。

二、亡灵叙事与人性、命运的裂变

其次，是对交叉性亡灵叙事手段的精心设定。我们注意到，最近两三年以来，的确有不少作家在他们的长篇小说写作中采用了亡灵叙事的艺术手段。就我个人有限的阅读视野而言，诸如余华的《第七天》、雪漠的《野狐岭》、孙惠芬的《后上塘书》、艾伟的《南方》、陈亚珍的《羊哭了，猪笑了，蚂蚁病了》等长篇小说，都不同程度地使用着亡灵叙事这种艺术手段。“细细翻检晚近一个时期以来小说中的亡灵叙事，即不难发现，那些亡灵叙事者绝大多数都属于死于非命的非正常死亡者，这些小说中的亡灵叙事者，皆属横死，绝非善终。某种意义上说，正因为这些亡灵内心中充满着愤愤不平的抑郁哀怨之气，所以才不甘心就那么做一个鬼魂中的驯顺者，才要想方设法成为文本中的亡灵叙事者。”① 假若说其他这些长篇小说中的亡灵叙事者的确属于死于非命的非正常死亡者，那么，张翎的《劳燕》中三位最主要亡灵叙事者的状况却稍有不同。具体来说，其中的两位明显属于正常死亡，这两位分别是牧师比利和美军军官伊恩。牧师比利之死，很显然是自己过于疏忽大意的结果。一次看似不起眼的火疖子切除手术中，手术刀一时不慎在比利的食指上割了一个小口子。正因其不起眼，所以比利就没当回事，只是做了简单的处理。未承想，到最后，他果然死于由此而引起的败血症：“事后证明，我的犹豫是致命的。三十五小时之后，我死于败血症。”比利之死，与那位名叫诺尔曼·白求恩的加拿大人好有一比。同样的死亡方式，两人死后的境遇却大不相同：“他死在合宜的时间合宜的场合，从而被封为‘以身殉职’的楷模，记载在中国一代又一代的教科书之中。而我的死，却被掩埋在纽伦堡审判东京审判中国内战等等的重大新闻里，成为尘粒一样卑微的小事。”在叙述者如此一种看似理性节制的比较叙述过程中，我们其实不难感受到些许历史反讽意味的存在。就客观实际的工作状态而言，你很难说牧师比利在抗战中给中国做出的贡献就比诺尔曼·白求恩少多少，但诺尔曼·白求恩的青史留名与牧师比利的籍籍无名

---

① 王春林：《亡灵叙事、现实批判与人性反思》，《长篇小说选刊》2015 年第 6 期。

却形成了极其鲜明的对照。两相比较的一种直接结果，就是再一次地强力印证了历史的残酷无情。美国海军中国事务团一等军械师伊恩之死，则很显然属于寿终正寝。身为曾经在中国战场参加过“二战”的一位美国老兵，一直到94岁高龄时才与世长辞。他们两位，一个死于自己的一时疏忽，一个寿终正寝，毫无理由牢骚满腹、怨天尤人。相比较而言，三位亡灵叙事者中，后来的命运格外坎坷者，只是抗战当年那位中美特种技术合作所训练营的中国学官刘兆虎。结合文本后面的交代，刘兆虎其实是因肺癌晚期癌细胞已经扩散转移到了骨头而不治身亡的。所以，十七年之后，出现在牧师比利目前的刘兆虎才会是一副瘦骨嶙峋的模样：“我觉得用瘦来形容你简直是一种矫情。你岂止是瘦，你几乎完全没有肉，你的皮肤是紧贴在骨头上的，紧得几乎可以看清骨头的颜色和纹理。你的头发几乎掉光了，剩下稀稀疏疏的几根，根本无法掩盖你的头皮。你的头皮和你的脸色一样泛着病态的苍白，不过你看上去很干净，说明有人仔细地清理过你之后才送你上的路。”刘兆虎虽然在那个政治至上的年代饱受折磨，而且他的罹患重病也未必与那种不合理的政治迫害无关，但很显然，就直接的死因来说，刘兆虎的死亡乃是肺癌发作并扩散的结果。这种死亡方式，与其他亡灵叙事小说中那些死于非命的叙述者相比较，恐怕还是应该归之于正常死亡的范畴之中。既然三位亡灵叙事者都属于正常死亡的范畴，那么，同样是亡灵叙事方式的征用，张翎的《劳燕》与其他同类作品的区别，也就非常明显了。

之所以要设定如此一类带有生命达观特色的亡灵叙事者，是因为其与张翎意欲完成的叙事意图之间，存在着必然的内在关联。这当然不是说张翎的《劳燕》中，已经不再有社会政治层面的批判内涵。事实上，社会政治批判，仍然是《劳燕》思想内涵一个非常重要、不容轻易忽视的组成部分。这一点，集中通过抗战老兵刘兆虎战后的不幸命运遭际而体现出来。

身为一名为民族解放做出了巨大贡献的抗战老兵，刘兆虎在战后不仅没有获得应有的勋章和荣誉，反而因为自己当年错误地参加了美国与国民党联合组织的中美特种技术合作所训练营，就被诬为“美帝国主义训练的特务，国民党的残渣余孽”，并因此而被捕入狱，被判处了长达十五年之久的徒刑，在邻省的一座煤矿服刑。若非阿燕作为一个有心人从他入狱一开始就想方设法地营救他早日脱离苦海，那么，依照刘兆虎的身体状况，到最后服刑期满能不能活着走出监狱，恐怕也都是一个问题。“还要过一些日子，我才会慢慢领悟阿燕出类拔萃无师自通的特工技巧：她把一个庞大的营救计划肢解成一个个细小的零件，分散在一些看上去毫无关联的细节中，等待着我慢慢地发觉捡拾。”最终，凭借着阿燕的不懈努力，刘兆虎得以被提前释放。“释放的理由是：我因与一名罪犯的名字相似而被误捕。”却原来，在这个过程中，一共有三名当事人为刘兆虎出具了书面证据，“证明我不是中美合作训练营名单上的那个“刘兆虎”，因为我在一九四三年春天起使用的正式法律名字就已经是‘姚兆虎’”。这三个人分别是阿燕、四十一步村的支书杨保久（也即“瘌痢头”），以及契约的执笔人德顺爷爷。但即使营救及时，五年的煤矿服刑生活事实上也已经严重伤害了刘兆虎的身体。这种糟糕的身体状况，再加上后来所遭逢的那个大饥饿岁月，刘兆虎身体的彻底垮掉，就是不可避免的一种结果。在这个过程中，虽然已经尽释前怨的阿燕想尽一切办法为他求医问药，但人力却终归敌不过天意，在饱经苦难人世的蹂躏与折磨整整十八年时间之后，刘兆虎最终还是以一副瘦骨嶙峋的形态出现在了早就在月湖等着他的牧师比利的亡灵面前。不管怎么说，抗战老兵刘兆虎战后十八年的苦难遭遇本身，就已经构成了对于那个不合理时代一种尖锐犀利的社会政治批判。

社会政治批判固然重要，但张翎为自己的《劳燕》所设定的高远艺术目标，却绝不仅仅是社会政治批判。依照我个人的愚见，在将近一个世纪的时空范围内，以中国战场的抗战为根本聚焦点，对非正常的战争状态所导致的人性与命运的裂变进行足够真切的透视与表现，方才应该被看作是张翎的《劳燕》意欲达致的高远艺术目标。亡灵叙事手段的有效征用，实际上是为了企及这一艺术目标的基本路径之一。1945 年日本天皇“终战诏书”的宣读，标志着长达 14 年之久的中国抗战的全面彻底胜利。这一喜讯，对于那些为了这一天的到来做出过浴血牺牲的抗战将士们来说，真的是期待已久。在那个特别的时刻，月湖的中美特种技术合作所训练营顿时陷入了一种狂欢的状态之中：“疯狂是从你们营地开始的，后来才像流感一样传染给月湖的每一户人家……上帝怜悯你们，把这疯狂的一天安排在盛夏，叫你们尽情胡闹，却不用去烦愁夜里睡觉的冷暖。”也就是在这具有特别纪念意义的一天，“待众人散后，你们两个人——你，伊恩·弗格森，美国海军中国事务团的一等军械师，还有你，刘兆虎，中美特种技术合作所训练营的中国学官，还没有尽兴，就偷偷溜出来到了我的住处”，继续着三个人的狂欢。也就是在这次彻夜狂欢的时候，“你说以后我们三个人中不论谁先死，死后每年都要在这个日子里，到月湖等候其他两个人。聚齐了，我们再痛饮一回”。在牧师比利看来，“你才是我们中间的智者。你已经预见到随着天皇的‘玉音播送’，我们将很快各奔东西，我们今后的生活轨迹，也许永远不会再有交集。活人是无法掌控自己的日子的，而死人则不然。灵魂不再受时间空间和突发事件的限制，灵魂的世界没有边界。千山万水十年百年的距离，对灵魂来说，都不过是一念之间”。没想到的是，相约容易，真正践诺却很艰难。三个人中，最早来到月湖践诺的，是年龄最大的牧师比利。那时候，距离他们约定的时间才不过过去了三个月的时间。18 年的时间过去后，刘兆虎成为第二个践诺者。然后，牧师比利与刘兆虎的亡灵又苦苦等待了长达 52 年的时间之后，以 94 岁高龄辞世的伊恩方才姗姗来迟地抵达月湖践诺。三位抗战老兵（尽管牧师比利并不是正式的军人，但他的所作所为事实上却为抗战做出了很大贡献。从这个角度来看，我更愿意把他划入到老兵的范畴之中）的亡灵不仅终于如约在月湖相聚，而且，很显然地他们之间还夹杂着一位共同的女性："我知道我们正在渐渐接近事物的核心。我早就从你们闪烁的眼神里，看出你们最期待的话题，是那个被我称为温德的女人。不，女孩。她其实是我们在这里相聚的最主要原因。假若我们各自的生活是三个圆，那么她，就是这三个圆的交汇点。你们很想谈到她，却又不敢，或者说，不忍。"毫无疑问，对于72年后终于聚集在月湖的牧师比利、伊恩以及刘兆虎这三位亡灵来说，这位讳莫如深的女性，事实上是他们各自生命历程中最重要的一位女性。只不过，在刘兆虎的眼中，她是阿燕，在伊恩的眼中，她是温德，而在牧师比利的眼中，她是斯塔拉。一位女性，三个名字，分别代表着她生命中的三个不同阶段。实际上，相聚在月湖的三位抗战老兵的亡灵，也正是围绕这位共同的女性，展开了对于既往生命历程的追忆。其中的故事焦点，当然是他们由于战争的原因而在月湖地区相识、相交一直到最终分手的整个过程。

这里很显然存在着两个无法回避的艺术问题。其一是张翎的战争想象叙事为什么一定要在一个差不多长达一个世纪的时间范围内展开？其二是张翎为什么一定要选择牧师比利、伊恩以及刘兆虎这三位亡灵来作为小说最主要的三个第一人称叙述者？首先，如果张翎仅仅局限于战争来讲述战争，那么，她就无法把一场可怕而可恶的战争对人类个体命运所产生的巨大影响表现出来。究其根本，唯有在一个相对阔大的时空中，我们才能够观察到战争的发生究竟在何种程度上改变着一个人的命运，并进一步洞悉、认识到在这个过程中，人性与命运到底会发生怎样一种难以预想的裂变。比如，假若不是抗战爆发，并且蔓延扩展至如同四十一步村这样普通的偏僻山乡，那么，打小就青梅竹马两小无猜的刘兆虎与阿燕，就极有可能顺利成婚并过上普通山民的日常生活。然而，可怕的战争最终不仅发生了，而且还的确以强大的蛮力把刘兆虎与阿燕他们席卷到了战争的漩涡之中。那么，他们命运的改变，也就不可能避免了：“可是战争的手一抹，就抹乱了世间万物的自然生长过程。我们都没时间了，我没时间逐渐生长爱情，她没时间悠悠地长成大人。”可怕的战争不仅先后剥夺了阿燕父母双亲的生命，而且还残忍地剥夺了她身上被传统中国女性视若生命的贞操，进而从根本上改写了阿燕的命运。倘若不是战争的发生，阿燕不仅不会遇到牧师比利与美军军官伊恩，更不会彼此之间发生深入骨髓的生命交集与嵌入。不只是阿燕的命运轨迹被可诅咒的战争硬性改变，同样被改变了命运轨迹的还有刘兆虎、牧师比利以及美军军官伊恩。在中学校接受国文老师左翼思想影响的刘兆虎，本来已经打定主意随同几位志同道合的同学一块去延安，没想到，就在一切都已准备停当的时候，日军飞机对四十一步村的侵袭，以及日军士兵紧接着的进一步侵犯，却硬生生地改变了他的命运。他因失血过多而昏迷长达一个星期，等到他终于休养到可以重新走动的时候，已经是一个多月以后。到这个时候，他的那些同学因为等他不及，早已先行一步出发，并在四个月后如愿抵达延安了。尽管不死心的刘兆虎此后也还曾经再次努力试图实现他的延安梦想，但却因国文老师的被捕而以失败告终。正所谓“失之毫厘，谬以千里”，刘兆虎就此走上了与同学不同的人生岔道。到最后，四处碰壁、实在走投无路的刘兆虎，在偶然发现中美特种技术合作所训练营的招生启事之后，终于如获至宝，“一分钟也没有耽搁，就赶去了月湖”。就这样，刘兆虎的生命，不仅与牧师比利、伊恩他们发生了交集，而且再次与他一再避之唯恐不及的阿燕交集在了一起。曾经有过医学院学习经历的牧师比利，在战前本来只是一个兼及医道的本本分分的传教士而已。但因为战争的发生，更因为其母国的参战，尤其是母国将士远赴中国战场参战，牧师比利终归还是身不由己地深度介入到这一场规模空前的大战之中：“虽然你不穿我们的灰色杂役服，也不在我们的登记名录之中，你没有和我们一起参加过任何一次行动，可是，我依旧把你叫作‘战友’。”为什么呢？因为牧师比利其实已经以他的特别方式积极参与到这场战争之中：“你是牧师，而且行医，所以你的教堂里，终日走动着各式各样的人，有教书先生、屠夫、茶农、织娘甚至有行乞经过的流浪汉……你总能用你狗一样敏锐的鼻子、蛇一样灵巧的簧舌，从那些人嘴里捕出各样的信息，然后用你那辆正骑或倒骑的自行车，传送到我们的情报官手里。所以，我们的定时炸药，常常能在恰当的时间里在恰当的地点引爆。”以至于，等到战争终于结束的时候，牧师比利竟然不无自嘲地这样看待并谈论自己：“战争，这场该诅咒的战争，让一个循规蹈矩的牧师，变成了一个油头滑脑的探子、走私犯、青帮门客，还有酒鬼。”归根结底，牧师比利多种身份之间的转换，所充分见证说明的正是他在那场战争中所做出的特殊贡献。同样的道理，伊恩的命运转换，也是拜那场战争的爆发所赐的结果。假若没有战争的发生，伊恩就很可能只是一家普通汽车修理铺的老板，但 1941 年 12 月 7 日的日军偷袭珍珠港事件，不仅把美国拖入到“二战”之中，而且也改变了热血青年伊恩的命运。在报名参军后，伊恩很快就被派遣到中国，不仅成为美国海军中国事务团的一名一等军械师，而且很快就结识了牧师比利、刘兆虎以及他生命中一位最重要的女性温德。

事实上，也正是在阅读张翎《劳燕》的过程中，我对于“小说是时间的艺术”这一命题，产生了更真切的体会和认识。作品中四位主要人物的命运变迁，只有在拉开一定的时间长度之后，方才能够露出端倪。我在一篇文章中曾经特别强调所谓命运感的生发与传达对于一部长篇小说的重要性：“在我们看来，衡量评价一部文学作品尤其是大中型文学作品优劣与否的一种重要标准，就是要充分地考量作家在这部作品中是否成功有效地传达出了某种浑厚深沉的命运感。说实在话，笔者近年来每年都要阅读大量的长篇小说，然而，这些作品中能够具有某种命运感，能够让读者自觉地联想起命运这一语词来的，却是相当罕见的。更不要说对于一种浑厚深沉的命运感的艺术性表达了，那样的作品简直就真的是凤毛麟角了。只要粗略地回顾一下古今中外的文学史，我们即不难发现，那些真正杰出的大中型文学作品中，其实都有一种格外浑厚深沉的命运感的成功表达。莎士比亚的四大悲剧自不必说，曹雪芹的《红楼梦》也无须多言，其他的诸如托尔斯泰、陀思妥耶夫斯基的鸿篇巨制，诸如鲁迅的小说，诸如曹禺的《雷雨》《日出》《北京人》《原野》，其中的命运感都是表现得十分突出的。即使是在已有三十年历史的所谓新时期文学中，诸如王蒙的《活动变人形》、张炜的《古船》、陈忠实的《白鹿原》、贾平凹的《秦腔》、刘醒龙的《圣天门口》等长篇小说中，也同样有着对于命运感的突出表现。这样看来，举凡优秀的文学作品，大约都会有一种浑厚深沉的命运感的体现与表达。其中，不仅仅有作家自己对于人类命运问题的索解与思考，更为关键的问题是，通过作家自身的思考还能够激发起广大读者对于命运问题进行深入思考的强烈兴趣来。”关键在于，倘若舍却了时间的足够长度，那么，所谓命运感的表达自然也就无从谈起。很多时候，正是在看似波澜不惊的漫长时间长河中，个人的命运以一种不动声色的方式发生着堪称惊心动魄的变化。从这个意义上，我们也不妨说，所谓的命运其实也正是时间。离开了“逝者如斯夫”的时间，命运感的生发与传达绝无可能。

同样不能被忽略的一点是，命运被战争悄然改变的同时，这几位主要人物的人性世界也由于战争的原因而发生着程度不同的裂变。关于人性，作家曾经借助于伊恩之口发出过这样一种议论：“当我坐上从加尔各答返回美国的飞机时，一路上我也想起过温德。与其说我想起了温德，倒不如说我想起了牧师比利离开月湖时给我的忠告，尽管那时听起来逆耳。牧师比利毕竟比我年长了十五岁，到底比我更近地听到过上帝的声音，他知道人性是怎样一件千疮百孔的东西。战争是一个世界，和平是另一个世界，两个世界各自有门，却不通往彼此。”这段话的要害处，在于“人性是怎样一件千疮百孔的东西”。很大程度上，张翎就是在通过一部长篇小说的写作来展示并确证着这人性本身的“千疮百孔”。比如，伊恩。伊恩在与温德的情感交往过程中，最大的一个人性过错，就是他对于温德的始乱终弃。战前，伊恩在美国本来已经有一位名叫艾米莉·威尔逊的心仪女友。但因为战争的发生，他们被迫天各一方。同样也由于战争对生命所造成的强力威胁，这位艾米莉·威尔逊竟然匆匆忙忙地弃他而嫁给了一个名叫罗宾逊的男人。或许与他急于填补情感空白的潜意识有关，在短暂的战争期间，伊恩不管不顾地爱上了温德这样一位中国女性，而且还致使她有了身孕。尽管伊恩也明确表达过要和温德结婚的愿望，并且在滞留上海期间，也的确给温德写过一封中途不慎被丢失的信件，但一个无论如何都无法否认的事实却是，在回到美国，甚至还未回到美国的时候，伊恩就已经放弃或者说改变了与温德结婚的愿望。秉持着西方价值观的美国大兵伊恩，根本就没有考虑到已经怀有身孕的温德未来在中国的尴尬与不堪处境。又或者，对于温德的怀孕状况，伊恩根本就不知情。然而，一个根本的问题在于，假若说战争刚刚结束时，伊恩与温德的被迫劳燕分飞，尚且存在着非人力所能为的客观因素的制约和影响，那么，到了 1992 年，当他和温德的亲生女儿凯瑟琳·姚出现在他面前，他却因为惧内而怯懦地不敢相认的时候，他的行径就无论如何都不可原谅了。

> 那场风暴貌似突兀，其实已经孕育了很久。它是那场战争的产物，它像一只藏匿在茫茫黑暗中的巨兽，悄无声息地匍匐在远方，等待着风云变幻促成的某一个因缘际会，才猝然横扫过一汪大洋。等它最终把第一个浪头摔在我门前的时候，它其实已经蓄了四十多年的势。那场风暴凶猛地冲开了我的情绪大门，叫我看

见了一些藏得很深的我从未发觉过的恶魔。那场风暴卷起来的波浪，一直延续到我生命的最后一刻。

倘若说战后四十多年来对于曾经倾心追逐过的温德的遗忘，还能够用时空距离过于遥远作为逃遁的理由，那么，面对着自己的亲生骨肉都没有足够的勇气相认，伊恩人性世界中的自私与猥琐也就真的不能被轻易地理解和原谅了。尽管此后的二十多年时间里，自觉惭愧的伊恩一直在想方设法寻找凯瑟琳·姚，并试图以这样的一种方式实现自我救赎，但他的人性世界曾经有过的“千疮百孔”却无法被否认。

即使是那位身为上帝使者的牧师比利，其人性深处也会存在“千疮百孔”的状况，也会在有意无意间犯下需要不断自我忏悔的罪愆。具体来说，牧师比利自认为不可自我原谅的一种罪愆，就是他刻意地向斯塔拉隐瞒了在营地传播关于她的留言的真相。由于斯塔拉内心里早已认定，自己此前不幸遭遇的知情者，不过只有牧师比利、刘兆虎以及自己。所以，一旦事情的真相外泄，那她首先的怀疑对象就一定是和自己有着恩怨纠葛的刘兆虎。没想到，事情真相的传播，其实与牧师比利的厨子有关。“可是我知道刘兆虎是无辜的。真正的始作俑者是我的厨子。”“我的厨师，那个可怜的虔诚的女人，知道自己嘴上的那条缝酿出了大祸，觉得无法面对上帝，无颜见斯塔拉和我，就坚决辞职离去。临行前，她一再要求我为她保守秘密，于是，我就没有声张厨子离去的真实原因。”正所谓，受人之托，忠人之事。牧师比利既然接受了厨子的委托恳求，答应替她保守秘密，然后就真的兑现了自己的诺言。从表面上来看，牧师比利的行为简直无懈可击，切合人与人之间的交往伦理原则。但只有牧师比利自己才知道，他之所以能够信守诺言，自始至终都没有向其他人，尤其是当事人斯塔拉透露真相，还是有着内心里的小九九的：“我知道这件事是斯塔拉的死结，从那以后，斯塔拉留给刘兆虎的门才真正关严了。最初我隐瞒实情，是因为我对厨子许下的诺言，而后来，却是因为一己私念——我无可抑制地爱上了斯塔拉。我的私念渐渐膨胀，最后完全淹没了初衷。”在经过了一番认真的比照之后，牧师比利认定，虽然一直有伊恩和刘兆虎掺杂其中，但在斯塔拉的这一场情感战争中，最后的胜利者却一定会是自己：“我坚信，同情信任和抱团取暖虽然不是爱情，但比爱情更坚固。在战争飓风卷扫过的废墟里，斯塔拉最终可以依赖的人只能是我，哪怕经过了刘兆虎，哪怕经过了伊恩。”只可惜，牧师比利把什么都想到了，唯独没有想到自己生命的短暂，没有想到自己仅仅在数月之后，就会因为破伤风感染不治而过早地离开人世。事实上，正是由于这种情感自私心理作祟的缘故，牧师比利最终也没有把事情的真相告诉斯塔拉，以至于斯塔拉对于刘兆虎的严重误解又延续了很久。唯其如此，牧师比利内心才会深感愧疚不已，一直到70年后都还在强调自己欠刘兆虎一个郑重的道歉。

相比较而言，人性世界最为“千疮百孔”的，应该是那位一生命运坎坷、经历过深重苦难的刘兆虎。刘兆虎那“千疮百孔”的人性世界，集中体现在对于阿燕的数度辜负上。刘兆虎最早的辜负，出现在日本飞机突袭四十一步村后。眼看着年幼的阿燕就要被逼着挑起家庭生活的重担，刘兆虎曾经心有不忍：“那一刻我几乎有些动摇，想留下来算了，姚家人对我有恩。”但家国破碎所激起的报国之志，却还是让他选择了出走远方。需要指出的是，由于阿燕的格外坚强，刘兆虎的这次辜负对她没有产生丝毫的影响。他对于阿燕的第一次深度伤害，是在他从母亲的口中了解到阿燕曾经惨遭日军凌辱的消息之后。当他在四十一步村外意外地撞上瘌痢头把阿燕紧紧地压在地上意欲非礼的时候，刘兆虎虽然毅然出手狠狠地教训了瘌痢头一通，但他对阿燕那拒之于千里之外的冰冷态度，却严重地伤害了阿燕。一方面是阿燕怯生生地询问刘兆虎是否还会再度离家，另一方面却是：“我隐隐闻到了她身上的气味。那是一种我说不上来的复杂气味，是泥尘的味，是草皮的味，是呼吸的味，也是身体的味。谁的身体？日本人的？瘌痢头的？还是……”于是，“我突然感觉窒息。那一刻我感谢夜色，它合乎时宜地降落下来，遮住了我眼中无法掩盖的一丝厌恶”。是的，厌恶，就是“厌恶”。因为“厌恶”，所以刘兆虎说出来的话语才会句句都是刀子：“阿燕，其实，我和瘌痢头一样，都不是人。”在以冷冰冰的自我诅咒方式完成了与阿燕的切割之后，“我知道她听懂了，不是从我的话语里，而是从我的举动上——我挪开身子，坐到了一个离她稍远些的地方”。就这样，从言语到行动，刘兆虎都明确表示出了对曾经被日本人肆意凌辱过的阿燕的排斥和拒绝。如此一种辜负，对阿燕精神世界伤害的严重程度，不管怎样估量都不过分。问题在于，刘兆虎对阿燕的辜负与伤害，却并未到此为止。抗战结束后，本应很快返回故乡的刘兆虎却迟迟不肯启程。究其原因，还是为了逃避早年与阿燕曾经有过的婚姻约定。为了达到甩脱阿燕的目的，刘兆虎甚至还煞费苦心地登报声明离婚：“于是我改变了计划，我决定在警校再混上几个月的时光。我会利用那段时间在报纸上刊登一则和姚归燕脱离关系的声明——那时的城里人都是采取这种办法解除婚姻束缚的。”尽管小说并没有细描阿燕看到离婚声明后的具体反应，但毫无疑问的一点是，它一定会对阿燕形成极强烈的情感刺激。

三、“三位一体”的女主人公形象分析

由以上的分析即不难看出，假若张翎只是局限于战争的范围来关注描写战争，那么，这所有的人性与命运裂变，恐怕都无从得以充分表现。作家只有把叙事时间拉伸到将近一个世纪的长度，才可能尽可能真切地逼近人性与命运的裂变真相。而这也正是张翎的战争想象叙事之所以一定要在

差不多长达一个世纪的时间范围内展开的根本原因所在。至于第二个问题，也即张翎为什么一定要选择牧师比利、伊恩以及刘兆虎这三位亡灵来作为小说最主要的三个第一人称叙述者？我想，答案恐怕应该从两个方面加以探寻。首先，从技术的角度来说，普通人的寿命都是有限的，因此，要想从第一人称的角度来对长达百年之久的曲折人生进行叙述，就必须想方设法突破寿命的限制。亡灵的特点，就在于它已经最大限度地挣脱了时间的羁绊，已经拥有了在阔大时空中任意往来的自由。这样一来，技术上的问题也就迎刃而解了。其次，更主要的，恐怕还是一种中正、客观而又平静的叙事态度问题。一方面，牧师比利、伊恩以及刘兆虎，都曾经是历史的在场者和见证者，而且都与女主人公发生过程度不同的情感纠葛。另一方面，他们现在都已经是身在天国的亡灵，已经与历史现场拉开了足够大的距离。这样的一种情形，很自然地就会让我联想到苏东坡的名句“不识庐山真面目，只缘身在此山中”。很大程度上，只有既置身其内而又跃身其外者，才可能把事情的真面目看清楚。这三位亡灵叙事者，正可以做如此一种理解。更进一步说，这三位亡灵叙事者都属于正常死亡，已经远离尘嚣，摆脱了置身于历史现场时必然会同时具有的各种喜怒哀乐的情感困扰，因而，也就能够用一种与意气用事无关的通透目光来看待曾经的恩怨人生。究其根本，同时拥有三个名字的女主人公这样一位具有相当人性深度的人物形象，也正是依赖于如此一种通透的目光才能够被成功刻画塑造成形的。

概略地说，张翎的《劳燕》所讲述的，其实是三个男人和一个女人的故事。而且，很显然，这三位男性的第一人称叙事全都是围绕这位女性而运行的。同时，这三位男性也可以说，都是这位女性不同程度的喜欢与恋慕者。别的且不说，单只是如此一种“一女数男”人物关系的设计构想本身，就已经大大突破了我们在很多作品中惯见的“一男数女”模式。其中，一种男性批判的女性主义意味的存在，是显而易见的事实。而这，实际上也就明显预示着，性别歧视与女性自尊的书写，恰恰是张翎的《劳燕》最不容忽视的一部分重要思想内涵。“阿燕，温德，斯塔拉，它们是一个人的三个名字，或者说，一个人的三个侧面。你若把它们割离开来，它们是三个截然不同的版块，你很难想象它们同属一体。而当你把它们拼在一起时，你又几乎找不到它们之间的接缝——它们是水乳交融浑然天成的联合体。”这位同时具有三个名字的女性，可以说是《劳燕》中苦难最为深重的被侮辱与被损害者。十四岁的娇小年纪，即已先后失去父母双亲，被迫挑起生活与生存的重担不说，她自己也还同时惨遭残暴日军的肆意凌辱。但日军的残暴还在其次，相比较来说，较之于日军的残暴，更为糟糕十倍百倍不止的，反倒是来自于国人的冷漠与歧视、侮辱：“她们母女两人的遭遇，早已在四十一步村里传得沸沸扬扬……而那天的劫难，连同所有的细节，经过女人们一轮又一轮压低了嗓门的流传，已经成为村里每一户人家饭桌上最公开的秘密。”既然流言已经漫天飞扬，那么，四十一步村人对于阿燕的歧视与排斥乃至于公开凌辱，也就是顺理成章的事情。而且，很显然，从一种象征的意义上说，四十一步村完全可以被看作是我们这个国家的缩影。就此而言，张翎实际上也就是在通过对四十一步村人的描写而最终实现一种对于国民劣根性的尖锐批判。然而，阿燕的劫难却并未到此为止，她根本想不到，即使在中美特种技术合作所训练营这样的抗日军营里，自己曾经遭受日军凌辱的流言也不仅会广为流播，而且竟然还会成为鼻涕虫企图强暴自己的借口。幸运之处在于，到了这个时候的阿燕，已经在精神层面上彻底完成了一场由蛹到蝶的蜕变。事实上，也只有在完成了这种精神蜕变之后，阿燕方才会在阻止了长官枪毙鼻涕虫的行为之后，声泪俱下地讲出了一番可谓是石破天惊的话语：“我逃回家后，他们都不认我，他们觉得我遭了日本人的欺负，他们就都可以欺负我。”紧接着，阿燕发出了强力诘问：“你们为什么只知道欺负我，你们为什么不找日本人算账?!”

精神蜕变彻底完成之后的阿燕，事实上变成了一位极其难能可贵的以德报怨的人间苦难超度者。这一点，集中表现在她与曾经数度辜负伤害自己的刘兆虎之间的关系上。具体来说，当刘兆虎面临被抓丁威胁的时候，毅然挺身而出替他排忧解难的，是阿燕；当他潜逃回四十一步村，面临着被当作逃兵抓捕的危险时，将他藏在家中者，是阿燕；当他因为与美军以及国民党之间的瓜葛而被捕入狱之后，长期坚持和他通信并千方百计将他营救提前出狱者，是阿燕；当他从狱中走出面临生存困境的时候，毅然决然地用自己的身躯和心灵抚慰他的，是阿燕；当他晚年病入膏肓卧病在床的时候，想方设法为他求医问药者，同样也是阿燕。尤其令人倍感意外的，是在以德报怨帮助刘兆虎的过程中，阿燕自己其实做出了巨大的牺牲："直到有一天，阿燕在挽起袖子揩拭身体时，我偶然发现她胳膊上有一串青紫色的针眼，我这才恍然大悟，这些天里我喝的不是猪肝汤，而是阿燕的血。"这是说阿燕在被迫卖血。"就在她转身的时候，我发现她夹袄后襟的一个衣角，掖在了她的裤腰里。""刹那间，我的脑子产生了一些古怪的念头，我觉得那些猪肝，那些混在泥鳅里的肉末星子，那些飘在鲫鱼汤里的油花，突然都变成了裤腰带。阿燕的裤腰带是在什么时候第一次松动了的呢？是在为我索求那张盖着红戳子的身份证明的时候？是在她胳膊上的静脉硬实得再也扎不下针的时候？还是在我吐出了那片煎炒得油亮的猪肝的时候？第一次也许很难，第二次就容易多了，第三次就成了习惯。再往后，兴许她再也不需要裤腰带了。"实际上，也正因为明确意识到自己以及牧师比利、伊恩他们亏欠了阿燕太多，所以，成为亡灵之后的刘兆虎，才会以强烈的自谴笔调说道："其实扔下阿燕的不只是我，还有你们——你，牧师比利；还有你，伊恩·弗格森。我们在不同的阶段进入过她的生活，都把她引到了希望的山巅，又以各样的方式离开了她，任由她跌入绝望的低谷，独自面对生活的腥风苦雨，收拾我们的存在给她留下的各种残局。在我成为鬼魂之后，我甚至暗自庆幸过我死得其时，我不用目睹阿燕在几年之后的那场大灾难中遭受的更大屈辱。”唯其如此，刘兆虎才会如此犀利地自责自忏：“我的自私罄竹难书。”实际上，面对着阿燕或者斯塔拉或者温德，感到自惭形秽者却又何止是刘兆虎呢？牧师比利，伊恩，其实也都应该有同样的强烈感受才对。唯其如此，到小说结尾处，面对着业已处于脑中风状态的女主人公，作家张翎才会借牧师比利的亡灵做这样一种真切的表白：“在我的记忆中，你是那个连眼泪都能照亮别人的小星星啊，我怎能把你跟眼前这个身体像掏空了的麻袋似的老妇人联系在一起？”那么，“是谁掏空了你的麻袋的？”“是战争。”是的，当然是战争。但与此同时，却也包括了其他很多人：

> 战争把第一只恶手伸进你曾经饱满结实的生命之袋，我们跟在它之后也伸出了自己的手。这个“我们”，不仅包括我、伊恩、刘兆虎，还有阿美、杨建国、瘌痢头、鼻涕虫、那个在枕边传了你的流言的厨子、那个在营地门前用枪指着你的哨兵……“我们”其实是每一个走进你生活的人。我们每个人的手上都有罪孽，我们每个人都从你的袋子里偷过东西。

尤其不能忽略的，是牧师比利和上帝之间的一段虚拟对话。上帝问：

> 请你告诉我，你们到底从这个可怜的女人身上拿走了什么？
>
> 不多。我回答说。不过是一点点信任、耐心、慰藉、勇气、善意，最多再加上一副完好的牙齿，一个光洁的额头，两只饱满的乳房。
>
> 那么，你们又给她留下了什么？上帝又问。
>
> 不少，我的主，比如一辆破旧得连厂名都找不见了的自行车，一颗几乎可以和泥土混成一色的金属纽扣，一本书脊几乎散了架

的《天演论》，还有一些不是用竹简绸卷纸张油墨记载在任何国法、城镇管理法、婚姻法、家庭法甚至治安法中，而是用窃窃私语在人们的舌头上游走了几个世纪的耻辱。

到最后，牧师比利还留下了一句话：“我们拿得很少，却留下了许多。真的。”只要认真地对比一下，我们即不难从以上的虚拟对话中读出强烈的反讽意味来。正是从这强烈的反讽意味中，我们才能够清楚地了解到，漫长的人生中，周围的人群到底对阿燕或者斯塔拉或者温德这样一个地母式的女性犯下了怎样无法饶恕的罪孽。也因此，我们才能够更加充分地理解牧师比利在叙事过程中对于斯塔拉的高度评价：“上帝回应了我的祈求，祂果真赐了一颗星星，却不是给她的。后来我才慢慢领悟，上帝的星星是给我的——她是我的星星，她照亮了我的路，给了我方向。”因为，“我才是那个迷失的人”。事实上，迷失者又何止是牧师比利呢？从某种意义上说，前面罗列出的那众多曾经掏过女主人公生命之袋的所有的人，也全都是迷失的人。从这个角度来看，这位拥有三个名字的女主人公，其实是一位拥有博大悲悯情怀的拯救者。实际上，也只有在这个意义上，我们才能够真切理解，张翎为什么要给她设定三个名字。归根结底，女主人公的三个名字，带有鲜明的三位一体的意味。而在基督教的教义里，唯一的三位一体者，正是所谓“圣父、圣子、圣灵”“三位一体”的上帝本身。论述至此，《劳燕》中女主人公的突出象征意义，自然也就不言自明了。借助于女主人公的“三位一体”，张翎为她的这部《劳燕》成功地引入了一种非常重要的宗教维度。从这个角度来看，作家之所以要在作品中专门设置牧师比利这一与宗教紧密相关的人物形象，其根本意图，恐怕也正在于宗教维度的引入。宗教维度的引入，在很大程度上构成了衡量人性的一个重要标准。只要是关注张翎小说创作的朋友，就不难发现，在她近期的小说创作中，宗教性因素已经日益演变成为一种显赫的存在。细细想来，这一点，恐怕与作家在西方世界的日常生活中受到基督教的浸染影响紧密相关。因此，我们最后要特别强调的一点就是，《劳燕》之所以能够令人信服地成功刻画塑造如此一位具有博大悲悯情怀的女性形象，与作家张翎本身同样堪称博大的人道主义悲悯情怀存在着不容忽视的内在关联。

第七章　袁劲梅《疯狂的榛子》：文明的高度与历史的反思

一、国际观照视野与战争的深度反思

无论如何，一批海外作家在新世纪以来中国文坛的异军崛起，都是一个无法被否认的客观事实。然而，与另外那些总是很快就会有新作推出且能够保持相当思想艺术水准的高产作家，比如严歌苓、张翎相比较，我们这里要展开讨论的袁劲梅，很显然属于另外一种写作数量尽管有限，但却同样难能可贵地保持了比较高的思想艺术水准的作家。强调这一点，并非就是在表达对严歌苓、张翎她们的微词。正如不同的个体有不同的生存状态一样，不同的作家也会有不同的写作状态。有的作家文思泉涌，下笔千言，写作速度惊人；有的作家运思过程相对严谨，虽不至于字斟句酌，但写作速度却相对缓慢。说实在话，文学创作比拼到最后，关键还是要看作品的思想艺术品质，要考量其中的思想艺术含金量究竟几何。从根本上说，一部文学作品思想艺术品质的高低，与作家写作速度的快慢无关。写作速度快，并不意味着就是粗制滥造，写作速度慢，也不一定就会产生精品。

归根到底，无论速度快慢，只要是最后能够有精品生成的写作，就是值得肯定的一种有效文学写作。袁劲梅的写作，毫无疑问属于这一种。就笔者个人有限的阅读视野，袁劲梅迄今的小说作品大约也不过只有中篇小说《罗坎村》与长篇小说《青门里志》等极少的数种，但却皆属思想艺术品格高拔之作。这一次，她的长篇小说《疯狂的榛子》（载《人民文学》杂志2015年第11期），显然也是一部深度透视表现一段超过半世纪以上的中国历史的厚重之作。

然而，在展开对《疯狂的榛子》的全面分析之前，需要首先指出的，却是这批拥有海外生存背景的作家在展开其文学想象时，具有的某种共有的思想艺术特质。那就是，虽然并非全部，但其中的很多小说作品却都具有一种再鲜明不过的国际观照视野。所谓国际观照视野，就是指小说的主体故事尽管发生在国内，但相关人物的生存轨迹却往往会延伸到国境之外的异国他乡。比如，严歌苓的长篇小说《扶桑》，张翎的长篇小说《金山》《阵痛》以及《流年物语》，陈河的长篇小说《红白黑》《在暗夜中欢笑》和中篇小说《猹》，陈谦的中篇小说《特蕾莎的流氓犯》《繁枝》和长篇小说《镜遇》，张惠雯的短篇小说《岁暮》《醉意》等，其故事情节，或者干脆就全部发生在国外，或者最起码，人物的命运也会与异国他乡发生一定的关联。之所以会出现如此一种普遍情形，盖与作家的海外生存经验密切相关。与之形成鲜明对照的是，虽然不能说绝无仅有，但在那些没有海外生存经验的作家所写的小说作品中，我们却甚少看到国际观照视野的出现。即使偶有例外，那样的一种文学想象也往往会显得捉襟见肘，因其名不副实而很难给读者一种真切的感觉。这就再一次充分说明，无论怎样学富五车、才高八斗的作家，他那看似天马行空般的文学想象也须得依赖于自身刻骨铭心的生存经验。正所谓“巧妇难为无米之炊”，虽然我们一直强调艺术想象力的重要性，而且很多人也会本能地形成某种艺术想象可随心所欲任意而为的感觉，但在实际上，一个作家的文学想象，绝不可以无所依托。这些海外作家成功的写作经验，又一次告诉我们，只有那些最刻骨铭心的生存经验，方才有可能成为文学想象最可依赖的生活资源。又或者，只有依托于自我真切生存经验的小说写作，才可能具备足以征服读者的艺术说服力。

之所以要专门探讨海外作家文学想象所具备的国际观照视野，乃是因为袁劲梅的《疯狂的榛子》正是这样一部作品。然而，这种国际观照视野对于《疯狂的榛子》的重要性，却并不仅仅体现为对生存经验作为文学想象资源的再度强有力证实。它的重要性，更在于为袁劲梅透视表现近百年中国历史提供一种人类文明的高度。换言之，作家之所以能够在《疯狂的榛子》中成功实现自己反思近百年中国历史的艺术意图，端赖于如此一种人类文明高度的设定。关键问题在于，倘若远离了国际观照视野，这种作为一种生存标准而存在的人类文明高度恐怕也会荡然无存。具而言之，在《疯狂的榛子》中，与这种人类文明高度密切相关的那些人物形象，一方面是几位移居海外的中国人，包括喇叭、“浪榛子”、范白苹、颐希光等，另一方面则是几位曾经在中国生活过的美国人，包括马希尔、皮尔特、丹尼斯、瑞德中校等。倘若没有这些人物形象的存在，那么，所谓人类文明的高度也就无法想象。这一方面的一个突出例证，就是瑞德中校他们在战争理解问题上的非同一般与不同凡响。2015 年，是中国人民抗日战争暨世界反法西斯战争胜利七十周年，不知道是无意间的巧合，抑或是作家的有意为之，袁劲梅在《疯狂的榛子》中也以不小的篇幅写到了抗日战争。瑞德中校、马希尔等一众美国人之所以来到中国，正是为了参加“中美空军混合联队”，以实际行动支援中国的抗日战争。他们来到中国，实际介入了抗日战争，自然也就会形成对于战争的理解与看法。“战争是最没有逻辑的事，是疯子发动的，我打这场战争的唯一逻辑就是：给和平争取最后的机会。”这是小说主人公之一的范笳河在他留下来的《战事信札》中的一段话。虽然这段话出自范笳河之口，但究其来源，却很显然与他在“中美空军混合联队”那些美国战友的影响有关。事实上，范笳河在《战事信札》中所有关于战争的深度思考，均可以说是接受这些美国战友影响的结果。比如，关于两个“我”的理解与认识：

> 当航空兵开起枪或扔起炸弹来，我们常常觉得周围的世界不是真的。我们有两个“我”。一个“我”只做着我们任务里说的事儿。生活再苦，空战再激烈，这个“我”是个航空战士。他都得承受，都得去做……还有一个“我”却不在战场。在家乡，他是个好人、正常人、清净人，谁也别想碰他。我的那个“我”，在桂林，在你身边。马希尔的那个“我”，在宾州水码头的红枫林里，他的副机长的那个“我”在爱荷华某个小镇里。我们的那个“我”高高地待在天上，或藏在我们心里的一个角落。这个角落是绝不让战争碰的。

两个“我”的区分，恰切合理地解释了战争状态下参战者的某种自我分裂情形。不管是正义还是非正义，战争的本质都是一种必须付出无辜生命代价的暴力行为。虽然说中美两国的参战者都带有再突出不过的被迫性质，但他们战争行为的结果却仍然是要不可避免地伤害剥夺他者的生命。就对生命的伤害与剥夺而言，敌我双方显然毫无区别。范笳河他们既然是战争的参与者，那就必得遵循战争本身的逻辑。一遵循战争的逻辑，自然也就会有那个开枪或者扔炸弹的“我”的生成。战争的存在本身，就把本属正常的人扭曲成为一种毫无主体意志可言的杀人机器。正因为清醒地认识到了战争邪恶本质的存在，所以，如同范笳河这样的参战者才要尽一切可能葆有另外一个作为正常人的“我”。有了这个正常人的“我”的存在，才能最大限度地保证参战者不会被彻底异化为杀人机器。范笳河之所以特别迷恋舒暖，除了发自内心的喜欢之外，实际上也存有借她而葆有正常人的“我”的一种私心：“可是，战争把当‘正常人’的念头变成了怪异。你总是喜欢打听我在‘基地’那个家里是怎么过的。你来基地找我，航空兵对你客客气气。女人一来，我们都不能像野蛮人。女人，让我们身上的好‘我’活起来。”“家和女人，让战士不沦落成野蛮人。我们想方设法把家和女人留在心里。”美国的飞行员们之所以都喜欢“用他们的女朋友、太太、巫女、女明星、电影里的女人的名字”来命名他们自己的飞机，一个不容忽视的重要原因恐怕在此。与野蛮人相对立的，自然是文明人。由此可见，无论是范笳河的《战事信札》中对于战争性质的理解判定，抑或是对于两个“我”的特别区分，所彰显出的也就是一种人类文明的高度。正因为如此，范笳河才会强调：“在这一夜，我基本同意怀尔特的文明理论，我也想当文明人。我打仗，只是因为：必须有人来结束‘战争’这个脏活。”

与两个“我”的区分同样重要的，是围绕“汉奸”问题发生的一场争论。事情的起因，是范笳河没有给地面上为日本军队干活的中国劳工撒放提醒他们及时撤离的传单。原因在于，他认定这些给日本军队干活者“大多都是汉奸”，“汉奸是中国人的叛徒，跟日本人一样坏。炸死就炸死了”。他的行为遭到了怀尔特的坚决反对。怀尔特说：“他们是民工，给日本人干活，是被逼的。说不定，我们还有情报人员就在那些铁路工人中间，为我们收集情报呢。哪天我们跳降落伞落到了沦陷区，我们还指望他们救我们。你怎么能把你的同胞当作汉奸？你要在他们的境遇里，说不定也得做他们做的事。他们都是人呀，有妻儿老小的人。”在遭到范笳河的质疑之后，怀尔特进一步强调：“所有非战斗人员，都不是你的敌人。那些民工是你的同胞。战争是人类的悲剧，它不光是要死人，它还会把人变成野兽。我不想你们这些年轻人在战争结束之时，却失去你的悲悯之心。所有战争中的规则都是非正常规则。”当范笳河以自己对日本人充满仇恨为由做自我辩解时，怀尔特语重心长地告诉范笳河，自己也并非对日本人没有仇恨，因为他的两个弟弟就都是在战争中命丧日军之手。也正因此，范笳河才会发出由衷感叹：“我觉得，这家伙还真蛮英雄的，他冒战事之大不韪，把那个在天上或心里某个秘密处所当着‘正常人’、‘普通人’的第二个‘我’，拿到和日本鬼子打了七年的中方人员的军营里来了。”应该注意到，与一般意义上的“英雄”理念不同，范笳河心目中的“英雄”，居然是如同怀尔特这样在战时也能在内心里坚持正常生活伦理的参战者。据此来反观战后已然超过半个世纪的中国战争文学史，在数量众多的战争文学作品中，最起码在我，并没有看到过类似一种既有反战姿态也有悲悯情怀的战争观念的表达。

说到抗日战争，不能忽略的另外一点，是借助于如同马希尔这样的美军参战者眼光而对中国抗战乃至中国文化做出的深刻反省。一方面，蒋介石的国民政府因为领导抗战而能令行天下，拥有着执政的合法性，但在另一方面，国民政府内部却又因为派系的矛盾而直接阻挠影响着抗战。一个突出的表现，就是湖南首府长沙的最终失守。镇守湖南的薛岳司令尽管曾经发誓死守长沙，但最终却因为得不到蒋介石的强劲后援而失守长沙。归根结底，只因为他不是蒋氏的嫡系：“他长得像个书生，但是会打仗。要是给他空投军援，他这只‘长沙虎’哪能丢得了长沙?”就这一点而言，长沙失守的责任确乎应该由蒋氏承担。然而，问题的另一面在于，派系的存在确也实际影响着蒋氏对抗战的领导。比如，东战区某李司令就曾经致电史迪威总部，声称不仅“长、衡”已失，而且蒋委员长已被其废了，要求把所有的物资全部送到他那里去。“这样看来，蒋委员长的担心也并不是毫无道理。我们这个社会结构怎么这样呢？上下关系森严，却互相不信任。大敌当前，还是要争权，你废了我，我废了你。”尽管严酷的抗战现实要求国人上下一致对外，但客观存在的派系争斗却又实在无法避免。也因此，“我们中方人员打的是两场战争，一场是抗击日本暴力侵略；另一场是对付我们制度的问题。美方人员只打一场抗日战争”。于是，也就有了怀尔特对于衡阳失陷的独到理解：“我在中国呆了两年多了，感觉是：中国整个社会都好像是按军衔编制设的，走到哪儿都有上下级。”更何况，“美国军队有严格的军衔等级，那是为了有效打仗。可你们的军衔等级，也不是为了有效打仗，是为了有效统治。效忠不效忠，嫡系不嫡系，给不给面子，成了比对和错、胜和败还要重要的事儿”。必须承认，怀尔特的确有着非同一般的洞察力。他的发现，让范笳河备感震惊：“怀尔特对衡阳沦陷的看法，让我吃惊。他能看到中国问题。这些问题，我们中方官兵都习以为常，见怪不怪了。他却能说出来。”为什么是怀尔特而不是范笳河发现了这一点呢？一个重要的原因，恐怕在于美国或者干脆说是西方文化参照系的存在与映衬：“大概是因为他没见过‘嫡系’‘效忠’这类中国文化深层的事，一看到，就特别敏感。”这里有两点值得特别注意。其一，范笳河在《战事信札》中每每叙及美方参战者对中国战事的精辟洞悉，其洞悉者往往是怀尔特。之所以如此，盖因为作为一名老飞行员的怀尔特，是 CACW 亦即“中美空军混合联队”中“最有思想的人之一”，外号就叫“教授”。其二，更重要处在于，叙述者特别提及“中国文化深层”。一旦触及中国文化深层，显然就意味着作家的思考视野不仅仅局限于抗战本身，已经由现实的抗战进一步延伸至历史的纵深，把现实存在的“中国问题”提升到了“中国文化”的高度来做更深入的探究。从根本上说，只有在不同文明形态比较的层面上，才可能触及“中国文化深层”相关问题的探究与思考。就此而言，袁劲梅的批判，既关乎抗战时期由蒋氏政府主导的政治体制，也关乎中国文化深层所存在的问题。

同样对战时中国社会问题进行着细致观察的，是另一个当年第 14 航空军中的罪犯，后来成为“中国问题专家”的老兵汤姆森。汤姆森在当年之所以成为令人不齿的罪犯，是因为他在中国的黑市上倒卖东西：“我被送上军事法庭，除倒美元，卖 PX 军餐食物，还因为我倒过一次汽油。”但请注意，汤姆森的犯罪，一方面固然与其内在的心性有关，另一方面却更与中国文化土壤的熏染有着不容剥离的内在渊源。正所谓“橘生淮南则为橘，橘生淮北则为枳”，袁劲梅借助于汤姆森这一人物形象，所试图一力揭示的，仍然是与上述“嫡系”“效忠”密切相关的中国文化痼疾。具而言之，汤姆森的犯罪，与他发现的中国社会“奥秘”有关：“我不懂，卷进黑市的中国军官，怎么就能在这么糟糕的生死关头，不打仗，反而在黑市上从商？效忠和规矩都不是法，他们不守法，光要捞黑市上的快钱。让我更不懂的是：为什么中国人在黑市上总是自己人骗自己人；当华东战局这么糟糕的时候，还自己人打自己人?”尽管存在着明显的文化差异，虽然难以接受理解，但嗅觉格外灵敏的汤姆森却从中发现了自己的可乘之机：“原来，我突然掉到了一个没有‘法律’只有‘关系’的世界。”面对着这一明显的异质世界，汤姆森感到特别困惑：“我在中国的时候，没有能力和理论把这种感觉说清楚。就是现在，我也不知道怎么能说清：那个总是将王子变成癞蛤蟆的，是什么中国魔法。”但既然无“法”可依，既然是一个“关系”社会，那汤姆森自己也就可以浑水摸鱼了。尽管在战时就已经为自己的行为受到过军事法庭的严厉惩处，但一直到战争结束后，汤姆森才开始有忏悔意识慢慢生出：“战争结束后，我才慢慢对我的犯罪行为越来越感到耻辱，并且越来越厌恶。战争本身就是邪恶的土壤，无论有多少正义在手，也不能盖住战争本身的恶性。”具有暴力性质的战争，本身就是邪恶的。此外，战争的邪恶还表现为能够激发出人性深层的恶，汤姆森的存在即是突出的一例。但相比较而言，袁劲梅如此一种书写的主旨，恐怕还在于揭示中国文化存在的问题。那就是，无论是否有抗战的发生，中国社会没有“法律”只有“关系”的痼疾都是一种客观事实。只不过，这种痼疾必须有另一种文明为参照才可能被清楚看出。不管是前面已经提及的怀尔特、马希尔，抑或是这里的汤姆森，这些来自遥远美洲大陆的航空兵的最重要意义显然在此。

二、PTSD 症状与国民性批判

然而，关于抗战的反思性书写，仅仅是袁劲梅的《疯狂的榛子》的一部分内容。作为一部旨在对一段半世纪以上的中国历史做深度批判反思的长篇小说，作品的时间跨度起自抗战，中经数次政治运动乃至“文化大革命”，一直延伸至市场经济的当下时代。又或者，抗战、“文化大革命”与市场经济，这三个时代构成了袁劲梅的书写重心。这其间，甚至也还穿插有关于太平洋对岸美国人的若干故事。比如，那位被一种 PTSD 也即“灾难压力后心理紊乱”病症严重困扰着的北湾大学军事系长官沙顿少校。“按照一般定义，PTSD 是一种灾难后的焦躁性心理失序，是病人经历过或见证过人为的或自然的灾难之后留在内心深处的伤痕。这个伤痕不是敌人的子弹或什么强力从外面打到体内的，而是经过残酷事件后，残酷事件的影响在神经末梢留下的长长的心理伤害。”少校沙顿的 PTSD，与他长达十二年之久的军队生涯关系密切。首先，是他的症状表现。明明是在好端端的和平时期，他却会因为听到飞机的声音而做出战时的反应：“这时候，一架飞机从我们头上飞过，我突然就像上了弹簧，一下就跳到公路边的沟里，卧倒了，沟里全是烂泥。等我再爬上高速公路的时候，我那件为了接她的朋友特地换上的白西装，成了泥西装。我自己也是一脸烂泥。”按照医生范白苹的说法，“这是典型的 PTSD 的症状，Flashback——旧景回返”。归根结底，少校沙顿的病症，是其军队生涯导致的一种可怕结果：“你的毛病在于你十二年的军事生活，那些紧张、敌对、非我、服从、集体荣誉、爱面子……

总之，那一套在那样的制度下生活的生存密码，已经打在你的神经末梢上，成了你的第二天性了。”对于少校沙顿难以排解的心理症结，范白苹给出的治疗建议是：“战时用的道德密码，不能拿到正常和平生活中来用。世界应该是平民的，充满平民的快乐和自由，充满平民的善良和理智，充满平民的轻松和信任。这是你当军人的牺牲换来的。”毫无疑问，少校沙顿由于十二年军队生涯所导致的 PTSD 症状，完全可以被看作是军队生涯对其正常人性状态的一种扭曲异化。虽然说军队一直到当下时代都是一种常态性的社会存在，不论什么样的一种社会政治制度，都需要有军队的存在。但从未来的发展前景来看，人类社会或许会在某一天彻底摆脱对于军队的依赖，因而进入一种更高的文明形态。依照这种逻辑，军队的存在也就只是人类社会的一种阶段性状况。也正因此，少校沙顿才会说：“我在最苦的时候，总是这样对自己说：我吃这些苦的唯一意义就是我的后代可以过没有军队的生活。”如果说少校沙顿对未来社会的期许更多地带有感性的色彩，那么，医生范白苹对于“公民社会”的体认就是理性而深刻的：“军队是特殊社会。对错是上级告诉你的，所以你知道对错。公民社会不过是让你多想一步，问一个问题：凭什么上级说的就是对的？在公民社会，你自己判断对错。”借助于少校沙顿这一具体个例，当袁劲梅把军队这个特殊社会与公民社会并置对立来加以谈论的时候，作家所意欲实现的那样一种对某种制度的批判倾向，自然也就昭然若揭了。

也因此，袁劲梅对于少校沙顿 PTSD 症状的描写，不过是一个引子而已。作家要借此引出的，其实是小说主人公范笳河等若干中国人所罹患的 PTSD 症状。“现在，如果让范白苹回头诊断，她可以断定，她父亲心里有一场一个人的战争，打了一辈子也没打完，那是一场在他心里的无人知晓的战争。在他心里的那个战场上，他是战士又是伤病员，他自己把自己打伤。他总是在自己对付自己、自己判决自己。他是战士又是自己的敌人，是审判者又是被审判者。好像他经历的那些断杀、残酷、背叛、内疚、自责已经浸入了他的骨头。他想把它们分离出去，却没有办法把它们赶走。”如此一种精神症状的生成，自然与范笳河一生中所经历的那些灾难密切相关，可以说是一种再典型不过的PTSD病症。要想彻底澄清范笳河的PTSD症状，就必须首先对他的曲折人生有所了解。范笳河出生于中国南方一个名叫范水的山区，他的祖父（其实是生理学意义上的父亲）和父亲，都曾经积极参加过中国的抗战，而他自己，更是曾经参加过赫赫有名的CACW亦即“中美空军混合联队”，成为过那个时代少见的航空兵。成为航空兵也还罢了，更令人钦羡的是，他还因此而赢得了一位美少女的芳心。抗战中，范太爷为国捐躯后，丛长官兑现承诺，把“他的大儿子、他爬灰来的儿子、他的孙子三个人全带到大后方桂林，送他岳父舒谘行家去了”。舒家二小姐舒暖，是正在怀春的青春少女。正是在桂林期间，舒暖不管不顾地爱上了航空兵范笳河。其间，被感情之火燃烧着的范笳河曾经对舒暖郑重承诺：“如果我能活着回去，我一定要找一个遥远而和平的地方，买一块土地，种一坡榛子林，不再疯狂，不再出任务，就在那里和你一起生活到老。”没想到的是，人算不如天算，到最后，造化弄人，范笳河不仅没有能够兑现自己的承诺，反而还事与愿违地被迫与舒暖分道扬镳。之所以会形成如此一种悲剧性的结局，与范笳河自己的政治选择存在着紧密的内在关联。范笳河名义上的父亲，在1944年曾经有过一次延安之行，在那里目睹了一个“穷而平等”的社会形态。受到他影响的缘故，范笳河父子三人最后都做出了倾向于共产党的政治选择：“范爷爷和他的两个儿子，先是潜伏在国民党里的共产党，后来都成了潜伏在共产党里的‘美国特务’。”这里的关键就在于，抗战结束后，一直没有暴露自己真实政治身份的范笳河，先是参加内战，然后随着失败的国民党退守台湾岛。按照组织的安排，“依仗着和丛司令家庭的关系和在CACW的功勋，我入了共产党也无人怀疑我的身份。

1951年，我驾着‘浪棒子Ⅱ’从台湾返回大陆，副机长是邓志龙”。这个时候的舒暖，也已经随着家人由桂林迁居到了澳门。当范笳河驾机回返大陆的时候，舒暖实际上已怀有身孕。为了追随范笳河实现爱情梦想，孩子刚刚一岁，舒暖就不顾一切地登上“宏远号”，回到大陆来找范笳河。没想到，这个时候的范笳河却已经因为卷入政治、身在组织而身不由己了：“我最后一次飞‘浪棒子Ⅱ’，完全不同于以前的‘出任务’。那次飞出来的是‘政治’。我就是一个军人，不是搞政治的。结果，却成了一个政治人物。就像你的‘弃暗投明’是奔我来的，是为爱情，结果却成了‘政治’一样。我们都在那样的特殊时期，却又在一个千年不变的社会结构中。”所谓“特殊时期”，意指当时的社会政治体制。所谓“千年不变的社会结构”，意指长达千年之久凝固不变的中国文化结构。究其实，是以上二者的双重合力共同造就着范笳河与舒暖之间的爱情悲剧。

尽管舒暖不管不顾地乘“宏远号”返回大陆追求爱情，但她根本就不可能料想到，1949年之后，不，甚至包括抗战结束后的内战时期，他们的爱情都毫无实现的可能：“我和你的爱情，在内战中变成了政治关系，在战后变成了危险关系。这是你再也不可能知道的。就是我，开始也不知道事情会变成这样。但是，我后来知道了，我没有选择，只能是跟着命运走。”其实，在那个“特殊时期”，范笳河与舒暖他们只能够被迫无奈地跟着组织走，任由组织摆布。任由组织摆布的结果，就是范笳河最后对于舒暖的彻底背叛，就是范笳河被迫接受甘依英这样一位“配给太太”。应该说，如此一种结果在当时并不意外：“在当时的情况下，我和你在一起是不可能的，谁能相信我们不是‘美蒋特务’？我离开你，才能给我和你一个清白。虽然，我知道我需要这个清白，你并不知道你需要。”尽管如此，但范笳河在内心里却始终不肯原谅自己：“我终于没有胆量选择‘背叛家族’。我自私、胆小、窝囊。我在第14航空军的时候，就不是什么英雄。你爱错了人。我欺骗了你，我实质上就是一个范水男人。那时候，我对没见过面的儿子，没有感觉。但我从南家走出来的时候，就像范水的‘大儿子’的感觉一样。我终是保护不了我的新媳妇。”必须得对这里专门提及的“范水男人”以及“范水的‘大儿子’”有所解释。却原来，在范水那个地方，以出“孝子”而著称于世：“在范水的词典里，孝子就是为了让上人高兴，自己不情愿的事情也要做。范白苹去了范水多次之后，终于认识到了范水的名不虚传。”为什么呢？因为“范水的孝子行的是大孝：一家的长子要能孝到把自己的新媳妇让出去，给爹爹享用，还高高兴兴”。这是怎样一种让人无法理解的地方文化陋习啊！关键还在于，范笳河自己，就是这样的一个范水产物。他名义上的父亲，其实是他的大哥，他实际的生身父亲，其实是自己的爷爷。在做“孝子”这一点上，范水的男人一向以能“忍”为特色。因此，当范笳河以“范水男人”自谴的时候，他其实是在深刻地反省着自己在与舒暖爱情问题上的那种猥琐、窝囊之“忍”。也正因此，在后来写给抗战时的老朋友马希尔上尉的一封信中，范笳河方才会痛心疾首地写道：“但是，我想告诉你，我和我的女朋友并没能走到一起，这全是我对不起她。如果，怀尔特骨子里是‘平民’的话，我大概骨子里就是个听话的‘士兵’。我追求她，是害了一个自由人。”

正因为在爱情问题上有过对于舒暖的背叛，所以，范笳河才无论如何都不能够原谅自己。他身上那种典型的PTSD症状，显然是拜其内心中一种始终都无法释怀的精神情结所赐的结果。关键的问题是，如果说在美国，如同少校沙顿这样的PTSD患者尚且能够向范白苹们求诊的话，那么，对于范笳河们而言，这样的一种求诊就显得非常奢侈了。也因此，在范白苹看来：“她爸爸范笳河一辈子经历的一次又一次人为的灾难，从二战，到后来的一次一次政治运动，每一次人为的灾难都不会风过云散，不留痕迹。她爸的病例应了‘没有一场战争不同时也是内心里的战争’的说法。灾难压力后心理紊乱若根本不治或乱治，病态心理会伤害病人和他人。”很显然，范笳河的如此一种忍耐功夫，与其身为范水男人密切相关：“范笳河‘忍’的本事不是一天练出来的，他选择了让自己人格分裂，也没有违反她从小受过的基本训练。”面对这一切，范白苹有着强烈的兴趣：“范白苹感兴趣的是那个让他们得了 PTSD 的大背景和这些病人的关系。”如此一番寻根究底的结果，是范白苹敏锐地发现了类似于范笳河这样的 PTSD 病症与中国文化之间的一种无法剥离的内在关联：“她挺遗憾地想到：在她父母的时代，中国人听都没听说过 PTSD 这回事儿。PTSD 不被中国人当成病，没人重视。也没有心理治疗方案。我们爱面子。讳疾忌医早就在我们的成语里了。我们的逻辑是：有病，我们不知道，我们不治，就是没病。中国人比哪个民族都有‘民族’心理，却没有心理病。要么你和我们一样，要么你是‘疯子’。”哦，“疯子”。我明白了，却原来，这所谓“疯狂的榛子”中的“疯狂”二字的一种含义，就落脚在这一点上。当大家都讳疾忌医，都拒绝承认自己罹患病症的时候，唯独你要冒天下之大不韪，那你当然就要被公众目为“疯子”了。从这个角度来看，则袁劲梅笔端之“疯子”，也就堪比当年鲁迅先生笔下的“狂人”了。从自己的父亲范笳河这一个案出发，敏感的心理医生范白苹更进一步把思索的目光延伸至作为一种整体存在的中国文化：

> 一条树系下来，一切都是军衔，一大群范氏宗亲卒吏，就等于“一”，没有范三，没有范四，没有“人”。造成 PTSD 的种种原因里，会不会也有一种：个人在集体腌菜缸中被征服或被淹没，从而造成自我失位？失去一只胳膊都是一种灾难，把一个个人的“自我”泯灭在集体腌菜缸里，这种灾难一定不比肢体受伤轻。若你不当腌菜，活，还是不活，都成了问题。腌菜缸就是个大军营。过惯了，还离不开。在里面受挤，出来了急躁，横竖没有安全感。

必须原谅我大段摘引小说中的原文，因为不如此，你就很难搞清楚袁劲梅关于中国文化一种批判性的整体思考。所以，袁劲梅接下来向着纵深处的追问思考也同样不容忽略：

> 放弃自由，原来也是一种训练。要是PTSD与恐惧感有关；要是恐惧加压力，产生PTSD。那么，以高于个人的集团利益或权威否定个人的时候，若产生不了集体荣誉感，恐怕就会产生大大的恐惧感。要是我们范水一族人，经历了太多的暴力和灾难，它会不会全族患上PTSD呢？

究竟会不会呢？范白苹或者说袁劲梅的发问特别发人深省。令人备感悲哀的一点恐怕是，答案只能是肯定的。又或者，袁劲梅写作《疯狂的榛子》的根本动机之一，就是要强有力地把如此一种令人悲哀的事实揭示出来。

三、“套嵌式结构”与另一种文明维度

但是，且慢，一方面，中国固然不缺少如同范笳河这样讳疾忌医只知一味隐忍退让的PTSD患者，但也的确还存在着敢于冒天下之大不韪的“疯子”。比如，范笳河的恋人舒暖，即是。为了追求理想中的爱情，舒暖不惜舍家抛子，不顾一切地登上“宏远号”返回大陆。然而，面对着来自社会政治体制、来自“组织”的巨大压力，面对着曾经信誓旦旦的范水男人范笳河的无奈退缩，舒暖却依然我行我素，不管不顾。她的反抗行为之一，就是眼看着与范笳河结合无望，居然吃安眠药自杀。所幸被及时发现，未能酿成恶果。她的另外一种反抗行为，就是1960年，在范笳河被定为“右倾”发配下放到边远的南方小镇金湖村的时候，勇敢异常的舒暖再一次出现在他的面前：“正在这个沮丧的时刻，堂屋门开了，你站在门口。堂屋的

桌子上放着一盏昏暗的油灯，风一吹，火苗倒向一边，你的影子长长地落在地下，飘然如我从前做的剪纸，让我不敢相信这是真实还是梦境。”在那样的一个“特殊时期”，舒暖有足够的勇气出现在正处于艰难境地中的范笳河身边，无论如何都是一种闪耀着人性光辉的大胆之举。她的这样一种果敢决绝行为，很大程度上能够让我们联想到曹禺《雷雨》中的蘩漪、俄罗斯剧作家奥斯特罗夫斯基剧作《大雷雨》中的卡捷琳娜，她们的行为在某种意义上的确堪称“黑暗王国里的一线光明”。面对着舒暖的如此一种决绝之举，范笳河顿生无限感慨：“我们个人的爱情不幸，和以前所有的‘梁祝’一样，只是因为我们的爱情不符合某种的定义。在我，不仅我的理性对着权威跪下了，我的良知也跪下了。而你，居然敢在我最沮丧的时候来到我身边，我何德何能，值了这样的爱情。”其实，这又哪里仅仅是在写爱情，实质是在借了爱情的外壳而书写表现着一种生命意志对于强权专制的强力抗争。这次金湖村三日的结果，就是“浪榛子Ⅲ”的产生。却原来，所谓“浪榛子Ⅰ”和“浪榛子Ⅱ”都是范笳河在抗战时期曾经驾驶过的飞机，而“浪榛子Ⅲ”则是他与舒暖的第二个孩子第一个女儿。在那一个“特殊时期”，作为政治身份另类的范笳河与舒暖偷情的结果，“浪榛子Ⅲ”自然不能够以真面目示人，只能改头换面变成了舒暖闺蜜好友南诗霞的孩子：“一年后，南诗霞告诉我：孩子的大名叫南嘉鱼，跟她姓了。小名浪榛子，你起的。”至此，我们方才明白，“浪榛子”其实有着非同寻常的象征纪念意义。一方面既是对于范笳河与舒暖之间真诚爱情的一种见证，另一方面却更是对舒暖那样一种坚强生命意志的肯定与张扬。唯其如此，叙述者才会借助于范笳河的口吻写道：“浪榛子，疯狂的榛子。希望孩子们能自由自在地活，自由自在地爱。”

尽管并非小说主人公，但说到对于20世纪中国历史的批判性反思，《疯狂的榛子》中不容忽略的另外一位人物形象，就是王一南。王一南是与舒暖一起乘“宏远号”返回大陆的一位知识分子，曾经在 N 大教了十多年“革命战地新诗”。或许与这种职业选择的影响有关，他最终走上了诗人的宿命道路。但就是这样一位对祖国与故土充满感情的诗人，却在“文化大革命”中被迫自杀了。那么，王一南究竟为什么要自杀呢？却原来，他的自杀与他在劳改农场所遭受的巨大人格侮辱紧密相关。一次，军代表与红卫兵们搞突然搜查，因为王一南上厕所出来迟了一步，竟然强迫他脱光衣裤当众检查：“他们对王一南又吼又叫，叫他把屁股撅起来，让他们破译印在他屁股上的密文。诗人王一南，先觉得这简直是奇耻大辱，后觉得人大概警惕疯了。”荒谬之处更在于，明明是王一南因此而遭受了奇耻大辱，但因为没有查到罪证，到头来反而变成了王一南是在故意要弄军代表和红卫兵。在经历了这一切荒谬至极的人格污辱之后，王一南跳窗自杀。“这样的故事，让浪榛子不能不想：污辱造成的心理伤害能致死。我们这个民族怎么啦？为什么总是拿自己的同胞当自己的敌人？能把同类的人格污辱已尽而不动同情心的人，是不是在那个时刻，心理上返祖成了动物？”自杀者王一南，其实同样是 PTSD 患者，只不过他是以极快的速度结束了自己的生命而已。其实，PTSD 患者在中国又何止是范笳河、王一南呢?！即以《疯狂的榛子》为例，其中的其他一些人物形象，比如甘依英、颐希光、莫兴歌等，均属程度不同的 PTSD 患者。因此，重要的问题恐怕还在于一定要认真思索探究此种精神病症与这块文化土壤之间的内在关联。所以，袁劲梅才会写道：“在浪榛子看来，人应该先想想：我们‘忍耐’得公正还是不公正。八年（十四年）抗日，人们忍耐，那里面有正义支持。十年动乱，人们忍了，可正义在哪里呀？因为人们得忍耐，打人的人连道歉都不用说。眼睛一闭，头一歪，不看。只要自己不看，今天和过去之间就建了一堵墙。那些人造得灾难就好像不存在了。”问题的关键在于，“头一歪”“不看”，并不等于问题就不存在，就已经解决了。旧问题过去了，新问题很快又出现了。根本原因是文化土壤并没有发生根本的变化。既然仍然笼罩在传统文化氛围之中，所谓“换汤不换药”，那 PTSD 的彻底解决就依然是遥遥无期的。

难能可贵的一点是，在这部《疯狂的榛子》中，有着海外生存经验的袁劲梅不仅在试图以批判的眼光发现着中国的问题，还试图给出一种尝试性的解决方案，这就是对于另一种文明维度的坚决引入。“浪榛子很吃惊，下一代人的认识，比自己这一代跑得快。在她父母一代，抗日，政府就有合法性；到她自己这一代，把政府的合法性定在能不能给人民过上好日子，富了就心满意足了。到芦笛，人家的要求：就是‘民有、民治、民享’的政府，也没有‘法’大，也得‘守法’。”“她说：人为自己的选择和行为负责任，同时也让别人有跟你一样的权力。走到哪里，人都可以在他周围开出一小片草坪，让‘和平’在上面长。我们要的‘空间’是法律，平民梦可以在这个空间里生长。有权力的人不必害怕它，只要你守法，法也保护你。没权的人也不必给‘权力’下跪，你背后有法。能给每个人公平机会的社会，就算是好社会了。人目前只能做到这一步。这个法治社会，只能是人跟随着良知，用理性选择出来的。”

在艺术形式上，《疯狂的榛子》最突出的一个特点，就是对于“套嵌式结构”方式的精妙设定征用。作为一部时间跨度较大的长篇小说，袁劲梅并没有顺时序地展开自己的故事情节，而是在打破了时空顺序之后再度进行结构重组。这样一来，倘若从叙事人称来看，也就成了第三人称与第一人称的混合并置。具体来说，采用第三人称的部分，乃是一种现在时式的小说叙事，其中所主要讲述的，一方面是已经迁居到海外的范笳河的后代喇叭、浪榛子以及范白苹他们的故事，另一方面则是国内如颐希光、莫兴歌、莫棋乐、戚道新他们的故事。但就在讲述这些故事的过程中，作家又以第一人称的方式，把包括范笳河、舒暖、王一南、南诗霞等人发生在过去岁月中的故事巧妙地穿插于其中。这方面的故事，一直上溯到了那个兵荒马乱的抗战时期。其中，最主要的一个套嵌部分，就是范笳河在抗战期间完成的那部《战事信札》。所谓“战事信札”，就是那些抗战的参战者在战争的余暇，抓紧点滴时间写下的，关于这场战争以及自己作战感受的真实记录。“因为同样的原因，我也认认真真地记战事日记；我还想着你老是问我军中的生活，我想告诉你，却有军纪，这些记录就叫《战事信札》，也算是写给你看的。”“对不起，任何战事我都不能写在寄给你的信里。可除了战事，我没别的写。所以，给你的长信，都写在这一本又一本《战事信札》里了。”毫无疑问，范笳河的《战事信札》，完全可以被看作关于那段历史的一种真实证词。除了范笳河的《战事信札》外，还有其他一些文字，也被穿插套嵌到了第三人称叙事的部分。其中，既有南诗霞刚上中央大学中文系时写下的第一篇作文《葬礼》，也有她在“文化大革命”期间的一份“认罪书”，还有她在抗战刚刚结束后的一篇回忆录；既有范笳河先后写给马希尔上尉和黄觉渊的两封信，也有老兵汤姆森写给范白苹的一封信。所有这些以第一人称方式出现的内容，都被袁劲梅合理地穿插到了作为故事主体存在的第三人称叙事部分。如此一种跨时空并置的结果，就给读者提供了一个很好的对比参照以更深入地理解认识 20 世纪中国历史的契机。作家试图依托文明高度的存在而对 20 世纪中国历史做鞭辟入里的批判性反思的思想艺术意图，借助于这种套嵌式结构的营造征用，也就得到了如期的实现。

第八章　何顿的《黄埔四期》：残酷抗战历史的艺术呈现与反思

一、何顿文化想象中的抗战图景

小说是细节艺术。细节真实与否，在很大程度上决定着一篇小说的艺术成色。在何顿旨在表现中国抗战历史的长篇小说《黄埔四期》（载于《收获》长篇专号2015年春夏卷）中，我们就注意到了一个错讹细节的存在。“文化大革命”发生前的1961年，前国民党高官贺百丁的长子贺兴在大学里遭受了不公正的待遇，另一位前国民党高官谢乃常前去助力，对系里的杜主任讲过这样一段话：“杜主任，我是省参事室的参事，在‘西安事变’时保卫过西北区的中共地下党，当时我是杨虎城将军的宪兵营长，去年离休的原省政协副主席谢华同志，可以证明我的话。”问题出在“离休”这一语词上。据我所知，中国实施所谓“离休”与“退休”相区别的制度，始于“文化大革命”结束后的1978年。在此之前，只有“退休”而无“离休”一说。何顿让谢乃常提前至1961年就说出“离休”这样的语词来，显然有违历史真实。小说诚然是虚构的艺术，但这虚构却要建立在真实可信的细节之上。一旦细节失真，小说的可信度与艺术说服力就要受到影响。具体到《黄埔四期》，尽管“离休”这一细节的错讹无伤大局，并不能从根本上影响小说的思想艺术成就，但读来却多多少少会给人一种不舒服的感觉。

然而，正所谓瑕不掩瑜，何顿的《黄埔四期》虽然存在着个别细节上的失真问题，但从整体上来考量，它仍然应该被视为2015年度最重要的一部抗战小说。在纪念中国人民抗战胜利暨世界反法西斯战争胜利70周年的2015年，出现了不少抗战题材小说。问题在于，虽然数量不少，但思想艺术俱佳者相当罕见。《黄埔四期》却是一部不容绕过的优秀作品。其实，何顿对于抗战的关注并不始自《黄埔四期》，早在数年前的长篇小说《湖南骡子》中，他就已经关注抗战了。然而，尽管其中的确有着对于抗战的出色艺术表现，但就创作主旨而言，《湖南骡子》终归是一部生动具象地展示中国百多年近现代家族史与国族史的长篇小说，抗战只是其中的一个有机组成部分，对抗战更深入透辟的艺术呈现与反思，显然还需要另外的小说文本。从创作心理生成的角度来蠡测，何顿后来之所以会相继写出《来生再见》与《黄埔四期》这两部聚焦抗战的作品，显然是由于《湖南骡子》取得意外成功的缘故。正所谓“有心栽花花不开，无心插柳柳成荫”。《湖南骡子》的本意是要借助于百年历史背景写出湖南人某种倔强执拗的性格特征，没想到反倒是其中抗战描写的那一部分引发了强烈反响。依照我个人的推想，何顿做出这样一种艺术选择的前提是，尽管抗战结束迄今已达七十年之久，但以抗战为关注对象的中国战争小说却乏善可陈。正是因为极度匮乏理想意义上的优秀战争小说，所以这一领域才为作家充分施展身手留下了足够的艺术空间。在《湖南骡子》之后，何顿之所以在抗战题材领域持续发力，并在不长的时间内相继推出《来生再见》与《黄埔四期》两部重量级的长篇小说，其根本原因或许在此。需要特别强调的一点是，同样是抗战小说，从取材的角度看，两部作品却各有千秋，有着非常突出的互补性。《来生再见》聚焦于一位名叫黄抗日的下级军官跌宕起伏的命运过程，可以视为一部从底层军官视角呈现抗战的作品。而《黄埔四期》从小说标题即可看出，是一部借助于上层军官视角切入表现抗战的作品。某种意义上说，只有把两部作品整合在一起，所呈现出的方是何顿文化想象视野中较为全面的中国抗战图景。相较来说，《黄埔四期》明显优于《来生再见》。因此，尽管如前所言，其中也存在着个别细节失真的问题，但不管怎么说，把《黄埔四期》视为何顿迄今为止最优秀的一部抗战长篇小说，在我看来，是再合理不过的。

二、本土小说传统与残酷战争书写

我们对《黄埔四期》的分析，首先还是要从贺强与父亲贺百丁的一段对话谈起。贺强说："我们历史老师说，国民党没抗日，蒋介石躲到峨眉山去了。"贺百丁格外惊讶："国民党没抗日？"贺强答："没抗日。我们老师说，是毛主席领导红军北上抗日，国民党拒不抗日。"面对着"老师"的说辞，贺百丁愤怒了："你们的历史课本上没有淞沪会战、武汉会战、徐州会战、中条山会战、豫中会战和长沙四次会战吗？这些仗都是我们国民党打的。"对此，贺强的回应是："我们的历史课本上，只有林彪打的平型关大捷和地道战、地雷战。我跟我们历史老师说，我爸参加了淞沪会战、兰封会战和武汉大会战。我们历史老师笑了，说：'淞沪会战？日军一到上海，国民党军队就溃不成军，那也叫会战？兰封会战在哪里，中国根本就没有一个叫兰封的地方。'历史老师还说：'武汉根本就没会战，当时国民党军队往四川跑，在武汉遇上日军，放了几枪就跑上峨眉山了。'历史老师说，那些所谓会战都是国民党为表示自己抗了日，杜撰的。"听了如此一番话后，“贺百丁脑海里闪现了抗战中一个个弟兄倒下的悲惨场景，心口就扯得痛，他说：‘这历史是没什么学的。’”虽然表面上是贺强与贺百丁在对话，但实际上潜在的对话者却是那位隐于幕后的“历史老师”与贺百丁。因此，我们千万不能忽略何顿如此一种艺术设定的象征性内涵。尽管贺百丁是那段国民党抗战历史的在场者与亲历者，但对于国民党是否积极参与抗战的最终判定者，却是那位不在场的“历史老师”。尽管贺强与贺百丁父子的这段对话并没有出现在小说的开端，但其中暗含何顿内心的某种曲折隐衷却是无可置疑的。究其根本，以长篇小说的方式生动地展示国民党的抗战历史，有力地回击那位“历史老师”的无知言辞，可以被看作是何顿创作《黄埔四期》的基本动机。更进一步说，作家如此一种写作动机之中，所潜隐着的其实是何顿所独有的历史观。

除了内隐作家的写作动机外，贺强与贺百丁父子的这段对话，其实也具有某种预叙功能。所谓预叙，按照叙事学理论，就是在故事尚未完全展开之前，以某种暗示的方式把故事情节的基本走向提前有所交代。这一方面，再典型不过的一个例证，就是曹雪芹《红楼梦》中的贾宝玉神游太虚幻境那一部分。虽然主要人物的故事还有待展开，但作家却非常巧妙地利用每一个人物的判词这种形式，提前暗示了这些人物未来的命运走向。具体到《黄埔四期》，在这部由抗战历程与战后遭际两大部分组成的长篇文本中，最起码抗战历程这一部分在贺氏父子的对话中做出了明确的预叙。既然那位“历史老师”认定国民党的抗战历史是杜撰的，那何顿就一定要以近乎于纪实文学的笔触纤毫毕现地把包括淞沪会战、武汉会战、徐州会战、中条山会战、豫中会战、兰封会战、长沙四次会战在内的以国民党军队为主体进行的所有会战，甚至包括西南边陲中缅交界地区的远征军作战，也都全部纳入到自己的笔下。问题在于，何顿究竟采取怎样的艺术结构方式，才能把国民党的抗战历史全景式地纳入到自己的表现视野之中。具体来说，何顿采取的是一种双重的双线结构。所谓双重，就是指在时间层面上，何顿以抗战胜利为界，分别讲述着两个不同时间段落里的故事。其中，抗战胜利前的故事，从谢乃常与贺百丁他们投考黄埔军校开始写起，一直到抗战胜利为止。抗战胜利后的故事，从抗战胜利写起，一直写到“文化大革命”结束后的当下。所谓双线结构，就是指不管是抗战历程抑或是战后遭际，何顿都依循着谢乃常和贺百丁这两位曾经担任过国民党军队高级将领的起义军官的人生轨迹而渐次展开。这两个人物的不同人生轨迹，自然也就构成了《黄埔四期》不断交叉推进的双线结构。单就抗战胜利前的故事来说，何顿正是通过对谢乃常与贺百丁战争行迹的特别设定，巧妙地把我们前面提及的那些会战连缀编织在了一起，进而达到了全景式地再现国民党军队抗战历史的写作意图。比如，谢乃常在北伐战争结束后被蒋介石调任到“黄埔同学会”工作。能够进入这个机构工作，说明谢乃常在蒋介石心目中有着很高的信任度。正是从这种信任度出发，蒋介石才会特别派遣他到第三十二军去担任特派员，并且亲自授予他上校军衔。第三十二军军长钱大钧身兼上海警备司令，自然驻扎在上海。这样，谢乃常就顺理成章地到了上海。担任特派员期间，正当盛年的谢乃常先后与陆琳、黄莹两位女性发生情感纠葛。然而，特派员这一身份虽然意味着谢乃常深得蒋介石的信任，但却终归是一个闲职。对于热衷于建立功勋的谢乃常来说，所渴盼的是能够在军中担任实职。因此，当他有可能通过高中汉推荐而出任十九路军的一个团长的时候，他就迫不及待地向蒋介石提出了自己的要求。蒋介石尽管略有迟疑，但最后还是满足了谢乃常的要求。由蔡廷锴任军长的十九路军是“一·二八”淞沪抗战的主力，谢乃常既然担任了十九路军的一名团长，其参加淞沪抗战，就是合乎情理的一件事情。这样一来，何顿自然也就顺理成章地把“一·二八”淞沪抗战有机地纳入到了《黄埔四期》之中。同时，也正是借助于这一部分的叙事，何顿写出了谢乃常失去蒋介石信任的主要原因。根据小说结尾处曾冠雄的事后揭秘，谢乃常失去蒋介石信任，乃是因为被别人告黑状的缘故："三十二军的一名军官，把你说的话，写信反映到了校长那里，你身为校长的特派员，通天的，竟站在汪精卫那边，那不把校长惹恼了？杨少将说，这便是你失去校长信任、被校长逐出视野的原因。"具有如此一种"前科"，再加上谢乃常后来被蔡廷锴他们强拉进反蒋兵变，以及"西安事变"时与杨虎城、共产党过往密切，数种因素叠加在一起，使他彻底失去了蒋介石的信任，一直被"内控"使用。所谓"内控"，"就是在有效范围内控制使用"。在黄埔四期的一众学员中，谢乃常虽然出头最早，在北伐军时就已经升任团长，但一直到抗战结束为止，也只不过是一个区区少将，其根本原因显然在于此。这样，何顿一方面巧妙地把"一·二八"淞沪抗战有机地纳入到了《黄埔四期》的整体叙事之中，另一方面也草蛇灰线般地写出了曾经一度受宠的谢乃常为什么会失去蒋介石的信任，所实际收到的，显然就是一箭双雕的艺术效果。

回顾中国长篇小说的本土传统，既有《红楼梦》《金瓶梅》这样以日常叙事为特色的世情小说，也有《三国演义》《水浒传》这样侧重于宏大历史人物与事件的家国叙事，还有《西游记》《封神演义》这样带有明显幻想色彩的神魔小说，当然也少不了《儒林外史》这样讽喻特色极其鲜明的文人叙事。细细辨析《黄埔四期》艺术传承上的来龙去脉，毫无疑问属于《三国演义》《水浒传》家国叙事一脉。小说之所以被命名为"黄埔四期"，乃是因为其主要内容就是要描写一群黄埔军校第四期学员在抗战期间以及抗战后堪称跌宕起伏、不无吊诡的命运变迁。其中的两位核心人物，就是贺百丁与谢乃常。时年只有二十岁的谢乃常，本是湖南郴县一家豪绅的公子，其妻田贵荣已经身怀六甲。某天早上，谢乃常忽发奇想，要去县城买葱油饼吃，没承想，这位热血青年一生的命运就此改变："他并不知道，他这一去会有好多年不会回来。"在县城，谢乃常意外遭遇前往广州投考黄埔军校的贺百丁、贺怀国、陈德。“谢乃常天生是个热心肠，受其父影响，爱读‘三国’‘水浒’，尤其欣赏《水浒传》里那些豪爽仗义的好汉，便说：‘我请你们吃饭吧。’”四位青年说得特别投机。谢乃常热血沸腾，顿然决定随同他们三位一起南下投考黄埔军校。从此，四个人就同吃同睡同进出，结下了颇为深厚的兄弟情义。这才有了由陈德提议的结拜兄弟一说：“谢乃常想自己一下子多了三个异姓兄弟，说，‘三国时，刘、关、张搞了个桃园三结义，现在我们来个黄埔四结义。’”按年龄次序，谢乃常是大哥，陈德老二，贺百丁老三，贺怀国老四。在紧接着进行的北伐战争中，谢乃常他们又相继结识了另外四位同样来自湖南的黄埔四期学员，结拜的阵容再次扩大：“何绍晖年龄最大，为老五，曾冠雄排第六，高中汉比郝光发大几个月，是老七，郝光发成了八弟。”至此，谢乃常他们的结义行为宣告完成。虽然说为了增加小说的历史真实性，何顿在以上八兄弟之外，也还不无简略地先后穿插叙述过诸如张灵甫、胡琏、李弥等几位历史上实有其人的黄埔四期学员的故事，但整部《黄埔四期》就是以叙述结义八兄弟尤其是谢乃常与贺百丁的故事为主体的。应该注意到，就在这个不长的叙事段落中，何顿曾经先后提及《三国演义》与《水浒传》。不管他的这种提及是有意还是无意，着眼于文本实际，则无论是小说的叙事内容，还是小说的故事展开方式，抑或是主要人物殊难化解的心理情结，都与《三国演义》和《水浒传》这样的家国叙事存在着不可剥离的内在关联。

实际上，正是借助于对中国本土家国叙事小说传统的自觉传承，通过双重的双线结构，何顿方才格外深入地完成了他关于残酷抗战历史的真切艺术书写。所谓残酷抗战的历史，可以从两个方面加以理解。其一是抗战当年惨烈的战争场面，其二是抗战英雄在战后所遭受的一系列不公。先来看第一点。导致抗战情形特别惨烈的主要原因，在于日我军事力量的对比格外悬殊。比如，关于1937年的淞沪会战时，日我双方的力量对比。在详细罗列出一系列数据之后，王树增曾经给出过颇具说服力的分析：“大战即将爆发时，从中日双方在淞沪地区的军力对比看，中国军队在陆、海、空军的武器装备上远落后于日军——海军基本上没有对抗的可能，空军只能说是略占优势，因为日军暂时能够投入的战机有限，且中国空军由于距离基地近补给便捷。在中国军队方面，占有绝对优势的，只有地面部队的兵力总数。”① 决定战争胜负的关键性因素，一个是双方军事实力的对比，另一个则是精神意志的较量。从这两个因素来衡量，抗战全面爆发时，中日之间的状况绝对是日优我劣。一方可谓武装到牙齿，虎视眈眈，有备而来，另一方不仅兵力国力贫弱，而且匆忙上阵，仓促应战。双方对阵的结果不难预测。贺氏父子在对话中提及的那些会战中，除了长沙会战、徐州会战中的台儿庄战役、昆仑关大捷以及后期的滇缅会战之外，其余会战的结果均以中国军队的失败而告终。但整体意义上的抗战并不以一时一地的胜负为其根本的胜负，正是借重于国民党军队正面战场的一系列会战，这场全面抗战方才取得了最终的胜果。也因此，虽然国民党军队的大多数会战以失败而告终，但这一系列的失败奠定了抗战胜利的基础。正是因为日我双方存在着多方面的巨大差距，所以，面对着来势汹汹的日军，国民党军队的抗战场面才会特别惨烈。这一点，在何顿的笔下有着鲜明有力的表现。“日本兵也不要命，龇牙咧嘴地与国军官兵拼刺刀，勇敢得像一头头狮子，国军却如勇猛的亚洲鬣狗，两人或三人围着一个日本兵死缠烂打地砍杀，这样不计血本地厮杀了半个多小时，夺回了阵地，却为此战死四十多人。”“到处都是伤兵、死人和血，一股强烈刺鼻的血腥气充斥在空中，仿佛是一片浓雾，令人恶心、窒息。”如此一种惨烈情景，自然会对在场的军人形成强烈刺激：“贺怀国哀伤地趴在阵地上，他有两天没合眼，此刻正恐惧地盯

---

① 王树增：《抗日战争》，人民文学出版社，2015，第 122 页。

着硝烟和尸体臭弥漫的阵前，阵前躺着多具日军尸体，也有多具国军官兵尸体。”

硝烟与尸臭弥漫的战场，会让初次直面死亡的战士心生恐惧。实际上，也正是通过贺怀国与杨狗蛋这两位带有对比色彩的人物形象的描写，何顿极真切地写出了战争的惨烈与残酷。贺怀国是贺百丁的结拜兄弟，已经被提升为营长，然而，面对着“太强大”“太拼命太能打”的日军，面对着触目皆是的国军将士的尸体，贺怀国终于被吓破了胆，大敌当前竟然不管不顾地临阵脱逃。被抓回来之后，贺怀国以对家人的责任而强作自我辩解：“三哥，你知道我是家里的长子，下面有好几个弟弟妹妹。我父亲得了痨病，家里就靠我寄回家的一份军饷生活，我死了，一家人都会跟着我饿死。”家庭的牵绊肯定也是实情，但导致贺怀国临阵脱逃的根本原因，恐怕还是面对着战争的惨烈境况一种求生的本能占了上风。与贺怀国形成鲜明对比的，是杨狗蛋。杨狗蛋第一次上战场时，也曾经本能地逃跑：“在士兵进攻时，他害怕地往后跑，这张脸应该是第一个往后跑的，他曾对他怒吼，喝令他掉头往回冲，而逃兵根本不听。他当时很愤怒，拔出手枪对着这个逃兵开了枪，在开枪的那一瞬间，他有点犹豫就没打逃兵的脑袋，枪口一压，打在逃兵的肚子上。那会儿他心里仁慈。”因为有过羞耻的逃跑经历，所以在医院面对着贺百丁，杨狗蛋才会羞愧万分。面对着贺百丁犀利的目光，杨狗蛋“不敢吭声，身体在他注视下瑟瑟发抖，这种颤抖让贺百丁内心深感怜悯，想自己第一次上战场时，也很害怕就更加用力地盯着他”。却原来如同贺百丁这样的铮铮铁汉第一次上战场时也会产生恐惧心理。又或者，任是谁，第一次上战场，面对荷枪实弹的对手，面对近在咫尺的死亡，内心都会有恐惧心理生成，只不过，后来大多都依凭强大的精神意志战胜了这种恐惧心理。即便如杨狗蛋这样曾经的逃兵，在战胜恐惧心理的困扰之后，也成为贺百丁手下一名特别勇敢、特别能战斗的得力干将。贺怀国与杨狗蛋虽然一个后来成为身经百战的英雄，另一个则因为可耻的脱逃而被执行枪决，但他们最初上战场面对死亡、面对战争的惨烈与残酷时的那样一种恐惧心理，却并没有什么不同。

无论如何，抗战的惨烈与残酷都是一种不可被否认的客观事实。谢乃常他们结拜的八兄弟中，因战场脱逃被枪决的贺怀国除外，高中汉、郝光发两位也都先后血洒疆场为国捐躯。这其中值得展开一说的，是高中汉。作为小兄弟的高中汉，长期追随大哥谢乃常，没想到却在一次对红军作战时，一颗睾丸被弹片削掉，另一颗也因发炎被军医割掉，结果就变成了不男不女的“阴阳人”，性情从此大变，心理的女性化倾向日益严重：“只有一个人不关心这些，这个人就是高中汉。他穿着崭新的少校军服，不是天天训练士兵，而是天天照镜子，看军帽戴正没有，衣领是否倒了，还用木炭给自己画眉毛。谢乃常说，你越来越女人气了，像个怪物，给我滚!”高中汉女性化倾向的一个明显标志，就是他居然会如同小妾一般地吃陆琳的醋。不管什么时候，只要看到或者想到谢乃常与陆琳在一起亲热，高中汉就会受不了，以至于那段时间谢乃常都不敢与陆琳肌肤相亲。但就是这样一个人，在战场上的表现却一样地勇猛异常：“这个阴阳怪气的湖南人，一见战斗得这么激烈，他体内的雄性激素和雌性激素混到一起，不是害怕，而是亢奋。”到最后，高中汉的悲壮结局是杀身成仁。高中汉的死，让谢乃常倍觉悲伤：“高中汉已经成仁了，这个在他身边叽叽歪歪，看不得他与陆琳亲近，总是用各种借口吵他的七弟，死时眼睛还是睁着的，仿佛还想看一眼他心目中的大哥。”战死疆场，诚然悲壮，但高中汉的特别之处却在于早在血洒疆场之前，他的正常人性就已经被残酷的战争给严重扭曲了。怀有一种被战争严重扭曲的精神心理而为国捐躯，高中汉的如此一种情形，不管怎么想来都令人痛心不已。

然而，相比较而言，读来更让人心痛不已的，恐怕却还是现代“花木兰”陆琳的战死疆场。陆琳本来是上海百乐门夜总会的一名舞女，在谢乃常担任特派员时与他结识，遂一见钟情。自此之后，无论什么情况下，陆琳都会坚持伴随在谢乃常的左右。之所以会如此，关键原因在于，身为女性的陆琳，既有柔情似水的一面，更有在战场上毫不畏惧、视死如归的一面。“一·二八”淞沪抗战时，其他人都尽可能地退避三舍，陆琳却来到了谢乃常的身边。谢乃常追问她为何在大战一触即发的时候还要跑到军队里来，她慨然回答道：“我不怕打仗。”此后的事实果然充分证明，长期追随在谢乃常身边的陆琳，不仅不惧怕战争，而且还多次亲手击杀过多名日军士兵。套用一句流行的俗语来说，这陆琳，完全可以称得上是“上得战场，入得闺房”。因为在昆仑关战役中希望用自己的娇躯挡住射向谢乃常的子弹，情急中打死了两个端枪朝她心爱的男人奔来的日本兵，这位现代“花木兰”一举成名，其事迹被刊登在了《中央日报》的头版上。但就是这样一位具有强烈传奇色彩的抗日女英雄，居然惨死在了谢乃常主导指挥的片马游击战中：“只是一个瞬间，这个跟了他多年的女人，被日军炮弹的弹片削掉了半边脑袋。谢乃常一听炮弹的爆炸声，就预感不妙。他赶紧奔出指挥所，就见陆琳倒在血泊中。他冲上前，血还在陆琳的半边脑袋上汩汩流淌，另半边脑袋已不知去向。”陆琳之死，在谢乃常的内心深处留下了永远的精神创伤。一直到很多年之后要离世的时候，谢乃常于幻觉中看到的、依然是当年那位年轻、漂亮的陆琳：“在他迟钝、模糊的记忆里，他早忘了陆琳当年是旧上海的舞女了，他只记得她是他的随军夫人。”

面对战争的惨烈，尤其是眼睁睁地目睹自己的部下一个又一个地战死在抗日疆场上，何顿曾经多次描写贺百丁的痛切感受：

> 天黑下来后，贺百丁看着满天的星星，和衣躺下，可是怎么也睡不着，一个个战死弟兄们的脸，忽然浮现在他脑海里，把他的脑海塞满了，要溢出来了一样。

从残酷的淞沪会战和兰封会战中走出来的贺百丁，清楚这些新兵大多会为国捐躯。他甚至都不想多瞧他们一眼，因为他真的不想记住他们的脸。这段时间，五五三团里那些战死的官兵，凡是他有印象的，都来到了他梦里……

正所谓“一将功成万骨枯”，无论战争的胜负如何，也无论战争在道德评价层面上的正义与非正义，都需要有无数普通士兵献出自己宝贵的生命与鲜血。也因此，如此一种痛切感受的多次描写与渲染，所明显透露出的，就是爱兵如子的贺百丁内心深处的一种悲悯情怀。究其根本，这种悲悯情怀其实更是属于作家何顿的。

三、精神分析与战后命运遭际

抗战场面已然足够惨烈，但任谁都没有料想到，如同谢乃常、贺百丁这样可谓战功赫赫的抗战英雄，在 1949 年之后的命运遭际竟会更其惨烈。正因此，对于战后本应成为民族英雄的那些国民党将士不公正遭际的关注与表现，自然也就成为《黄埔四期》的核心内容之一。这一方面的例子，不胜枚举。比如，杨凤月。作为一位柔弱女子，杨凤月的不幸命运，从根本上说，乃是因为受到她那位曾经的国民党军官丈夫牵连影响的缘故。丈夫远走台湾，却把不幸的命运留给杨凤月来独力承受：“她这国军军长姨太太身份，使很多人不敢亲近她，尽管她漂亮，而且女人味十足，但在那个火红的眼睛望着共产党的年代，这都是人们鄙夷的。”人们不仅抢占了她的公馆，而且还毫无道理地欺负她。谢乃常之所以敢于亲近她并向她伸出援手，实际上也是因为一种身为同类的同病相怜、惺惺相惜心理作祟的缘故。然而，虽然身边有谢乃常的抚慰，但为了彻底改变自己的身份，杨凤月后来还是嫁给了一名工人：“那工人姓李，比她小两岁，一直未婚，杨凤月也想改变国民党旧军人姨太太的卑贱身份，把自己嫁给了她并不爱的李某。”尽管李某在婚前反复强调自己早就对杨凤月情有独钟，早就在暗暗地喜欢她，但真正地结婚走到一起之后，杨凤月方才发现，“她想与他好好过日子，可是他却总是拿她过去的事伤她。……他总以工人阶级自居，而把她视为国民党的前姨太太”。杨凤月虽然是柔弱女子，但内心里却有着极其刚烈的一面。冒着不断挨打的风险，她也要坚持与谢乃常约会：“‘我就是要给他戴绿帽子，我还要给他戴，直戴到我死的那天。’她说得很坚决，脸上的表情不再是温柔，而是偏激。”给丈夫戴绿帽子的直接后果，就是杨凤月的有孕在身。尽管杨凤月一直坚称孩子是丈夫的，但到孩子长到五岁大的时候，李某却越来越发现“我俩的孩子根本不像他，倒像他记忆中的你”。于是，无休无止地折磨打骂孩子，在李某就成了家常便饭。眼看着自己与谢乃常的孩子要么被折磨死，要么被打残或者打蠢，杨凤月终于忍无可忍，“在酒里放安眠药，致使丈夫失去知觉，将丈夫捆在床上，在丈夫的颈脖上连砍数刀，致使丈夫流血而亡”。所幸的是，谢乃常为冤死的杨凤月及时收了尸：“杨凤月，再没人鄙视你，欺负你了。”谢乃常的由衷感叹，道出的正是一直在困扰杨凤月的一种精神情结。

再比如，贺百石。贺百石，是贺百丁的弟弟，曾经多年追随自己的兄长，担任过国军的炮兵团长，在当年曾经鼎力支持贺百丁和平起义。虽然他是一名起义军官，但在1949年之后的求职过程中，他却四处碰壁。几次就业的机会，都因为他的社会身份而无端受阻：“贺百石很郁闷，说：‘我真的没想到会是这样。我是起义军官，又不是被俘军官，怎么能这样待我?’”一直到偶遇文西畴，并由文西畴把他的受挫状况反映给省政协常委刘于一之后，贺百石方才得以进入省参事室，成为一名秘书。但贺百石的悲惨遭际却并没有随着他进入省参事室而告终结。等到1957年反“右派”的时候，眼看着多年提携扶助自己的大哥贺百丁就要因大会上发言的一时冲动而被打成“右派”，“贺百石觉得自己比哥年轻，地位比哥低，哥要是倒了，整个贺家怕就坍塌了”。一时情急的贺百石，居然李代桃僵，主动跑到嫂子何小玉面前表示要替贺百丁去当“右派”。没承想，到最后，因为考虑到政治影响的缘故，真正因言招祸的贺百丁幸运逃过一劫，自投罗网的贺百石反倒被打入了政治另册：“贺百丁倒是化险为夷了，贺百石却从此带上了‘右派’的帽子。”他的问题还严重地影响到了他的子女。贺百石爱女贺娣一生的悲惨命运，就与此密切相关。

因为与国民党之间的牵连而惨遭厄运者，绝不仅仅是杨凤月与贺百丁两位。比如，谢乃常的大儿子谢国民活活饿死，失去右臂的何绍晖成为流落街头的乞丐……这些人物的命运已经够惨了，但与贺百丁、谢乃常这两位中心人物相比，后者的命运还要加倍地悲惨，因为贺百丁与谢乃常的身份严重影响了下一代人的生存与生命。比如最有代表性的贺百丁长子贺兴的遭遇。童年和少年时期的贺兴，曾经有过一段可谓是备享尊荣的快乐时光，但所有这一切都伴随着时代的更替而消失了，取而代之的，反倒是一种家庭出身带来的强烈耻辱感。贺兴考入中南林学院之后的一系列不公正待遇，全部都是拜其国民党后代身份所赐。贺兴的个性生来便桀骜不驯，越是遭遇不公正的待遇，就越是要拼死地对抗。而对抗的结果，却只能够是更加糟糕。到最后，贺兴终于被迫选择自动退学。退学之后的贺兴，正好赶上知青的上山下乡，由于受到恋人王美诗的鼓动影响，遂决定到湖南的江永县去插队落户：“贺兴是下到马兰公社里年龄最大的知青，马兰公社下放了三百多知青。那年长沙下放到江永的知识青年有六千多人，大多是贯彻阶级路线而被‘贯彻’下来的国民党的子女，都是十五六岁或十七八岁的初、高中毕业生。”然而，贺兴根本没想到，下乡的选择也并没有改变家庭出身对自己的困扰和影响。在马兰大队，贺兴同样因为家庭出身问题而与民兵赵营长发生了尖锐激烈的冲突。王美诗不幸葬身火海后，贺兴彻底丧失了对生活的希望:“王美诗带走了他身上一切美好的情感……王美诗死后,一切都变苦涩了,没有人可以把颓废的贺兴的腰板扳直,即使是贺强哀求他、赵营长发着狠劲绑他都不行。”一方面因为王美诗之死而彻底绝望,另一方面因为家庭出身而被压抑过久,所以,到了“文化大革命”期间,一旦出现夺权机会,贺兴内心中潜藏着的长期积怨就蓬勃而出。怎奈好景不长,没有几天时间,事情就很快逆转过来,生性倔强的贺兴为此而付出了极惨重的代价,不仅最终被整成了一个愚笨痴呆的傻子,而且还被安排与叔叔贺百石的女儿贺娣结了婚。要知道,他们的婚姻实际上有着不可否认的乱伦性质。从根本上说,贺兴所有这一切悲惨至极的命运遭际,都与他特定的家庭出身有关。

“何小玉感觉自己真的没法抵抗命运的捉弄,命运这只大手把她摁在地上了,就像一只大脚把一只青蛙踩在脚下,她活了这么多年——这么多年里她都在不屈不挠地抗争,第一次感到自己被命运之神打败、揉碎了。她哭了,软弱地靠在张健的身上。”面对着两个儿子的不幸遭遇,面对着丈夫贺百丁的锒铛入狱,何小玉顿觉六神无主、一片茫然。何顿借此写出的,其实是一种带有明显毁灭意味的强烈命运感。是否能够令人信服地写出命运感来,乃是衡量评价一部长篇小说思想艺术品质优秀与否的一个重要标准。《黄埔四期》的一大值得肯定处,就是对于命运感相当精准到位的艺术捕捉与表现。这一点,集中地体现在贺百丁与谢乃常这两位中心人物身上。细读文本,贺百丁与谢乃常前后命运的对比反差之大,直令人感叹造化弄人。这两位,虽然在抗战时期也因各自不同的原因而未得蒋介石的高度信任,但终归战功赫赫,分别被授予中将和少将军衔。然而,因为曾经的国民党军队将领身份,1949 年之后的他们为此而付出了极其惨重的代价。其中,尤以生性倔强耿直的贺百丁为甚。当年在国共酣战之际,为了争取时任兵团副司令的贺百丁中将率部起义,共产党谈判代表曾经当面许诺,只要贺百丁能够率部起义，那么，就可以考虑让他出任副省长一职："就是这句话，让贺百丁动了心。"但，真正称得上是言犹在耳，起义后的贺百丁，却只是担任了中南军政委员会一名可有可无的高级参议。对于此种境况极为不满的贺百丁，经过了一番思想的自我争斗后，断然决定调回湖南工作。因为回到湖南后，最起码可以被当作起义将领对待。没想到，回到湖南后的安排竟然还不如留在武汉，省里只给了他一个省政协常委的虚职。面对如此巨大的落差，一贯高傲自负的贺百丁实在无法接受。因此，等到1957年大鸣大放的时候，忍无可忍的贺百丁终于在省政协的一次会议上大发其飙。尽管因为考虑到政治影响的缘故，贺百丁侥幸逃过一劫，但他终于还是没有能够逃得过"文化大革命"这一大劫："'文化大革命'的烈焰'烧'到贺百丁身上是一九六七年初。那一年，他已步入花甲，可是史无前例的'文化大革命'可不管谁到没到花甲之年，也不管谁是国民党的起义将领。""文化大革命"中，贺百丁不仅被抄家、被多次批斗，而且还被判处了长达十年之久的有期徒刑："贺百丁做梦也没想到，他这辈子还会有牢狱之灾！好笑的是，当年极力劝他起义的刘于一不但在劳改所见面了，而且还是关在同一间牢里。"内战期间，因为有通共嫌疑，贺百丁曾经坐过国民党的牢房。没想到，很多年之后，他竟然又被关进了共产党的牢房。双重的牢狱之灾所充分见证出的，其实是贺百丁的性格中的某种刚正。事实上，贺百丁在监狱中度过的时间只有五年七个月零三天。"正当贺百丁绝望得快要疯掉、脑细胞开始病变、簇拥着他朝发疯得路上跑时，他和刘于一却提前出狱了。两人之所以能提前出狱，是台湾那边的一篇捏造事实的报道帮了他俩的大忙。"贺百丁无论如何都想不到，因为受到自己牵连的缘故，他的子一代（包括儿子贺兴、贺强，也包括侄女贺娣）的生活遭遇竟然如此凄惨："贺兴成了一个蠢人，侄女却挺着大肚子，贺山是贺怀国的遗腹子，而贺怀国却是他下令枪毙的，这一切像个怪圈，仿佛是命运之神背着他搞鬼。”的确如此，面对着遍布荆棘真正称得上是波诡云谲的人生图景，我们大约也只能够用人力所难以掌控的命运来加以解释了。实际上，也正是通过对包括贺百丁、谢乃常在内的一众国军将士，以及他们的子一代抗战后苦难命运的充分展示，作家何顿对于历史提出了强有力的诘问与反思。

在经过了一番可谓是炼狱般的生命过程之后，贺百丁晚年的生活境遇得到了明显改观。问题在于，生活境遇明显好转后的贺百丁，却深深地陷入到一种自我反诘的精神危机中难以自拔。导致这种精神危机发作的心结，是他对自己当年的起义行为产生了强烈的自我怀疑。“贺百丁老了、变了，思维机器出了故障，开会不说好话，像个惹事的老头子。”这一点，在远走异国他乡的陈德再度返乡，并向贺百丁这个当年的长官坦承自己是中共地下党员之后，表现得最为淋漓尽致。面对如此一种令人震惊的事实，“贺百丁有一种天崩地裂的感觉，即使当年军统特务冲进军部抓秦云，把他骗到总部再把他抓起来，这种感觉也没有过！”却原来，“不仅他的机要秘书是共军间谍，这个他当年最信任的参谋长，他事事都与他商量、定夺的陈德，竟也是隐藏得很深的共军间谍！他曾经怀疑过很多人，脑海里把身边所有的人都过滤过，甚至还怀疑过郑志宏和狄昆，唯独没有怀疑过陈德”。陈德之所以非得要坦承自己的特殊身份，是因为这事成了他的心病，一直在折磨着他。没想到的是，陈德的坦承，所召唤出的反倒是贺百丁内心里已经隐伏多年的心病。如果说陈德的地下党身份意味着对于贺百丁的背叛，那么，贺百丁当年的“起义”难道不意味着对蒋介石的背叛？在这个意义层面上说，陈德和贺百丁构成的其实是一种彼此映照的镜像关系。通过陈德这面镜子，映照出的实际上是困扰贺百丁数十年之久的心结。就此而言，贺百丁之所以不管怎么说都不肯原谅陈德，其实是不肯原谅自己的一种心理折射。因了这一点的真切揭示，《黄埔四期》遂成为一部具有精神分析深度的优秀长篇小说。

> 观察20世纪以来的文学发展趋势，尤其是小说创作领域，一个非常值得注意的事实，就是举凡那些真正一流的小说作品，其中肯定既具有存在主义的意味，也具有精神分析学的意味。应该注意到，虽然20世纪以来，曾经先后出现了许多种哲学思潮，产生过很多殊为不同的哲学理念，但是，真正地渗透到了文学艺术之中，并对文学艺术的发展产生着实质性影响的，恐怕却只有存在主义与精神分析学两种。究其原因，或者正是在于这两种哲学思潮与文学艺术之间，存在着过于相契的内在亲和力的缘故。①

对于我的这种看法，张志忠在他的一篇书评中曾给出过一种补充性的说法：

> 我愿意补充说，这种“过于相契的内在亲和力”，有着深刻的世纪文化语境：上帝死了，人们只有靠自己内心的强大去对抗孤独软弱的无助感；上帝死了，人们无法与上帝交流，就只能返回自己的内心，审视内心的恐惧和邪恶的深渊并且使之合理化。前者产生了存在主义，后者产生了精神分析学。两者都是适应多灾多难的20世纪人们的生存需要而产生，也对这个产生了两次世界大战和长期冷战的苦难世纪的人们的生存发挥了重大作用。它们是人的精神世界的产物（它们无法在客观世界得到验证，弗洛伊德学说在文学中比在医学界受到更大的欢迎，与其说它是医学心理学的，不如说它是文化学的），又作用于人们的精神世界。②

---

① 王春林：《乡村女性的精神谱系之一种》，载《多声部的文学交响》，北岳文艺出版社，2012，第49页。

② 张志忠：《谁为当下的文学声辩：王春林〈多声部的文学交响〉简评》，《文艺评论》2013年第9期。

有了张志忠的补充，我的说法自然就有了更加充分的说服力。实际上，《黄埔四期》中具有精神分析深度的人物形象，绝不止贺百丁一位。其他诸如贺兴、陈德、高中汉、杨凤月等，也都有着各自不同的精神分析深度。何顿的小说一贯厚重结实，“相较起来，何顿的这个作品，把那些现代以来的小说逐渐剔除的沉重感，借由无数老兵的命运，毅然决然地背负在身上，小说也就有了‘处其厚不处其薄，居其实不居其华’的沉雄气象”①。如此一部沉雄的小说，因为有了精神分析深度，其思想艺术品质自然也就得到了更充分有力的保证。

① 黄德海：《雄浑地走进活的世界》，《收获》长篇专号2015年春夏卷。

第九章　范稳《重庆之眼》：抗日战争的事件化叙述

一、艺术结构与“事件化叙述”

作为20世纪中国一个重要的历史事件，抗日战争在近些年来已经得到了越来越多有责任感的作家积极而广泛的关注。仅就个人有限的阅读视野来说，诸如张翎的《劳燕》，何顿的《黄埔四期》《来生再见》《湖南骡子》，袁劲梅的《疯狂的榛子》，熊育群的《己卯年雨雪》等，都属于其中有代表性的作品。与此前曾经产生过广泛影响的那些抗战小说相比较，这批长篇小说的突出之处，在于作家们开始站在一种新的思想高度，借助于一种新的世界观或者说战争观来重新打量观察抗战，进而有新的发现与洞见。“不识庐山真面目，只缘身在此山中”，与此前那些更多地仅仅局限于抗战而展开抗战叙述的长篇小说，比如“十七年”期间的《敌后武工队》《烈火金刚》《野火春风斗古城》《新儿女英雄传》《风云初记》，甚至包括进入“新时期”之后诸如莫言的《红高粱家族》等抗战作品不同，以上这一系列重新书写抗战的长篇小说，有一个突出特点，就是历史表现视野的空前开阔。所谓历史表现视野空前开阔，其实明显意味着这些作家不再仅仅局限于抗战的那个具体历史时段，而是在一个更为广阔的长达数十年的历史空间中来充分展开抗战叙述。如此一种写作努力，所必然导致的一个结果，就是当下世界这一维度对于抗战书写的切实介入。正如同观者“跳出庐山，反观庐山”，在跳出庐山的束缚之后重新观察庐山必将会有新的发现一样，一旦有了当下世界这一维度的介入与烛照，这些作品所呈现的思想艺术面貌自然也就焕然一新了。无论是海外作家张翎的《劳燕》与袁劲梅的《疯狂的榛子》，抑或是内地作家何顿的抗战系列长篇小说，在这一方面的表现可以说都非常突出。具体到云南作家范稳，他的《吾血吾土》与《重庆之眼》（载《人民文学》2017 年第 3 期）这两部长篇小说也同样突出地体现出了“跳出庐山，反观庐山”的思想艺术特点。

范稳多年来一直孜孜不倦地致力于长篇小说这一文体的创作，曾经在这一写作领域取得骄人的成绩。先是有所谓以边地与宗教为书写对象的“藏地三部曲”相继问世，《水乳大地》《悲悯大地》《大地雅歌》三部作品中，思想艺术成就最高者，当属《水乳大地》。然后，范稳的注意力便由边地和宗教转向了抗日战争，开始了他抗战系列长篇小说的创作，截至目前，已经先后有《吾血吾土》与本章所主要探讨的《重庆之眼》两部作品问世。关于曾经入围第九届茅盾文学奖的《吾血吾土》到底可不可以被看作抗战小说的问题，我曾经表达过这样的理解与看法：“关于这一问题，我想，大约有狭义与广义两种不同的理解界定方式。狭义的抗战小说，其艺术聚焦点，恐怕只能够集中在抗战这一具体的社会事物之上，在真切再现战争图景的前提下，对战争进行带有明显现代意识的深度反思。广义的抗战小说，抗战固然是作家意欲表现的重要对象，但整体意义上的文本却并没有仅仅局限于抗战，而是往往由抗战而生发开去，试图在一个更其阔大的时空内展开对人性的挖掘透视以及对命运的深入思考。依照以上的理解，范稳的这部《吾血吾土》则只能够被看作是广义上的抗战小说。说实在话，虽然一些人会从抗战的意义上来强调《吾血吾土》的价值，但从我个人的阅读体验出发，我所看重的却是范稳在超过半个世纪的阔大时空范围内，对于曾经对民族抗战做出过重大贡献的那些知识分子们 1949 年之后长达数十年苦难命运的真切展示与深入思考。在这个意义上，与其说《吾血吾土》是一部抗战小说，反倒不如说它是一部旨在透视、思考中国现代知识分子苦难命运的作品更为合理些。”① 虽然我个人更加看重《吾血吾土》对于知识分子当代苦难命运的真切反思，但与此同时，说《吾血吾土》是一部广义上的抗战小说，也是无可置疑的一种事实。如果说《吾血吾土》是一部旨在聚焦知识分子苦难命运的长篇小说，那么，到了《重庆之眼》中，范稳的艺术聚焦点，就集中到了抗战期间的“重庆大轰炸”这一具体的历史事件之上。究其根本，正因为“重庆大轰炸”不仅成为了范稳思考表现抗战的一个切入点，而且更成为了贯穿整个小说文本的核心事件，所以，我们才认定范稳的《重庆之眼》是一部以“事件化”叙述为其鲜明特色的抗战长篇小说。

对于一部小说尤其是长篇小说来说，小说的艺术结构是一个不容忽视的问题。我们注意到，作为一位理性很强且有着多年小说创作经验的小说家，王安忆自然非常明白结构问题对于一部小说的重要性：“当我们提到结构的时候，通常想到的是充满奇思异想的现代小说，那种暗喻和象征的特定安置，隐蔽意义的显身术，时间空间的重新排列。在此，结构确实成为一件重要的事情，它就像一个机关，倘若打不开它，便对全篇无从了解，陷于茫然。文字是谜面，结构是破译的密码，故事是谜底。”② 既然结构被看作是一种“破译的密码”，那么，分析其具体的结构方式对于理解把握一

① 王春林：《历史的深度再现与反思》，《长城》2015 年第 1 期。

② 王安忆：《雅致的结构》，载《雅致的结构》，上海书店出版社，2011，第 16 – 17 页。

部小说的重要性，当然也就显而易见了。具体到范稳的《重庆之眼》，其艺术形式上的一大抢眼之处，首先在于一种三线并置的宏阔艺术结构的精心营造。所谓三线并置的艺术结构，就是说范稳在《重庆之眼》中，围绕“重庆大轰炸”这一具体事件，煞费苦心地设定了三条时有交叉的结构线索。第一条，当然也是最主要的一条结构线索，就是抗战期间，日军飞机对于作为战时陪都的山城重庆可谓是持续不断的轰炸与袭扰，与中国军民面对这种来势汹汹的轰炸行动那样一种可谓是众志成城地进行坚决反抗的不屈意志与行为。一方面，由于重庆地处大西南的大巴山地区，地势险要而地况复杂，易守难攻；另一方面，大概也因为日军拉开的战线太长，国力兵力所不及的缘故，整个抗战期间，日军的地面部队始终未能抵达进入包括重庆在内的大西南地区。然而，除了足够强大的地面部队之外，“二战”期间的日本其实也还有着较之于中国强大得多的军事装备。其中，一个突出的地方，就是日军空中力量的特别强悍。既然日军的地面部队无法攻入大西南地区，尤其是作为中国战时陪都的山城重庆，那就只能依靠强大的制空力量来对重庆实施连番不断的轰炸行为了。由于整体科学技术发展水平制约的缘故，在当时，飞机的空中轰炸可谓威力无比，用一位日本飞行员的话来说，就是：“空中轰炸在那个年代还是个新鲜的战术，我们被称为‘带有翅膀的炮兵’，‘飞行在天空中的骑兵’。”在某种意义上，战争的较量就意味着军事装备先进与否的较量。毫无疑问，对于中日战争时的日军来说，他们一个非常明显的企图，就是凭借强大的空中打击力量而最终制服重庆，制服中国。

关键的问题是，面对着日军来势汹汹的轮番轰炸，身居重庆的包括中国军队在内的中国人又该如何应对呢？首先必须承认，因为对于空中轰炸的过于陌生，国人曾经一度陷入过手足无措一片恐慌的状态。但一度的震惊与慌乱之后，紧接着的便是沉着冷静的积极应对。一方面是包括那些达官贵人在内的普通中国人千方百计的逃避行为。这种逃避行为最突出的表现，就是开挖日机轰炸时可以供人临时藏身避命的防空洞。正是依凭着这些精心挖出的防空洞，绝大多数重庆人的生命得到了很好的保障。范稳小说中的相当一部分篇幅，被用来描写展示重庆人如何在防空洞中逃避日机轰炸的情形。这其中，甚或还包含有一定的国民性批判的意味与色彩。这一点，突出地表现在第十七节“大隧道之殇”中。在当时，准备私奔到延安的刘云翔和蔺佩瑶，为了躲避邓子儒的疯狂追捕，情急之下，只好躲到了十八梯大隧道的那个公共防空洞里。既然是公共防空洞，那其中的拥挤程度便可想而知：“隧道里灯光昏暗，人声嘈杂，大人喊小孩子哭。这是一个巨大的蒸笼，是一个塞满了沙丁鱼的大罐头，在外面的轰炸和燃烧弹的烈焰中慢慢地要将一洞子的人蒸熟、烤焦。”由于实际容纳的人远远超过了防空洞设定的容量，时间越长，防空洞里的空气就越是稀薄。伴随着空气的逐渐稀薄，防空洞里早已挤作一团的人们便一时陷入了慌乱惊恐的状态之中：“绝望的尖叫声如涨潮一般升起，然后又像退潮一样，刹那间鸦雀无声，仿佛死神把所有人的脖子一把扼住了。洞子里沉寂了半分钟，有个女声高叫了一声妈妈呀，然后恐慌像瘟疫一般迅速蔓延，混乱如洪水决堤，冲垮了人们最后一丝矜持。”正如你已经预料到的，面对着空气稀薄即将带来的死亡，一盘散沙的国人们顿时失去秩序，陷入一片混乱的状态之中。如此一种混乱局面，一直到很多年之后的东京法庭审理中，都仍然被一些别有用心的日方律师用来做自我辩护的理由。他说：“想一想中国人是如何在交通高峰期挤地铁的吧，你把中国人在地铁车厢门前挤成一团的情形放大十百倍，就是昭和十六年（一九四一年）重庆的‘六·五大隧道惨案’。我甚至可以肯定地说，再来一次战争，他们还会相互拥挤、践踏，类似的悲剧还将重演。”如此一种混乱不堪的状态，很容易就能够让我们联想到数年前的日本大地震之后，日本国民们的精神镇定与社会的井然有序。即使面对着死亡的巨大威胁，日本的国民们也仍然镇定如常。两相比较，我们就不能不为我们民族的国民劣根性而深感惭愧不已。自始至终一直提倡国民性批判的鲁迅先生，早已仙逝多年，但我们的国民性却仍然还处于这样一种糟糕的境况之中。细细想来，的确情何以堪。而范稳，能够在一部抗战小说中巧妙引入国民性批判的题旨，他的一种文化关切情怀，诚属难能可贵。面临如此一种严重的境况，亏得有刘云翔的振臂一呼：“我们不要拥挤了，否则就是自相践踏，是我们自己在残害自己的同胞啊！这不正中了日本人的奸计吗？大家请安静下来，保持镇静，镇静！”尽管到最后迫于客观条件的限制，大隧道防空洞里的不少人因为窒息而死亡，但刘云翔的强劲呼吁却无疑还是起到了明显的阻碍或者延缓死亡的作用。尤其是被困的人们齐声合唱“五月的鲜花”的那个场景，更是强有力地传达出了中华民族众志成城誓死抵御外侮的不屈意志。

实际的情形也的确如此，范稳的《重庆之眼》中一个非常突出的思想指向，就是要充分地展现面对日军连番不断的大轰炸，中国人那坚不可摧的生存意志。

> 山城扛住了半年多的轰炸，在哀伤与废墟之间，人们慢慢接受了轰炸就是这个国家抗战的一部分的现实。敌机刚刚飞走不到半个小时，消防队和防护团的人们还在救火、救伤员、拉尸体，有伤亡的家庭还在哭泣，幸存的店铺就已摆出热腾腾的稀饭、小面、抄手（馄饨）。从防空洞里钻出来的人们，该做啥子还做啥子……山城本来就是一座生活气息浓郁、生命力旺盛的城市，在不能立足的地方都能盖房子，日本人的大轰炸显然也阻挡不了人们结婚过日子。

这样，自然也就有了邓子儒与蔺佩瑶之间那场盛大的战争婚礼。很大程度上，能够在充分彰显战争残酷性的同时，把中国民众那样一种坚韧的日常生活意志传达出来，正可以被看作是范稳抗战书写的一个突出特色。对于这一点，借助于日军飞行员的视角，范稳也曾经有所思索和表达。作品中的一个重要情节，就是描写面对着日军飞机的大轰炸，重庆人照常在端午节时举办盛大的龙舟比赛。如此一种情形，让日军飞行员川崎大感震惊。“那天的轰炸真让人难忘。不是因为我们取得了巨大的成果，而是中国人对我们的蔑视。96 式轰炸机群俯冲下去时，扬子江两岸的人群几乎没有慌乱或溃散，江面上也没有一条龙舟减速，连稍作避让的动作都没有。仿佛一场精彩的比赛没有结束，运动员不下场，观众也不愿意回家一样。”重庆人或者说中国人的如此一种精神镇定，直让自己的战争对手也惊叹不已：“帝国海军航空队可以炸毁重庆的一幢幢建筑，烧光一条条街道，把机翼之下的城市像蹂躏一只紧拽在手里的温顺兔子一样反反复复‘收拾’（投弹兵片山君说就像他在慰安所里‘收拾’身下‘女子挺身队’的高丽慰安妇），把弹雨之下蚂蚁一般四散逃亡的中国人炸得尸骨如山、血流成河，但我们永远征服不了中国人的士气。”正所谓“士可杀而不可辱”，范稳在这里写出的，很显然是中国人一种威武不能屈的民族精神。但是，且慢，除了国人的民族精神之外，范稳还进一步从人类的角度对此进行着深入的思考。

> 这种士气是一个诗的国度才拥有的骄傲，这样的国家能够在帝国海军航空队无差别的“细密暴击”下照常举办纪念一个诗人的龙舟赛，这与其说是一种士气，不如说是他的国民的诗意。成吨成吨的炸弹、燃烧弹也炸不毁、烧不尽人们骨子里的诗意。谁能毁灭人们骨子里的诗意啊？就像世界上的任何力量也不能毁灭一个人心中刻骨铭心的爱，就像我们的战争虽然失败了，但我们还有武士气节，还有诗意。

到这个时候，范稳的所思所想就不再仅仅局限于国人气节的表现了。当他把战败了的日本拉进来进行思考的时候，实际上就已经明显超越了所谓国家民族的范畴，而是站在了一种更为普泛的人类的意义层面上。从这个角度来看，这位日军飞行员口口声声不可摧毁的“诗意”，事实上也就可以被理解为某种“精神”或者“意志”。古往今来的一部人类历史，早已充分证明，一个人的肉体固然可以被摧毁，但这个人内在的“精气神”，亦即此处所谓如同“爱”一般的“诗意”却无论如何都是坚不可摧的。

二、空中对抗与文化抗战

面对日军的疯狂轰炸，手无寸铁的普通民众自然可以依赖防空洞逃避，那么，中国军队又该如何应对呢？虽然从总体军事装备的先进与否来说，中国军队很显然较之于早已武装到牙齿的日本军队差了许多，但这却并不意味着中国军队就会被动地挨打。在力所能及的范围内凭借自身的努力与日军的空中力量做最大程度的对抗，乃是这支军队的每一位军人责无旁贷的人生选择。也正因此，文本中才会出现这样的一种叙述：“昨天日本飞机才来过，因为有雾，在市区上空乱扔了一通炸弹，据今天早上收音机里的新闻说，昨日中国空军起飞了十五架战机，但没有打下一架日本飞机，只说‘击伤’数架日机，自己却损失了四架苏制伊-15战机，白市驿机场一架未及起飞的飞机也被击毁。”虽然只是转述了一条简短的新闻，但其中却最起码透露出两种信息。其一，与强大的日本海军航空队相比较，中国空军的军事实力的确要弱小许多。否则，空战的结果，就不会如此这般地一边倒。其二，虽然中国空军的空中力量不够强大，但正所谓“屡败屡战”，尽管两支军队的空中对抗总会以中国空军的不幸落败而告终，但中国空军却毫不气馁，继续以顽强的意志在我们的领空捍卫着国家和民族的尊严。其中最具代表性的一个飞行员形象，就是《重庆之眼》中主要人物之一的刘云翔。正是刘云翔，这位中国空军第四大队的空军中尉，在端午节那天的中日空战中以极其矫健利落的身手击落了一架日机。刘云翔之所以被重庆的民众当作民族英雄来崇拜，其根本原因正在于此。

但请一定注意，除了中国空军的奋力抵抗之外，范稳在《重庆之眼》中还写到了重庆人抵御日机轰炸空袭的别一种方式，那就是话剧的撰写与演出。当日本人菊香贞子在很多年之后询问刘云翔："那天在南山上，你说重庆抵御空袭的力量中还有话剧，我真难以理解。要什么样的民族性格，才能在大轰炸下，能坦然走进剧场？这和重庆人天性乐观的性格有关吗?"对此，老年刘云翔的回答是："不，和我们有太多的苦难需要呐喊、需要宣泄有关。"这两位人物之间的对话，在我看来，事实上已经涉及到了范稳《重庆之眼》这部空战小说不容忽视的重要思想内涵之一，那就是文化抗战。那么，究竟何为文化抗战呢？窃以为，所谓文化抗战，就是指在漫长的抗日战争期间，那些表面上看起来手无缚鸡之力的作家、艺术家，拿起手中的笔，以直逼眼下的抗战为书写内容，创作了大量以鼓舞民族斗志和士气为基本主题的文学作品。这些文学作品尤其是其中的话剧以其强烈的艺术感染力，在抗战期间发挥了非常重要的积极作用。比较遗憾的一点是，在既往的抗战小说中，文化抗战并没有得到应有的重视与表现。最起码在我，在《重庆之眼》之前，并没有在其他小说作品中看到对于文化抗战如此一种可谓浓墨重彩的关注与书写。具体来说，范稳的文化抗战书写主要由两部分内容组成。其一，是对于抗战时期曾经活跃于重庆文艺界的相关真实历史人物近乎纪实笔调的书写。比如，邓子儒的一次大宴宾客："贵宾中有著名作家老舍先生，著名诗人艾青先生，话剧界的名流应云卫、吴祖光、欧阳予倩、洪深、陈鲤庭、金山、陈波儿、白羿、舒绣文等，还有国泰大戏院的老板夏云瑚先生以及几家报社的总编、主笔，可以说囊括了陪都文化界的半壁江山。"被范稳罗列在这里的作家、艺术家，除了白羿一人属于虚构者之外，其他均为历史上真实的历史人物。更进一步地，范稳还特别写到了作为个案存在的老舍先生在当时的话剧创作情况："老舍先生道：'去去去，你真是个催命鬼。我们先把邓老弟的戏磨出来。我这厢呢，已经有一个构思。抗战打到第四个年头了，我想写一出四幕剧，每一年写一幕，以表现出国人在抗战四年中逐步觉醒、战斗的历程。不过具体人物、情节还是白板一张。待我慢慢来嘛。'"

其二，则是男主人公之一的邓子儒，在小说中曾经创作过一部以同样是男主人公之一的英雄飞行员刘云翔及其事迹为原型的四幕话剧《龙城飞将》。《龙城飞将》的故事梗概是："端午节空战让刘云飞成为人人赞美的英雄，一个大学女生狂热地追求他，但却遭到家人的极力反对，他们已经给她选好了一个婆家，那是一个有权有势的家庭，一桩门当户对的婚姻。他们被强行拆散了。第四幕，再一次空战后，刘云飞的飞机坠落在川东的深山老林里，人们认为他牺牲了。女大学生被家庭逼迫着与那个富家子弟成婚。新婚之夜，她在朋友的帮助下逃了出来，因为她不相信自己的恋人就这样死了，独自前往川东寻找自己的恋人……她在深山里被一群袍哥土匪所绑架，送到土匪窝里，准备给他们的大舵爷当压寨夫人。但女大学生发现刘云飞竟然也在山上养伤，原来他的飞机迫降到了土匪的地盘上。愚昧的土匪们把他当作一个'大肥猪'（富家子弟），以为可以好好勒索一把。女大学生被强行跟土匪舵爷拜堂成亲，在拜堂时，女大学生忽然拿出一把小刀来，以要自戕逼退了众土匪，然后她给众土匪讲抗战局势，申明民族大义，讲说刘云飞的英雄业绩，终于说动了土匪大舵爷，他带领自己的武装参加了抗日的队伍，还亲自带人送刘云飞归队。剧终时，有情人终成眷属，刘云飞重上蓝天。"只要将邓子儒的话剧与文本中刘云翔、蔺佩瑶以及邓子儒三个人之间的复杂情感纠葛对比一下，就不难发现，其中有很多有意无意间的巧合之处。应该说，除了土匪那一条线索纯属想象虚构之外，女大学生、刘云飞以及那个有权有势的家庭的艺术设定，实际上均有所本。

这样一来，邓子儒话剧的写作与上演，也就构成了《重庆之眼》中一种与小说文本相互映射的“戏中戏”书写模式。虽然说“戏中戏”严格地说是指在一部戏剧中又出现了戏剧的这样一种特别情形，但宽泛来说，类似于范稳《重庆之眼》中的这种状况，其实依然可以被理解为是一种“戏中戏”书写模式。借助于这种“戏中戏”模式，范稳的意图一方面固然是要深化人物的性格特质，但在另一方面却也是要进一步凸显文化抗战的主题含蕴。尤其值得注意的是，很多年后，菊香贞子与邓子儒之间关于话剧《龙城飞将》上演状况的一次对话。当菊香贞子想当然地认为日机的轰炸将会阻挡重庆人看话剧的巨大热情，因而《龙城飞将》只可能上演一场的时候，邓子儒的回答却是：“哪里哦，第二天，我们继续上演。”为什么呢？因为虽然“我们没有能力打下日本飞机，但我们还有力量继续呐喊。你被一个强盗打倒在地上了，你是爬起来抗争呢，还是躺在地上毫无血性地哀号，叫痛？”答案当然只能够是前者而不可能是后者。事实上，也正因此，所以菊香贞子才会坦承：“我明白你那次在东京地方法庭上说的那句话了，‘侵略者尽可以野蛮，但我们不能不演话剧’，这样的战争，日本是打不赢的。”究其根本，日本之所以打不赢，不是因为他的军事实力不够强大，而是因为这是一场早已注定了结局的文明与野蛮之间的战争。野蛮的力量或许在一时之间能够占据上风，但最终却一定会是文明的力量取胜。

三、情感纠葛中的人性透视

第二条结构线索，是刘云翔、蔺佩瑶以及邓子儒这三位小说中的主人公之间那终其一生的堪称盘根错节的情感缠绕与纠葛。尽管不知道范稳最初的构想如何，但就我个人的阅读感觉而言，假如说这段“三角恋”的确有现实原型的话，那这原型恐怕就只能是中国现代文化史上为公众所耳熟能详的文学家林徽因、建筑学家梁思成与逻辑学家金岳霖之间的一段情感公案。林徽因与梁思成结为夫妻，金岳霖因过分喜欢林徽因而不仅终身未娶，还一直相伴在林徽因的左右，始终不离不弃。虽然说在书写过程中，范稳已经做出了多处的修改与涂抹伪饰，不仅修改了人物的具体社会身份，而且增加或者删减了诸多生活细节，但在阅读《重庆之眼》的过程中，面对着一女二男三位主人公之间的复杂情感缠绕，我脑海中挥之不去的，却一直都是当年的林徽因、梁思成以及金岳霖他们三位。此种情形，很大程度上能够让我们联想到《红楼梦》中“假作真时真亦假，无为有处有还无”的那样一种亦真亦幻的状况。他们三位情感纠结的复杂处在于，倘若从相识时间的早晚来说，稍后登场的邓子儒是第三者；倘若从现实婚姻的角度来说，则“死而复生”的刘云翔是第三者。事实上，无论他们哪一位是第三者，他们之间的情感缠绕与命运纠结，也都无法脱得开战争阴影的影响。我们注意到，在写到那些嫁给了空军飞行员的姑娘们的时候，叙述者曾经情不自禁地感叹道：“那些嫁给了空军飞行员的姑娘们，就像手里攥着一只漂亮风筝的人人羡慕的孩子，但谁也不会理解她们失去风筝后的悲凉。而那些脆弱的风筝，在战火纷飞的岁月里，太容易飘零了。”所谓“太容易飘零”，道出的其实是命运的无常，尤其是在那可谓是瞬息万变的战争岁月里。质而言之，刘云翔、蔺佩瑶与邓子儒他们三位那古老的三角恋的整个过程及其结局，正是拜那场可恶的战争所赐的结果。

刘云翔原名刘海，老家东北，东北沦陷后一路辗转流亡至大西南的重庆，投考后以优异的成绩进入了由张伯伦创办的南渝中学。也就是在这所学校里，刘海得以与出生于富贵家庭的蔺佩瑶相见相识。蔺佩瑶对于穷小子刘海的一见钟情，就与学校里组织的抗日宣传活动紧密相关。刘海的街头演讲，意外地遭到了四川特有的袍哥帮会的骚扰与围攻。值此紧急时刻，蔺佩瑶利用父亲的身份帮助刘海解脱了困境。这番特别的经历，顿时点燃了两个年轻人之间的爱火：“两人的目光电光石火般碰撞，那是他们今生中第一次目光对视，就像星星与星星的对撞，太阳与月亮的辉映，相信他们一辈子都不会忘记……他的一腔热血点燃了蔺佩瑶情感深处爱的明灯，这盏灯照耀在十七岁的少女心中，从此一生不灭。”没想到的是，他们之间的纯真爱情却遭到了蔺佩瑶父亲蔺孝廉的百般阻挠。为了阻止这桩婚事，蔺孝廉真的可谓无所不用其极，假若不是张伯伦先生出面说情阻止，按照袍哥帮会的一贯做派，刘海恐怕早就被沉入嘉陵江水里做死了。到最后，“刘海泪如雨下，三沉嘉陵江，让他如醍醐灌顶，洗心革面。战争年代，卑微出身，令他没有资格谈情说爱，所幸他还有一条位卑未敢忘忧国的生路”。在亲身经历了江上的沉船事故并侥幸脱险之后，重新以空军中尉的身份走上抗日战场的刘海，给自己改名为刘云翔。这一改名，很显然意味着刘云翔对过去的自己的诀别。这其中，自然也包括其实早已在内心深深扎根的与蔺佩瑶之间的爱情。当刘海决定改名为刘云翔的时候，他显然已经抱定了为抗日自我牺牲的决心。但谁知造化弄人，刘云翔后来不仅成为了赫赫有名的空战英雄，而且还与蔺佩瑶再度重逢，诚所谓“前度刘郎今又来”者是也。只不过，等到刘云翔和蔺佩瑶再度重逢的时候，情况已经发生了很大的变化，蔺佩瑶已经成为了重庆富商邓子儒的爱妻。既然再度重逢，三人相聚，那他们之间复杂情感纠葛的发生，就自是题中应有之义了。更何况，这其中，也还穿插有邓子儒一度对于戏剧界明星白羿的移情别恋。某种意义上说，正因为邓子儒一度倾心于白羿，所以才给蔺佩瑶与刘云翔他们两位留下了鸳梦重温的可乘之机。说实在话，虽然范稳把他们三个人之间的情感纠葛设计得真正可谓是跌宕起伏，但严格来说，也并未能够脱出古老三角恋的艺术窠臼。也因此，刘云翔、蔺佩瑶与邓子儒他们的“三人行”这条情感线索，从艺术表现上，才成为三条结构线索中相对偏弱的一条，多多少少带有一些爱情通俗剧的意味。

但相对来说，在这条线索中，1949 年重庆解放前夕，刘云翔意外地把邓子儒一家强行携带至解放区这一情节，却格外耐人寻味。眼看着解放军破城在即，重庆的许多富人都想方设法纷纷外逃至香港。这其中，就包括已经有了四个孩子的邓子儒与蔺佩瑶一家。关于他们一家的出逃，用蔺佩瑶很多年之后的话来说，就叫作："只是邓子儒听信了国民党的宣传，说'共产'我不怕，共我的妻可不行。这个老邓抗战初期时也有不少共产党方面的朋友，在我和刘云翔去延安未遂后，他就对共产党有看法了，总认为共产党就是要夺走他妻子的那种力量。"尽管叙述者的叙述立场很明显站在了最后的胜利者一边，身为国民党空军飞行员的刘云翔，毅然驾机投奔解放区的情节设计就强有力地说明了这一点。但恐怕就连刘云翔自己都不可能料想到，如同邓子儒与蔺佩瑶，并且包括自己在内，这样一些身上贴有鲜明社会政治标签的资本家、富有者或者国民党军官，在后来将会承受一系列社会政治运动怎样的一种苦难折磨。尽管叙述者非常巧妙地把这一个长达数十年之久的时间段落一笔带过，直接就切换到了已经进入到 21 世纪之后的中国，但只要是对当代中国稍有了解的朋友，就不可能不意识到这一点。实际上，范稳也并没有刻意地回避相关的残酷历史事实，正因为相关的内容他早在另一部抗战长篇小说《吾血吾土》中就已经进行过淋漓尽致的思考与表现，所以他才在《重庆之眼》中避开了这部分历史内容。正因为我们对这一段复杂吊诡的历史早已了然于胸，所以，眼睁睁地看着刘云翔不惜"背叛"自己刻骨铭心的恋人，也要坚持让飞机降落在芷江机场的时候，我们才会觉得心里五味杂陈，不是滋味。

四、战后索赔与战争的深度反思

最后的一条结构线索，就是在时间进入 21 世纪之后，中日之间关于抗战期间“重庆大轰炸”索赔所发生的激烈争讼。

> 这一年，重庆的大轰炸受害者成立了对日索赔原告团，这是受到近些年来中国各地方兴未艾的对日战争索赔运动影响而产生的一个民间组织，其成员都是大轰炸的直接受害者及其亲属。在这群来自社会各个阶层的大轰炸受害者中，邓子儒的学养最为深厚，加之阅历丰富，思路清晰，口才极佳，还曾经当过市政协委员，被推选为团长也是众望所归。这是一个中国人找回了自信的年代，邓子儒是第一个走上日本法庭的重庆大轰炸受害者，他将向日本法庭控诉日本飞机的轰炸是怎样残忍地让十八个葬礼替代了他的婚礼。那时他并不知道，这也是一场比当年的抗战还要漫长的抗争，是他终其一生也打不完的战斗。

实际的情形确也如此，一直到邓子儒不幸弃世，到他的遗孀蔺佩瑶手捧着邓子儒的遗像出现在日本东京的法庭上为止，这一场对日索赔的马拉松式案件都没有能够取得最后的胜诉。事实上，“从一九九五年开始，二十来年了，共有二十七件中国民间对日诉讼，法院对于日方加害和中国受害的历史事实，大多都进行了承认，有过胜诉记录的只有五件，其中四件发生在一审，一件发生在二审。但所有胜诉案件在随后的二审或最高法院审判中都败诉了。在十年前常德细菌战的索赔案中，东京地方法庭在原告和律师团队的大量举证中，不得不认定这是一种国家犯罪，日本政府负有责任，但在判决时却仍然搬出二十世纪初期明治宪法下的‘国无答责’和个人无权状告国家等陈腐的法理，这就是他们遇到战争受害者索赔案的标准答案”。既然迄今无一例对日索赔案胜诉，既然日本明治宪法修改无望，那类似于范稳在《重庆之眼》中所描述的“重庆大轰炸”索赔案，恐怕就几无胜诉的可能。正所谓“路漫漫其修远兮”，尽管败诉后可以说所有人都表示要再次上诉，“生命不息，索赔不止”，但如果从法理的意义上说，类似的对日战争索赔却永远都不可能胜诉。这样一来，“重庆大轰炸”的索赔案，很容易就能够让我们联想到古希腊神话中那位永无休止地不断推石上山的西西弗斯。但或许也正是如此一种看似荒诞的行为过程，在以一种特别的方式见证着一个民族的精神尊严。

从小说的整体结构布局来看，当下时代的这第三条线索，其意义价值非常重要。因为正是在第三条线索不断延展铺叙的过程中，刘云翔、蔺佩瑶与邓子儒等当年“重庆大轰炸”受害者的思绪，不断地陷入对于往事的回忆之中，并进一步牵扯出了另外的两条结构线索。假若没有这一条当下时代的索赔诉讼线索，另外的两条结构线索自然也就无从谈起。其重要性，由此而可见一斑。但在这一部分，我最感兴趣的，却还是范稳关于几位先后以不同方式介入到“重庆大轰炸”索赔案当中的日本人形象的艺术想象与塑造。其中的一位，就是当年曾经驾机轰炸过陪都重庆的日本老兵老川崎。一方面，尽管内心里饱受着犯罪感的煎熬，但晚年的老川崎却曾经一度拒绝悔罪：“我不会为你，更不会为中国人出庭做证，我不愿看到我们日本，在法庭上成为中国人的被告。这也是我几次拒绝你造访的原因，请原谅。斋藤先生，战争是两个国家之间的事，我只是履行了一个日本国民应尽的义务，不要指望我向中国人当面赎罪。但我经历的战争故事，也不想带进坟墓。我们都是一群有历史的人啊。”“世事变化真是无常。当年为国征伐的英雄现在成了被告，罪犯！斋藤先生，你理解一个老兵的内心吗？那是一条被两面煎的鱼，一面是战火的烧烤，一面是良知的煎熬。所以，你可以把我说的当作你的证言，但请别让我出庭。拜托了。”但是，在经过了与斋藤律师他们频繁的碰撞与交流，尤其是在知道了也曾经踏上过中国战场的梅泽一郎父亲的中国遭遇之后，老川崎的思想最终还是发生了难能可贵的转变，并在留下的遗嘱中表示出了明确的悔罪之意：“里面第四条写得很清楚，两千万日元，捐赠给你们的‘中国战争受害者对日索赔律师联盟’；第五条，川崎重太要替我去重庆，祭奠那些大轰炸的受害者，并向他们献花、敬香，这样他才能享受遗嘱第一至第三条的权利。”让自己的后代代替自己去向重庆大轰炸的受害者致歉并祭奠，很显然可以被看作是老川崎彻底悔罪的表现。所以他才会特别强调：“我们砸了人家的门窗，踢翻了人家的饭桌，让中国人过节时都充满了哀号。去吧，让你的川崎老爹死后在那边也好受一点。”

老川崎之外，另外一位给我留下了深刻印象的日本人形象，就是被称为世界主义者的梅泽一郎律师。在听到中方律师赵铁特别强调爱国主义思想的重要性的时候，梅泽一郎的脸色一下子阴沉下来：“他先介绍说自己是一个彻底的世界主义者和和平主义者，前一个身份让他超越了民族、国家、文化和信仰，后一个身份则让他坚决反战，坚持和平理念。从中学时代他就参加过各种反战运动，从反对美国在日本驻军，到反对自卫队扩大化，一切跟军事、暴力有关的他都反对。”紧接着，梅泽一郎郑重其事地对赵铁说：“爱国主义这个词容易让人想起革命、战争，而现在是和平与发展的年代，你们要转换观念。当年日本军国主义者就是用这个漂亮的词来蛊惑日本人，导致日本最终走上了法西斯主义道路。国防教育也不应该提，难道还要搞军备竞赛吗？我们要倡导的是和平主义，是反对一切战争。”面对梅泽一郎彻底的反战思想立场，中方律师赵铁寸步不让地与他展开了一番言辞激烈的口头交锋。尽管我并不知道身为作家的范稳在反战问题上所持的究竟是怎样的一种思想立场，但我想，在已经发生过两次世界大战之后的当下时代从事文学创作，一种反军事、反暴力的反战思想，或许应该是作家最起码的一种思想底线。又或者，通过作家对梅泽一郎与赵铁围绕反战问题所发生的这一场唇枪舌剑不预设任何立场的描写，所透露出的，或许正是范稳自己的某种思想矛盾状态，也未可知。正是因为战争观念对于一部战争题材的长篇小说来说非常重要，所以我们才会在这里对于作家范稳的战争观念作一番特别的讨论。

不管怎么说，通过一种三线并置的艺术结构的精心营造，范稳的《重庆之眼》的确“让‘重庆大轰炸’的历史，终于得到了后续震荡至今的全景式的充分书写”①。唯其如此，《人民文学》杂志的编者才会不无激情地进一步写道：

> 是的，《重庆之眼》就是一部拥有了国民志气、国家底气、文化诚信和文化自信的作品。在刘云翔、蔺佩瑶、邓子儒这些人物那里，喜事与丧事、幸存与幸福、轰炸与呐喊、牺牲与珍惜、失去与复得、重庆方言与中华古诗、青春与老境、颜面与原则、爱国主义与世界主义……太多命定的混杂并置，但有的必须严正抉择。切肤掬心的笔触，令人感慨万端，让我们从中将最动人的密码一一读出：读出英雄气、儿女情，读出江湖义、山河恸，更读得出家国事、民族心。②

从荡气回肠的《重庆之眼》中走出后，我们无论如何不能不承认编者对这部长篇小说理解与概括的准确到位。“人生自古谁无死，留取丹心照汗青”，不管是从文化还是从文学的意义上，范稳的这部作品，都可以让我联想到文天祥这首脍炙人口的《过零丁洋》。在我看来，范稳用长篇小说的形式写出的，实际上也正是现代一部中国人的“正气歌”。

---

①② 编者：《〈人民文学〉卷首》，《人民文学》2017 年第 3 期。

第十章 陈河《外苏河之战》：战争中的人性与意识形态

一、第一人称叙事与战争想象

不知道出于何种缘故，最近几年来，很多中国作家不约而同地把自己的关注视野投射到了战争之上，出现了一大批有影响的战争题材小说。其他领域且不说，单只是在长篇小说领域，就先后出现了包括何顿的《黄埔四期》《来生再见》，范稳的《吾血吾土》《重庆之眼》，袁劲梅的《疯狂的榛子》，刘庆的《唇典》，张翎的《劳燕》，严歌苓的《芳华》，陶纯的《浪漫沧桑》，贾平凹的《山本》等在内的一批作品。或许与这些作家各自不同的人生阅历，各自持有的迥异的思想立场有关，同样一种血雨纷飞的战争，却在他们笔下呈现出了各不相同的个性化状貌。在这一波不妨被称之为"战争竞写"的写作浪潮中，海外作家陈河的《外苏河之战》（载《收获》2018 年第 1 期），以其别具特色的战争想象与书写而特别引人注目。事实上，早在这部《外苏河之战》之前，陈河就不仅已经对战争题材有所触碰，而且他的那部题名为《沙捞越战事》的长篇小说所具体聚焦的，就是非同于一般作家笔下的战争景象。与一般作家或者书写中国的抗战，或者书写国共两党之间的内战形成鲜明区别的是，陈河的《沙捞越战事》所关注表现的，乃是东南亚一带域外华人的一段抗战历史。同样是抗战书写，被聚焦的战事发生区域一变，整体景象自然也就大不相同。与《沙捞越战事》相类似，陈河的这部《外苏河之战》所聚焦表现的，也是为一般中国作家所明显疏忽了的一场战争，也即发生在1960年代中后期并一直延伸到1970年代初期的“抗美援越”战争。关键问题在于，为什么陈河的战争题材书写总是会在被聚焦对象的选择上显得那么与众不同？这是我们在具体分析陈河的这部《外苏河之战》之前首先需要思考的一个问题。这一方面，一个不容忽视的重要原因，恐怕就是陈河所独具的海外作家这样一种社会文化身份。正因为具有华人血统的陈河，实际上早已融入到了西方世界之中，所以，他不仅脚踏中西双重文化，而且还因此而具备了一种国内作家尚且比较欠缺的国际观照视野。所谓“国际观照视野”，就是无论作品所聚焦表现的那些人和事发生在国内还是国外，作家都能够摆脱相对狭隘的国族意识，能够站在一个更为重要的人类文明的制高点上来对自己的表现对象做更加深入的思考与表达。在本书第七章中我就特别强调：“之所以要专门探讨海外作家文学想象所具备的国际观照视野，乃是因为袁劲梅的《疯狂的榛子》正是这样一部作品。然而，这种国际观照视野对于《疯狂的榛子》的重要性，却并不仅仅体现为对生存经验作为文学想象资源的再度强有力证实。它的重要性，更在于为袁劲梅透视表现近百年中国历史提供一种人类文明的高度。换言之，作家之所以能够在《疯狂的榛子》中成功实现自己反思近百年中国历史的艺术意图，端赖于如此一种人类文明高度的设定。关键问题在于，倘若远离了国际观照视野，这种作为一种生存标准而存在的人类文明高度恐怕也会荡然无存。”现在看来，我的这一番言论，对于我们如何更好地理解陈河的《外苏河之战》依然是有效的。其他且不说，单只是从陈河《沙捞越战事》和《外苏河之战》这两部战争题材小说所具体选取的战争对象来说，一个是发生在东南亚地区的华人抗战故事，另一个则是发生在越南的“抗美援越”战争，倘若不是因为陈河有着长期的国外生活履历，倘若不是因为作家在远离故国之后的生存过程中已经形成了一种自觉的国际观照视野，那么，作家的如此一种选材与书写，就是难以想象的。

《外苏河之战》所采用的，是第一人称的叙述方式。叙述者“我”是一个居留于美国的一位华人青年：“那时我已经在美国待了五年，有了绿卡，但生活一团糟，刚和前妻离了婚。”虽然叙述者并没有做过多的渲染，但我们从他的叙述话语中，却可以知道他其实有着颇为显赫的身世。“我”的姥爷，“当年在朝鲜战场上是中国人民志愿军装甲兵团司令员，在朝鲜五年，是有名的将领”。用叙述者不无骄傲的话语来说，他的这位可谓是战功赫赫的姥爷，曾经以其特别强悍的作战风格给美国人制造了不少“麻烦”，很是让美国人头疼。尽管陈河只是看似非常客观地介绍着叙述者“我”其实很不一般的身世，但只要联系中国的社会现实，我们就不难把“我”的美国留学以及随后的居留，与他那高干子弟的社会身份联系在一起。一般家庭出身的中国人，早在1988年的时候便要去美国留学而且最后还居留在美国，是很难想象的一件事情。叙述者“我”之所以会对很多年前的“抗美援越”战争产生强烈的兴趣，与母亲所赋予“我”的一项使命紧密相关。原来，“我”从未谋面的舅舅赵淮海就很不幸地牺牲在这场“抗美援越”的战争中。因为母亲一直坚持认为假如不是自己配合舅舅一起隐瞒了姥爷，那么，在家里拥有绝对权威的姥爷就肯定会阻止舅舅的行为，舅舅也就不会那么早就牺牲在异国他乡的土地上。正因为一直心存内疚，无法原谅自己，所以，母亲才专门打越洋电话给“我”，要求“我”利用身份之便，专程去越南寻找和祭拜舅舅的陵墓。或许与“我”和舅舅赵淮海从未有过任何亲缘交际的机会有关，对于母亲提出的要求，“我”一开始并不以为然，采取了半推半就的应付态度，但是，也正是在逐渐了解到那场战争的历史真相以及舅舅赵淮海的命运真相的过程中，“我”竟然对那段战争历史慢慢地产生了越来越浓厚的兴趣："母亲交代的任务让我变了一个人。本来我是不喜欢和别人交流、对别人的故事和隐私毫无兴趣的人，但为了完成我母亲的任务，我必须硬着头皮去联络人，去搜寻那一段历史的蛛丝马迹。在我前往越南之前，我已经接触到了很多口述的故事。我被不断发现的人物和细节所吸引，开始主动介入。"就这样，伴随着"我"的蓄势姿态由被动变为主动，当年那段战争历史以及舅舅个人命运的更多奥秘也就被强有力地揭示出来。

陈河之所以要设定"我"这样一位明显具备现代知识分子特征的后来者作为小说的第一人称叙述者，从根本上说，乃是因为如此一种上溯性叙事方式的使用，能够使得作家对那段既往历史的观察与叙述更为理性，反思也更为彻底。但是，无论如何都不能忽视的一点，是《外苏河之战》叙述上的"僭越"问题。注意到这一点，乃是因为在小说的第八章的第一节，曾经出现过这样一段饶有趣味的叙述话语："我不知道我舅舅当时心里是怎么样的感受，按照通常的小说写法，他的心里一定是想起了小仙，对她说，我在给你报仇，我打下美国佬的飞机了！"正所谓"子非鱼，安知鱼之乐"，"我"并不是"我"舅舅，按照正常的逻辑，现在的"我"无论如何都不可能知道当年的"我"舅舅在想什么。也因此，这样的一段叙述话语，乃是合乎标准的一种第一人称限制性叙述方式。比如，鲁迅先生的短篇小说《伤逝》，就是一篇按照第一人称限制性叙述方式严格写来的短篇小说。作品主要叙述五四青年子君和涓生之间的爱情悲剧。由于小说的副标题为"涓生的手记"，所以，男主人公涓生自然也就是小说中的第一人称叙述者。在具体的叙述过程中，因为作家严格遵循这种叙述方式的叙述规范，所以我们自始至终聆听到的，便都是涓生一个人的声音。身为女主人公的子君，始终处于沉默的状态。她那句总是会被人引用的名言"我是我自己的，他们谁都没有干涉我的权利"，实际上也是由涓生转述给读者的。然而，需要引起我们充分注意的是，在同样采用了第一人称叙述方式的《外苏河之战》

中，严格地在限制性的层面上使用这种叙述方式的，却仅只是我们所举出的这一例。此外的其他所有地方，作家均未严守限制性叙事规范，进行着自己的“僭越性”叙事。根本就远离故事现场的“我”，不仅能够清楚地知道“我”舅舅在当时的所思所想，而且也同样能够非常清楚地了解其他出场人物的所思所想。比如，“我舅舅扛着机器在一个个阵地之间走过，他的斗志被激发了起来，只是想再次投入战斗，为死去的战友报仇”。再比如，“有一批敌机突袭而来，老朱毫无惧色，站立着对着敌机拍摄。他的心里有阿梅和孩子被美军枪杀后留下的巨大悲痛，他对美军的飞机是那么仇恨，恨不得肩上的摄影机变成高炮，直接打击美国飞贼。”从常情常理来说，现在的第一人称叙述者“我”不管怎么说都不可能知道当年的舅舅和其他人具体的言行举止，但陈河在文本中却偏偏采用了如此一种明显带有“僭越”意味的第一人称叙述方式。又或者，既然叙述者“我”已经不再恪守第一人称限制性叙述方式的基本规范，那么，我们也不妨干脆就把这种“僭越”式的第一人称叙述方式称之为第一人称非限制性的叙述方式。采用如此一种叙述方式的妙处在于，一方面很好地保持了第一人称必然的亲切感，拉近了文本和读者之间的距离，可以适时地穿插表达对于小说中人与事的一些议论性看法，另一方面却又能够如同第三人称一样，具有全知全能的特点，叙述者能够长驱直入地进入到小说中每一位人物形象的内心世界中。

二、战争中的人性与意识形态

无论如何都难以回避的一个关键问题是，陈河不惜煞费苦心地采用如此一种第一人称非限制性叙述方式，试图加以呈现的，是一场略带荒诞色彩的现代战争。当时，中国军队的出兵处于高度保密的状态，很多战士在战争中不幸牺牲之后，他们的葬身之地也同样被高度保密。当二连长顾玉林的母亲执意要去祭扫儿子的墓地的时候，顾玉林的妻子冬梅才会这样来劝慰婆婆："妈，玉林牺牲的那个地方是保密的，很远，走不到的。"人已经死了，却连墓地还都要保密。从这个角度来说，陈河对于"抗美援越"战争的关切与书写本身，既意味着他小说创作上非同寻常的一种题材敏感，也意味着他对于这种充满荒诞色彩的生存状况的批判与抗议。如前所言，"抗美援越"战争的起止时间分别是1960年代的中后期以及1970年代的初期。在这个特定时期，虽然说中国国内已然陷入一片混乱的状态之中，但由于受到那个时代政治意识形态规限的缘故，我们的国家却依然在不遗余力地进行着革命的输出工作。

作为一位已然在西方生活多年，已经接受了西方思想文化深度影响与浸染的作家，陈河在一部现代战争题材的长篇小说中表现出鲜明的反战色彩，乃是毋庸置疑的题中应有之义。别的且不说，单只是他对于"抗美援越"这一场政治意识形态色彩极其明显的战争的高度关注与书写本身，其中的现代反战意味就不容忽视。在我看来，如果说作家的现代反战思想更多地通过他笔端的诸如史密斯这样的美国军人的形象表现出来的话，那么，陈河的这部《外苏河之战》较之于其他战争题材小说最引人注目的区别处则很显然在于，他通过对若干中国军人形象人性世界的深度挖掘与塑造，格外精准地捕捉表现出了战争背景下人性与政治意识形态之间的尖锐激烈的碰撞与冲突。首先的一位，毫无疑问是"我"舅舅赵淮海。赵淮海的参战动机本身，政治意识形态的味道就特别显豁。本来，赵淮海他们几位并不属于正式在列的军人，而只是热血沸腾的红卫兵："这一群年轻人最近以来处于极度的狂欢之中。'文化大革命'的热潮掀起，他们在天安门广场接受了伟大领袖毛主席的接见，内心的理想烈火被点燃，熊熊燃烧着。他们被这种热情完全地控制了，接下来的生活全部围绕着这个目标。"在轰轰烈烈的大串联告一段落之后，他们看到毛主席在天安门城楼上宣布要坚决支持越南人民反抗美帝国主义的时候，便下定决心要去越南参加"神圣"的"抗美援越"战争。当然，这里必须强调的一点是，"我"舅舅赵淮海他们之所以能够及时获知“抗美援越”这类“国家机密”，与他的军队高干子弟的身份关系密切。如果“我”姥爷不是级别非常高的我军装甲兵的副司令，那么，“我”舅舅他们这样热血沸腾的红卫兵根本不可能获知这样的机密消息，自然也就不存在什么主动请缨参加“抗美援越”战争的故事。由此可见，即使是要到“抗美援越”的战场上去为国效劳，客观上却也仍然存在着一个不平等的阶层差异或者说分化的问题。换言之，之所以是“我”的舅舅赵淮海，而不是他们这几位红卫兵中的其他人比如李小岚什么的成为他们这伙年轻人实际上的精神领袖，与“我”舅舅的高干子弟身份存在着无法剥离的内在关联。当然，在强调“我”舅舅参战动机中明显存在着的政治意识形态因素的同时，也不能轻易忽略他精神世界中所潜藏着的一种可谓牢不可破的英雄情结的存在：“经历过这一次防空炮战之后，我舅舅心中的革命英雄主义精神被激发了出来。他再也不想待在炊事班看猪了，向连队写了很多封请战书。”

同样，或许也正是与他的高干子弟身份有关，年龄还不满二十岁的“我”舅舅，不仅已经开始阅读诸如《资本论》《小逻辑》这样高深的哲学著作，而且也已经开始思考一些诸如“苏格拉底和猪谁更幸福的问题”。倘若换了平民子弟，在那个特定的年代，如此一种情形的出现，绝对是不可能的事情。事实上，也正是因为那个时候的“我”舅舅已经具备了初步的自我思考能力，所以在自己刚刚开始不久的准军旅生活中，他才能够格外敏感地不仅发现并意识到政治意识形态对于战争的负面作用，而且能够在第一时间强烈感受到人性与政治意识形态之间所存在着的尖锐激烈的碰撞与冲突。这一点，再突出不过地表现在“我”舅舅在越南进入部队后关于保尔·柯察金那一段“人最宝贵的是生命”的名言的重新认识上：“我舅舅一直相信这段话是正确的，但他现在开始有疑惑。他在想着：我们在战斗中牺牲的战士是不是为人类解放而死的呢？他们死在了越南，是为了越南人民的解放事业而死的，可是越南军队也有人对我们不好，我们打下的飞机他们都不给予承认。还有我们打美国飞机是为了人类解放，可是我们的敌人苏修也在打美帝的飞机，他们也是为了人类解放吗？毛主席说：‘凡是敌人反对的我们就要拥护，凡是敌人拥护的我们就要反对。’那么，苏联人‘拥护’的事情，为什么我们也要‘拥护’呢？我舅舅想得头疼欲裂，还是无法从逻辑上找到自己的答案。”对于“我”舅舅那一代青年来说，保尔·柯察金的这段名言，乃可以被看作是指导他们现实言行的精神指南或者说“不二法门”。一旦他们对这段“圣经”式的话语产生怀疑，那就说明他们被蒙蔽已久的灵魂已经开始慢慢觉醒了。正因为他已经开始学着以自己的眼睛打量这个其实充满着荒诞不经事物的世界了，正因为有着精神自我主体性的初始确立，所以，“我”舅舅才会围绕是否在阵地上竖起红色的标语，而与政工组长甄闻达发生了尖锐的冲突。从作战必须要首先做到很好的自我保护这样一种理念出发，“我”舅舅说：“我觉得，在阵地上竖起醒目的红色语录牌，会暴露阵地目标的，和我们现在做的伪装起到相反作用。”政工组长甄闻达给出的答复是：“你不要在这里散布消极的言论，当心你的政治态度！”一方面要想方设法地伪装阵地以蒙蔽对手，另一方面却又从极“左”政治意识形态的立场出发，刻意地在阵地竖起红色语录牌暴露目标。目标被暴露的结果，肯定是我军在战场上的失利，而失利后可能性最大的一种结果，却又是参战将士逃无可逃的伤亡。那么，到底是将士们的生命重要，还是政治意识形态的宣传更重要，人性与意识形态之间的激烈碰撞与冲突，就这样在“抗美援越”战争中的中国军队一方爆发了。

三、具有精神分析深度的人物形象

自然，正如你已经注意到的，陈河在《外苏河之战》中所聚焦表现着的战争中人性与意识形态之间的激烈对抗，再突出不过地表现在“我”舅舅赵淮海与女主人公库小媛之间堪称曲折缠绵的悲剧性爱情故事中。但在具体展开分析他们两位的爱情故事之前，我们却首先需要对库小媛的基本状况有所了解。按照当时简直就是笼罩在一切之上的阶级分析理论，库小媛有着相当复杂的家庭背景：“是的，我的成分不好，爷爷是资本家，我的爸爸倒是参加革命很早，可是后来开始讲成分。本来我们家是在北京生活的，结果被下放到了南方昆明。”正是因为库小媛有着如此一种家庭背景，所以她从小就接受着很好的家庭教育。她之所以能够拉得一手好小提琴，根本原因正在于此。在北京有过一段短暂的交集之后，刚刚情窦初开的库小媛与赵淮海不期而遇地相逢在了越南的土地上，相逢在了这场“抗美援越”战争中。也只有这次重逢之后，赵淮海方才从库小媛那里了解到她为什么会来到“抗美援越”前线的这所野战医院：“好吧。你知道吗？那年暑假我回到昆明，第二年夏天我就参军了。你觉得惊奇吧？那时我才十四岁呢，因为会拉小提琴被部队特招为文艺兵，我现在都是四年的老兵了。”究其根本，自尊心超强的库小媛之所以一定要参军入伍，与她在北京时曾经遭受过的一种莫名侮辱紧密相关：“你还记得那一次在湖边我们遇见那一群烧篝火的人吗？那个脸上长雀斑的女孩骂我的话我永远都忘不了，那一次我明白了人是分等级的，你们军队的人是一级，我们平民百姓是另外的一级。可是我不服气，也许就是那一次事情，让我开始产生了进入军队的想法。”就这样，仅仅只是通过参军入伍这一个细节，陈河就不仅写出了家庭成分不好的库小媛内心世界的悲苦与辛酸，而且更进一步写出了这一人物形象的精神分析学深度。实际的情况是，虽然库小媛已经如愿以偿地参军入伍，但在那个政治笼罩一切的时代，她却仍然不可能摆脱家庭背景复杂给她造成的巨大阴影。她之所以在参军入伍之后，还在努力拼命地工作，就是为了尽力弥补这一方面的缺陷：“只要我成为一个党员了，人家就不再会用家庭成分不好来看待我了。所以我参军之后都是拼命地工作，勤学苦练，吃苦在先，享乐在后。去年，医院要抽调一部分人员到越南战地医院工作。当时他们并没有选中我，是我自己坚决要求来的。因为我觉得这对我来说是一个机会，我想要到战地火线上立功入党。由于我的态度非常坚决，上级同意了我的请战要求，批准我来这里的野战医院。”就这样，借助于库小媛入伍后的种种积极表现，陈河依然在沿着精神分析学的方向进一步挖掘表现着这一女性形象内在的精神奥秘。

正如此前已经提到过的，《外苏河之战》中人性与政治意识形态之间最为激烈的矛盾冲突，就集中表现在“我”舅舅赵淮海与库小媛之间的感情纠葛上。“金风玉露一相逢，便胜却人间无数”，“我”舅舅赵淮海与初恋情人库小媛在越南战场上的意外重逢，必然会碰撞出异常炽热的情感火花。无论如何，如同赵淮海与库小媛这一对青年男女之间的爱情，可以被看作是最美好的人性花朵。唯其如此，陈河才会在第八章的第二节专门征引帕斯捷尔纳克的名作《日瓦戈医生》中描写拉拉和日瓦戈医生之间心心相印的一段叙述话语来充分展示他们之间情感的美好。在那个连同男女爱情在内的所有私人感情都会被视为洪水猛兽的政治禁锢时代，对于两个正处于热恋中的少男少女来说，要想找到合适的时机约会，是一件十分困难的事情。终于，身为病号的赵淮海接到了库小媛暗中写给他的纸条，库小媛决定利用大家都去看电影的那个晚上，在医院的被服室里与赵淮海偷偷约会。对于这一次约会，他们两人一方面充满着期待，另一方面却也难免会有一种莫名的恐惧感生成。在库小媛这里，尽管有一种难以遏制的恐惧感，但“我知道自己心里有这样一种预感，怕他在下一次战斗中会牺牲。如果是那样，我会因为没有答应他的见面要求而痛苦自责一生的。所以，无论如何，我得冒一次险。他那样渴望着和我在一起，他经历了这样严峻的生死考验，他是有权利和我亲近地会面一次的”。缘于同样的道理，对于赵淮海来说，他也对这次会面有着迫切的愿望：“他有过一次死亡的体验，激发了他生的本能，内心对于异性爱的渴望变得格外强烈。一整个下午，舅舅在痛苦煎熬中等待着，他觉得如果今晚见不到小媛，他宁可死去。”相比较来说，他们两位中，库小媛的勇气显得更加难能可贵。之所以这么说，一方面是因为她有着家庭出身不好的沉重精神负累，另一方面则是因为她非常清楚地了解医院里过去的护士长刘娟子曾经因为与男人私会付出了怎样巨大的代价。此外，赵淮海的军队高干子弟身份，也使他较之于库小媛更多了一层保护伞。也因此，同样性质的一场男女感情约会，库小媛所可能付出的代价，毫无疑问要比赵淮海严重得多。

后来的事实充分证明，库小媛的恐惧感是非常准确的。就在赵淮海进入被服室，两个人刚刚抱在一起说话的时候，就已经有人悄悄地打开了被服室的门："他们还没察觉到时，门突然被打开了，几支手电筒的强光照射进来。有人后来描述了手电筒光下当时我舅舅和库小媛相拥在一起的情景，他们的军衣都穿得整整齐齐，纽扣都还扣着。""我"舅舅和库小媛以为自己的计划很周密，没想到医院却早已注意到了他们的动向，由政工组长甄闻达亲自挂帅指挥，一举把他们俩抓了个现行。一般情况下，因为这两位青年军人的行为违反了军纪的有关规定，理应受到相关的军纪处分。但具体到《外苏河之战》中，由于当时政治意识形态控制与影响，他们俩却为此付出了极其惨重的代价。首先，是"我"的舅舅。一方面可能是因为身为男性的他生性本就刚硬，另一方面则可能与他军队高干子弟的身份潜在发生作用有关，面对着自己被"抓获"，"我"舅舅的感觉竟然是一种百无禁忌一般的"无所谓"："他其实什么都无所谓，没什么好怕的。他没有想提干，没想入党，而且对于政工组长这样的小军官他压根就看不起，觉得他偷偷地抓这些事情，就像地道战里的那个挖到屎的日军小队长一样可笑。"当然，也不能说这个时候的"我"舅舅就不难受，只不过他的难受却是因为一直在为心上人库小媛担忧，尤其是在得知库小媛已然携枪出走之后。这就必须要说到库小媛了。一方面有着极强的自尊心，另一方面家庭出身不好的库小媛，特别畏惧政工组长甄闻达执意要召开的"斗私批修抓典型现场会"。走投无路的库小媛被逼无奈，最终做出的决定就是私自携枪出走："好吧，我就到山里的树林里躲避一下吧，我实在不能忍受被批斗的羞辱。太阳马上下山了，再过一些时候寝室里就有人来，我就走不了了。”然而，要想上山躲到树林里，就必须考虑到野兽或者坏人袭击的问题，思虑及此，库小媛不假思索就随手拿上了隶属于自己的那一支五六式冲锋枪，一个人在夕阳西下时消失在了山上的丛林里。然而，一时性急的库小媛根本没有想到，对于一位现役军人来说，私自携枪外出，其实是一件非常要命的事件：“军人携枪私自出走是一件十分严重和危险的事情，部队马上进入高级戒备状态。”对于这种异常情况的生成，还是龙长春给出的评价最是精准到位：“都他娘开什么批斗会，把个女孩子逼急了。”事实上，出走后的库小媛一旦冷静下来，也很快就意识到了问题的严重性：“就是那一次，我听说了军人持枪外逃就是敌我矛盾，就是‘反革命分子’了。我越想越怕，越想越后悔。我决定快点回医院去，也许医院里的人还没有发现我带了枪支跑出来的，那样我就可以悄悄地把枪放回去。”但就在库小媛已然心生悔意，不断地传入她耳中的，却是这样一种充满了敌意的呼喊声：“库小媛，你不要与人民为敌！如果你负隅顽抗，只有被消灭的下场。”于是，“我难以相信自己的耳朵，我的部队的领导会这样对待我。如果这个时候我听到一声他们说要我回去，会给我一个改正错误的机会，那么我是会决定下山回到医院去的。但是，我听到了这样的喊话，心里害怕极了，觉得事情已经到了不可收拾的局面。我改了主意，决定不下山，我掉过了头，背着冲锋枪，继续向山林高处爬去”。就这样，在简直就是那个时代的特定政治意识形态化身的政工组长甄闻达步步为营的强势逼迫之下，库小媛最终被逼上了生命的绝路：“轰地一响，一道闪电穿过了我的头颅，我感觉到我的上方有一个明亮的窗口打开了，我知道我死了。我再也不觉得干渴的痛苦，灵魂脱离我的身体，从这个明亮窗口升向天空。然后，我俯视地面，冷冷地看着发生的一切。”一个美丽的青春生命，就这样在异国他乡的土地上香消玉殒了。那么，到底应该由谁来为库小媛的不幸死亡承担责任呢？对此，叙述者“我”曾经给出过可谓是一针见血的看法：“这一个小说里，我写了那么多年轻的战士的牺牲，只有写库小媛之死时心里特别沉重，因为她是死于自己之手，也可以说是死于自己人之手。”所谓的“自己人”，落实到具体的个体，便是那位政工组长甄闻达，但掩隐于甄闻达之后的，却又可以说是在当时笼罩于一切之上的那种政治意识形态。某种意义上，我们完全可以说，是当时的政治意识形态假借甄闻达之手，最终扼杀了库小媛美丽而年轻的生命。却原来，政治意识形态也可以杀人，而且，政治意识形态就是以如此一种方式杀人于无形的。

对于库小媛和“我”舅舅之间的那种生死恋情，以及他们差不多同一时间的相继死亡，“我”思索了很久很久之后，方才明白了其中根本的要害关节所在：“我和她一起在那个烈日暴晒的山野里经受干渴和内心剧烈的思想斗争之后，我终于明白她的决断是经过深思熟虑的。如果她下山来，那时的处置一定是被开除军籍。对于她这样敏感而高傲的女孩来说，今后相当长的日子一定生不如死。所以，到最后我终于理解了她内心的痛苦、无助和别无选择。”就在库小媛死后不久，“我”舅舅赵淮海便因为太阳穴中了一个钢珠弹而不幸捐躯。针对舅舅的死，叙述者“我”说道：“我沉重的另一个原因是库小媛是因为我的舅舅而死的。马金朝和我舅舅上面的对话里把事情说穿了：是我舅舅的高干子弟的光环背景害人，他和库小媛某种程度上是‘英雄和美人’的传说故事。我现在想，如果我舅舅后来活了下去，那么他的一生一定会一直受到拷问，会永不安宁，因为他是一个爱思想，执着于探求真理真相的‘小哲人’。我舅舅几乎是在库小媛蒙难的同时，和美国鬼子战死了，这或许是上帝给他的一种解脱。”我们注意到，或许与叙述者“我”内心里对于库小媛也同样有着某种非同一般的热爱有关，在小说中，“我”曾经把库小媛比作雨果《悲惨世界》中的芳汀：“这是一个受苦难的，一直遭受羞辱的女孩。她活得那么艰难死得那么悲惨，而最后证明她是最纯洁最美好的，她被后来的人们深深记住和喜爱。”由库小媛而联想到芳汀，这种联想当然可以被我们所接受。但与此同时，我却由库小媛而联想到了托尔斯泰笔下的安娜。库小媛与安娜，虽然一个是落魄的资产家庭的后代，另一个是养尊处优的贵妇，但她们俩在对待爱情时那样一种简直就是义无反顾的勇敢姿态上，却毫无疑问是如出一辙的。正如同安娜可以为了爱情而慨然赴死一样，库小媛明明知道他们俩的私下约会很可能会给自己造成难以收拾的后果，却依然不管不顾地要和赵淮海在被服室约会。其内在精神本质的一致性，是显而易见的。

然而，说到战争中人性与政治意识形态之间的激烈冲突与博弈，政工组长甄闻达是无论如何都不能够被忽略的一位人物形象。关于甄闻达这一人物形象，我们注意到，叙述者“我”也曾经把他比作《悲惨世界》中的警察沙威。在同样大段引用了《悲惨世界》中的相关文字之后，叙述者“我”说道：“我引用这段文字，是觉得这一天站在外苏河悬崖边上的甄闻达和雨果笔下的沙威有某种相似的内心痛苦和挣扎。甄闻达这一天在悬崖上站了很久，思想斗争非常激烈。他最终做出了一个决定，不是像沙威那样跳下河去，而是决定要离开指挥部，到战斗的第一线部队去任职。刚好太原钢铁厂那里的二营教导员负了重伤，他去接替了这一个职务。”事实上，出现在《外苏河之战》中的甄闻达这一人物形象，乃是一位再典型不过的时代政治意识形态巨大压力下精神不断扭曲变形的精神分裂者形象。一方面，他本身就是时代政治意识形态的受害者。或许与他家三代都属于工人阶级有关，在那个特别看重家庭政治出身的时代，他不无幸运地成为北京总参机关的一个机要秘书。令人倍感惊叹之处在于，在一次舞会上意外邂逅江雪霖之后，他竟然不管不顾地爱上了这位资本家的女儿。既如此，一种合乎正常的逻辑就是：“最后组织上让他选择，要么选择政治前途，和女友结束关系；要么选择女友，但是会失去政治前途。甄闻达毅然选择了继续和江雪霖在一起，并且很快订了婚。他因此被调出总参的机要员岗位，调到了驻扎在福建前线的福州军分区高炮团当了个普通的干事。”在那个年代，面对着爱情和政治前途，甄闻达能够做出如此一种断然的选择，毫无疑问意味着人性对于意识形态的一种胜利。但人们无论如何都难以想象得到，也就是这位身受政治意识形态之苦的甄闻达，在越南前线担任了某部政工组长之后，他竟然会依循同样的政治逻辑，依照流行的政治意识形态来对待“我”舅舅赵淮海和库小媛，一手制造了这两位青年男女的爱情悲剧。对此，叙述者“我”曾经站在某种思想的制高点上进行过堪称鞭辟入里的精彩分析：

> 现在已经很难了解甄闻达当时内心复杂的思想动态了。有一点应该是可以肯定的，当他面对着库小媛自杀现场那惨不忍睹的场面，他能知道这一个结果是他一手造成的。这个女兵并没有如他所想象的去投奔敌人，而是走投无路自杀了。

由此惨状出发，叙述者“我”开始追述分析当年的甄闻达：

> 那个时候，他也是一个爱读普希金诗歌的青年军官。但是，问题就出在他妻子的出身成分上，因为她的资本家出身，使得他从一个最有前途的受到人家羡慕的北京总参机要员，下贬到边远的福建宁德军分区里当一个小干事，这就是他内心开始扭曲的症结。他开始渴望一场革命，一场动荡，让他有机会重新开始。因此，当“文革”爆发之后，他成了福建地方军队里一个学习毛泽东思想的积极分子，重新受到了重视。

除此之外的另一种因素是，出于对“我”舅舅的某种莫名嫉妒：

> 本来，妻子资产阶级家庭出身影响了他的政治前途，他应该感同身受对同样出身于资产阶级家庭的库小媛会有同情和理解。但是恰恰相反，此时的甄闻达有一种极其冷酷无情的对命运的报复心理。而对于我舅舅赵淮海，甄闻达从一开始就有一种嫉妒和敌意，因为我舅舅是从他昔日美好时光所在的北京军队大院里过来的。

尤其不容忽视的一点是，他只是出生于一个普通的平民家庭，而“我”舅舅则不仅是一个根正苗红的部队高干子弟，而且还与野战医院最漂亮的女兵谈恋爱，所有的这一切，综合在一起便激起了甄闻达的内心怒火。从这个意义上说，甄闻达这位政工组长，就不仅仅是《悲惨世界》中的警察沙威，也更是张爱玲《金锁记》里面的那位一手制造了儿女婚姻悲剧的曹七巧。

说实在话，在一部篇幅不是很大的战争题材长篇小说中，陈河能够不仅充分地展示表现特定时代背景下人性与政治意识形态之间尖锐激烈的碰撞与冲突，而且塑造出诸如甄闻达、库小媛以及“我”舅舅赵淮海这样一些具有相当精神分析学深度的人物形象来，其高端的思想艺术成就无论如何都不容小觑。

第十一章　严歌苓《芳华》：自我经验与精神分析学深度

一、自我经验与精神分析学

最近一个时期以来，能够直击读者心灵世界，令读者为之怦然心动、为之战栗不已的一部长篇小说，是海外女作家严歌苓的《芳华》（人民文学出版社 2017 年 4 月版）。在进入 21 世纪之后异军崛起的一批海外作家中，严歌苓处于无可置疑的领军地位。近二十年来，严歌苓不仅是一位不断有作品频繁问世的高产作家，而且更难能可贵的一点是，她的小说写作长期保持在某种高的思想艺术基准线之上。从整体上观照严歌苓这些年来的小说写作，可以说，她的小说创作基本上沿着两条路径展开。其一，是那些从取材的角度看明显远离了自我生存经验的写作，比如，《第九个寡妇》《小姨多鹤》《妈阁是座城》《补玉山居》等，这些题材领域均来自于一种间接经验。其二，是那些从取材角度看与严歌苓个人的生存经验紧密相关的写作，比如，《陆犯焉识》《护士万红》《一个女人的史诗》等。虽然说自我经验与间接经验并不直接决定作品思想艺术价值的高低，比如，你很难说《第九个寡妇》的写作较之于《一个女人的史诗》就算不上成功，但古往今来的一部文学史却早已充分证明，那些以刻骨铭心的自我经验为支撑的小说写作，更有可能催生出真正经典化的文学作品来，却是无可置疑的一种艺术真理。相比较而言，我们之所以会更加重视那些以自我经验作支撑的小说写作，根本原因显然在此。我们这里所要展开重点讨论的《芳华》，正是与作家的自我生存经验紧密相关的一部长篇小说。

然而，自我生存经验的被征用，仅仅是小说写作的一个起点，能否真正地成为一个优秀的小说文本，尚需进一步考察自我经验的被开掘程度。对于一部现代小说来说，考察其被开掘程度的一个重要标准，就是检验其是否真正抵达了某种精神分析学层面上的人性深度。早在几年前，我在一篇文章中就曾经强调指出，对于一部现代的小说作品来说，衡量其优秀与否一个非常重要的标准，就是要考察其精神内涵层面上是否同时具备了存在主义与精神分析学的双重意涵。① 令我多少感到有些欣慰的一点是，我当年提出来的这种未必成熟的说法，竟然在西方著名学者彼得·盖伊这里得到了很好的回应。在彼得·盖伊的理解中，现代主义最根本的特征之一，就是与弗洛伊德，与精神分析学之间的内在紧密关联："弗洛伊德精神分析学说对于现代西方文化的影响并未彻底显现出来。尽管这种影响并非直截了当，但肯定可以说是巨大的，特别是对于中产阶级知识分子而言，他们的艺术品位也不可避免地与现代主义的产生和发展紧密地交织在一起。"②"但是，不管读者认为弗洛伊德对于理解本书内容有什么样的帮助，我们都应该清醒地认识到，任凭现代主义者多么才华横溢，多么坚定地仇视他们时代的美学体制，他们也都是人，有着精神分析思想会归于他们的所有成

① 王春林：《乡村女性的精神谱系之一种》，载《多声部的文学交响》，北岳文艺出版社，2012。

② 彼得·盖伊：《现代主义：从波德莱尔到贝克特之后》，骆守怡、杜冬译，译林出版社，2017，第2-3页。

就与矛盾。”① 严歌苓的这一部长篇小说《芳华》，不管怎么说都可以被视为这样一部不仅从自我经验出发，而且也接近于完美地抵达了精神分析学深度的优秀作品。

具体来说，《芳华》是一部与作家严歌苓自己当年曾经的文工团生活与自卫反击战争紧密相关的长篇小说。阅读这部小说，我们首先注意到，第一人称的叙述者“我”也即萧穗子在叙事过程中曾经不厌其烦地以一种“元小说”的方式跳身而出地谈论出现在自己笔下的这些一度亲密无间的战友们。“作为一个小说家，一般我不写小说人物的对话，只写我转述的他们的对话，因为我怕自己编造，把编造的话或部分编造的话放进引号里，万一作为我小说人物原型的真人对号入座，跟我抗议：‘那不是我说的话!’他们的抗议应该成立，明明是我编造的话，一放进引号人家就要负责了。”“我不止一次地写何小嫚这个人物，但从来没有写好过。这一次我也不知道是不是能写好她。我再给自己一次机会吧。我照例给起个新名字，叫她何小嫚。小嫚，小嫚，我在电脑键盘上敲了这个名字，才敲到第二遍，电脑就记住了。反正她叫什么不重要。给她这个名字，是我在设想她的家庭，她的父母，她那样的家庭背景会给她取什么样的名字。”“我想我还是没有把这样一家人写活。让我再试试——”在阅读过程中，我们总是会读到诸如此类的叙事话语。由此类叙事话语可知，第一，严歌苓的小说，尤其是这种与自我经验紧密相关的小说中，很多人物都是有原型的。也因此，叙述者“我”对于人物对话的焦虑，方才是真切的，绝非空穴来风。第二，更重要的一点是，类似于何小嫚、刘峰、林丁丁、郝淑雯等几位主要人物，尽管不是以他们的本名出现，但我们却完全能够想象得到，他们肯定会不止一次地出现在严歌苓众多的小说文本中。而且，随着时间的推移，这些

① 彼得·盖伊：《现代主义：从波德莱尔到贝克特之后》，骆守怡、杜冬译，译林出版社，2017，第3－4页。

人物原型每一次新的出现，都意味着他们要重新接受一次严歌苓建立在理解基础上的想象与虚构。比如，“在我过去写的小嫚的故事里，先是给了她一个所谓好结局，让她苦尽甘来，跟一个当下称之为‘官二代’的男人走入婚姻，不过是个好样的‘二代’，好得大致能实现我们今天年轻女人‘高富帅’的理想。几十年后看来，那么写小嫚的婚恋归宿，令我很不好意思。给她那么个结局，就把我们曾经欺负她、作践她的六七年都弥补回来了？十几年后，我又写了小嫚的故事，虽然没有用笔给她扯皮条，但也是写着写着就不对劲了，被故事驾驭了，而不是我驾驭故事。现在我试试看，再让小嫚走一遍那段人生。”这一段叙事话语所形象说明的，正是作家严歌苓在自己长期的小说写作过程中对于原型人物形象不断进行新的想象与虚构的状况。更关键的问题还在于，也正是在这一次又一次不断重构的想象与虚构过程中，相关人物形象的精神分析学深度方才能够得到积极有效的艺术开掘。

尽管说故事的时间跨度很长，从“文化大革命”后期的1970年代中后期，一直写到了当下的市场经济时代，写到了主人公刘峰因病不幸弃世的2015年，但严格说来，最能凸显《芳华》主题内涵的主要时代背景，其实被严歌苓设定在了“文化大革命”结束前后，一直到自卫反击战发生的1970年代末期。从人性的角度来考量，这个特定的历史时期，正是从人性尚处于被禁锢压抑状态向初步觉醒状态转移的一个关键时期。以这一特定历史时期为主要关注对象，事实上为严歌苓对相关人物形象精神分析学深度的挖掘提供了极大的可能性。小说之所以被命名为“你触碰了我”，乃是因为触碰或者说触摸，构成了这一小说最核心的故事。更进一步说，所谓的触碰或者触摸，集中体现在刘峰与何小嫚两位主人公身上。对于刘峰来说，是自己情不自禁地触碰或者说触摸了别人，而对于何小嫚来说，则是他者无论如何都不愿意触碰或者触摸自己。然而，不管是前者还是后者，关键的问题在于，正是这“触碰”或者“触摸”的动作，构成了与相关人物的精神分析学深度紧密相关的文本核心要素。

实际上，也正是紧紧围绕着“触碰”或者“触摸”这样的一个关键词，严歌苓最大限度地挖掘表现出了相关人物形象甚至用一生都无法彻底抚平的内在精神创伤。但在具体展开对刘峰与何小嫚这两位主要人物形象的分析之前，我们却需要首先将关注的目光对准作为过场人物存在的何小嫚那位自杀了的父亲这一形象身上。虽然只是一个不起眼的次要人物，但这一文人父亲却以其内在的精神分析学深度给读者留下了难忘的印象。何小嫚的生父，是一位生性善良软弱的普通文人。唯因其软弱，所以便常常地被人欺，被不合理的社会欺。在那个不合理的时代，他之所以被打入政治上的另册，被打成坏分子，与他的如此一种善良软弱存在着紧密的内在关联：“像所有善良软弱的人一样，小嫚的父亲是那种莫名地对所有人怀一点儿歉意的人，隐约感觉他欠着所有人一点儿情分。人们让他当坏分子，似乎就因为他比任何人都好说话，常常漫不经意地吃亏，于是，人们就想，何妨把坏分子的亏也让他吃了。”关键问题在于，不仅别人这么欺辱他，就连自己的结发妻子也这么欺辱他。很大程度上，何小嫚父亲的自杀，就与来自于结发妻子的这种欺辱密切相关。常言说，一文钱难倒英雄汉。何小嫚的父亲，虽然不是什么英雄汉，但却同样被难倒在了一文钱上。那是何小嫚只有四岁的时候，父亲送她去托儿所。一出家门，何小嫚就刻意强调，自己好想好想吃一根油条。一向疼爱女儿的父亲，自然会想方设法满足女儿的要求，但他身上却无论如何都掏不出一根油条的钱来，于是，只好觍下脸来向早点铺掌柜赊账了。没想到，回到家之后，即使他怎么样地翻箱倒柜，也搜寻不出偿还一根议价油条的钱来。因为“妻子在他降薪之后对他冷笑：他还有脸花钱？他就领回这点儿薪水，没他花钱的份儿，只有养老婆女儿的份儿”。就这样，“他在社会上的正常生活权利被剥夺了，在家里的正常生活权利也被剥夺了”。一般人很难能够体会得到，如此一种来自于身边亲人的欺辱，究竟会对视尊严如生命的何小嫚父亲形成怎样一种巨大的打击。事实上，也正是因为翻箱倒柜也拿不出一根议价油条的钱来，何小嫚父亲最终生无可恋地自杀身亡了。“他拿起那个药瓶，整个人豁然大亮。妻子造成了他彻底的赤贫，肉体的，精神的，尊严的，他贫穷到在一个炸油条的掌柜面前都抬不起头来。这证明妻子舍得他了。最终他要的就是妻子能舍得他，舍得了，她心里的苦也就淡了。”虽然只是看似非常平淡的一段话，但却实实在在地写出了何小嫚父亲的内心隐痛。我不知道严歌苓在写到何小嫚父亲这一形象的时候是否联想到了老舍万般无奈之下的投湖自尽，反正在我自己，看到何小嫚父亲自杀这个部分的时候，却是情不自禁地联想到了老舍。相比较而言，老舍的自杀，除了与那个时代紧密相关之外，与家人的彻底冷漠恐怕存在着更为紧密的内在关联。

二、触摸事件与刘峰形象分析

但不管怎么说，何小嫚的父亲不过是《芳华》中一位跑龙套式的次要人物，严歌苓浓墨重彩集中书写思考表达的，其实主要是刘峰与何小嫚这两位小说主人公充满荒唐与吊诡意味的悲剧命运。出生于普通平民家庭，有着一个苦难童年，格外心灵手巧的刘峰，接受“文化大革命”时期政治意识形态的蛊惑与影响，在部队文工团，一贯地学雷锋做好事，最后终于成为一位学雷锋标兵：“刘峰被选为我们的军区的代表，去北京参加全军学雷锋标兵大会，我们这才意识到，每天被我们麻烦的人，已经是全军的明星了。”很荣幸地成为学雷锋标兵的刘峰，照片竟然出人意料地登上了《解放军报》。刘峰的悲剧质点在于，身为享受了各种荣誉的学雷锋标兵，不仅偷偷地爱上了文工团的大美女林丁丁，而且还在不经意间上演了一场负面影响极大的“触摸”事件。按照叙述者“我”也即同为文工团员的萧穗子的理解，“触摸”事件得以最终酿成的一个前提，是林丁丁的“卫生带”意外脱落事件：“我想刘峰对林丁丁的迷恋可能就是从那个意外开始的，所以他的欲求是很生物的、不高尚的。但他对那追求的压制，一连几年的残酷压制，却是高尚的。他追求得很苦，就苦在这压制上。压制同时提纯，最终提纯成心灵的，最终他对林丁丁发出的那一记触摸，是灵魂驱动了肢体，肢体不过是完成了灵魂的一个动作。”只要联系那个时代，我们就可以明白，导致刘峰自我压制的根本原因，很显然源于那个“禁欲”时代政治意识形态的制约与影响。“触摸”事件发生的具体时间，已经是 1976 年的夏天，这个时候，时代的“禁欲”空气已经不再是铁板一块，已经发生了很大的松动，就连手抄本《少女的心》，也已经在部队里秘密流传了。具体来说，刘峰对林丁丁情不自禁的“触摸”，发生在林丁丁随同他去舞美和道具库房参观由刘峰自己一手打制的一对沙发的时候。一方面，由于遇上了合适的环境与氛围，另一方面，更主要的还是由于情动于中的刘峰内心里对林丁丁早已恋慕良久，刘峰情不自禁地出手拥抱并触摸了林丁丁。未曾料到的是，对于刘峰的主动示爱，林丁丁的反应特别激烈，她不仅破口大喊着“救命啊”逃离了现场，而且还把事件大肆张扬出去，最终致使刘峰由此而受到了严重的处分。

针对小说中“触摸”这一核心事件，叙述者萧穗子做出了可谓是多角度的全面思考与解读。从林丁丁的角度来说，首先是某种理念的坍塌与崩溃。

> 我多年后试着诠释：受了奇耻大辱的委屈……也不对，好像还有是一种幻灭：你一直以为他是圣人，原来圣人一直惦记着你呢！像所有男人一样，惦记的也是那点儿东西！试想，假如耶稣惦记上你了，惦记了你好几年，像所有男人那样打你身体的主意，你恐惧不恐惧，恶心不恶心？他干尽好事，占尽美德，一点儿人间烟火味也没有，结果呢，他突然告诉你，他惦记你好多年了，一直没得手，现在可算得手了！一九七七年（作者按：其实应为

> 一九七六年，不知是作家的笔误，抑或还是校对的问题）那个夏夜我还诠释不出丁丁眼睛里那种复杂和混乱，现在我认为我的诠释基本是准确的。她感到惊悚、幻灭、恶心、辜负……

也因此，对于林丁丁来说，她真正恐惧的其实并不是刘峰的身体，而仅仅是无法接受刘峰关于“爱”的真诚表白。“后来我和郝淑雯问林丁丁，是不是刘峰的手摸到她的胸罩纽襻她才喊救命的。她懵懂一会儿，摇摇头。她认真地从头到尾把经过回忆了一遍。她甚至不记得刘峰的手到达了那里。他说他爱她，就那句话，把她吓死了。是刘峰说他几年来他一直爱她，等她，这一系列表白吓坏了她。她其实不是被触摸‘强暴’了，而是被刘峰爱她的念头‘强暴’了。”更直截了当地说，刘峰的身体矫健结实，对这样一具肌肉感很强的身体，林丁丁是不会排斥的。质言之，林丁丁所无法接受的，乃是与刘峰紧密联系在一起的“模范标兵”这个概念：“身体在惊讶中本能地享受了那抚摸，她绕不过去的是那个概念。”

除了站在林丁丁的角度之外，叙述者萧穗子也借助于弗洛伊德的相关理论从刘峰的角度对“触摸”事件进行了深入的解读。

> 假设刘峰具有一种弗洛伊德推论的“超我人格（Superego）”，那么刘峰向此人格进化的每一步，就是脱离了一点正常人格——即弗洛伊德推论的掺兑着“本我（Id）”“自我（Ego）”的人格。反过来说，一个人距离完美人格——“超我”越近，就距离“自我”和“本我”越远，同时可以认为，这个完美人格越是完美，所具有的藏污纳垢的人性就越少。人之所以为人，就是他有着令人憎恨也令人热爱，令人发笑也令人悲怜的人性。并且人性的不可预期，不可靠，以及它的变幻无穷，不乏罪恶，荤腥肉欲，正是人性魅力所在。相对人性的大荤，那么“超我”却是净素的，可碰上的对象如林丁丁，如我萧穗子，又是食大荤者，无荤不餐，

> 怎么办？郝淑雯之所以跟军二流子‘表弟’厮混，而不去眷顾刘峰，正是我的推理的最好反证。刘峰来到人间，就该本本分分做他们的模范英雄标兵，一旦他们身上出现我们这种人格所具有的发臭的人性，我们反而恐惧了，找不到给他们的位置了。因此刘峰被异化成了一种旁类，试想我们这群充满淡淡的无耻和肮脏小欲念的女人怎么会去爱一个旁类生命？而一个被我们假定成完美人格的旁类突然像一个军二流子一样抱住你，你怪丁丁喊“救命”吗？

你看，对于刘峰的所作所为，叙述者萧穗子实际上已经从弗洛伊德的理论出发进行了可谓是发人深省的深度剖析，根本就用不着我们这些批评者再来做画蛇添足式的置喙了。

然而，无论如何都不容忽视的一点是，在“触摸”事件发生之后，除了当事人林丁丁之外，“我”以及郝淑雯她们这一众文工团员，近乎一致地对刘峰表示出同仇敌忾式的仇恨，以至于很多年之后回忆起来，郝淑雯她们还在坚持认为“咱们好像都欠了刘峰什么，他对咱们哪个人不好？就为了丁丁，我们对他那样”。事实上，也只有在时过境迁很多年之后，坐在郝淑雯家客厅里的叙述者萧穗子，方才真正搞明白当年她们这些人究竟为什么要同仇敌忾地对待刘峰。“我好像明白了。其实当时红楼里每个人都跟我一样，自始至终对刘峰的好没信服过。就像我一样，所有人心底都存在着那点儿阴暗，想看到刘峰露馅儿，露出蛛丝马迹，让我们看到他不比我们好到哪儿去，也有着我们那些小小的无耻和下流，也会不时产生小小的犯罪感。”正是因为如此，所以，叙述者萧穗子后来回忆起来，才顿然发现，其实并不只是自己，而是文工团里几乎所有的人，都在暗暗地等着学雷锋标兵刘峰露出人性的马脚。“触摸”事件的发生，终于满足了这一帮人隐隐然的某种邪恶期待心理。却原来，“刘峰不过如此，雷锋呢？失望和释然来得那么突兀迅猛，却又那么不出所料”。说实在话，能够通过刘峰的“触摸”事件而最终深刻地挖掘出包括叙述者萧穗子在内的我们整个民族某种难以见人的集体无意识来，正可以被看作是严歌苓《芳华》最突出的思想艺术成就之一。对于这种见不得别人过年的集体无意识，叙述者曾经做出过相当深入的分析。“一旦发现英雄也会落井，投石的人格外勇敢，人群会格外拥挤。我们高不了，我们要靠一个一直高的人低下去来拔高，要靠互相借胆来体味我们的高。为什么会对刘峰那样？我们那群可怜虫，十几二十岁，都缺乏做人的看家本领，只有在融为集体，相互借胆迫害一个人的时候，才觉得个人强大一点儿。”自己达不到某种高度，然后便大家合起伙来使绊子，想方设法把已经身在高处的同胞拉下来，以达到自己心态的某种满足。如此一种阴暗的集体无意识，无论在既往历史上，还是在日常生活中，实际上都并不少见。此种集体无意识的存在，明显妨碍着我们的民族文化心理向更文明的高度提升发展。

在那个乍暖还寒的时代，即使是身为学雷锋标兵的刘峰，既然“触摸”事件已经东窗事发，那肯定就在劫难逃了。就这样，由于一个偶然的事件，一个本来很可能在未来的人生道路上顺风顺水的无辜青年，因为内心里萌发出的真正爱情，其人生轨迹便彻底被改变。“触摸”事件爆发后，“不久处置刘峰的文件下来了，下放伐木连当兵。下放去伐木，跟我爸爸修水坝是一个意思”。具体来说，也就是因为所犯罪恶而接受惩罚，接受劳动改造的意思。正是因为被下放到了连队，所以，等到自卫反击战在 1979 年打响的时候，刘峰自然也就上了前线。虽然刘峰因为在负伤之后仍然坚持以“误导”的方式把一辆运送给养弹药的车辆指挥到前线阵地而再一次成为英雄，但已经经历过“触摸”事件的刘峰，根本就不可能再把英雄之类的事情当回事。“刘峰伤好之后，谢绝了一切英模会的邀请。早在二十岁的时候，他的英模会就开完了。”为了这次的再度成为英模，刘峰付出了丢掉一只手的惨重代价。从此，他那只灵巧无比的工匠之手，就变成了一只触感非常糟糕直令人噩梦连连的橡胶假手。但真正的问题还并不在于一只手的丢失，而在于刘峰的精神生命实际上彻底被定格在了“触摸”事件发生的那个特定时刻。对此，叙述者萧穗子可谓有着极为真切而深刻的洞幽烛微：“刘峰和小惠确实有过好时光，最好在夜里，在床上，他的心虽不爱小惠，身体却热爱小惠的身体，身体活它自己的，找它自己的伴儿，对此他没有办法。身体爱身体，不加歧视，一视同仁，他身体下的女人身体是可以被置换的，可以置换成他曾经的妻子，可以是小惠的姐妹小燕或丽丽。而一旦以心去爱，就像他爱他的小林，小林的那种唯一性、不可复制性便成了绝对。林丁丁是绝无仅有的。对丁丁，他心里、身体、手指尖，都会爱，正因为手指尖触碰的身体不是别人，是丁丁的，那一记触碰才那么销魂，那么该死，那么值得为之一死。”正如萧穗子所指出的，从“触摸”事件发生之后，刘峰实际上就已经处于再典型不过的身心分裂状态。他的这种情况，或许可以被称作“身还在，心已死”，或许也可以说是“身在此处，心系彼方”。那个刘峰事实上只是触摸了一下的林丁丁，从此就彻底占据了刘峰的全部精神世界，一直到他生命的终结时刻。我们所反复强调的精神分析学深度，也正突出地表现在这一点上。但问题在于，“触摸”事件之所以会酿成为一个事件，很大程度上与1970年代后期那个乍暖还寒的时代存在着紧密的关联。倘若从这个角度来说，那么，刘峰对于林丁丁根本就无法解脱的彻骨迷恋，或许也可以被理解为那个特定时代给予刘峰的某种精神馈赠。然而，同样不允许被回避的一个问题是，难道说林丁丁此人真的就值得刘峰为此迷恋终身么？答案恐怕只能是否定的。唯其如此，叙述者萧穗子方才不无残忍地写道：“可也许所有让刘峰死爱的，都是假象的林丁丁。”就此而言，无论如何都走不出“触摸”事件的刘峰，当然是一个不折不扣的悲剧性人物。

三、何小嫚形象分析

倘若说刘峰的悲剧与“触摸”有关，那么，何小嫚的悲剧，则与他者的拒绝“触摸”有关。但要充分地说明他者为什么会拒绝“触摸”何小嫚，却需要联系何小嫚那堪称曲折的凄苦身世。由于生父以自杀的形式弃世，年幼的何小嫚只好无奈地以“拖油瓶”的形式跟随着母亲进入了继父的新家。何小嫚精神创伤的最早生成，就是在这个时候：

> 我想何小嫚的继父并没有伤过她。甚至我不能确定她母亲伤过她，是她母亲为维护那样一个家庭格局而必须行使的一套政治和心术伤害了她。也不能叫伤害：她明明没有感到过伤痛啊。但她母亲无处不用的心眼儿，在营造和睦家庭所付的艰苦，甚至她母亲对一个爱妻和慈母的起劲扮演，是那一切使小嫚渐渐变形的。小嫚一直相信，母亲为了女儿能有个优越的生活环境而牺牲了自己，是母亲的牺牲使她变了形。

这里，首先潜藏着一个再嫁母亲的内心辛酸。携带着前一个家庭的记忆重组一个新家庭，尤其是还带着前夫的女儿，母亲的处处小心翼翼时时谨小慎微，是完全能够想象出来的。其中，甚至还会有一种干脆就是寄人篱下的糟糕感觉。如此一种境况，对于心智早已成熟的母亲没什么，但对于正处于成长关键阶段、心智尚未成熟的何小嫚来说，就会形成某种莫须有的精神压力。久而久之，何小嫚心灵的扭曲变形，也就不可避免了。一方面顺着母亲的心意委曲求全着，但在另一方面，却又发自本能地反抗着。“发烧”与“红绒线衫”事件的相继酿成，正是这两种力量不断发生碰撞与冲突的必然结果。之所以“发烧”，是因为只有这样，年幼的何小嫚才能重享母女间亲密无间的那种感觉。

小嫚跟母亲这种无间的肌肤之亲在弟弟出生后就将彻底断绝。那个拥抱持续很久，似乎母亲比她更抱得垂死，似乎要把她揉入腹内，重新孕育她一回。重新分娩她一回，让她在这个家里有个新名分，让她重新生长一回。去除她拖油瓶的识相谦卑，去除她当拖油瓶的重要和次要的毛病，在这个上海新主人的家里长成一个真正的大小姐。可以想象，小嫚一生都会回味母亲那长达两三个小时的拥抱，她和母亲两具身体拼对得那样天衣无缝。她完全成了个放大的胎儿，在母亲体外被孕育了两三个小时。

到这里，我们就可以明白，事实上，具有精神分析学深度的，并不只是何小嫚自己，从某种意义上说，她那位总是在委曲求全着的母亲，又何尝不是一位难以抚平的精神世界的创伤者呢？究其根本，年幼的何小嫚之所以执意地要在1973年离开上海参军，成为部队文工团中极不起眼的一员，关键原因正在于此，正在于她要竭力挣脱开继父家那样一种极度压抑的生活环境。

然而，已经被严重扭曲了的心性却又哪里是可以轻易平复的呢。到了部队之后，她长期形成的这些与众不同的生活习性，依然会在不经意间暴露出来，并再一次地发酵成为战友们歧视她的根本理由。

那时候我们还没有公开地歧视她，对她的不可理喻还在逐渐发现中。比如她吃饭吃一半藏起来，躲着人再吃另一半；比如一块很小的元宵馅儿她会舔舔又包起来（因为当年成都买不到糖果吃，嗜糖如命的我们只好买元宵馅儿当芝麻糖吃），等熄了灯接着舔；再比如她往军帽里垫报纸，以增加军帽高度来长个儿，等等，诸如此类的毛病其实没被我们真看成毛病。

让萧穗子她们对她的歧视骤然间升级的原因，是所谓的“乳罩”事件。所谓“乳罩”事件，就是指何小嫚把一个用海绵垫塞过的简陋乳罩公然晾晒到了院子里的晾衣绳上，并因此而激起了文工团女同胞们的共同愤怒。

> 这种脸红今天来看是能看得更清楚。那个粗陋填塞的海绵乳峰不过演出了我们每个女人潜意识中的向往。再想得深一层，它不只是我们二八年华的一群女兵的潜意识，而是女性上万年来形成的集体潜意识……对于乳房的自豪与自恋，经过上万年在潜意识中的传承。终于到达我们这群花样年华的女兵心里，被我们有意识地否认了。而我们的秘密向往，竟然在光天化日下被这样粗陋的海绵造假道破，被出卖！男兵们挤眉弄眼，乳罩的主人把我们的秘密向往出卖给了他们。

面对着来自于战友们步步紧逼的追问，何小嫚最终爆发出了尖厉刺耳的号叫。对此，叙述者萧穗子给出的分析是：

> 后来我了解了她的身世，觉得这声无词的号叫在多年前就开始起调门，多年前就开始运气，在她父亲自杀的时候，或许在弟弟揪住她的辫子说“辫子怎么这么粗，明明是猪屎橛子”的时候，也或许是在她母亲识破了那件被染黑的红毛衣，以及两个绒球如何做了丰胸材料而给了她两耳光的时候……

说到底，那一声借助于“乳罩”事件爆发出的凄厉无比的号叫，是委屈了太久的何小嫚对于这个不公平不合理的世界迸发出的一种强烈抗议，是压抑太久了的何小嫚发自内心深处的一种生命呐喊。

可怕之处在于，“女兵们对何小嫚的歧视蔓延很快，男兵们不久就受了传染”。正因为这种缘故，才会有舞蹈排练时拒绝“触碰”，拒绝托举何小嫚事件的发生。本来，何小嫚的搭档朱克应该在舞蹈时高高地托举起何小嫚，但他却数次三番地拒绝做出这个动作。那么，朱克为什么要拒绝托举何小嫚呢？他给出的理由是，何小嫚身上有着太过于浓的馊味。对此，我们给出的理解是，一方面，何小嫚一贯爱出汗：“平时就爱出汗的何小嫚看上去油汪汪的，简直成了蜡像。”但在另一方面，则很显然还是“乳罩”事件在作祟的缘故。反正不管怎么说，文工团中的绝大部分男性都拒绝托举何小嫚。值此关键时刻，毅然挺身而出的，又是刘峰。是一直在做好事的刘峰，主动请缨，替代了朱克，高高地把何小嫚托举在了空中。何小嫚之所以会从内心深处爱上刘峰，就与这次托举存在着紧密的内在关联：“不，她已经爱上他了。也许她自己都不清楚，她找上门，就是向刘峰再讨一个‘抱抱’。明天，抱她的人就要走了，再也没有这个人，在所有人拒绝抱她的时候，向她伸出两个轻柔的手掌。”就这样，由于其他人的不肯“触碰”而导致了刘峰的甘愿“触碰”，而刘峰甘愿“触碰”的结果，则直接导致了何小嫚对于他的终身不弃。我们所谓拒绝“触摸”事件对于何小嫚造成的巨大精神创伤，也正突出地体现在这一点上。

然而，正所谓“成也萧何，败也萧何”，何小嫚最后之所以重蹈刘峰的覆辙，也被下放到基层连队，也与她的“高烧”情结紧密相关。凭借“高烧”，她可以获得来自母亲的怜爱，但也正是因为假装“高烧”，她最终被下放到了基层连队。事实上，何小嫚这一次假装“发烧”的本意，乃是为了拒演，没承想，团首长一动员，她内心里潜藏着的英雄情结马上就蠢蠢欲动，到最后居然弄巧成拙地被捉了个现行。对于这一点，叙述者萧穗子曾经有所分析。

> 正是这样一个满怀悲哀的何小嫚，一边织补舞蹈长袜一边在谋划放弃，放弃抗争，放弃我们这个“烹”了刘峰的集体。她的“发烧”苦肉计本来是抗演，是想以此掐灭自己死透的心里突然复燃的一朵希望。她站在舞台侧幕边，准备飞跃上场时，希望燃遍她的全身。她后来向我承认，是的，人一辈子总得做一回掌上明珠吧，那感觉真好啊。

令人倍觉齿寒处在于，即使在何小嫚已经因为“发烧”事件被下放连队一年之后，这些文工团员们对她的歧视却仍然在持续发作中。一直到1979年前线爆发战事，有关于何小嫚的坏话方才终于告一个段落，彻底归于沉寂。多少带有一点巧合意味的是，如同刘峰一样，下放连队后的何小嫚，不仅参加了自卫反击战，而且还由于在战场上勇敢地救出了一名重伤员而成为英雄。没想到，对于因为一贯各方面表现落后而总是受到打压与歧视的何小嫚来说，成为英雄这突如其来的巨大荣誉，竟然会硬生生地把她给彻底压垮，竟然使她一度成为一名精神分裂症患者。对于这一过程，叙述者萧穗子曾经有所分析。

> 小嫚每天要接受多少崇拜！把我们给她的欺凌和侮辱千百倍地抵消，负负得正，而正正呢？也会相互抵消吗？太多的赞美，太多的光荣，全摞在一块儿，你们不能匀点儿给我吗？旱就旱死，涝就涝死……小嫚签名签得手都要残了，汗顺着前胸后背淋漓而下，是不是又在发馊？肯定是馊了。报纸上的大照片上的，哪能是她小嫚？只能是另一个人，看上去那么凉爽清冽。而小嫚动不动就被汗泡了，被汗沤馊了，馊得发臭。她开始摆脱人们，向人群外面突围，签字的奖品钢笔也不要了。几条胳膊拉住她，还有我，还有我，您还没给我签呢！所有的年轻小脸都凑到她身上了，别忘了，你们过去可是不要触摸我的！

由以上分析可见，虽然已经身为英雄，但何小嫚耿耿于怀无法遗忘的，却是自己当年因汗馊而被嫌弃被拒绝“触摸”的凄惨往事。紧紧地抓住了这一点，自然也就写出了何小嫚这一人物身上最为重要的一种精神分析学深度。

但仅仅写出何小嫚这一人物身上的精神分析学深度也还不够，更进一步地，何小嫚精神分裂症的发作，还与她所目睹的死亡惨状紧密相关。

> 当年她的病（精神失常）不单单是被当英模的压力诱发；在

那之前她就有点儿神志恍惚。仗刚打起来，野战医院包扎所开进一所中学时，教学楼前集合了一个加强团士兵，从操场奔赴前线。第二天清早推开楼上的窗，看见操场成了停尸场，原先立正的两千多男儿，满满地躺了一操场。小嫚就是站在窗前向操场呆望的那个女护士。她站了多久，望了多久，不记得了，直到护士长叫她去看看，万一还有活着的。她在停尸场上慢慢走动，不愿从躺着的身体上跨越，就得不时绕个大弯子。没风，气压很低，血的气味是最低的云层下的云，带着微微的温热，伸手可触。她这才知道满满躺了一操场的士兵是哪个军的。刘峰那个军。再走慢一点儿，万一还有活的，万一活着的是刘峰……

…………

就那样，一个操场头一天还操练，立正稍息向右看齐，向前向前向前，我们的队伍向太阳，第二天一早，立正变成卧倒了。卧倒的，个头儿都不大，躺在裹尸布和胶皮袋子里，个个像刘峰，个个像她新婚的丈夫。小嫚的神志是那时开始恍惚的。

毫无疑问，除了战友们曾经的拒绝“触摸”托举之外，致使何小嫚精神分裂症发作的更根本的原因，显然在于如此一种令人猝不及防的死亡场景对何小嫚所形成的极强烈精神刺激。明明昨天还是生龙活虎的战士，仅仅过了一天，就变成了一地卧倒的尸体。如此一种情形对何小嫚的精神刺激之大，只要设身处地地想一想，就完全可以理解。事实上，借助于如此一种场景，严歌苓试图写出的，绝对已经不只是何小嫚这一人物形象身上所具有的精神分析学深度，而更是一种看似无声实则格外犀利有力的现代反战思想。请想一想，仅仅时隔一天的时间，这么多生龙活虎的战士就已经变成了冷冰冰的尸体，导致这种巨大悲剧生成的根本原因，除了可诅咒的战争，也还是可诅咒的战争。事实上，无论是什么性质的战争，所具有的都是以毁灭无数无辜生命为突出标志的暴力与邪恶特征。也因此，站在人类生命的立场上，站在一种没有任何商量余地的人道主义立场上，对于一切战争，我们所持有的都应该是一种坚决的毫不妥协的反对态度。严歌苓的长篇小说《芳华》所传达出的，毋庸讳言正是这样一种难能可贵的反战理念。

认真想一想，距离1979年自卫反击战的爆发，已经有四十多年的时间了。四十多年来，除了战争爆发之初的那个阶段曾经出现了一个以自卫反击战为主要表现对象的小说创作高潮之外，这场影响巨大的战争事实上并没有得到充分的文学形式的反思与表现。或许与时代因素的制约与影响有关，那个时期以李存葆的中篇小说《高山下的花环》为突出代表的小说创作潮流，可以说全部停留在一种比较泛泛的爱国主义精神的表现与传达上，思想艺术成就其实非常有限。此后的四十多年时间里，既然已经不再有作家去触碰书写此类题材，那自然也就谈不上什么突破与创新了。其他的且不说，单只是从题材书写，从对于那一场自卫反击战深入反思的角度来看，严歌苓这部《芳华》的思想艺术价值也是不容轻易忽视的。

第十二章　陶纯《浪漫沧桑》：“借史托人”与生命的深度凝视

一、历史观与“借史托人”

陶纯是近些年来很有代表性的一位军旅作家，继那部曾经登上过中国小说排行榜的长篇小说《一座营盘》之后不久，他很快又推出了一部新的长篇力作《浪漫沧桑》（湖南文艺出版社 2017 年 8 月版）。倘若说《一座营盘》是一部旨在透视表现和平时期的军旅生活、聚焦反腐这样一个社会热点问题的长篇小说，那么，以 1936 年龙城余家的“双喜临门”或者“三喜临门”为叙事起点，以 1948 年底解放军对于龙城的全面占领为叙事终结点的《浪漫沧桑》，就毫无疑问是一部历史长篇小说。

单从取材的角度来看，陶纯的《浪漫沧桑》与曾经在中国当代文学史上一度蔚为大观的革命历史小说基本相同。对于“革命历史小说”，文学史家洪子诚曾经给出过这样的一种界定：“在 50 至 70 年代，说到现代中国的‘历史’，指的大致是‘革命历史’；而‘革命’，在大多数情况下是指中共领导的革命斗争。鉴于这种情形，80 年代以后有研究者使用了‘革命历史小说’概念，指出这一文学史命名所指称的‘历史’具有‘既定’的性质，是‘在既定的意识形态的规限内，讲述既定的历史题材，以达成既定的意识形态目的’；也就是说，讲述的是中共发动、领导的‘革命’的起源，和这一‘革命’经历曲折过程之后最终走向胜利的故事。”① 说到底，“革命历史小说”的一大特点就是，在呈示表现革命历史的时候凸显出了一种相当突出的意识形态色彩。事实上，这样一种严格地按照意识形态的规限与要求写出的“革命历史小说”，也就自然只能是一种形象化文学化了的中共党史教科书了。对于这一点，王又平也进行过相当精辟的论述：“在中国当代文学的正史观念中，也形成了一套宏大叙事。它们以毋庸置疑的权威性和正统性向人们承诺：阶级斗争、人民解放、伟大胜利、历史必然、壮丽远景等都是绝对的真实，是颠扑不破的真理，真实的历史就是关于它们的叙述；反过来说，只有如此叙述历史，才能达到真实和真理。”② 王又平此处所强调的正史观念其实也正是我们所说的党史教科书的特质所在。然而，正因为作家们在创作时严格地受制于这样一种意识形态化了的正史观念主导的缘故，所以这一批“革命历史小说”在揭示出一部分历史真实的同时，也就必然地会遮蔽另外一部分同样真实的历史事实存在。从这个意义上来看，作为一种本应以还原展示真实历史图景为根本旨归的历史小说之一类，“革命历史小说”一个根本性的缺陷就在于未能够突破意识形态的规限而对自己所表现的那一段历史生活进行一种尽可能逼近历史本相的真实表达。

之所以要在这里专门提出讨论革命历史小说的问题，关键原因在于，作家陶纯不仅曾经广泛接触过这一类小说，而且他最初的文学教育，也正是依托于这一类文学作品才得以完成的。“20 世纪七十年代，我在山东西部黄河岸边的一个村庄艰难地求学度日之时，有几本革命战争题材的小说在我心里播下了文学和军旅的种子，它们是《林海雪原》《铁道游击队》《红

---

① 洪子诚：《中国当代文学史（修订版）》，北京大学出版社，2007，第 94 页。

② 王又平：《新时期文学转型中的小说创作潮流》，华中师范大学出版社，2001，第 329 - 330 页。

日》《苦菜花》《红旗谱》《敌后武工队》等。在这些作品的熏陶之下，一九八〇年高考中榜后，我果断地选择进入军校学习，从此成为一名职业军人，一直到现在；正是由于那颗文学的种子发了芽，我后来成长为一名军旅作家，一直在文学的森林里栉风沐雨，缓缓成长。"① 既然陶纯最初的文学教育来自革命历史小说，那么，这一批小说作品对他产生了根深蒂固的影响，就是毫无疑问的事实。就此而言，陶纯之所以会对此类题材的小说创作产生浓烈的兴趣，实际上与他早年接受过的文学教育脱不开干系："三十多年前，我在乡下求学的少年时代，因为读了开头所述的那几部作品，可以说改变了我的人生。三十多年来，我时常想，何时我也写一部那样的作品？"② 关键问题在于，当陶纯准备开始创作《浪漫沧桑》的时候，他所处的已经是一种迥异于"十七年"的21世纪的现实文化语境。在新的历史条件下，如何展开对于曾经的那一段革命历史的书写，就是横亘在陶纯面前的一个重要问题。正是因为陶纯对此有着格外清醒的认识，所以他才会在创作谈中强调："如果说前辈作家受当时政治风云的影响，摆脱不了政情世风的桎梏，拿出的作品有意无意贴上了所谓'左'的标签，其作品被岁月淘洗之后，已经不再吸引后来的读者，那么，社会发展到今天，当代作家再回头去深入历史，重新反思历史、战争和人性，用新的创作方法拿出适合当代人阅读的作品，写出它的当代性、丰富感，进而映照现实，我认为，早该是时候了。"③ 这里，陶纯所谓"前辈作家受当时政治风云的影响，摆脱不了政情世风的桎梏，拿出的作品有意无意贴上了所谓'左'的标签"的说法，与我们关于革命历史小说的根本缺陷在于"未能够突破意识形态目的的规限而对自己所表现的那一段历史生活进行一种尽可能逼近历史本相的真实表达"的论断，完全称得上是不谋而合。"其实，革命历史是个多棱镜，它具有无限的丰富性。我想，在正统的党史和军史之外，正是文学

①②③ 陶纯：《我为什么写军旅小说〈浪漫沧桑〉》，《作家通讯》2017年第6期。

起飞的地方。掀起被遮蔽的历史一角，降低视角（避免再写高大全的形象），变换一下视角（获得艺术新意），秉笔直书，就可以收获一部与众不同的战争小说。”① 但正所谓“说起来容易做起来难”，问题的关键是，在已经明确意识到革命历史小说存在思想艺术缺陷的前提下，陶纯到底应该采取怎样的写作方式才能够在有效地规避这些缺陷的同时，形成自己的思想艺术个性。为了更好地回答这个问题，我们首先须得从历史长篇小说三种不同样式的存在说起。

同样是历史长篇小说，因为作家关注重心的不同，又会形成不同的思想艺术面貌。约略计来，大约有三种样式。其一，在“历史”与活跃于其中的“生命”或“人性”之间更多地倾向于“历史”维度，以对“历史”的沉思为其突出特质。其二，面对着“历史”与“生命”或“人性”，作家双管齐下，力求在沉思“历史”的同时，也对“生命存在”作深度的勘探表现。其三，在“历史”与“生命”或“人性”之间更多地倾向于“生命”或“人性”，以对“生命存在”的谛视和“人性世界”的探索为其突出特质。相比较而言，《浪漫沧桑》很显然属于最后一类。作为历史长篇小说，《浪漫沧桑》中自然少不了诸如“西安事变”、抗日战争、“解放战争”等相关历史因素的铺陈与展示，但无论如何都不能不引起我们高度注意的一点是，这些历史因素的铺陈与展示，并没有占据文本的中心地位，它们存在的意义和价值主要在于为作家进一步透视生命存在与勘探人性奥秘提供必要的舞台。本章标题中的“借史托人”云云，所表达的也就是这个意思。事实上，将关注的目光更多地聚焦到那些活跃于历史空间中的人物身上，也正是作家陶纯一种自觉的艺术追求：“《浪漫沧桑》主要通过女主人公李兰贞与汪默涵、申之剑、罗金堂、龚黑柱这四个男人的关系展开，这是错综复杂的一条主线，另一条线是把她一家在战乱时代的兴衰浮沉、巨

① 陶纯：《我为什么写军旅小说〈浪漫沧桑〉》，《作家通讯》2017 年第 6 期。

大变迁紧密地交织在一起。正面写战争，往往吃力不讨好，所以在本书中，我有意虚写战争，实写爱情，力求通过李兰贞复杂的情爱与命运展示波澜壮阔的历史进程，写出她的希望、忧伤、追求、痛楚和悲怆。”① 非常明显，陶纯这里所一力强调的“虚写战争，实写爱情”，很大程度上也正暗合于我所谓的“借史托人”。他这里的战争，正是那一段历史最突出的构成要素。他所谓的爱情，在我看来，则多多少少显得有点狭隘。依照我的理解，与其说陶纯在“实写爱情”，莫如说他在谛视历史进程中复杂的生命存在，勘探人性世界的深邃幽微。假若我们充分考虑到现实文化语境的复杂性，那么，陶纯看似有意规避“历史”沉思的“虚写战争，实写爱情”的书写策略，一方面固然凸显着作家试图在革命历史题材上有所突破的艺术野心，另一方面却也隐含有某种难言的苦衷。尽管说在一部历史长篇小说中，无论作者怎样自觉地规避，实际上也都不可能完全摆脱掉历史观悄然无声的渗透与表达。

然而，尽管陶纯已经有了非常自觉的突破意识，但在实际的书写过程中要想真正地实现这种突破，并不是很容易的一件事情。比如，在主要人物关系的设置上，虽然陶纯已经竭尽所能地试图有所突破，但在一些方面还是难以避免地落入此类小说作品的艺术窠臼之中。具体来说，八路军方面的江山、汪默涵、罗金堂与冷长水（后改名为冷锋）的各自性格以及彼此之间关系的设定，就明显地给人以似曾相识之感。江山的虽然难免决断失误与大方向上的永远正确，汪默涵的儒雅、机智、软弱以及无论如何都挥之不去的书生气，罗金堂的其貌不扬、勇猛善战、粗中有细以及最后的大意失荆州，冷长水的阴郁奸诈与狡计百出，在同类作品中，都并不鲜见。尽管存在着类似的问题，但这却并不能遮蔽陶纯在《浪漫沧桑》这部长篇小说中所做出的那些超越性努力。以我愚见，陶纯的这些努力，集中体现在若干人物形象的深度塑造以及潜隐于这些人物形象背后的历史观。

① 陶纯：《我为什么写军旅小说〈浪漫沧桑〉》，《作家通讯》2017 年第 6 期。

二、成长小说与人道主义

正如同陶纯自己在创作谈中已经坦承的，《浪漫沧桑》是由两条时有交叉的结构线索交织而成的。一条是女主人公李兰贞与汪默涵、申之剑、罗金堂、龚黑柱这四个男人之间情感上的纠葛缠绕。另一条则是李兰贞一家人在那个战乱时代无以自控的命运浮沉。两条结构线索合而观之，所实际构成的，又是女主人公李兰贞的一部生命成长史。从这个角度来看，《浪漫沧桑》既可以被看作是历史小说，也可以被看作是战争小说，但同时，却更可以被看作是一部成长小说。如果仅仅着眼于女性的成长这一点，《浪漫沧桑》很容易就可以让我们联想到杨沫的长篇小说《青春之歌》。倘若说二者的同构处在于都是以一位成长中的女性为主人公，而且这位主人公在成长的过程中也都先后经历了几位不同的男性，那么，二者的不同处就在于，林道静最终从一位资产阶级或小资产阶级知识分子成长为一名信念坚定的无产阶级战士，用洪子诚的话来说，就是“通过林道静的‘成长’来指认知识分子唯一的出路：在无产阶级政党的引领下，经历艰苦的思想改造，从个人主义到达集体主义，从个人英雄式的幻想，到参加阶级解放的集体斗争——也即个体生命只有融合、投入以工农大众为主体的革命中去，他的生命的价值才可能得到证明”①。而李兰贞在经历了革命熔炉血与火的锻铸之后，却最终走向了对于革命的疏离。

李兰贞，原名余立贞，是一位出生于国民党官员家庭的阔小姐。她的投身革命，并不是因为自己有着多高的政治觉悟或多么坚定的政治信仰，而只是因为她义无反顾地爱上了自己的中学老师汪默涵（从事地下工作时的化名为汪然）。当汪默涵告诉她自己是共产党，并以为此举一定会吓她一

① 洪子诚：《中国当代文学史（修订版）》，北京大学出版社，2007，第107页。

大跳的时候，李兰贞的表现却是无动于衷。“他以为她会惊恐。哪想她轻轻笑了笑，笑靥如花。她收住笑，说：‘你又不是青面獠牙的，有啥好怕？我才不管这党那党的，政治与我无关，真的！’”天真幼稚的李兰贞，根本想不到，汪默涵之所以最终答应把她带到大阳山游击区，不仅与爱情无关，而且还带有不可告人的复仇动机。“他一时杀不了苏小淘，更杀不了余乃谦——你杀光我的人，我虽杀不了你，但我也绝不想让你过好日子！他把余立贞带出来，就是想把她培养成最坚强的革命战士，使她成为余家的掘墓人！他能想象到，当那封他摹仿余立贞的笔迹投出的信送达余乃谦手中时，余家一定会乱作一团！那封信就仿佛一把锋利的匕首，狠狠刺向那个大刽子手的心脏……”李兰贞（也即余立贞）来到大阳山游击区之后，限于思想政治觉悟，虽然一直未能搞明白何为革命，以及自己究竟为什么要革命，但她却用实际行动给游击队做出了两项突出贡献。其一，当她了解到江山他们的队伍严重缺乏武器弹药的时候，主动向江山请缨，以给父亲写信的方式为游击队“诈”来一批枪支弹药。其二，当申之剑对于大阳山的偷袭眼看就要大获成功，眼看江山所部就要全军覆没的关键时刻，正是李兰贞挺身而出，不惜背负投降的骂名而走向了申之剑的身边，并迫使申之剑下令停止进攻，最终保住了大阳山游击区剩余三十六个人的生命，为革命事业的继续保留了火种。经历了这一切之后，李兰贞的心绪一时间陷入莫衷一是的混乱状态：“对于申之剑，她说不出是什么感受——该恨他？还是应该感激他？为了她，他都负了伤，差点就要了命；可他为了她，竟然杀了那么多的人，她亲眼看着战友们一个个倒下，尸体躺满了山谷……也许她更该恨自己，毕竟因为她，他才那么干的。可是，自己跟汪先生出走，又是自觉自愿的，她不后悔，永远都不后悔……”爱恨情仇的剪不断理还乱，在这个时候可以说得到了很好的体现。为了救出李兰贞，申之剑不仅杀人无数，而且自己还身负重伤。为了追随汪默涵，李兰贞不仅来到生活条件极其艰苦的大阳山游击区，而且，为了救出被困战友的生命，自己不惜承担叛徒的骂名。但相比较来说，李兰贞如此一种选择背后，其实存在着一种恐怕连她自己都未必能够搞明白的难能可贵的人道主义悲悯情怀。事实上，在李兰贞的心目中，根本就不会考虑到是否应该为后续的革命事业保留火种的问题，她只是在目睹了一个个鲜活的生命瞬间便死亡的残酷场景之后，出乎本能地愿意用自己的牺牲（被视为叛徒，当然是一种牺牲），去换取三十六条鲜活生命的生存权利。尽管说一向娇生惯养、年龄尚小的李兰贞自己，在当时肯定不会明白究竟何为人道主义，但她那样一种出乎本能的“我不下地狱谁下地狱”的自我牺牲精神，却从根本上体现出了一种朴素的人道主义思想。

随着申之剑回到龙城父母身边的李兰贞，在家中只是待了很短暂的一段时光，就因为抗日战争的全面爆发而重新返回到了大阳山游击区。这个时候，由于国共形成了抗日统一战线，曾经的大阳山游击区变成了以罗庄镇为中心的大阳山抗日根据地：“根据省委指示，大阳山游击大队正式更名为八路军大阳山抗日挺进纵队，江山担任司令员兼政委，冷长水任副司令员，汪默涵任副政委，罗金堂担任了三大队的大队长。”但就在李兰贞重返大阳山根据地不久，申之剑因为与鬼子力战不敌身负重伤，不幸落入了曾经不共戴天的仇敌大阳山抗日挺进纵队的手中。正所谓，仇人相见分外眼红，因为此前申之剑为了救回李兰贞而有过血洗大槐树、血洗大阳山游击队的过节，所以，一听到申之剑竟然落入了自己的手中，以冷长水为代表的一批人便强烈要求杀掉申之剑为死难的战友们报仇。尽管由于汪默涵与江山的竭力阻拦，申之剑暂时保住了性命，但李兰贞却深知什么叫作夜长梦多。她知道，只要申之剑在大阳山多耽搁一天，那他的生命就多一分危险。因此，她不仅自己积极努力，而且还想方设法策动了一贯善于打仗的三大队大队长罗金堂和自己一起采取行动，最终把身负重伤的申之剑安全地送到了国民党军队的驻地。虽然从表面上看，李兰贞此举带有鲜明的报恩色彩。既然申之剑曾经为了救出自己不仅夤夜带兵突袭大阳山，而且还看在自己的面子上放过了被围困的三十六条生命，那么，李兰贞便无论如何都应该想方设法救出申之剑。但倘若更深一步地理解李兰贞的如此一种举动，那么，其中一种人道主义精神的存在与充分彰显，自然也就是难以被否认的一种客观事实。然而，此处对申之剑的救出，对李兰贞来说，还仅仅是第一次。任谁都难以猜想到，在李兰贞与申之剑的命运交集过程中，竟然还会有李兰贞对申之剑的第二次救出。只不过，这个时候已经是人民解放战争中的1948年。当时，申之剑所在的国民党部队已经处于岌岌可危的颓败状态之中。在龙城被攻陷之后，很多国民党将士成为解放军的俘虏。在纷纷攘攘的俘虏群里，拥有一双锐利眼睛的李兰贞，一下子就发现了化装过的国民党高级将领申之剑："她骑马慢腾腾踱过来，目光扫向俘虏群，竟然一眼就望见一张熟悉的面孔，尽管他胡子拉碴，脸上满是黑灰，一副炊事员打扮，两条胳膊上套着油腻腻的套袖，还扎着一条脏兮兮的围裙。"两个人彼此认出对方并进行过一番唇枪舌剑的口头交锋之后，申之剑递给了李兰贞一张保存多年的照片："她接过，仔细一瞅，里面夹有她一张小小的旧照，是她十八岁那一年送他的，照片已泛黄变淡，恍若隔世，几乎认不出来是自己。她心乱如麻，说不清是感动还是怜悯。"肯定与被这张意外出现的照片深度触动有关，李兰贞面对着站在自己面前的败军之将申之剑，最终还是生发出了怜悯之心，递给他一张路条，帮助他顺利地逃跑成功。李兰贞自己却付出了相当惨重的代价："由于私自放走战犯申之剑，李兰贞被撤销纵队政治部敌工科科长一职，并被开除党籍。一九四八年底，她转业到地方，组织上按副科级别给她安排了工作。"虽然李兰贞为革命做出过巨大的贡献，但因为她私自放走申之剑，所以终其一生都没有获得过相应的任用。我们前面所谓李兰贞积极投身革命的最终结果乃是对于革命的一种自觉或不自觉的疏离，落实到文本中，其具体所指也正是如此的一种境况。倘若要追问李兰贞何以要疏离革命，恐怕也还是需要从深藏在她精神深处的人道主义悲悯情怀那里获得相应的解释。归根到底，如果不是有一种人道主义的悲悯情怀作为强力支撑，李兰贞其实无论如何都不可能做出阵前放跑申之剑的举动来。从这个意义上来说，李兰贞这些非同寻常的举动，能够让我们联想到法国作家维克多·雨果的长篇名著《九三年》。她的一次救出大阳山游击队战士三十六条生命，她的两次不管不顾地救出申之剑，完全可以与《九三年》中那位不顾个人安危在火中毅然救出三个孩子的朗德纳克侯爵相提并论。维克多·雨果说：“在绝对正确的革命之上，还有一个绝对正确的人道主义。”从某种意义上，通过李兰贞这一女性形象的深度塑造，陶纯的《浪漫沧桑》也当得起维克多·雨果的这样一种评价。

更何况，为了充分凸显李兰贞的人道主义悲悯情怀，临结尾处，陶纯还专门增写了她宽恕曾经出卖革命的叛徒李二丑的情节。在意外地辨认出早已改头换面的李二丑之后，一方面考虑到他当年只不过给国民党军队带过一次路，另一方面也考虑到他这么多年来其实一直在以兢兢业业的工作方式悄然赎罪，李兰贞最终选择了对李二丑的宽恕：“她居然有点肃然起敬了，感觉眼角湿漉漉的，站起身来，说：‘华所长，我明白了——世上早已没了李二丑，你已经赎过罪了，用你的行动，你不该再受惩罚。今天就当没这回事，好好活着，好好工作。”尽管两个小说文本中的情节设计不尽相同，《浪漫沧桑》中的如此一种设定，却可以让我们联想到维克多·雨果另外一部长篇小说《悲惨世界》中，米里哀主教对于冉阿让的宽恕之举。

三、知识分子汪默涵形象分析

除女主人公李兰贞之外，与陶纯小说主旨紧密相关的另一个人物形象，是那位把李兰贞引领到革命道路上的知识分子汪默涵。汪默涵曾经就读过金陵大学，他的妻子冷眉（原名李雅岚，“冷眉”是她从事地下工作时的化名）就读的则是同在南京的中央大学。汪默涵在自己秘密加入地下党组织后，利用二人之间的爱情关系，很快引领冷眉走上了革命道路。没想到的是，面对被捕后遭受的威胁，冷眉变节成为无耻的叛徒。由于她的出卖，龙城的地下党组织系统遭到了根本的破坏，只有汪默涵因偶然的外出而躲过了一劫。作为革命队伍中一位数量相对稀少的知识分子，汪默涵的性格特征值得注意的有这几点。其一，在革命与亲情、爱情发生尖锐冲突的时候，他最终选择的是亲情和爱情。这一点，再突出不过地表现在他对于冷眉背叛革命事件的处理上。虽然事发当时，汪默涵曾经信誓旦旦，一旦抓住叛徒，就一定要给予严厉的惩处，为那些被出卖的同志们报仇，然而，等到被栽赃陷害的苏小淘费尽千辛万苦，终于证明冷眉才是真正的叛徒，并且引领着汪默涵找到冷眉现在的住所的时候，汪默涵最终犹豫了，在经过了一番激烈的内心冲突之后，还是放了冷眉一条生路。其二，虽然说汪默涵也曾经有过不择手段的时候，但相比较而言，他还是属于原则与底线的坚持者。比如，当江山试图以李兰贞为筹码榨取余乃谦的油水的时候，反对者就是汪默涵。“江山脸上闪出一丝不悦，正色道：‘汪默涵同志，我历来的观点是——为了革命成功，可以不择手段。”“这话让汪默涵一个愣怔——他把李兰贞带上山来，不也是不择手段吗？他的所作所为，和江山有何区别呢？但此时，汪默涵不想与江山正面争论，他郑重提出，既然人家家里把东西送来了，咱们也得有个态度，不能让人——哪怕是敌人说共产党不守信用，将来她如果有了觉悟，愿意参加革命，她还可以再来。革命嘛，得靠自觉自愿。后面这几句话，是江山不久前说过的，他现在拿来堵江山的嘴。”在李兰贞问题上，汪默涵与江山所存在的分歧就说明汪默涵其实是革命队伍中的异类。再比如，在申之剑落入大阳山抗日挺进纵队手中后，面对着冷长水等人要求杀掉申之剑的那样一种群情激愤的情形，毅然挺身而出加以明确反对的，就是汪默涵：“申之剑和那个余乃谦一样，以前确实对我们共产党下手够狠，照说枪毙他一百次都应该，但是各位，你们想过没有？现在他是中央军，更是友军，我们党要搞广泛的抗日民族统一战线，这时候公开处决他，是要违反政策和纪律的，我们不能这么干！”

别的且不说，只是以上二例，就足以充分说明汪默涵的知识分子本色。

但相比较来说，更重要的，恐怕还是第三点，在已然提着脑袋革命数十年之后，汪默涵最终还是以出家的方式远离了革命。在延安学习改造四年多之后，再次出现在大阳山的汪默涵，被任命为纵队政治部副主任。这个时候的汪默涵，已然处于“革命意志衰退”的状态之中，很是有一点看破风尘的意思：“情绪最低落的时候，他曾萌发退出党组织，回江南老家自谋生路的想法。身边也确有个别人交了脱党申请，告别延安，返回了故乡。他反思自己这些年所走过的道路，感觉当初如果不是头脑一热热血翻涌加入组织，并且把岚岚也带进来，或许他们大学一毕业，就离开大城市，找一个清静之地，当一名与世无争的中学教师，在孩子们的琅琅读书声中，终老一生。”然而，现实的状况却是：“一切都已不可复来，就像生命、时光和黄河之水，无法倒转。”正是因为已经有了这样的一种精神底色，所以，面对着自己曾经的学生——那位滔滔不绝、口若悬河的李兰贞，他才会顿然生出这样的感觉：“她的成长、成熟，令他吃惊。……他不想跟她探讨这个问题，对于战争，他已厌倦，他不想再打仗。打仗为什么？他想不明白。他最近想得最多的，是放下执念，破除苦恼。”汪默涵对于战争厌倦感的生成，一方面固然与他所经历的那些战争苦难紧密相关，但在另一方面更多地反映出的，恐怕却是作家陶纯观念世界中的反战思想。事实上，也正是在这种厌战情绪的主导下，在一次战斗中与旅长刘子厚发生尖锐冲突后，汪默涵最终选择了退出战斗：“‘我汪默涵从不是贪生怕死的人，我是为战士的生命考虑……’他还想劝说，刘子厚不再搭理他，倒头在一张行军床上睡着了。”到最后，面对着刘子厚的不管不顾，面对着战士们的血流成河，万般无奈的汪默涵唯有顿足长叹：“不知不觉，他满脸是泪，泣道，‘生命呀，鲜血呀，老百姓的骨肉呀……’”也就是在这次残酷的战斗结束后，拥有很多年革命阅历的汪默涵悄然隐遁，消失得无影无踪。

离开了部队后，汪默涵上了燕来峰，隐隐然遁入空门，成为燕来寺的主持。他和不远千里来寻的李兰贞之间曾经有过一场充满禅机的对话。面对一身出家人装扮的故人汪默涵，李兰贞倍觉痛心："虽然早有心理准备，但这一刻她仍然是无限的惋惜，心头隐隐的痛楚——久违了，我曾经的爱人！你曾是坚定的革命者，你把我领进革命队伍，从而改变了我的命运，而你自己却遁入空门，成为一个逃兵。难道你真的看破了所谓的红尘，要在这荒山野寺了此残生?"然而，汪默涵却早已心如死灰，与故人的意外重逢也没有能够激起他内心里的丝毫波澜："他微微睁开眼睛，认出了她。然而他沉静似深潭之水，不起一丝波澜，随即微闭眼睛，继续不紧不慢敲击木鱼，蠕动嘴唇念念有词，就仿佛她不存在似的。"事实上，"他早就有了皈依佛门的执念——自从心爱的女人彻底离他而去之后，他开始厌倦人生，对政治和战争愈加排斥，总想逃到一个无人相识的地方，过清静的、无欲无念的生活。苦海茫茫，回头是岸，人是在希望中过活的，没希望了，还留恋红尘干什么?"面对李兰贞苦口婆心的耐心劝说，汪默涵给出的是充满禅机的答复："佛说：'我执，是痛苦的根源。'人们常常被一个'争'字所困扰，小到争衣食名利，大到争夺天下，争到最后，原本阔大渺远的世界，只剩下一颗自私的心。人生至境是不争，战争的原因是少慈悲心，好结怨。仇恨永远不能化解仇恨，只有慈悲才能化解仇恨，这是永恒的至理。"

由李兰贞对革命的疏离到汪默涵对战争和革命的决绝，我们其实已经能够整理出《浪漫沧桑》这部战争小说或者说革命历史小说最根本的思想艺术冲突，就是战争或革命与人性亲情伦理之间难以调和的矛盾对立。由此而引出的，自然就是被陶纯自己认定为《浪漫沧桑》之"文眼"的这样一段叙事话语：

> 人生的磨难与毁灭，往往不是由于恨，而是由于爱，就仿佛汪默涵之于岚岚、申之剑之于贞贞、余立文之于李雅岚、她之于汪先生。爱情就像一把火，可以给人温暖，给人光明，也可以把

> 人烧焦。爱是危险的，尽管如此，还是有那么多的人不顾生死，飞蛾投火一般，把自己置于绝境。爱与恨，有时只在一念间，天堂与地狱，就像左手与右手，每天都不离你左右……

爱是什么？究其根本，能够让人物处于如此一种刻骨铭心状态的爱情，自然是人间最珍贵的亲情伦理无疑。但在《浪漫沧桑》所表现的这一历史时段中，这种珍贵的亲情伦理却往往会因为战争或者革命的缘故而遭到残酷的打击与破坏。爱情与革命，都有某种“浪漫”的性质，然而，这两种物事一旦发生碰撞，对某些人来说，却难免会生成一种悲剧性的结局，此所谓“沧桑”者是也。“赋到沧桑句便工”，我想，对于陶纯《浪漫沧桑》的思想艺术主旨，我们也不妨做如是解。

第十三章　徐贵祥《马上天下》：战争文学的新理念与人物形象的塑造

一、语言形式崇拜论与新型战争文学理念确立

在很长一段时间内，由于受到了所谓纯文学观念影响，我也曾经一度十分迷恋过小说的语言形式，可以说，是一个不折不扣的语言形式崇拜者。所谓的语言形式崇拜，就是指在一种内容和形式二元论的前提之下，认为从根本上决定着文学作品优秀与否的关键性因素，其实主要在语言形式方面。这样，文学创作方面所谓的发展进步，具体所指的也就是语言形式方面的一种发展变化。诗人韩东那一句影响广泛的“诗到语言为止”的名言，可以看作是这种语言形式崇拜论观念的一种典型表达。韩东的意图非常明确，那就是试图让诗歌回归到语言本身，因为“诗歌既不是语言的变形，也不是变形的语言，它只是语言自身”①。在当时，韩东的这种说法在诗歌界广为传播。

时过境迁之后的现在，当我们已经走出了当时的那样一种文化语境，

① 韩东：《自传与诗见》，《诗歌报》1988 年 7 月 6 日。

就会看得很明白，如同韩东这样一种把语言看成诗歌本体，或者说文学本体的文学观念的形成，与20世纪语言学占统治地位密切相关。说到语言学与20世纪的关系问题，我们就应该注意到李泽厚和刘再复2009年的一次对谈。[①] 在这次对谈中，李泽厚一方面明确指认20世纪是语言学的世纪，另一方面则强调现在必须扬弃此种理念。“二十世纪是科学技术高度发展的世纪，尤其是技术。但不是人文充分发展的世纪。我一直觉得，在人文方面，包括哲学、历史、文学、艺术，二十世纪均不如十九世纪。但语言哲学在二十世纪倒是发展了，发展到把语言视为人类最后的家园，世界的本体，存在之家。我觉得，二十一世纪将扬弃这个理念，不能把语言视为最后的实在。”既然语言不是存在的家园，那么，什么才是存在的家园呢？“是的，存在之家不是语言，而是历史和心理。人的生活是历史性的，历史一面是暂时性，一面是积累性。人和生活，都是历史的成果。人是历史的存在。今天的生活不同于一百年前的生活，更不同于一千年以前的生活，但又是它们的延长、承续和积累。心理也是如此，为历史所决定。”这就是说，在推翻了所谓的语言本体论之后，李泽厚极其鲜明地提出了一种历史的本体论：“汉字并非来自口头语言只是一种哲学看法，我并非语言学家，不敢多说，但这恐怕已触怒了一些语言学者，但我自认为有一定道理，而且重要。中国的汉字不是来自口头语言的记录，而是来自历史经验的记录，这颇不同于其他许多文字。从哲学看，经验才是根本，历史的积淀才是根本。把（口头）语言看成本源，看成存在之家，这是二十世纪的一大问题。我们告别二十世纪，也要告别这一虚假的被人为夸大的家园，回到人的生活中和踏实的历史创造活动中。”

李泽厚并非仅在文学的意义层面上谈论历史本体论问题，但他的这种

① 李泽厚、刘再复：《存在的“最后家园”——对谈录》，《读书》2009年第11期。

思想对于我的文学观念所产生的启发性影响，却是无可置疑的。这个启示是，语言形式固然是文学创作中至关重要的一个组成部分，但却不能简单地把语言形式看作是文学的全部，如同韩东“诗到语言为止”这样一种把语言的重要性强调到极致地步的文学观念，就有着明显的偏颇之处。对于文学创作而言，除了语言形式的因素之外，其他的一些因素，诸如思想内涵、人物形象塑造，甚至于作家自己的思想认识程度本身，也都是十分重要的。而促使我破除语言形式崇拜论的一个直接原因，是读到茅盾文学奖得主徐贵祥的长篇小说《马上天下》（载《当代》2009 年第 6 期）。虽然徐贵祥曾经以《历史的天空》一书获得过茅盾文学奖，但在刚读到这部被《当代》编辑称为“战争文学再获重大突破”的《马上天下》的时候，我觉得这样的评价有点夸大其词。一方面是因为现在的文学界，不符合实际的炒作确实已经成为一种普遍行为。另一方面，对于特别强调思想艺术原创性的小说创作来说，要想实现真正意义上的突破，难度极大。但没有料到的是，一打开这部长篇小说，就再也放不下了。思虑再三，我还是不能不承认，“战争文学再获重大突破”的这种评价确实称得上恰如其分。

但是，徐贵祥这部长篇小说的思想艺术突破并不表现在语言形式的层面。假如按照盛行语言形式崇拜论的 1980 年代的文学标准来看，《马上天下》不仅难言突破，而且就连优秀与否也都难说。因为，徐贵祥的创作追求本就不在这一方面。更加严格地说，徐贵祥的这部小说在语言运用方面，甚至还存在个别很不合适的地方。比如在小说第一章的第八节结尾处，描写走投无路的蔡菊花带着儿子得到了善心人郑大先生的帮助：“蔡菊花一听，又往地上磕了两个头，这才起身，往四下里看了看，拉起孩子，昂首挺胸，跟着男人走了。”窃以为，这里“昂首挺胸”这个成语用得就不太好。设身处地地想一想，此情此境当中的蔡菊花，并不可能做出这种姿势来。此处很显然换一个更切合当时情境的成语要更好一些。然而，诸如这样较为个别的语言运用问题，却并没有从根本上伤害到《马上天下》的思想艺术品质。从整体上看，徐贵祥的这部长篇小说仍然是一部十分优秀的作品，完全可以被看作是近年来难得一见的一部战争文学力作。

既然《马上天下》的突破不在作品的语言形式方面，那么，小说的思想艺术突破又主要体现在什么方面呢？我认为最根本的突破，就体现在一种新型的战争理念的确立与建构上。自然，这样的一种战争理念主要是通过小说的主人公陈秋石而体现出来的。

> 陈秋石搞战术，从理论上讲是无懈可击的。可是他有一个弱点，做不到身先士卒，而且他还振振有词，说一个高明的指挥员，应该是最后一个战死的，只要还有一个战斗员，他就必须履行指挥员的责任，他的这个论调在红军中是受到鄙视的。在最初的战斗中，他的表现让团首长很失望。
>
> …………
>
> 陈秋石看着赵子明，哭丧着脸说，我不是要当逃兵，可是仗怎么能这样打啊，他炮火猛，攻势强，把我们摆在这里，不是让我白白送死吗？

强调在战争中不做无谓的牺牲，强调尽可能地保存人的生命。从以上的描写中提炼概括一下，就不难发现，主人公陈秋石所强调的其实是一种以人为本的战争理念。说实在话，就我自己的阅读视野而言，在中国当代的战争文学中，这样的一种战争理念少之又少。应该注意到，长期以来，充斥于我们战争文学中的只是一种宣扬牺牲理念的大无畏的英雄主义精神。在这一方面，最有代表性的一种言论，大概就是歌剧《洪湖赤卫队》里，女主人公韩英的那一句唱词：“为革命，砍头只当风吹帽！”在这句唱词的背后，宣扬的是大无畏牺牲的革命伦理观念。充斥于既往战争文学作品中的，实际上就是这样的一种思想理念。必须承认，从韩英的“为革命，砍头只当风吹帽!”到陈秋石的以人为本，我们的战争文学理念，实实在在地实现了一种质的飞跃。在我看来，徐贵祥的小说创作中这样一种思想观念的重大突破，从根本上说，必须归功于时代文化语境所发生的巨大变迁。一个非常现实的问题就是，哪怕就是稍微再提前上一两年，恐怕我们也很难想象，徐贵祥能够有能力、有勇气表现出如此一种既带有高度的科学性色彩，同时也体现着强烈的人道主义悲悯情怀的战争文学理念来。

我个人以为，如此一种战争文学理念的提出，最起码对于徐贵祥的《马上天下》的思想艺术成功来说，具有异常重要的作用。正如同一种新理论的提出可以强有力地推进科学技术的发展与进步一样，对于小说创作而言，一种体现着全新价值观的生存理念的出现，也会在很大程度上促成小说思想艺术水平的有效提升。非常简单的一个道理，如果没有如此一种战争文学理念的提出，那么，如同陈秋石这样的人物，就很可能被作家处理成懦夫乃至于败类的形象，只有在如此一种战争文学理念的烛照下，陈秋石方才熠熠生辉地成为了一位具有相当人性深度的别一种战争英雄形象。

说到陈秋石形象的塑造，自然也就应该注意到长篇小说中的人物形象塑造问题。我们注意到，很可能是受到了 1980 年代后期所谓先锋文学强烈冲击的缘故，在很长一段时间里，我们更多地注重了所谓的小说叙事问题，明显地忽略了对于人物形象的刻画与塑造。我们更多地认为小说就是一种讲故事的艺术。既然叙事重要，那么，故事的重要性当然也就随之而水涨船高了。实际上，认真地想一想，这样的一种艺术理念是存在问题的。只要简单地回顾并参照一下我们自己的文学记忆，就不难发现，故事固然是重要的，但相比较而言，人物形象却显然要更重要一些。其实，对于这个问题，我们的一些小说家已经进行过相应的深入思考。比如李骏虎在一次文学讲座中就曾经特别强调：“小说要有故事，故事是作品的‘核’，作者就是围绕这个核对故事情节进行巧妙的构思，但是，好小说并不是因为故事好，而是因为讲得好。也可以说是细节铺排得好，小说的力量，就来自于作者对细节的描写的字里行间，那种直击灵魂的力量，来自于细节，而不是故事。没有故事，单纯的世相描写或者情绪铺排也可以写成小说。因此，对于小说来说，最重要的不是故事，而是人物。人物立不住，小说从艺术上就失败了。”尤其是，通过与西方一些经典小说的比较，李骏虎更发现了我们自身的不足：“怎样才是写人？什么是写人的小说？几句话很难说清楚，因为我们没有这样的文化和传统，也不从这个角度去审视一个个体的人，更很少去表现他的全部的精神世界。据我的西方经典阅读经验，所谓写人和写人的小说，就是通过对一个人和他的命运的描写，展示他精神世界的全部，和与之相关联的外部世界。”① 只要略微检点一下我们自己的小说阅读记忆，就不难发现，差不多所有给我们留下深刻印象的小说作品，首先都是因为其中有出色的人物形象塑造。我们往往是首先记住了小说中的某一位人物，然后才记住了这部小说。尤其是对于长篇小说来说，情况就更是如此。一般来说，一部动辄就是数十万字的长篇小说，如果没有几个丰满生动的人物形象能够真正立得起来，那就基本上可以说是失败的。

单就徐贵祥的小说写作来说，真的得益于人物形象的塑造多多。他的《历史的天空》，之所以能够获得茅盾文学奖，从根本上说，正是因为其中有对梁大牙形象令人耳目一新的深度塑造。说实在话，出现在徐贵祥《马上天下》中的那些战争过程与战争场景，读者早已耳熟能详，很难谈得上有什么新意。他的这部作品之所以能够引起大家强烈的阅读兴趣，之所以能够被称为是战争文学的一次“重大突破”，关键的原因就在于，徐贵祥在一种新的战争文学理念的烛照与指引之下，相当成功地刻画塑造出了一批鲜明生动别具一种人性深度的人物形象。相对于小说的语言形式营构，徐

---

① 李骏虎：《读名著，品人物》，新浪博客“李骏虎 de 私家记述”，2009 年 11 月4 日。

贵祥自身天然的艺术优势很显然更在于人物形象的刻画与塑造。能够充分地认识发现自身的艺术优势所在，并且在小说创作实践中富有智慧地扬长避短，正是徐贵祥的小说创作一再获得思想艺术成功的一个关键所在。

二、陈秋石与其他人物形象塑造

细细地读过《马上天下》之后，你就会发现，确实有一系列堪称饱满生动的人物形象给你留下了殊为难忘的深刻印象。诸如杨邑、陈九川、袁春梅、冯知良、刘锁住、黄寒梅等。杨邑，既是陈秋石在小说中最强劲的对手，也曾经是陈秋石的军事技术老师，更是一位忠贞不渝地坚守某种人生信念的真正军人。人格正直，为人清高，指挥作战技术超群出众，可以说是杨邑最为突出的特点。他作战能力突出，尤其擅长于运筹帷幄之中的战术指挥。

> 杨邑是一个非常厉害的角色，此人陆军保定军官学校出身，在北伐时期就是左路军前卫连的连长，在同张中常的部队作战中，屡立战功。黄汀一役，杨邑身先士卒，率部攻关夺隘，从涯子关打到长江北岸，创造了日行百里、鏖战六次、歼敌四百的战例，曾经得到过北伐军总司令的表彰，黄汀战役结束后即升任营长。

适逢那样一个战争年代，如同杨邑这样优秀的军事人才理应升迁很快，成为独当一面的领军人物才对。但实际的情形却并非如此。原因何在呢?“杨邑虽然作战骁勇，但是也有不尽如人意的地方。此人自视甚高，比较傲慢，通常不把人放在眼里。”更要命的是杨邑此人居然也还不通俗务，不肯同流合污、随波逐流。“北伐胜利，杨邑在一个团里当参谋长，因为拒吃空饷，同团里多数军官交恶，后来发展到同团长动枪，并且关了那位吃空饷团长的禁闭。这件事情导致大家都不愿意同这个不识时务油盐不进的家伙同僚。不久杨邑就被调离战斗部队，到黄埔南湖分校当了一名战术教官。”好像这是中国社会一种普遍流行的通则，只要你太优秀，只要你不肯认同于庸众，那么，你就会在现实生活中碰得头破血流。在这一方面，杨邑与他的同学章林坡之间，就形成了极为鲜明的对照。尽管无论是就指挥作战的本领而言，还是就对于国民党本身的忠诚程度而言，章林坡都无法与杨邑相提并论，但二人的人生遭际却是大相径庭。比如说，抗战中曾经名震一时的所谓官亭埠大捷，本来是陈秋石与其恩师杨邑精诚合作的一种结果。如果没有杨邑的固执己见和积极努力，那么，章林坡所部恐怕早就灰飞烟灭了。然而，最后的结果却是“章将军运筹帷幄，官亭埠抗战大捷”，却是章林坡的加官进爵。尤其值得注意的是，杨邑尽管在现实生活中四处碰壁，但他却从未放弃政治操守。因此，陈秋石他们长期的策反工作难见效果，即使是到了最后，在山穷水尽、走投无路的时候，面对着陈秋石有意伸出的搭救之手，杨邑仍然不肯改变自己的政治信仰。在万般无奈之际，陈秋石只好把老山羊奉送给了自己的恩师，以华容道义释曹操的方式放了杨邑一条生路。其实，杨邑的精通作战技术与他的不混同于流俗，应该被看作是一枚硬币的两面。一方面，惟其不混同于流俗，他才可能在战争的战术指挥上有出类拔萃的表现。另一方面，既然已经十分精通作战技术，那他又怎么能轻易地认同迁就于流俗呢。从某种意义上说，杨邑的悲剧其实也就是一种典型的性格悲剧。

陈九川性格特征的形成，与他少年时期那一段特别艰难的生存经历有着紧密的联系。由于父亲的无情抛弃，家中遭遇劫匪爷爷奶奶死于非命，幼小的陈九川只好跟着母亲四处颠沛流离。在这常人难以想象的颠沛流离的过程中，陈九川不仅充分地体会到了什么叫做生存的艰难，而且在母亲对于不负责任的父亲不间断的诅咒过程中，他也真切地感受到了什么叫做无法释怀的怨恨。应该说，陈九川那样一种刚烈、坚强、勇敢、嫉恶如仇且又不无执拗的性格特征，也正是在这样的一种成长过程中逐渐形成的。当然，在充分肯定徐贵祥成功塑造陈九川形象的同时，我们也还得指出他在这一形象塑造过程中存在的不足之处。所谓的不足之处，就是指作家对于陈九川仇父情结的处理。按照前半部分的铺垫性描写，陈九川少年时期既然在颠沛流离的过程中已经很牢固地形成了对于失踪父亲的强烈仇恨，那么，这样一条极富有人性内涵的线索就应该在后半部分得到强有力的体现。这就是说，即使最后发现如同陈秋石这样极有作为的将军成了自己的父亲，陈九川也不能够轻而易举地就克服掉长期形成的仇父情结。他很显然不会像小说中所描写的那样，没有经过一番激烈的思想斗争，就很快承认了陈秋石的父亲资格。这里非常明显地存在着一个藏量丰富的人性矿脉，徐贵祥很遗憾地错过了可以进行深入挖掘的机会。

但是，与陈九川仇父情结这条线索处理的不够妥当形成鲜明对照的，却是徐贵祥对于陈九川怎样从一个懵懂少年最后成长为一位优秀指挥员这一整个过程的鲜活描写。在这个过程中，我以为，有三点值得引起我们的注意。第一点，是对国军教官李万方的巧妙枪杀。陈九川和刚刚结识的李万芳之间，其实并无仇怨。他之所以要枪杀李万芳，最直接的原因就是李万芳借助于母亲黄寒梅与万寿台搞腐化的谣言狠狠地羞辱了自己一番。对于从小就和自己的母亲相依为命的陈九川来说，他所唯一不能容忍的，就是对母亲的羞辱。在这个过程中，陈九川性格中嫉恶如仇的一面以及他强烈的自尊心，得到了相当充分的体现。第二点，是他历尽劫难之后的投案自首。本来，郑秉杰之所以让陈九川一个人自己押解自己到杜家老楼来，就是很巧妙地为他提供了一个出逃的机会。但陈九川不仅没有借机逃走，反而在路途上解决了几个鬼子，然后要了两天饭，才找到杜家老楼。尽管他知道来到杜家老楼之后，自己肯定难逃一死，但为了不让自己所属的组织——淮上支队背黑锅，他还是毅然决然地来到了杜家老楼。这其中，充分体现出的正是陈九川的坚强与刚烈。第三点，是他的由蛮干到巧战。虽然陈秋石曾经再三告诫陈九川一定要学会用脑子打战，但从游击队起家一向习惯于蛮战的陈九川，却只要一上了战场就特别恋战，就把陈秋石苦口婆心的教导都当作了耳旁风。一直到淮海战役打响之后，陈九川还因为自己的恋战而差点破坏了陈秋石的全盘计划。当然，到最后，等到渡江战役打响的时候，陈九川就已经基本上成长为一位成熟的指挥员了。应该承认，也正是在这个过程中，陈九川性格中执拗的一面，得到了一种可谓是淋漓尽致的艺术表现。

小说中颇见新意的一个人物形象是冯知良。之所以强调颇具新意，就是因为以如此一种方式处理类似于冯知良这样的人物形象，在我还真是第一次见到。冯知良本来是一位长期追随陈秋石，并且对于陈秋石的作战指挥技术颇有心得的得力助手。在抗战胜利后的和平协调时期，他参加了以陈秋石为首的“军事调处执行小组”，曾经一度常驻淮上州，没想到却在这个期间误中了敌方的“美人计”。无奈之际，冯知良写了一份配合国军陷害自己老上级陈秋石的《关于陈秋石配合国军抗战的证明》。对于此类形象，以往的处理方式，要么是死心塌地地从此就投入了国军的怀抱，要么便是在被我方察觉之后处以极刑。而徐贵祥在《马上天下》中所采取的，却是别一种处理方式。一方面，他让冯知良在偶一失足之后就陷入了深深的忏悔状态之中，再也没有做出过一件有违军纪的事情。另一方面，则是陈秋石特别宽宏大量地理解包容了冯知良的错误。当冯知良的事情败露之后，袁春梅坚持要严厉处置冯知良的时候，是陈秋石的据理力争，帮助冯知良彻底摆脱了困境。“陈秋石说，我坚决不同意把冯知良的问题定性为变节行为，我只认为冯知良同志犯了错误，被别人抓住了弱点。敌人耍了阴谋，使了手段，冯知良同志也是敌人阴谋的受害者。而后来呢，冯知良同志已经认识到自己的错误了。从军事调处结束到现在，这个同志勤勤恳恳，一直在创造条件立功赎罪。”冯知良本就是一位具有强烈忏悔意识的迷途知返者，尤其是在得到了陈秋石如此一种理解包容之后，他就更是全身心地投入到了革命事业之中。说实在话，在非军事题材的小说中，我们确实出现过许多迷途知返者的形象。但在军事或者说战争题材的小说中，如同冯知良这样的一种形象，据我所知，还真是没有出现过。从某种意义上说，让类似于冯知良这样的形象出现在自己的笔下，徐贵祥还真是需要具备相当艺术勇气的。在冯知良形象背后，所潜藏着的其实是作家徐贵祥一种难能可贵的人道主义悲悯情怀。在很大程度上，如同徐贵祥的这样一种艺术处理方式，很容易就可以让我们联想到苏联那部著名的小说《第四十一个》。

然而，不管再怎么说，这部《马上天下》中最具人性深度的人物形象还是身为主人公的陈秋石。说起来，陈秋石也同样是很有新意的人物形象。近几年来的战争题材小说中，我们司空见惯的，多是如同梁大牙、李云龙（《亮剑》）这样特别五大三粗、刚烈勇猛的“草莽英豪”形象。如同陈秋石这样一种足智多谋、运筹帷幄，具有突出儒将气质的技术专家型军人形象，差不多就是绝无仅有的。即使仅仅从这一点上来说，徐贵祥的这部小说也已经实现了不小的突破。如果从中国小说源远流长的人物形象发展谱系来说，陈秋石很显然是如同《三国演义》中诸葛亮一类的人物。说实在话，在阅读徐贵祥《马上天下》的过程中，目睹陈秋石依靠他出众的战术指挥能力创造着一个又一个战场上的奇迹，我脑海中不时晃动着的还真就是那个逍遥自在地摇着鹅毛扇的诸葛亮形象。

如同陈秋石这样一位现代诸葛亮的形象却并不是天然成就的，徐贵祥的值得肯定之处，就在于他以朴素的叙事力量极有信服力地将陈秋石的成长历程展现在了广大读者的面前。小说的开头相当别致：

> 十六岁之前，陈秋石一度以为自己是贾宝玉或者梁山伯，至少也是张生。那时候在他的感觉中，隐仙集差不多就是京城或京

城遗址，而他的那个陈家圩子，同大观园应该有差不多的光景。

在我看来，这样的一个开头，最起码有如下几方面的作用。首先，它说明陈秋石一生所走过所谓戎马倥偬的道路，与他十六岁时的人生理想，根本是背道而驰的。其次，它告诉我们，少年陈秋石有过读书的经历，正是这样的一种厚实文化基础，决定了他最后能够成为一名运筹帷幄的儒将。再次，所谓贾宝玉、梁山伯以及张生，都属于中国古典文学中既天性柔弱而又特别敏感多情的人物形象，少年陈秋石对他们的由衷向往，也就自然折射出了陈秋石自己本就是一位感情世界饱满丰富的多情种子。最后，此处所列出的三位文学形象中，贾宝玉可以被看作是古代中国一位殊为难得的人道主义情怀的体现者。陈秋石对他的向往与认同所说明的是，在陈秋石的精神世界中，其实潜藏着某种人道主义悲悯情怀。这一点，与他后来的性格成型，与他后来的许多所作所为，也是相当一致的。都说“万事开头难”，能够以这样特别的方式一箭多雕地开始《马上天下》的小说叙事，充分说明徐贵祥具备一种出色的叙事智慧。然而，不管陈秋石怎样向往贾宝玉式的生活，他的生活条件都决定了他不可能成为贾宝玉，而只能是一位乡村土财主的儿子陈秋石。

在这个过程中，曾经让少年陈秋石十分心仪的安筱芬，目睹自己那一贯节俭的父亲舔碗这一细节发挥了主要的作用。这一事件的发生，彻底击碎了陈秋石的少年梦想。“这件事情对陈秋石的打击太大了。似乎就在那一瞬间，当头一棒使他明白过来了，他是贾宝玉吗？非也！”在那个动乱飘摇的时代，为了能够彻底拴住儿子的心，陈父便四处张罗着要给儿子娶媳妇。谁知道，不张罗还罢，一张罗，却居然把一个活生生的儿子给张罗走了。由于对自己的丑婆娘以及刚刚出生的丑儿子不满意，陈秋石一气之下，居然稀里糊涂地跟着自己的老同学赵子明参加了革命。虽然，这个时候的陈秋石其实并不知道真正的革命为何物。“坦白地说，陈秋石参加革命的想法并不是没有，而那主要停留在口头上，跟叶公好龙有点相像，说几句大话，唱几句高调，发一些无关痛痒的牢骚，或者附庸风雅，都是没有问题的，真的拿起刀枪去血肉横飞的战场上冲杀，他一点思想准备也没有。”然而，就在陈秋石很是有些动摇于革命还是不革命的时候，他的首任妻子袁冬梅的堂妹袁春梅，一个非常漂亮的业已参加了革命的姑娘，出现在他的面前。在某种程度上说，正是袁春梅的出现，才进一步坚定了陈秋石参加革命的决心。以至于，“几年后陈秋石在红四方面军的一支部队里当团长，因为肃反被关进土牢，差点儿被砍了头。那也是一个夕阳西下的黄昏，他在无数个后悔当中，最后悔的就是几年前的这个黄昏，他确实是被一种虚无的激情冲昏了头脑，说了那么多的大话，做了那么大的蠢事，当真像他爹说的那样是个半吊子”。因此，我们完全可以说，正是在革命的过程之中，陈秋石才逐渐地搞明白了什么是革命的问题，才成了一个自觉的革命者。在某种意义上，我们也可以说，陈秋石所走过的这样一条道路，也是其他许多革命者共同走过的道路。从这一点来看，陈秋石形象所具有的普遍性意义，是无可置疑的。

但作为革命者，作为一代名将的陈秋石，实际上却也是一个充满了悲情色彩的英雄形象。在某种意义上说，他在我们军队中的遭遇，同他的恩师杨邑在国军中的遭遇具有相类似的性质。陈秋石也罢，杨邑也罢，他们都属于一种典型的技术（或战术）型人才，都具有某种并非专属于知识分子的正直人格。而围绕在他们周围的，却相当多的是一些虽然未必却可以“翻手为云，覆手为雨”的适应变通性非常之强的政治型人物。置身于众多的政治型人物之中，陈秋石、杨邑他们的某种并非与生俱来的孤独感的产生，也就很自然了。陈秋石的不合时宜，首先就表现在他多次被关禁闭。早在红军阶段，在随营红军学校当教官的陈秋石，就因为对学员学习水平不满而口出愤激之词：“太差了太差了，简直是乌合之众！这样的文化程度怎么能当团长营长？再学三年也赶不上国民党的一个连长！”结果因此被软禁起来。即使是在抗战胜利之后，因为上级部门怀疑陈秋石与他的老师杨邑过从甚密，怀疑陈秋石存在着政治觉悟过低的问题，已经身为淮上独立旅旅长的陈秋石就又一次被关了禁闭。虽然陈秋石由于自身出色的指挥才能，最后还是得到了指挥作战的权力，但上级部门对他的长期不信任，却又实在是无法被否认的客观事实。拥有正直人格，特别看重师生之谊的陈秋石，到最后虽然效法关羽，放了自己的老师一条生路，但依照一种现实的政治逻辑，此后的陈秋石无疑将为此而付出极为惨重的代价。相比较而言，古代的诸葛亮可以得到刘备的充分信任，而陈秋石这位现代的诸葛亮却处处受制于现实的政治逻辑。如此看来，虽然小说并没有过多地渲染描写陈秋石所受到的政治挫折，但徐贵祥却异常机智地在小说的字里行间不时地进行着类似的艺术暗示。在某种意义上说，与自己的恩师杨邑一贯惺惺相惜的陈秋石，在以后的人生道路上无法避免步恩师的后尘，应该是不难预期的。我们之所以把他归入悲情英雄的行列之中，其根本的原因正在于此。

要想深入分析陈秋石这一形象，一个无法回避的问题，就是他年轻时期的抛妻弃子行为。当年熟读《红楼梦》与《西厢记》的陈秋石，真可谓是少年气盛。由于妻子蔡菊花与自己理想中的佳人形象相去甚远，极度失望之际，他便断然离家出走。虽然陈秋石后来成了运筹帷幄的一代名将，但并不意味着他的抛妻弃子行为就应该得到原谅。他的这种极端不负责任的行为，理应在社会道义层面上受到严厉的谴责。事实上，除了一开始获得过短暂的终于甩脱了包袱的快意之外，随着时间的推移，陈秋石内心中一种难以摆脱的愧疚感越来越重。如果说，在陈九川的潜意识中存在着一种难以解脱的仇父情结的话，那么，在陈秋石的潜意识中，则很显然存在着一种始终无法释怀的恋妻思子情结。这倒不是说，随着时间的推移，陈秋石喜欢上了被自己抛弃的妻子，而是他越来越意识到了自己那种极端不负责任的行为，给她们母子所带来的巨大伤害。只要想到一个丑女人带着孩子辛苦度日的艰难，陈秋石就无法原谅自己的过失。小说中所反复描写的他与袁春梅、梁楚韵之间颇为曲折却又无果的情感纠葛，以及他的几次所谓精神疾患的突然发作，从根本上说，都可以被看作是隐约地受到了他的此种内疚情结潜在控制操纵的结果。通过这样的一种情节设计，徐贵祥就相当成功地凸显出了陈秋石人性的某种复杂性，使其成为近期战争题材长篇小说中一位别具人性深度的人物形象。

总而言之，徐贵祥这部《马上天下》的成功，带给了我们有益的启示：除了语言形式的重要性之外，作家的思想认识程度本身，对于一部小说的成功也非常重要，尤其是长篇小说，它关涉到人物形象的刻画与塑造。

第十四章　邓一光《人，或所有的士兵》：精神恐惧与现代战争的深刻反思

一、史料考古学与叙事形式分析

我最早知道作家邓一光正在写作一部战争题材长篇小说的时候，应该是在2018年。当时告诉我这个消息的人，是长期担任文学编辑的著名批评家李师东。在告诉我这一消息的同时，李师东不仅对这部作品给出了很高的评价，而且建议我一定要认真地阅读一下。因此，等到《中国作家》在2018年年末不无慷慨地以两期连载的方式，发表这部被命名为《人，或所有的士兵》的长篇小说的时候，我就迫不及待地认真地读完了这部体量颇为庞大的作品。虽然还未进行更深入的思考，但第一次阅读的直感却促使我做出了这样的一种判断：这部据说整整耗费了邓一光十年心血的字数将近80万字的长篇小说，不仅是邓一光小说创作过程中思想艺术成就最高的作品，而且也可以被看作是中国现当代文学史上战争题材方面难得一见的杰出作品。邓一光是一位书写战争的高手，从中篇小说《父亲是个兵》，到长篇小说《我是太阳》《我是我的神》，出身于军人家庭的邓一光，此前已

经给我们奉献出了很多部相当优秀的战争小说。但这一次，在沉潜长达十年时间之后，这一部《人，或所有的士兵》，却不仅仅称得上是作家的自我超越之作，而且更应该被看作是一部具备了与世界优秀战争文学作品对话的中国当代战争长篇小说的标高之作。等到 2019 年内容更加完整的单行本出版后，我又一次从头到尾认真地阅读了这部长篇小说，更加坚定了我做出如上判断的信心。

我们都知道，从文体属性的角度来说，小说是一种特别强调作家想象虚构能力的叙事文体。然而，这种看似可以“天马行空”的想象虚构，却并不意味着作家就可以凭空地胡编乱造：“长期以来，我们总是习惯于强调小说虚构性质的重要，强调小说从根本上说乃是一种允许虚构而且也不能不虚构的文体。很多时候，能否在小说中完成一种令人信服的艺术虚构，往往会被看作是衡量作家艺术想象力的重要标准之一。由这种认识出发，自然也就会生出诸多关于小说的偏见谬见。其中，曾经长期存在，而且至今依然能够获致很多人认同的一种理念，恐怕就是，既然小说是一种虚构的文体，那作家在写作时就可以放任自己的艺术想象力，就可以毫无顾忌地进行天马行空的虚构，甚而可以尽情尽兴地依凭个人的主体意志随意编造。实际上，只要认真地想一想，我们就不难发现以上观念认识的偏颇之处，正突出地体现在对虚构的错误理解上。虚构固然是小说写作不可或缺的重要艺术手段，但这虚构却也只能是建立在纪实基础之上的虚构。从更为宽泛的意义上说，正如同真与假、善与恶、美与丑等一系列具有二元对立色彩的观念范畴一样，纪实与虚构二者之间也存在着一种相辅相成的依存关系。没有纪实，就无所谓虚构；反之亦然。从根本上说，纪实与虚构，乃是作家建构小说艺术大厦最基本的两种手段。我们需要加以深入思考的一个关键问题是，实际的小说写作过程中，作家究竟应该如何纪实，如何虚构？纪实与虚构之间又应该是一种什么样的一种关系？”① 说到小说中的纪实，其中非常重要的一点，就是关于社会与时代的纪实。也因此，我才进一步推论道：“究其实质，对于‘器物美学’在《天香》中的重要性，我们必须在纪实的层面上来加以思考认识，方才算得上是真正意义上的切中肯綮之论。而这，事实上就已经涉及了我们关于小说写作中‘纪实与虚构’关系的第一重理解，那就是故事情节可以虚构，但故事所赖以存在的社会与时代却容不得一点虚构。”② 之所以要在这里专门提及小说创作中纪实与虚构之间的关系，乃是因为邓一光的《人，或所有的士兵》这部历史长篇小说的引人注目处，首先在于他在纪实性方面下了足够大的功夫。

尽管说当下时代那些被标榜为历史长篇小说的作品简直多如过江之鲫，但说实在话，如同邓一光这样在一部足称厚重的长篇小说的写作过程中，下足了历史考古学功夫的，虽不能说绝无仅有，但也的确十分罕见。首先是在篇尾细致列出的数量多达 47 部（其中包括两部影像资料，其余均为图书作品）的“本书参考资料”。一般来说，需要在篇尾列出参考资料的，都是要求论据必须真实可信的学术研究论文或者著作。最起码在我，在一部历史长篇小说的篇尾处，看到“本书参考资料”的专门罗列，乃是第一次。保守一点估计，如果说一部图书的字数是 20 万字，45 部图书叠加起来就是 900 万字或者干脆说就是 1 000 万字。如此海量字数的参考资料，不仅要认真地通读，而且还要想方设法地将其中的很多历史事件与历史人物都天衣无缝地巧妙穿插融汇到《人，或所有的士兵》中去，其高难度，是可想而知的一种事实。虽然我们后来在阅读小说的过程中，很可能会读得特别津津有味，但邓一光所直接面对的这些参考资料，却可以说全都是一些枯燥无味的历史资料。如果没有一种真正发自内心的对文学这一神圣事物的敬

①② 王春林：《小说写作中的纪实与虚构——从王安忆长篇小说〈天香〉说开去》，《山西大学学报（哲学社会科学版）》2017 年第 3 期。

畏精神，要想做到这一点，恐怕是很不容易的一件事情。人都说做学问“板凳要坐十年冷”，邓一光写一部历史长篇小说也难能可贵地做到了这一点。其他且不说，只是邓一光如此一种兢兢业业的写作姿态，就足以赢得我们充分的敬意。同样值得注意的，是那些差不多遍布通篇的页底注。只要稍加留心，即不难发现，这些注释可以说全部都有着专有名词的性质。或者是相关的历史事件，或者是相关的地名与机构名称，当然，绝大多数恐怕还是那些真实存在过的相关历史人物。从写作技术的角度来说，能够把这些具有突出史料性质的东西，令人信服地编织进一部想象虚构性质同样非常突出的长篇小说中，所充分考量的，正是邓一光非同寻常的艺术构型与整合能力。即如开篇不久处的这样一段：

> 那是一次经历奇特的工作，孩子看到大量来自中国的战地照片，它们当中有大名鼎鼎的罗伯特·卡帕拍摄的正面战场照片，美联社记者杰克·贝尔登、艾格尼丝·史沫特莱和《每日先驱报》记者埃德加·斯诺拍摄的日占区照片，还有尤里斯·伊文思拍摄的新闻纪录短片，孩子一下子接触到那么多触目惊心的图片和纪录片，对国内发生的事情十分震惊，那些照片和纪录片胶片帮助他做出了启程回国的决定。

这里，邓一光其实是要交代主人公返国参加抗战的动机。原本在日本留学的郁漱石，此时已经迫于父亲郁知堂的压力，转道美国求学。即使如此，郁知堂也不肯放过自己的这个小儿子。一方面是迫于蒋介石所谓“奖惩名单”的压力，另一方面更主要的，恐怕还是顺从于自己内心中根深蒂固的“以死报国”情结，郁知堂要求郁漱石必须马上返国投身抗战，否则，“吾将谓汝作弃国审判”。但从根本上说，最终促使郁漱石启程回国的，却是他在参与普利策新闻奖工作时所看到的上述那些照片和纪录片胶片。面对着这些真实呈现着国内抗战境况的照片和纪录片胶片，倍觉震惊的郁漱石，方才下定决心回到了早已是满目疮痍的祖国。罗伯特·卡帕、杰克·贝尔登、艾格尼丝·史沫特莱以及尤里斯·伊文思，都是以报道中国抗战而知名于世的新闻记者。能够借助于郁漱石返国动机的交代把这些真实的历史人物有机地编织进小说文本之中，所见出的，正是邓一光消化处理相关知识或者史料的突出能力。

或许与邓一光的作家身份紧密相关，在纪实性史料的穿插方面，非常引人注目的一点，就是他对诸如张爱玲、海明威、萧红、许地山、戴望舒等一些作家在小说中的想象性编织处理。需要特别强调的一点是，先后进入到邓一光视野中的这些作家，都与抗战时期的香港有着不同程度的关联。作家之所以要把他们刻意地编织到小说文本之中，与他对香港在历史长河中跌宕起伏命运的关注与思考紧密相关。虽然说作家在处理这些真实存在的作家时，要么只是简单地一笔带过，要么耗费笔墨略加展开，但无论如何都不能忽略的一点是，邓一光在进行编织处理时，实际上也存在着一个想象性的问题。先看海明威。海明威的中国之行，是在民国三十年，也即1941年太平洋战争爆发之前。那一次，因为郁漱石曾经在哥伦比亚大学读过书的缘故，身为第七战区中尉军官的他，被安排参与了接待海明威夫妇的工作。“玛莎是海明威的第三任妻子，海明威是玛莎第二任丈夫”，因为不放心妻子单独前往中国战场，海明威执意同行。“郁漱石读过他俩的书，他告诉帕特·赵，相比海明威名声大振的《太阳照常升起》和《永别了，武器》，他更喜欢玛莎的《灾区现场》和《疯狂的追求》，他认为玛莎比她丈夫更出色。”关于海明威，有两个相关细节值得注意。一个是海明威接受了美国政府的特殊使命：“罗斯福的顾问们想知道国民政府是否有决心和日本人战斗到底，日本和斯大林的和约对远东有何影响、除了推销自由和民主美国在远东到底还能做什么。”再一个细节，海明威是个大滑头，故作身体不舒服：“实际上，等她一离开，他就缠着余汉谋详细了解华南战区战况，让余长官亲自为他模拟沙盘。”不仅如此，到了第二天，他干脆以指挥官的身份，带了一支小部队，去前线进行实地考察。我们一定要注意到，在写到海明威的时候，邓一光的着眼点，更多的是他所承担的秘密政治使命。之所以会是如此，一个重要原因在于，美国对中国抗战的态度与决策，乃是《人，或所有的士兵》这部长篇小说的重要内容之一。作家对海明威的想象性书写，只有落脚到这个层面上才能够得到很好的理解。

然后，是张爱玲。郁漱石与张爱玲的见面，是在吊唁另一位现代作家许地山先生的时候。先是郁漱石发表演讲：“他说许先生是中国引进印度文学第一人，最早翻译泰戈尔的《吉檀迦利》，许先生4日西归，只隔三日，泰翁也于7日西归，双仙驾鹤，天地之命。”接下来，就是时为港大学生的张爱玲与郁漱石的一番交谈。也就是在这个部分，邓一光借助于郁漱石之口，对张爱玲做出了相应的描述与评价：

> 阿石对艾琳的评价是惺惺相惜那种，说她先逃出父亲的生活，再逃出母亲的生活，最终因战争所陷没能逃去英伦岛，港大文史系数她学业最出色，她纠结，发自己的狠，眼光与心事纤细到不像话，因俏皮而生动，却又因尖刻而危险，因冷漠挑剔的冲突气质让常人难待，这样的人拥有无边寂寞和天性敏感，一抹懒散斜阳一阵短促横风都能陡然惊起世界，其实根本就是在人们之外活着，在自己的躯壳外活着，没人看得清。

这哪里是郁漱石在谈论张爱玲，这简直就是作家邓一光在通过郁漱石谈论着他自己对张爱玲那堪称入木三分的理解与认识。尤其不容忽视的，是叙述者接下来的一句点睛之语：“阿石那样说艾琳，像是在说他自己。”唯其因为郁漱石与张爱玲之间有着近乎相同的精神气质，所以，也才会有他对于张爱玲那样一种深入骨髓般的真切理解和评价。

充足的历史考古学功夫之外，邓一光的《人，或所有的士兵》在形式上一个不容忽视的特点，就是真正可谓是众声喧哗、堪称杂多的第一人称叙述方式的设定。具体来说，邓一光采用了一种战后法庭审讯的方式来结构自己的这部长篇小说。民国三十四年，也即1945年，日本天皇宣布无条件投降之后，广州行辕军法署开庭审理第七战区中尉军官郁漱石。他被指控的罪名是“通敌叛国罪”。用结案报告中的话来说，他被指控的罪名共有四项。一是，于敌酋俘虏营中屈身事敌。二是，弼佐日寇杀害我抗日人士，对国防委员会第三厅少校李明渊死亡负有难以脱咎之责。三是，苟合取容殖民主义，在英国殖民者复侵香港过程中，自堕人格，典身卖命。四是，对日酋香港战俘总营之D营战俘集体被屠事件负有连带责任。围绕着如上这些被指控的罪名，控辩双方、当事人自己，以及相关证人先后做出相应的陈述。除了身为第七战区中尉军需官，后为D战俘营战俘的郁漱石之外，这次审判的出场陈述人先后包括该案辩护律师冼宗白，该案的审判官封侯尉少校，前美军少尉，同为D战俘营战俘的奥布里·亚伦·麦肯锡（简称亚伦），郁漱石的养母尹云英，日本中国派遣军少佐、D战俘营次官矢尺大介，香港华茂易公司经理、前第七战区中校军官梅长治，国防部少将军官邹鸿相，贸易公司雇员刘苍生以及外交部驻外代办秦北山等，共计10人。针对郁漱石被指控的各项罪名，包括郁漱石自己在内的这十位陈述人分别就自己所了解的相关内容进行了或长或短的陈述。所有这些陈述，再加上后面简短的结案报告，以及郁漱石那位被称为冈崎的日本生母的一封信（也即遗书），实际上也就构成了整部《人，或所有的士兵》的全部叙事内容。由于法庭所询问题不同，相关陈述人所陈述的内容不仅侧重点各不相同，而且各自的出场次数也大为不同。相对来说，郁漱石之外，亚伦、矢尺大介、封侯尉、冼宗白他们几位的出场次数要明显多于另外的那些陈述人。从叙述学的角度来看，以上这10位陈述人所承担的也就是第一人称叙述者的功能。就此而言，邓一光的整部小说就可以被理解为是多达10位的第一人称叙述者，围绕郁漱石被指控的四项罪名而展开的一个叙事过程。由于这些陈述人实际持有着各不相同的思想价值立场，对同一人物或者事件持有着个性化的看法，所以，整部小说的叙事过程，很显然有着鲜明的如同电影“罗生门”一般的叙事特点。除了第一人称参与式的多角度交叉叙事之外，邓一光之所以要采用法庭审判的方式展开自己的历史与战争叙事，恐怕也还有着不容忽视的象征意味。如果说法庭的审判过程需要相关当事人给出信实的法庭证词的话，那么，历史（具体到邓一光的这部长篇小说，也就是指那场被诅咒的战争）的发展演进过程，也同样需要当事人提供具有可信度的历史证词。从这个角度来说，邓一光通过这 10 位历史或战争的当事人所提供的证词，在积极有效地还原主人公郁漱石人生历程的同时，其实也为那个特定的历史时期提供了相当具有说服力的历史证词。更进一步说，邓一光的这部长篇小说可以被视为一个体量庞大的历史证词。

二、香港保卫战

具而言之，邓一光这部无论是字数，抑或是内蕴品质均真正足称厚重的长篇小说，所聚焦表现的核心事件有二。

其一，是“二战”期间著名的香港十八日保卫战。1941 年 12 月 8 日，日军在偷袭珍珠港事件爆发几个小时后，很快又以迅雷不及掩耳之势，对香港发动突袭行动。面对日军的这一突袭行动，由多国军队组成的香港守军迅即做出反应，进行积极抵抗。但最终却因为实力不济以及军心不振，甚或并非仅仅只是战斗实力相对较弱的缘故，只是固守了 18 天的时间，就在付出巨大伤亡后被迫宣布投降。当时身为国民党第七战区兵站总监部中尉的主人公郁漱石，因为恰好在香港执行公务的缘故，不幸被俘。其二，郁漱石被俘之后，很快就被押解到位于橥岛原始丛林中的一座日军 D 俘虏营度过了长达三年零八个月非人的俘虏生活。放眼中国当代的战争文学作品，虽然说数量不少，但如果从“写什么”也即题材的角度来说，不仅没有见到过专门书写香港十八天保卫战的作品，而且，以战俘这样一个特定军人群体为聚焦点的作品也极其罕见。单只就这一点来说，邓一光这部厚重长篇小说的填补空白意义也不容低估。

然而，尽管香港的十八天保卫战乃是邓一光这部长篇小说的核心事件之一，但在作品中，作家的相关描写却并没有仅仅局限于保卫战本身，而是竭尽可能地拓展自己的关注范围，以更开阔的思想视野，在更大的历史时空中对香港的命运展开了相应的书写与思考。具体来说，邓一光的香港书写，其实也是从这两个方面具体展开的。其一，是以郁漱石为核心的一个战时小组的命运遭遇。按照证人梅长治在法庭上提呈的供词，以阿石为组长的这个小组是在民国三十年，即 1941 年的夏天，开始出入于香港的：“阿石小组夏末进港，协助我转移战区滞港物资。他来以后，通过军事使节团帮助我重新建立起通关渠道，勉强恢复了物资出港通道，算是没有酿下大麻烦。”一直到香港保卫战爆发前夕，阿石都在以不断进出香港的方式，完成着本应承担的使命：“阿石在 7 战区兵站部服务了 14 个月，往返港九 9 次、澳门 3 次。其中，6 次因货款和手续出现问题，在港九滞留时间均超过 30 天。可以说，14 个月，他大部分时间是在港九和来往港九的路途上度过的。”但正所谓阴差阳错，等到事发前夕，本应离开香港的郁漱石却鬼使神差地不幸滞留在了香港：“也许 6 日那天，我应该当机立断，阻止阿石下船，并且命令他尽快离开。如果他在恰当的时机离开，他会逃离那场罪恶的攻防战，命运将完全不同。”“可是，阴差阳错，他留在了香港，他的命运在这座岛上等着他。”那么，郁漱石到底是因为什么原因而被迫滞留在香港的呢？原来，就在他坐船马上要离开九龙码头的时候，却被他曾经的上司、国防委员会的李明渊少校给拦了下来。事情的真相是，李明渊所押运的一艘满载战略物资的船因为悬挂美国星条旗的缘故而被英国当局意外扣押，他急切需要郁漱石留下来帮助他把那艘船弄出来。从本质上说，郁漱石还算是一个比较仗义的古道热肠的人："李少校的遭遇让阿石心软了，也许不是因为这个，而是海风。那天天气晴朗，暖风和煦，谁都想躲开战争，阿石已经躲开了，可是，他总不能撇下老上司不管，要知道，李少校教过他如何与擅长装傻的美国人打交道。"请一定注意，邓一光在这里非常巧妙地荡开一笔。一般来说，人的心情好坏，与天气的晴朗与否，存在着一定的内在关联。就此而言，邓一光对海风的强调就不能说纯粹全无道理。尽管他的顶头上司梅长治并不同意，但到最后却经不住郁漱石的再三纠缠，勉强同意。只不过梅长治认为郁漱石一个人留下并不妥，所以便把他们小组的 4 个人全都留下了。但是，这位特别看重人间情义的郁漱石，根本就不可能预料到，自己的这一贸然决定，到最后不仅没有帮助李明渊要回船只，竟然还会把自己送入一道万劫不复的深渊。

命运拐点的出现，与美军的海军基地被袭，太平洋战争全面爆发紧密相关。就在郁漱石决定留下的第二天凌晨，日本不宣而战，在马来半岛戈塔巴鲁登陆，同时突袭了美国海军基地火奴鲁鲁岛和瓦胡岛。面对形势突然间的陡转，港督宣布香港进入紧急状态，"战争就这么到来了"。就这样，以郁漱石为组长的这个原本只是从事军需后勤工作的军人小组，也就被裹挟拖入到了一场不期然的战争之中："缪和女和敖二麦随后也冲进来，他俩比朱三样文明一点，至少穿着背心。缪和女随手为我抓了一件外套，朱三样和敖二麦搀着一脸是血的李明渊，我们惊慌地离开摇摇欲坠的办事处，跑到大街上。"需要注意的是，郁漱石他们命运的转折，与一位名叫老咩的民间抗日者的出现有关："开战两天后，我在九龙遇到老咩。命运在那个时候发生了改变。"就在郁漱石他们小组的几个人举棋不定的时候，老咩的一味鼓噪起到了相应的作用："我没有反对老咩拿国家的耻辱胁迫我，等于默认了他煽风点火一力撺掇的立场；我说让他抬一筐卵石来，他贯甲提兵地抬来了；我在深水埗没有被炉砖砸断脊梁骨，在金山没有被鬼子的掷弹筒、英军的重炮报废掉，剩下的事情反倒简单了，我是中国军人，不能任鬼子逞凶肆虐，这就是我的责任。”就这样，在把朱三样留在医院照顾李明渊之后，郁漱石、缪和女、敖二麦以及老咩们，便开始以一种误打误撞的方式协同英军对日作战了。接下来，借用冈崎小姬后来与郁漱石对话时一段高度概括的话来说，就是：“11 日参加金山作战，18 日参加北角战场作战，19 日和 20 日参加黄泥涌作战，审讯记录上是这么说的，这三场香港攻防战中的关键战役，不断受到减员困扰的小组始终坚守在战场上，直到 26 日凌晨守军投降前几小时，因为小组全部战亡，你本人被俘才结束抵抗。”一直到最后，在郁漱石带领着一支七人组成的小分队试图恢复水库的供水设备最终无果的情况下，郁漱石本人不幸成为日军的俘虏。

其二，从战前一直到战后香港命运的宏观观照与思考。我们注意到，只有在后来进入 D 俘虏营，在与英军摩尔少校的交谈过程中，郁漱石方才了解到，其实香港在太平洋战争中的沦陷命运，早在战前就已经被那些政治家们谋划好了：“太平洋战争前一年……鉴于香港并非英国核心利益，建议对香港做放弃打算，为远东防务除去弱点。”然而，出于考虑到国王与大不列颠帝国在亚洲的声誉的缘故，军方却拒绝对香港不战而弃。这样一来，也就有了郁漱石所理解的：“‘就是说，’我尽可能完整地梳理上校的说法，‘坚守香港是漠视战争对平民生命财产造成的伤害和破坏，但香港陷落和战争造成的悲剧，以及对声望造成的损失，都不如主动放弃香港严重，而联邦军队的抵抗会鼓励美国对日参战。如果这样，抵抗的全部意义不是能不能守住香港，而是如何为香港陷落后的政治压力解围，以及从浴血抵抗那里赢得多少道义优势？’”其实，也不仅仅是英方，中方的高级将领陈策将军，对这一切也同样是心知肚明的：“陈策将军汇报此消息后，在座参谋人员欢欣鼓舞，高级将领们则沉默不语。现已查明，由于各方对国军驰援寄予厚望，身为国府驻港最高代表，陈将军颇感为难，命手下参谋伪报了战情，高级将领们是心知肚明的。”你完全能够想象得到，在骤然间了解到这种真实内情后，郁漱石的感觉会有多么绝望和愤怒：“我坐在摩尔上校面前，沉默不语，盯着杯子里的红茶底子。我觉得我就是那撮底子。”尽管郁漱石的表现看似平静，但无端被捉弄后的绝望和愤怒，其实早已跃然纸上。由以上分析可见，所谓的香港保卫战，其实只具有象征性的意义。这样一来，有着很多平民与普通战士伤亡的香港保卫战，实际上也就变成了政治家手中的游戏：“香港激战中不断倒下的官兵和平民，他们被政治家抛弃了。”问题的关键在于，既然早在战前英国的政治家就准备彻底放弃香港。那么，郁漱石他们的战斗行为，以及在香港保卫战过程中所付出牺牲的意义和价值，也就随之而被彻底消解和颠覆了。

接下来，就是香港的战后命运。早在民国三十二年，也即 1943 年的时候，随着“二战”形势整体上向着有利于盟军的方向发展，美英两国的参谋长就在华盛顿举行“三叉戟”会议，制定击败日本的总体战略。其中，第二阶段的目标之一，就是由国民党军队准备香港战役。第三阶段的主要目标，则是中美联军夺取香港。到了两个月后的魁北克会议上，香港作为盟军反攻日本的中期目标得到确认。尽管香港的被解放指日可待，但战后香港的归属却成了一个大问题。在这一问题上，中英两国各执一词，互不相让。尽管罗斯福曾经忠告丘吉尔应该把中国当作一个大国来对待，但丘吉尔的表现却是特别傲慢：“开罗会议上，香港问题再度被提及，委员长与丘吉尔当面冲突，恼羞成怒的丘氏气急败坏宣称，中国要收回香港必经一战，从他尸体上跨过。”虽然时任中国战区第二任参谋长的魏德迈支持蒋介石收回香港的决心，但接替罗斯福成为美国总统的杜鲁门，却把支持的方向逐渐倾向于英国一方：“19 日，魏德迈接到马歇尔转达杜鲁门指示，表示美国不在香港受降问题上再做表态。英军可以接收香港。”就这样，一方面蒋介石忙于应付国内与共产党纷争的局势，根本无暇收复香港，另一方面因为美国明显地倒向了英国，香港最终还是保持了其受英国殖民统治的地位。也因此，一个让国人感到悲哀的残酷事实是，尽管从表面上看，中国是一个大国，是“二战”中的战胜国，但实际的情况却并非如此。借用郁漱石的辩护律师冼宗白的话来说，就是：“胜利只是以美、英、俄重新瓜分世界约定利益，以及那些恰好站在胜利一方的民族主义当权者们获取不当权力和财富来结算，和老百姓唯一的关系，是他们将在结束长达 14 年的侵略战争后，再一次接受兵燹之祸的内战。”由冼宗白的谈论可见，邓一光的视野事实上已经超越了香港问题，更是在思考和关注战后中国的未来命运。但在另一方面，一个不争的事实，却是香港在战后的日渐繁荣：“很快，发电厂投入使用，旺角和深圳铁路段恢复通车，珠江口和香港间贸易重启，到典礼之时，返港人员突破 40 万；学校陆续开学，学生达数千人，比日据时期的高峰还要多。”

三、现代战争的总体性思考

香港书写之外，《人，或所有的士兵》另外一个不容忽视的思想艺术成就，乃突出地表现在作家对现代战争的总体性思考与表达上。说到对现代战争邪恶杀人本质的尖锐揭示，美军少尉亚伦的一番话可谓一针见血：“我没有英国人的纠结。他们从来没有想过，战争对于人们结果不同，它制造了死亡和伤残、家破人亡，却给政客和投机商创造机会，让他们有机会成为新的国家和时代的代言人，而士兵的全部工作就是杀人——杀掉敌人，越多越好，无论间接还是直接，他们要做的就是这个。”很大程度上，正因为已经清醒地认识到了士兵只是战争中政客们的杀人工具这一点，所以亚伦才会有更进一步的说法："让更多人看到战争干了什么，记住它，这是士兵的家人应该承受的。所以，独立战争期间，美国人发行了英国人在古堡山屠杀波士顿民兵的明信片。没有什么可遮掩的，无论战争的性质是什么，它就是用来干这个的，记住它，别忘记了。"正是在如此一种前提下，邓一光才会借助于郁漱石之口，做这样一种假设性的思考与诘问："可是，两个中国士兵和日本士兵在战场上相遇，他们一个是山东菏泽的种田人，一个是佐世堡的渔民，他们只在乎世世代代熟悉的高粱和马鲛鱼，连对方是谁都不知道，素无往来，自然也没有任何仇恨。但他们勇敢地向对方冲去，毫不犹豫地把刺刀捅进对方胸膛，用工兵铲切断对方脖子，因为做到这个而欣喜若狂，冈崎学者以为这是怎么回事？"与其说这样的问题是提给冈崎小姬的，莫如说是提给广大读者，或者干脆说是人类全体的。只要设身处地地想一想，正如同郁漱石所假设的，如果没有所谓的战争发生，两个毫不相干的人类个体，原本只是在各自的生存轨道上依照生存规律"日出而作，日落而息"，过着平庸但却幸福的日常生活。但仅仅只是由于战争的发生，一切便都发生了根本的变化。原本素不相识的两个人类个体，由于所谓国家或者民族仇恨的缘故，却在战场上成为你死我活势不两立的敌人。令人不可思议的一点是，战争的结果却往往只是意味着众多普通民众的无端伤亡。古语"一将功成万骨枯"所尖锐揭示的，也正是这样一个道理。也因此，不知道邓一光自己是否有自觉的意识，但在我的理解中，他借助于郁漱石的这段话语所揭示的，却是一种充满着荒诞色彩的战争现实。试想想，原本毫不相干的两个人，只是因为战争的原因，就在战场上把对方视为敌人，进行着你死我活的厮杀，其荒诞性质的具备，不是一种显而易见的事实吗？大约也正因为如此，所以邓一光才会进一步追问道："战争让士兵变成这样，但谁能说得清，士兵们的仇恨和国家的仇恨真的是一样呢？"说实在话，能够清醒地意识到这一点，并且将其艺术地表现出来，邓一光的突出思想能力与艺术智慧自然不容否定。

行文至此，就不能不联想到古希腊伟大的喜剧作家阿里斯托芬一部杰出的反战喜剧《阿卡奈人》。《阿卡奈人》所讲述的是一个睿智的农民因为与敌国单独媾和进而过上幸福生活的故事。整部剧作共分五场，在此剧的“开场”部分，一位名叫狄开俄波利斯的雅典农民，看到雅典的公民大会上竟然不允许一个主张议和的公民发言。对此倍感愤怒无法接受的狄开俄波利斯，不仅在会后赏给了那位主张议和者八块钱币，而且还暗中派他替自己一家人去和斯巴达人单独议和。到了接下来的“进场”部分，由于狄开俄波利斯单独与斯巴达人议和，雅典附近饱受战祸之害的阿卡奈人用石头追打这个被他们认定是“叛国”的人。接下来，在“对驳场”部分，狄开俄波利斯做自我争辩。在强调自己并不想投靠斯巴达人，声称自己一家人其实也受到过斯巴达人蹂躏的同时，也强调雅典人同样应该为战争负责。对于狄开俄波利斯的表现，一部分阿卡奈人表示极端不满，派主战派将领拉马科斯出阵打败了他。到了“插曲”部分，一方面是和平的交易场面，另一方面则是拉马科斯再度出征。最后的“退场”部分，同样带有突出的对比色彩，在凸显拉马科斯因为在战争中负伤而痛苦不堪的同时，也更加强有力地凸显着单独与斯巴达人媾和后的狄开俄波利斯过着饱食大醉的幸福生活。早在公元前，阿里斯托芬就能够写出如同《阿卡奈人》这样的反战喜剧来，的确令人叹服不已。尤其难能可贵的一点，是作家关于狄开俄波利斯竟然可以脱离雅典城邦与斯巴达人单独媾和的天才式的想象虚构。在那个古老的时代，阿里斯托芬的书写，其实已经积极有效地把人类个体与群体（国家或城邦）剥离了开来。无论是个体意识的觉醒与强化，抑或是对战争邪恶性质的理解与认识，这位一向被誉为“喜剧之父”的阿里斯托芬都应该被看作是难得的思想先知。尽管我不知道邓一光是否自觉接受过阿里斯托芬的影响，但如果仅就关于人类个体与战争关系的深入思考这一点来说，二者之间的一脉相承，乃是无可否认的一种客观事实。更进一步说，潜藏于其后的某种更具普遍性的问题，恐怕是人类个体意识与强调集体重要性的国族意识之间的矛盾冲突。

毫无疑问，正是在对战争有着真切体认的前提下，邓一光才会不断地借助于相关人物之口，进一步表达自己对罪恶战争的深度思考。比如因为曾经接受过现代高等教育所以兼具知识分子身份的郁漱石：

> 但是，有一个问题始终让我着迷，人们为什么会有仇恨，为什么会互相残杀？我们是人，共同成为人类，可我们却是不一样的人，就因为一些人说一种语言，另一些人说另一种语言，一些人信仰这个，另一些人信仰那个，解决纠纷的办法只有彼此杀戮。

所谓语言或者信仰的不同，说到底也就是国家与种族的不同。长期以来人类战争的发生，实际上往往是不同的国家和种族之间发生激烈冲突的结果。当然，也正如郁漱石所观察到的，人类的战争也同时发生在某一个国家之内。比如中国："更何况在这场战争中，被中国人杀死的中国人不在少数。"很多时候，与国家内部那样一种你死我活的战争状态紧密相关的，恐怕就只能是缘于政治或宗教信仰的不同了。唯其如此，一直到战后走出俘虏营的时候，或许与曾经有过难以忘怀的感同身受紧密相关，郁漱石仍然对战争问题的追问与思考耿耿于怀：

> 他身体笔直地坐在我对面，困惑地盯着荆条篮里的面包，"人们为什么会有仇恨？为什么要互相残杀？我们都是人，如果不开口，没有人能分辨出我们不同的种族，但我们是不一样的人，就像他们说一种语言，我们说一种语言，另外的人说一种语言，解决这些语言纠纷的只有子弹。"他停顿了很长时间，然后说，"也许，我们是来自不同物种的生命。"

大约也正是因为对这些更多地发生在不同国家或者种族之间的人类战争感到特别绝望的缘故，所以，辩护律师冼宗白才会把自己的目光投向自然界，并把人类社会与自然界做相应的对比：

> 看看庞大而精致的自然界，它自身的冲突有多么巨大和剧烈，可是45亿年过去了，它从来没有把自己破坏到不可收拾的地步，人类却在短短的30年中，在两次全球战争中让自己建立了几千年的文明之杯粉碎掉，在一地的碎片中清晰地看到自己的罪恶。

虽然其内部肯定会有各种不同的矛盾冲突存在，但从总体上看，自然界却能够建构并维持相应的存在秩序。相比较来说，仅仅只是在30年的时间里，便发生了两次具有毁灭性的世界大战的人类这一群体，就让人不能不感到绝望，不能不怀疑是不是人类的文明本身出现了什么难以自我根治的问题。

尤其值得注意的一点是，这些被政治家或者政治集团所刻意操纵与控制的战争，对“人，或所有的士兵”的内在人性世界产生了毁灭性的打击。这一方面的代表性言论，同样是通过辩护律师冼宗白的口吻表达出来的：

> 我只想请教诸位，在战争中，为什么国家的软弱无能和罪恶可以畅行无阻，没有人去追究，那些被极端暴虐的战争分子欺凌和屠杀的人们，为国家而战的人们，为什么就不能软弱，这是什么道理？我希望你们能告诉我。

这一方面，一个显著的例证，就是香港保卫战以及香港战前战后的命运归属问题。一方面是以郁漱石为组长的小组多少带有遭遇战性质的浴血奋战，作为一名普通的士兵，他们在香港保卫战中的表现绝对称得上是可圈可点。另一方面却是那些政治家们早在战前就已经做出的放弃香港的决定。具有突出反讽意味的是等到战争结束后，因为被起诉而站到了审判席上的，竟然是在战争中做出了巨大牺牲的郁漱石，堂而皇之地接收了香港的，依然是那些毫无羞耻之心的政治家。两相比较，也就难怪冼宗白会在自己的演讲中提出国家的软弱与普通民众的软弱为什么会是截然不同的遭遇的根本原因所在。关键问题还在于，郁漱石在这场战争中的表现，固然不能说没有“软弱”的成分，但他实际上却也努力地在困境中尽到了一位普通士兵的本分。正是因为特别感叹于自己的当事人郁漱石的悲剧性命运遭际，所以，冼宗白才会意识到战争会对一个人的人性世界造成多么巨大的致命打击：“战争的结局不是一些人死了，一些人活了下来，也不是世界经过胜利者的分配拥有了全新的格局，它最大的结局是人性的改变。”是的，人性，正是人性。一方面，人性的改变，的确是战争所导致的最严重的后果之一。另一方面，文学的一大“英雄用武之处”，也正在于对堪称复杂与深邃的人性世界做深入独到的探究与挖掘。这样一来，邓一光这部《人，或所有的士兵》最值得注意的一大思想艺术成就，自然也就是对以郁漱石为突出代表的那些普通士兵由战争所导致的内在精神恐惧的捕捉与表达。但在具体展开对郁漱石他们精神恐惧的分析之前，我们必须明确的一点是，邓一光对战争所进行的总体性观照与反思，并不是凌空架虚地在抽象的层面展开，而是扎扎实实地建立在以郁漱石为核心人物的关于香港十八天保卫战以及 D 战俘营战俘生活的事无巨细的描写基础之上的。反过来说，作家对以郁漱石为核心人物的香港保卫战与 D 战俘营战俘生活的描写，也并没有停留在就事论事的狭隘视野，而是自始至终都被放置在一种堪称宏大的总体战争观照视野之中进行。质言之，郁漱石们的精神恐惧与战争的总体观照与反思，二者之间所实际构成的，乃是一种相辅相成的彼此依存关系。

尽管在参与香港保卫战的过程中，郁漱石他们也会有心理的怯懦与恐惧生成，但相比较来说，他们的精神恐惧的生成，却更与 D 战俘营那简直就是地狱一般的战俘生活紧密相关。先让我们来看香港保卫战中的精神恐惧。这一点，是在身为战俘的郁漱石回答日方陆军省俘虏情报局女军官冈崎小姬的询问时表现出来的。当冈崎小姬要求郁漱石描述他所带领的那个小组在香港保卫战中的士气状况的时候，郁漱石的回答是："我回答了这个问题。和正规的战斗单元比，我和我的小组完全是例外，我们是被裹挟进战争的，可我在十八日战争中接触到的大多数士兵，他们在作战动机上足以与敌人抗衡。他们缺乏战争知觉和预期，缺少有效的战役指导，在战争期间，被他们所依赖的关键人物欺骗和抛弃，可他们的战斗决心和勇气一直保留到投降命令下达。"更进一步说，"我们被同一场战争裹挟到一起，临时拼凑成了一支成分芜杂的民间武装，老咩和多数人相信自己正在从事一场正确的抵抗行动，在战争中采取了主动攻击方式，而我本人则采取了退缩性适应策略，最终，除了怀有强烈逃亡愿望的我，其他人都在战争中消失了"。当郁漱石强调自己与采取了主动进攻方式的老咩他们相比较，突出地表现出了"强烈逃亡愿望"的时候，他实际上就已经触及到了精神恐惧的问题。他之所以会有一种强烈的逃亡愿望生成，正是因为内心对一场不期而遇的战争充满了恐惧的缘故。事实上，也正是在这种内心恐惧的基础上，才会有冈崎小姬对郁漱石精神世界的进一步解读与分析："在战争开始时不断做出错误判断，使小组失去全身而退的机会；在战争过程中一次次失去信心，把沮丧和绝望的情绪毫无保留地转递给士兵，使小组完全感受不到指挥官的必胜决心，丧失战斗勇气；在战斗最后阶段，胜利已无指望，却顽固地带领信任坍塌的小组冒险去接通水源，这种时候，失败哪里还有回旋余地？要说恐惧的话，是指挥官从始至终的恐惧造成了小组的彻底失败啊！"一方面，曾经接受过高等教育，并且有着自己特殊身世（关于他的特殊身世，容后详析）的郁漱石，本就不愿意实际介入到战事之中；另一方面，他的内心世界里对于误打误撞地遭遇香港保卫战根本就没有一点准备，再加上他生性的一向懦弱，所必然导致的就是一种强烈精神恐惧的生成。以我所见，在对话的当时，郁漱石并没有对冈崎小姬的分析做出回应这种反应本身，就说明冈崎小姬的分析在很大程度上已经击中了某种要害所在。

四、以郁漱石形象为中心的战俘描写

接下来进入我们分析视野的，就是作为小说重头戏的，关于那座 D 战俘营中的战俘们日常生活状态的描写与叙述了。如果说作为一位普通士兵本身在战争中的遭遇就已经称得上是面对着生死旦夕的无常的话，那么，作为一名战俘，置身于仍然在进行过程中的战争中的命运，就简直如同蝼蚁一般地可悲复可叹了。正如同邓一光在小说中所充分展示出的，一方面是简陋到极点的生存条件，另一方面则是战俘营的日方管理者们毫无顾忌的打骂侮辱，乃至于可以随随便便地置战俘于死地的暴力行径。因此，正如同有批评同行已经明确指出的，身处如此一种特殊境地中的如同郁漱石这样的战俘们，其最根本的精神特点，就是某种并非莫须有的生存恐惧感的生成："在邓一光笔下：郁漱石固然是俘虏，但还谈不上背叛；他有时苟且，但从不出卖同伴；看上去软弱，但又常以一种'自虐'的方式为难友争取着微薄的权益……在作品中，邓一光丝毫没有在精神层面主观肆意地拔高战俘的精神意志，而只是合符逻辑地去想象处于长期极度饥饿和高度恐惧环境中的不同个体会何所思何所为？于是，在郁漱石身上，我们更多地看到的是恐惧，从一种恐惧到另一种恐惧，他作为正常人的生活感官已被战争切割得体无完肤，就像是战争机器制造的一个社会残次品。"①

---

① 潘凯雄：《活着，但要记住——看邓一光长篇新作〈人，或所有的士兵〉》，《文汇报》2019 年 12 月 6 日。

具体来说，郁漱石那带有大悲剧意味的战俘生涯，是从香港保卫战结束的那一天开始的：“民国三十年十二月六日，我的当事人滞留香港，19 天后，他在大潭水库被捕，做了日军的俘虏。在此之前，他的小组其他成员全部战死，至少，他当时是这么认为的。”后来才发现，他小组的成员朱三样，以及拖累他滞留香港的李明渊少校，也都出乎意料地存活了下来。由于早在当年入职国防物资供应局时即被要求必须严守保密条例，不得向任何人透露自己的家庭情况，所以，在被俘之后，郁漱石便决定利用自己有所了解的副官缪和女的家族背景来应付日本人：“他是南洋人，家里的独子，家族做猪鬃生意。他在日本读过几年书，跟人学了点英语，一年前到广东收货款，被国军拉了差，在部队担任一般性传译工作，战争爆发前一周，他随绥靖公署一名副官入港看望公署余主任夫人上官贤德女士，因此滞留香港。至于他为什么会在大潭水库被俘，他说了实话，他去那里试图修复坏掉的供水设备，以便人们不至于渴死，不然他没法交代他和他的小组为什么会出现在那里，并且携带着武器。”被俘后的郁漱石，与包括德顿、邦邦在内的其他大约 500 名各国俘虏，几经周折后，被送到了一个叫作桑岛的地方：“隔着狭窄的海峡，我的当事人看到了桑岛。那是一座美丽而幽静的离岛，岛上覆盖着茂密的原始植被，一大群鸟儿在树林上空盘旋。我的当事人并不知道，他将在这座岛上呆满三年零五个月。”就这样，郁漱石在这座桑岛开始了他长达三年零五个月的战俘生涯。

从人员的构成情况来看，除了大多数的华人战俘外，被关押在桑岛 D 俘虏营的，还包括有分别来自于英国、加拿大、荷兰、美国、印度以及菲律宾等国的俘虏。为了与华俘相区别，其他国家的这些俘虏一般被笼统地称之为西俘。整个俘虏营分为东营和西营两部分，西营 16 栋营房，东营 28 栋营房。尽管从表面上来看，俘虏营采取了成立联合战俘自治委员会自治的管理原则，但在实际上，真正的管理权却自始至终都一直掌握在日本人手里。因为发现新入营的郁漱石曾经在帝国京大读过书，不仅日语流利，而且也还懂一些英语的缘故，他被矢尺大介“特别”对待，重新做了安排：“于是打断审讯官的讯问，下令对新入营者做重新安置，战俘编号改为131号，从东区华俘营搬出来，搬进西区殖民地战俘营9号混编军官营房。”依照对D俘虏营的既往历史有所了解的美军上尉亚伦的判断：“简单地说，D俘虏营没有过去，没有未来，只有地狱般的存在。”与亚伦相类似的一种感觉，来自于小说主人公郁漱石本人。他说：“我对D营的恐惧不来自寒冷和昆虫，而是那些在D营生活了三年的中国人。”直截了当地说，初始进入战俘营的郁漱石之所以会对D营形成如此一种极其糟糕的印象，与037号战俘龚绍行的影响有关。“作为战俘，你已经失去自由和身份，很快你将失去个性。”“你这么想，从现在开始，你不再有过去，也不会有未来，只能退化成低等动物，以想都想不到的方式活下去，等待死的那一天。”虽然说郁漱石当时对龚绍行的说法将信将疑，但此后的一系列事实却充分印证了这种说法的正确性。某种意义上，我们也可以说，邓一光这部长篇小说非常重要的一个部分，就是要将龚绍行的说法以一种特别形象的方式生动细致地一一演绎并表现出来，最终变成了呈现在纸上的现实之一。

不期然间变身为131号战俘的郁漱石，根本不可能料想到，他此后的一系列悲惨遭遇，其实都与他曾经的游学经历，与他既懂日语，兼通英语，同时也还能听懂粤语紧密相关。正因为在一个日本人管理的由多国战俘组成的俘虏营里，迫切需要一个如同郁漱石这样的语言沟通者，所以，郁漱石才会被“委以重任”，成为一位具有传译员身份的“双面人”。一方面是“日方要求既懂日语又懂英语同时还能说广东话的战俘131号担任战俘营传译员，战俘营第一次官矢尺大介有权在联合战俘委员会之上领导131号”。另一方面则是“自治委员会找不出理由拒绝日方，但并不赞同日方的安排，委员会要求131号担负自治委员会文书工作，负责委员会日常工作的记录、整理、誊抄和翻译，新入营战俘的教育、转移出营登记和告诫，其次才是委员会与日方沟通工作的传译，131 号的工作由委员会成员徐才芳直接领导”。用徐才芳的话来说，就是“‘表面上服从矢尺，’徐才芳在黑暗中说，‘实际上接受我的领导，任何事情必须向我请示汇报，在条件允许的时候，主动侦察日方情报，提供给委员会。’”究其根本，郁漱石之所以会在战后的法庭审判中被指控“于敌酋俘虏营中屈身事敌”，一个非常重要的原因，就是他曾经被迫扮演过如此一种处境尴尬的实际上两面都不讨好的“双面人”角色。然而，也只有在认真地读过邓一光的这部长篇小说之后，我们方才能够了解到，实际的情况与战后的法庭指控恰好相反。尽管郁漱石的身上有着一半的日本人血统，但在 D 战俘营长达三年零五个月的战俘生涯中，只要有任何一点可能，他都会想方设法为战俘一方、为自己的同伴们谋取相应的权益。这一方面，具有代表性的一个典型例证，就是红十字会捐赠物资的分配问题。昭和十七年，也即 1942 年的时候，红十字会组织曾经向战俘营提供了一批物资，物资被日方的管理者储存到警备队的仓库里，并没有配发给一直处于饥饿状态的战俘。到最后，还是在 131 号当场出具证据，并说服桐山出面做证的情况下，迫使日方把相关的物资分配到了战俘手里。对此，矢尺大介曾经给出过这样一种说法：“本人没有因为此事惩罚 131。这个可怜的家伙并没有因为替战俘赢得宝贵物资配给而受到同伴的感激，相反，他因神龙见首不见尾，属于闪烁其词的危险人物，被排斥在物资监管人员之外，这是他没有想到的吧，至于额外的惩罚，则大可不必了。”正所谓话中有话，在矢尺大介如此一番冷嘲热讽的话语中，我们更是聆听到了一种弦外之音。无论是“本人没有因为此事惩罚 131”，抑或是“额外的惩罚”云云，所透露出的明确信息，都是郁漱石也即 131 号，在战俘营里经常会接受来自于矢尺大介的莫名惩罚。事实上，因为对战俘各种权益的争取而挨矢尺大介的狂揍，在郁漱石，早已成为家常便饭：“矢尺说过那句话以后，把我痛痛快快揍了一顿，揍完直接关进重营仓。”“酸枝木制作的囚室潮湿恶臭，高无法站立，长不能躺下，我像一摊烂泥蜷缩在里面，也许脏腑被矢尺打坏了，后背疼痛钻心。一些不知名的虫子嗅到血腥味，军队一样冲锋而来，欣喜地钻进衣裳咬我，吸我的血，到了夜里，蜈蚣爬出来，狠狠蜇我的脚趾，我的腿和脸肿得厉害。”如此一种不断地被揍的经历，再加上战俘一方实际上的不信任，以及战俘之间难以避免的彼此争斗，数方面的原因整合在一起发生作用的结果，就是郁漱石精神恐惧的必然生成。“自从12月25日晚上我被两名日本士兵扑倒在黄泥涌茂盛的灌木丛中之后，恐惧就没有停止过。我以为那就是恐惧的终极，已经害怕过了，接下来就是习惯，在习惯中慢慢变得麻木，和别人一样熬下去，熬到战争结束。”但实际的情况却并非如此，

> 恐惧是一粒种子，它在最初的时候埋得很深，在黑暗中，你只能感到它，知道它在那儿，但你看不到它，在阳光下，你甚至感觉不到它的存在。但你忘了一件事情，它是一粒种子，在埋入生命土壤之前，它已经被传粉受精，一旦破土而出，就会顽强地生长上去，一日日盛大，直到遮天蔽日，把人整个掩没掉。

正因为在战俘营的日子里，内心的精神恐惧可以说一直在噌噌噌地成长，所以，郁漱石才不仅想要尽快逃离，而且对自己的内心世界进行了足称严厉的自我剖析：

> 我想离开它，我想走出阴冷、肮脏、血腥、敌视和仇恨的战俘营，远走高飞，一分钟也不愿意等待！
>
> 现在我可以告诉你们了，我不是一名军人，天生就不是。我出身优渥，喜欢读书，命运却让我做了一名军人。
>
> 就算我是一名士兵，人们称之为战士，那也是某种原因“让”我“是”，并非我的本意。

郁漱石出生于国民党军政委员会的高官家庭，天生就是一个读书种子，所以他才会跑到日本去攻读文学专业。毫无疑问，郁漱石的不幸在于，他不仅遭逢了战争这样一个特定的年代，而且还遇上了一个要求儿子必须投笔从戎的强势父亲。也因此，一种阴差阳错的结果就是，一位本该以读书为业的文弱书生，却偏偏走上了血雨纷飞的战场，想以非作战军官的身份避开真枪实弹的战争，却不仅误打误撞地被迫参加了香港保卫战，而且还不幸被捕，成为地位更加可卑的战俘。只有在进入战俘营之后，得暇回头重新检视自己的人生历程的时候，郁漱石方才意识到那早已深入骨髓的怯懦、软弱以及恐惧："我一直在害怕，一直在害怕，并且因为害怕而颤抖!"事实上，"没有什么可以把我骨子里的软弱和怯懦如同蒲公英花粉一般吹拂掉，我是一个孱弱的人。我想，我就是这样一个人"。

无论如何，我们都应该注意到，在D战俘营，毫无来由的暴力是寻常可见的情形。之所以会如此，关键在于"暴力可以减缓海外工作人员程度不同的焦虑，它的副作用是和回忆江南稻米的芳香一样，让人上瘾，以致在名目繁多的诸如破坏营规、损坏营具、内务不整、私下窜犯、滋事斗殴等暴力处罚理由之外，出现了一些匪夷所思的施暴理由。"倘若套用"欲加之罪，何患无辞"的那种表达方式，恐怕就是"欲施之暴，何患无辞"。不管怎么说，毫无疑问的一点是施暴的主体肯定是作为管理者的日本人。那位动辄便在私下里对郁漱石拳打脚踢的矢尺大介，就是其中极有代表性的一位。事实上，也正是在不仅耳闻目睹，而且还亲身经历了这种种可怕的暴力之后，曾经有过留日经历，并且对日本人和日本文明有着极好印象的郁漱石，开始对这个樱花国度绝望了：

> 我浑身发抖，无法想象这是我认识的日本人。不，这不是！我曾经认为我认识他们，在京都皇宫的甬道上、东京浅草的樱花下、帝国大学的课堂里；在阿国加代子兄妹、浅野早河先生身上，

> 我认识他们！现在我知道，我错了，那不是他们，这个创作出人类第一部长篇小说的民族，这个拥有多情俳句、缠绵和歌和悱恻能乐的民族，怎么会有这么至深的憎恶和残忍？我不相信这是人的世界，但它的确是，韦黾灶是人，D营的战俘们是人，八郎太郎也是人，可是，人怎么可以这样，怎么可以做到？

不管怎么说，你都必须承认，这一段充满激情的诘问性话语，肯定是邓一光这部厚重长篇小说最精彩的段落之一。在描写展示郁漱石对日本人与日本民族认识产生变化的同时，邓一光的值得肯定处，更在于鞭辟有力地揭示了人性或者民族性构成本身的复杂性。那个曾经创造出璀璨文明的国度，固然是日本，但那个发动了大规模的侵略战争，试图建立所谓“大东亚共荣圈”的国度，也同样是日本。温文尔雅的阿国加代子兄妹与浅野早河先生，固然是日本人，凶残野蛮的矢尺大介与八郎太郎，也同样是日本人。也因此，在认同郁漱石那充满激情的诘问性话语的同时，我们更认同作家邓一光试图借此而呈现人性或民族性复杂性构成方面所做的努力。

人性本就有善恶之分，战争这样一个特定的社会语境却又会无限地放大这种善与恶。这一点，再集中不过地表现在那位以怨报德的李明渊少校身上。成了战俘的郁漱石，无论如何都不可能料想到，自己竟然会在D战俘营与原以为早已不在人世了的李明渊少校再次相遇：“离开卫生科后，我的当事人又累又困，在黑暗中拖着步子朝西区走去。路过东区16号营房时，他听见一个熟悉的声音。他朝16号营房那边看了一眼，看见一个穿便服的中年男子拄着手杖站在营房门口，正和两个军官说话。屋里油灯的光线投射出来，照在男子脸上。我的当事人就像看见一个鬼魅，人被定在那儿，完全傻了。男子停下说话，回过头来看我的当事人，嘴巴一点点张开，直到能塞进一头牛犊。”却原来，由于亚历桑德拉·康妮嬷嬷把他巧妙地藏在停尸房里的缘故，身负重伤的李明渊竟然在那里一藏就是六个月。如果不是一位华人医生举报了他，他极有可能在死人当中一直生活下去。尽管说战俘营肯定不是什么好地方，但能够与自己曾经的上司不期而遇，却还是让一贯仗义的郁漱石一时欣喜若狂。为了表达这种欣喜的心情，郁漱石千方百计地搜寻募集食物送给李明渊："我不管他们怎么说，把手伸进他们的私人仓库，募集到一听橘子罐头、一小块人造黄油、一把铝制饭勺和一撮烟草。""我把礼物大剌剌地堆在李明渊的床上。我觉得自己完全在讨好他。"能够让郁漱石这样一位自尊心超强的人，屈尊做出如此一种"讨好"的行为来，所充分说明的，只能是他内心深处对这份生死不渝友情的特别看重。然而，一副热心肠的郁漱石却没有料想到，进入战俘营之后的李明渊，不仅热衷于偷偷摸摸地搞所谓"中央系"的宗派活动，而且到最后竟然还成为一名可耻的犹大，出卖了曾经因为他才滞留在香港的郁漱石。不管怎么说，李明渊的出卖都令郁漱石难以理解和接受："因为告发者，我在战争到来的最后一刻留在了香港，因为这个做了俘虏，现在，我却被那个在码头上张皇失措抱着我痛哭流涕的人出卖了！我把我的一些情况告诉了他，我被自己出卖了!""我感到震惊，脑子里一片空白，天气寒冷，我却一个劲地出汗，豆大的汗珠不断顺着脖颈流进后背。我遇到大麻烦了，不，不是麻烦，是死到临头!"问题在于，李明渊为什么要出卖郁漱石呢？对此，李明渊自己给出了一种可谓振振有词的说法："你应该继续想，往下想，你比我更卑鄙。我受伤那会儿，你到处跑来跑去，把我扔在俄国人诊所里受苦；我遭受伤痛折磨的时候，你在犹豫要不要把我丢掉，自己一走了之；我从死神手里逃出来，你把我像块烂抹布似的丢在玛丽医院，指使卫士杀死我；人们在战俘营里熬干最后一滴血，你同人兽同体的鬼子暗度金针，你说吧，这世上有比你更卑鄙的？我告诉过你，我不允许叛徒存在，你出卖了所有人的利益，我不过只是出卖了你一个人。"依照存在主义的说法，他人就是地狱。李明渊恩将仇报、以怨报德的所作所为，在充分暴露其人性之恶、人性卑劣一面的同时，却也强有力地再次印证了存在主义此种观点的合理性。关键在于，即使李明渊恩将仇报，无耻地出卖了郁漱石，郁漱石在处理他的后事时却仍然情不自禁地流露出了一种人道主义的宽恕情怀。“不不不，我的朋友，你在干些什么，难道你永远都要把亲戚弄成一锅糊涂汤才罢休吗?”“还有，我一直想问，你在南京城破城后失去音讯的太太、不足半岁的女儿，她们现在在哪儿?”就这样，“站在李明渊泥土新鲜的坟头，泪水不由糊满了我整张脸。四个士兵诧异地看着我，知趣地走到一边去，警备队的看守远远站在树林旁，没有过来阻止”。面对着出卖了自己的李明渊，郁漱石能够超越个人恩怨，一边眼含热泪一边联想到李明渊太太和女儿的下落，其一种人道主义宽恕情怀的具备，就是显而易见的一种事实。当然，这种人道主义宽恕情怀，与其说是属于郁漱石，莫如说是属于作家邓一光的。

要想更进一步地深入讨论郁漱石身上的精神恐惧与战争之间的复杂缠绕关系，无论如何都绕不过去的，就是他在战俘营里被迫接受日方陆军省俘虏情报局女军官冈崎小姬的安排，配合她完成一个关于战俘的研究项目的相关情节描写。首先需要明确的一点是，对包括冈崎小姬在内的一众日本军人，邓一光既没有简单化，也没有妖魔化。“她有一张精巧的蛋形脸，小巧而略微上翘的鼻子，同样小巧的嘴，仿佛故意带着一种隐含不露的霸气。她穿着蛋青色陆战队衬衣，改制过的姜黄色窄档马裤，衬衣在宽阔的皮带上方两寸处隆起，合身的马裤衬托出修长的腿和消瘦的臀部，就算一身军装，也堪称精致，如果不是敌国人员身份，她可是个轻盈曼妙的人儿。”即使我们清楚地知道冈崎小姬的敌对国军人身份，这样一位轻盈曼妙的女性身上所散发出来的女性魅力，也仍然是非常诱人的。如此一种轻盈曼妙，再加上她身上所拥有的智慧，假若不是分别属于交战国的双方，我想，郁漱石与冈崎小姬最起码可以成为惺惺相惜的要好朋友。即使已经无可避免地成为交战的对手，他们事实上也是智力相当的很好的谈话对手。很大程度上，正是因为有了冈崎小姬的激发，也才有了郁漱石对战争问题的若干深入思考。比如，所谓的战争荣誉问题：

> 文明的进步就像新猎物的踪迹，令人激动，必须升华自己与非族群的文明区别，为群体谋杀建立荣誉、信仰、国家这些符合进化的理由。日本人为了大东亚秩序，中国人为了中华民族存亡，不列颠人为了上帝和乔治，加拿大人和印度人为了联合王国荣誉，士兵一旦被说服，就认为杀戮是合理的和必要的，如果没有战争，人类的勇气和献身精神这些高贵的品质将被毫无激情的和平岁月消磨掉，这就难怪，交战国士兵拥有同样的勇敢和忠诚，甚至一致的战争道德观了。

在前面，我们曾经专门探讨过战争中个体与群体的关系，并认为阿里斯托芬早在《阿卡奈人》中就已经意识到这一点，并将其表现了出来。关键的问题很显然是，既然战争只与那些政治家或者政治集团有关，对人类个体可以说有百害而无一益，那为什么在战争中还会有那么多普通民众趋之若鹜地浴血奋战呢？有了作家借助于郁漱石对于战争荣誉问题的深度解剖，这一重要的问题自然也就迎刃而解了。主要原因还是人类个体被洗脑，被灌输了一整套与整体谋杀其实没有必然联系的所谓“荣誉、信仰、国家”关联项。这样一来，不同交战国的士兵却都拥有着“同样的勇敢和忠诚，甚至一致的战争道德观”这一问题，也就可以得到很好的解释了。那么，被诸如“荣誉、信仰、国家”等关联项绑架了的普通士兵是否就可以远离内心世界中的精神恐惧呢？答案只能是否定的：“长期深陷恐惧的民族，因为不安全感，对世界抱有敌意，除非确认世界被它控制，否则很难把恨意转化为友善，这种情况，反而促使深陷恐惧的人民，因为确认血缘归属的需要，暗示自己不但是民族一分子，而且是民族精神的一分子，必须征服一切敌人，最终成为冈崎学者所说的勇敢士兵。”

然而，以上所谓战争荣誉的问题，其实也不过是精神恐惧的一种被转移而已，早已渗透到人类个体内心深处的由战争而导致的精神恐惧，实际上一直不可能消失，一直都存在着：“我认为纳什医生忽略了一点，战争对士兵的损伤不仅限于躯体，还包括认知、行为、情感、过失性和适应性损害，这需要专业人员的评估，而这些事情他无法做到。之所以这么说，是我想到冈崎学者，她教会了我怎么看待整体的人。她是这方面的专业人员，对自己的专业疯狂迷恋，但很显然，战俘们无法指望她的帮助。”根据第一次世界大战后的医学研究报告，“一部分战争损伤概率属于永久性损伤，受到伤害的士兵将终身带着战争伤痕和后遗症生活，包括适应障碍、焦虑障碍、抑郁障碍、交际困难。酗酒、药物依赖、生物紊乱、性无能和早衰，直到不甘心地离开这个世界”。之所以会如此，一个重要的原因在于精神恐惧在很大程度上乃是天生的：

> 我原来以为恐惧是会传染的，它发生在群体中，人们是它的受染体，由别人传染给自己，或者由国家传染给国民，但是我错了。恐惧是天生的，自打有了生命它就存在，和生命一起栖伏在湿润的子宫里，一点点长大，然后随同生命一起来到这个世界，它只能靠自尊心来抑制，一旦自尊心没有了，恐惧将最终战胜这个人。

这一方面的一个典型例证，就是身为小说主人公的郁漱石。我们注意到，战争结束后，重新回到香港的郁漱石，曾经在辩护律师冼宗白的家里弹奏过一首名叫《死岛》的钢琴曲：“妻子几次从厨房出来，倚在门口入神地听郁漱石弹琴。她悄悄告诉我，郁漱石弹的曲子叫《死岛》，作曲家受到一幅亡灵渡过冥河前往地狱的油画影响，写下这首钢琴协奏曲。”事实上，也正是在对郁漱石进行了细致的观察，并聆听了他弹奏的《死岛》后，冼宗白对郁漱石的精神恐惧与生存绝望方才有了更加深入的理解与认识：“我看出来了，即使有过音乐，他仍然对生活冷漠，回避人群，有着强烈的焦虑，看上去显得孤独而无助。我知道他很努力，他一直试图摆脱战争留给他的巨大阴影，真心地想帮助人们脱离战后困难，可我有一种感觉，他在深深地内疚，为一位香港姑娘、一位独生子下属、一位曾经的上司，还有很多他说不出来的生命，因为这个，他对战后活下来感到羞耻。”其实，在战俘营的时候，郁漱石曾经做出过一个艰难的选择，那就是冈崎小姬明确提出的，到底是选择附日还是选择继续待在俘虏营里：“他宁愿待在生不如死的俘虏营中，也没有选择条件优裕的附日诱惑，但他其实非常害怕。他不断提到两个字，恐惧。他说他一直在恐惧。那是一种什么感受，他没说，我想象不出来，我只是很吃惊他谈了那么多。我从来没有思考过他说到的事情。一个人活着，他一直在害怕，能够想象这种感受吗?”由于可诅咒的战争的缘故，郁漱石的自尊心被彻底摧毁。从此之后，他的心理世界就完全被那种可怕的精神恐惧给控制了。虽然一般人根本无法理解与想象一个人成天伴随着精神恐惧活着是怎么一回事，但对于郁漱石来说，他已经无论如何都不可能走出这种可怕的精神恐惧与生存绝望了。唯其如此，冼宗白才会有这样一种真切的感受生成：

> 我有一个不祥的念头，郁漱石逃出战俘营，活了下来，但是，他，还有更多和他一样经历同时侥幸活下来的人们，他们在战俘生涯中失去了生命意义，在停止自发呼吸、心脏停跳、瞳孔反射机能消失之前，已经死去了。

事实上，正如同冼宗白已经明确意识到的，类似于郁漱石这样的人或者士兵，毫无疑问是一种普遍性的存在。尤其不容忽视的是，对于这一点，郁漱石自己还在被困于D战俘营中的时候，就已经有了清醒的意识：“我在战俘中幽灵似的无声穿行，走过一座又一座墙面黝黑的营舍。我去审讯科、教育科、卫生科、治安科、战俘调解委员会、鞋工班、缝工班、理发班、病员班、炊事班，我去那里干些什么或者什么也不干，手操在裤兜里，站一会儿，然后离开。满眼都是我的同类，我看到的每一个人都是我自己，不管是不是能够克制住，他们全都在害怕，那些害怕是真实的，没有任何黑夜能将它遮掩住。”“是的，我希望离开我的同类，因为他们的存在，我的害怕会成倍增长，我拥有的不光是自己的恐惧，而且是无数堆积起来的恐惧。”这方面的一个恰切例证，就是那位美军上尉亚伦。但在具体展开关于亚伦的讨论前，我们却首先应该意识到，美国文化或者西方文化与中国文化或者东亚文化在对战俘问题上的不同理解与认识。在前者看来，在战争的前提下，战俘的产生乃是顺理成章的事情。因为生命存在是第一位的，所以，在切实对抗不过的情况下，以举手投降成为战俘的方式保有生命，无可厚非，天经地义。因此，战俘这一特定的身份，与社会道德无涉。换言之，战俘也是人，也有着自己的人格和尊严。然而，到了后者这里，一切就被颠倒了过来。中国文化或者东亚文化认为，战俘的产生乃是战争中实在被迫无奈的一件事情。很多时候，在把战俘与社会道德紧密绑架在一起的情况下，他们认为，道德评价比生命存在更重要。也因此，一种“不成功，便成仁”的所谓“舍生取义”的理念，才会特别盛行，才会成为普遍的社会意识形态。一旦不幸成为战俘，在人格与尊严被剥夺的同时，也就成为一种带有耻辱感的存在。但即使如此，即使美国文化或者西方文化对战俘有着足够宽容的理解与认识，曾经长期生活在战俘营里的美国人亚伦，在战后却也仍然面临着精神恐惧的遗存问题。“一天夜里，我从噩梦中大喊大叫地惊醒过来，劳莉塔正泪流满面地搂住我的脑袋在黑暗中哭泣。她做了和我一样的梦。她告诉我，在那个梦中，我们是两个毫无共同之处的生命，我们形同陌路。她痛哭着说出令她恐惧的事情：当我和她做爱时，我的身体冰冷僵硬，牙齿咬得咯咯响，眼里透出绝望的神情，仿佛我被困在一个令人恐惧的世界里，而那样的我正在憎恨这个世界中的一切。她痛楚地向我举起她的胳膊——她的手臂上，一道一道，全是我在噩梦中对她施暴抓挠出的血痕。”尽管在清醒的状态下看似一切都很正常，但一旦进入到无意识的睡梦状态，亚伦便不仅变得冰冷僵硬，而且还会对劳莉塔施暴。这些行为充分说明，在战俘营里生成的精神恐惧，早已渗透到了亚伦的无意识深处，并且会以施暴的方式表现出来。

但在结束关于郁漱石精神恐惧的讨论之前，我们既需要对他的基本性格特征有所了解，也需要对他那特别的跨国身世和同样跨国的爱情经历有所了解。借助于出庭作证的外交部代办秦北山之口，邓一光首先对郁漱石的性格特征有所介绍：“郁漱石没有人们想象的那么聪明，他根本不知道，国民政府在美利坚合众国就像乞儿，受人白眼。”“郁漱石心眼善良，不像他的哥大母校杜威教授那样，主张实用主义哲学，也不像他的学长宋先生那样，工于经济算计，我们很快成了朋友。”“他工作十分出色，进步很快，他的才华就是那段时间飞速表现出来的。”“郁漱石性格有一些孤僻，不爱聚众，总是一个人打发工作之余。”“郁漱石那么说，我着实吃惊。他是个性格怪异的人，总能一眼看明白事情的真相，偏偏又把真相说出来。”综合以上种种，提炼概括一下，郁漱石的基本性格特征就是心地善良，内向孤僻，略显怪异，虽然谈不上聪明伶俐，但却有着相当突出的工作能力。所有这一切，到了后来展开的主体故事情节中，都有着相对充分的对应性表现。

接下来，就是郁漱石的特别身世与爱情。由于父母曾经刻意隐瞒的缘故，郁漱石很长时间内都不知道自己的生母是谁。一直到民国二十年，也即 1932 年的时候，他才从养母尹云英这里了解到，自己的生母竟然是一个名叫冈崎的日本人：“外交部一个使节夫人告诉我，漱石的生母是帝国大学助理研究员。”“是的，漱石的生母不是中国人，那个生下孩子却始终没有出现在孩子生活中的女人，她不是洗衣妇，只是无法留在力主与日决战的知堂身边，出现在愤怒地声讨日本的中国人面前。生下漱石，而这孩子应该叫她母亲的女人，她是日本人。”“那位女性是帝国大学的学者，十五年前到过中国，为一名中国军人生下一个男孩，她姓冈崎。”郁漱石当年之所以要执意前往日本的帝国大学学习东亚文学，其内在的一种驱动力或许正在于他想要借此机会去完成寻母的潜在使命。只有这样，我们也才能够解释郁漱石后来从日本回到中国后，拒绝去战场上杀日本人，最终选择去美国任职的决定：“‘母亲，我到底是中国人还是日本人?’孩子紧紧拽着箱子的把手，毫无主张地盯着我的眼睛，‘如果我说不清楚我是什么人，我又怎么可以煽动起报国的激情？我该报生父的国，还是生母的国？我能为它，为它们做什么？或者相反，它和它们能为我做什么？或者我和它本来应该做，但我们都没有做，没有做到，不肯做?’”这是郁漱石从日本返国准备前往美国前，和自己的养母尹云英所讲述的一番话。从这段话中，我们即不难体会到其内心深处由于自己的特别身世所导致的根本纠结之所在。到了战俘营中，他之所以答应冈崎小姬配合她完成相应的科研项目，其实也与他拥有一个同样也姓冈崎的生母紧密相关。也因此，尽管说郁漱石后来不期然间被裹挟进香港保卫战，并最终不幸地沦落为战俘，但他内心深处的身世纠结却始终未能得到缓解。如此一种特殊身世，再加上郁漱石留学日本时与阿国加代子之间那样一种刻骨铭心的生死恋情，在中日战争期间就必然会使我们的主人公陷入某种身心撕裂的状态之中。对此，辩护律师冼宗白有着极其清醒的认识：“然后，我提到了一位参加了香港殖民地保卫战的中国士兵，他叫郁漱石，有一位中国父亲，一位日本母亲，他是他俩结合生出的孩子。战争发生时，他无法求助血缘和国籍给予他应该怎么做的指导，他选择了站在反侵略者一方的抵抗者阵营，带领他的小组参加了战斗，他的小组中一半人如今躺在国联报告那组骇人听闻的数字中。”不仅如此，郁漱石自己也还有一个日本恋人，因此冼宗白才会进一步说道："他有一个中国父亲，一个日本母亲，身上流着两股敌对者的血，他要和谁作战？他应该去杀死谁？现在，他的恋人失踪了，不知去向，他想去找回她，他只有这一个愿望。"一方面是被迫无奈地卷入到战争之中，另一方面是内心深处日本生母与恋人的如此一种解不开的精神情结，再加上香港保卫战与战俘营中的种种遭遇，所有这一切叠加在一起，自然也就是郁漱石精神恐惧与生存绝望的最终生成。

熟悉邓一光战争题材作品的朋友都知道，他此前的书写既有着浓郁的浪漫主义色彩，同时也更表现出了强烈的英雄主义情结。这一点，单只是从《我是太阳》《我是我的神》这样的小说标题中，即可以明显见出。依据我多年来的阅读经验，作为一位作家，能够从当年那样一种具有浪漫主义色彩的浓得化不开的英雄主义情结，跨越到《人，或所有的士兵》"去英雄化"之后的对于战争中精神恐惧情绪的真切书写，其实是非常不容易的一件事情。事实上，也只有这样的一个前提下，我们才能够理解邓一光为什么一定要在小说之前写下"远离战争，不论它以什么名义"这样一句题记。无论如何，我们都应该把邓一光这部耗费十年时间苦心经营的长篇小说看作是一部难得一见的杰出反战小说。我们从其中所真切感受到的，乃是作家内心深处一种难能可贵的人道主义悲悯情怀。